EL AMANTE URUGUAYO

UNA HISTORIA REAL

Santiago Roncagliolo (Lima, 1975) ha publicado las novelas *Pudor* (2004), que fue llevada al cine; *Abril rojo* (2006), que recibió el Premio Alfaguara y el inglés Independent Prize of Foreign Fiction; y *Tan cerca de la vida* (2010). También ha escrito historias reales por encargo, como *La cuarta espada* (2007), que han despertado encendidas polémicas en varios países de América Latina. *El amante uruguayo* es la más reciente de ellas. El escritor mexicano Carlos Fuentes, el Hay Festival Internacional, la revista *Granta* y el diario inglés *The Guardian* lo han situado entre los autores más destacados de la lengua española actual. Publica una columna dominical en los diarios *El País* de España y *La República* del Perú. Sus crónicas han aparecido en las revistas internacionales más prestigiosas, como *Vanity Fair*, *National Geographic* y *Vogue*. Sus libros han sido traducidos a dieciocho idiomas.

Santiago Roncagliolo

EL AMANTE URUGUAYO

UNA HISTORIA REAL

punto de lectura

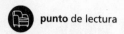

punto de lectura

EL AMANTE URUGUAYO
UNA HISTORIA REAL
© 2012, Santiago Roncagliolo
©De esta edición:
2012, Santillana S. A.
Av. Primavera 2160, Santiago de Surco, Lima, Perú
Tel. 313 4000
Telefax 313 4001

Punto de Lectura es un sello editorial de Santillana S. A.

ISBN: 978-612-4128-17-2
Hecho el depósito legal en la Biblioteca Nacional del Perú Nº 2012-07239
Registro de Proyecto Editorial Nº 31501401200452

Cubierta: Juan José Kanashiro
Diseño de colección: Punto de Lectura, S. L.

Primera edición: agosto 2012
Tiraje: 5 500 ejemplares

Impreso en el Perú - Printed in Peru
Metrocolor S. A.
Los Gorriones 350, Lima 9 - Perú

La biografía de artistas es la historia de la facultad transformadora.

ANDRÉ MALRAUX

Toda literatura es autobiográfica... Todo es poético en cuanto nos confiesa un destino.

JORGE LUIS BORGES

YO SIEMPRE ESTABA (Y ESTARÉ) EN BUENOS AIRES

Introducción

A finales de 1953, una extraña ceremonia se realizó en la ciudad de Salto, a orillas del río que separa Uruguay de Argentina. En apariencia se trataba de un homenaje al poeta Federico García Lorca, asesinado diecisiete años antes, en los primeros días de la Guerra Civil Española. Pero no era un homenaje cualquiera.

Cientos de personas habían sido llevadas en autobuses, y decenas de efectivos armados custodiaban el lugar. Además de controlar a la multitud, su función era rendir honores militares al homenajeado, como si se tratase de un funeral de Estado. El tono fúnebre fue subrayado por una representación de los fragmentos más oscuros de la obra teatral *Bodas de sangre*, a cargo de Margarita Xirgú, y resultó tan convincente, que incluso los pescadores de la zona, atraídos por la curiosidad, se acercaron a darle el pésame a la actriz.

Presidía el acto una especie de lápida de tres metros por dos, con un poema inscrito en letras de bronce pidiendo una tumba para García Lorca:

> Labrad amigos
> de piedra y sombra en el Alhambra
> un túmulo al poeta
> sobre una fuente donde llore el agua
> y eternamente diga: el crimen fue en Granada
> en su Granada.

Bajo la lápida, siguiendo las instrucciones del poema, corría el agua de una fuente.

El anfitrión de todo ese despliegue era un hombre demacrado, visiblemente enfermo, con la piel en los huesos, que evidentemente había reunido fuerzas de flaqueza para dirigir la ceremonia, emocionado y tembloroso. Durante su discurso, sin embargo, el hombre demacrado anunció que su homenaje aún no estaba completo. Que solo el tiempo se ocuparía de darle el toque final:

—El tiempo —dijo— será el auténtico escultor, el tiempo que nos dará la razón será el último y definitivo autor del homenaje, cuando nuestros nombres se borren como escritos en la arena y el musgo acompañe con el verdor de la esperanza, los versos del gran poeta y el nombre siempre tembloroso de Federico García Lorca.

Aunque García Lorca era ya una leyenda, no tenía un memorial, ni siquiera un sepulcro. Su cadáver nunca había sido encontrado y, de hecho, su paradero se convertiría en uno de los grandes misterios de la Guerra Civil. El monumento de Salto, el primero que se erigía en su honor, debía suplir esa carencia. Para ello, contó con el apoyo financiero de numerosos habitantes de la ciudad. En su agradecimiento a esas personas, el hombre demacrado pronunció unas enigmáticas palabras:

—Pueblo salteño que hiciste posible sin una sola voz adversa este silencioso y sencillo acto justiciero, gracias. Gracias por lo que intuyes, por lo que adivinas y por lo que sostienes en el ámbito de mi patria...

A continuación, a una orden del mismo hombre demacrado, los albañiles abrieron una fosa detrás de la lápida y enterraron en ella una caja, una caja blanca, de las proporciones de un osario de cementerio, cuarenta por cincuenta por sesenta centímetros, sobre la cual, el hombre demacrado declaró:

—Aquí, en un modesto pliegue del suelo que me tendrá preso para siempre, está Federico...

A pesar de toda la pompa del evento, ningún periódico dio noticia de él. Algunos de los intelectuales, políticos y artistas más importantes del momento estaban invitados, pero no asistieron. Ninguno de ellos se dignó enviar siquiera unas palabras para excusarse. No le concedieron la menor importancia. Hasta hoy, ignoramos incluso la fecha exacta de ese entierro. Tan solo podemos deducir que ocurrió en diciembre de 1953.

Durante las siguientes décadas, un reducido grupo de personas —hoy todas muertas— llevó flores a ese lugar, pero ninguna de ellas divulgó jamás qué había en la caja. Se llevaron el secreto a sus propias tumbas.

Cincuenta y ocho años después, el monumento y su misterioso contenido siguen ahí. Intactos.

El superfamoso

Veinte años antes de la extraña ceremonia, en 1933, Federico García Lorca llegaba a Buenos Aires. Llevaba toda la vida deseando ser una estrella. Y había llegado su hora.

En su España natal, Federico ya había saboreado los principios de la celebridad. Su *Romancero gitano*, inspirado en la tradición popular andaluza, lo había convertido en el joven poeta de referencia en la península. Como director de la compañía teatral La Barraca, había atravesado el país entero representando clásicos de la Edad de Oro. Y como dramaturgo, la tragedia *Bodas de sangre* había supuesto «el primer gran triunfo de mi vida», lo había catapultado a la cúspide de la celebridad, y ahora, en Buenos Aires, le abría las puertas de América.

Desde luego, *Bodas de sangre* tenía la fórmula del éxito: amor, lujuria y crimen. Su argumento estaba basado en una historia real ocurrida en Almería: en vísperas de su boda con un jornalero pusilánime, una joven se había fugado con otro. En realidad, ella adoraba desde su infancia a su amante, pero él era mujeriego y, para colmo, pobre. Su relación había sido vetada y olvidada por la familia de la chica. Hasta horas antes del matrimonio, cuando la joven decidió dejarlo todo y ceder al ímpetu del verdadero amor.

En una escena genuinamente teatral, la pareja huyó a caballo, al abrigo de la noche, con la novia ya vestida para la ceremonia. Su plan original era llegar a la iglesia y tratar de convencer al cura de casarlos en secreto. Pero una historia de amor tan bella solo podía acabar mal. Al enterarse de la traición, la familia del novio abandonado dio caza y muerte al infiel. Las páginas policiales se cebaron con la noticia durante una semana entera.

Y la noticia tenía todos los elementos que fascinaban a Federico García Lorca: el deseo prohibido, las obligaciones impuestas por la sociedad y el sacrificio final de quienes se atreven a quebrantar las normas para seguir a su corazón. Federico transformó ese material en un relato onírico y vibrante, y dirigió su primer montaje personalmente y con precisión coreográfica. Como resultado, *Bodas de sangre* atrajo a su estreno a la crema y nata de la intelectualidad de la época, llamó la atención de la crítica y mantuvo una muy respetable taquilla durante un mes.

Federico no solo destacaba por su talento. También su personalidad le granjeaba notoriedad, y de paso, muchos líos. Su homosexualidad era el blanco de crueles burlas en la prensa más conservadora, que lo apodaba *García Loca*. El uniforme de su compañía teatral, un provocador mono azul de obrero, era recibido con hostilidad e incluso con disturbios en algunos pueblos. Y como si fuera poco, Federico se prodigaba en declaraciones públicas polémicas. Sin pudor alguno proclamaba que el teatro moderno español le parecía hecho «por puercos y para puercos». El escritor Ramón del Valle Inclán le resultaba «detestable». Azorín «merece la horca». Con muchas ínfulas —y poca base real—, Federico anunciaba la inminente representación de su trabajo en escenarios de Nueva York, Londres y París, y manifestaba su certeza de «influir en el teatro europeo».

Sin duda, Federico poseía un elevado concepto de sí mismo. Pero la magnitud de sus pretensiones no se correspondía con la precariedad de su economía. En la prosaica vida real, el escritor apenas llegaba a fin de mes. Su grupo de teatro sobrevivía gracias a la subvención pública, y la popularidad de sus poemas no pagaba tirajes de más de 3.500 ejemplares. Aún dependía de su familia para vivir, y eso lo hacía sentir culpable, especialmente ante el señor García, que le reprochaba cada centavo que le entregaba para sus gastos.

Conforme Federico se acercaba a los cuarenta años, sus proyectos artísticos iban pareciendo menos planes profesionales y más fantasías adolescentes, incluso ante sus ojos. Así que, mientras proclamaba en el arte su rechazo a los valores burgueses, su máxima obsesión en privado era un gran éxito de ventas que le garantizase la libertad y tranquilizase a su familia. Como confesaría en carta desde Buenos Aires:

—Espero ganar un dinerito limpio para después tener en Madrid para todo lo que yo quiera.

En la década de 1930, igual que hoy, era improbable que ese «dinerito» llegase de la poesía. Pero no del teatro. Con la televisión por inventar y el cine en pañales, los escenarios constituían el espacio más rentable al que podía aspirar un artista. Lamentablemente, la España de entonces no era precisamente la capital teatral del mundo hispano. Según la escritora Reina Roffé:

—Madrid seguía inmersa en su bostezo pueblerino y prefiriendo el género chico, de la risa fácil y la evasión tonta, a los clásicos del gran teatro o a cualquier iniciativa renovadora… en España primaba un espíritu fósil sobre cualquier asunto que pudiera ser realmente estimulante, lo rancio y esperpéntico sobre lo nuevo y delicado.

En otras palabras, más allá de las fronteras españolas, la celebridad madrileña de Federico era completamente irrelevante.

Afortunadamente, por entonces reinaba en la taquilla la actriz Lola Membrives, una argentina de origen andaluz, y Lola estaba casada con un productor español y alternaba temporadas teatrales a ambos lados del Atlántico. Federico la conocía personalmente. La visitaba en su camerino después de sus estrenos. Y había tratado de convencerla para que montase *Bodas de sangre* con su compañía cuando volviese a Buenos Aires. Él creía que la Membrives podía estar perfecta en el papel de La Madre, y por supuesto, no se le escapaba su tirón con el público. Ella lo había rechazado al principio, pero más adelante, animada por la acogida de la obra en España, había aceptado probar suerte en un teatro mediano de la capital argentina, el Maipo.

No se trataba de un premio consuelo. Culturalmente, Buenos Aires era una plaza mucho más interesante que Madrid. En sus escenarios danzaba Vaslav Nijinsky. Wagner hijo dirigía sus orquestas. En sus museos se exponían colectivas de los impresionistas. Y los escritores celebraban sus tertulias en el fastuoso café Tortoni. Argentina, en definitiva, era un país mucho más rico que España. Los argentinos vendían materias primas a Inglaterra y compraban cultura a Francia. Incluso después de la Gran Depresión, su economía seguía siendo la sétima del mundo. En los barrios porteños de Palermo y Belgrano, los burgueses se mandaban hacer palacetes renacentistas, y la Avenida de Mayo imitaba a los bulevares de París.

La prosperidad argentina también había atraído un enorme caudal migratorio. De los tres millones de habitantes de Buenos Aires, trescientos mil eran europeos. El argot marginal, llamado «lunfardo», inmortalizado por las letras de los tangos, era un rompecabezas armado con las lenguas más diversas. En la ciudad se podía asistir a espectáculos musicales en *yiddish* y comprar libros en cinco idiomas. Los italianos en particular llegaron tan masivamente que marcaron la cultura, la cocina y hasta el acento porteño.

Una de las colonias extranjeras más importantes provenía de Galicia. Aún hoy, los argentinos llaman a los españoles «gallegos», y los políticos de la península cruzan el Atlántico para hacer campaña electoral. En 1933, los gallegos eran tantos que publicaban su propio periódico, y constituían un importante mercado potencial para un artista de la península. Lola Membrives contaba con ellos. El teatro de Federico no parecía muy comercial. Por el contrario, estaba lleno de filigranas simbólicas: La Luna o La Muerte salían a escena a mezclarse con los personajes, y los diálogos pasaban del verso a la prosa y a la canción sin concesiones. Pero aun así, con todos esos gallegos en la ciudad, el público de un autor español podría sostener la taquilla razonablemente durante una temporada.

Ahora bien, *Bodas de sangre* no fue razonable.

Desde su estreno argentino, *Bodas de sangre* reventó la taquilla.

Tras el primer mes de representaciones, las regalías acumuladas para Federico ascendían ya a 3.500 pesetas, el sueldo de un año de un trabajador español. Las reseñas lo aclamaban. Y el éxito se repitió en la gira por provincias.

Animada por el fenómeno, una entusiasta Lola Membrives decidió restrenar en la capital, en el gigantesco teatro Avenida, con la presencia del autor. Lola calculaba que Federico, con su llamativa personalidad, podía resultar por sí mismo un reclamo adicional para un público acostumbrado al solemne y formal medio artístico de Buenos Aires. Y empezó a presionarlo para que viajase hasta Argentina para bautizar el restreno de su pieza teatral.

Pero ahora los papeles se habían invertido: Federico remoloneaba, se hacía el desentendido, se iba de gira con La Barraca... Solo cedió tras un largo tira y afloja de dos meses, cuando estuvo seguro de haber negociado las mejores condiciones posibles.

El viaje de Federico a Buenos Aires se realizaría por todo lo alto. Aparte del regreso de *Bodas de sangre* en el teatro Avenida, Federico asistiría al estreno de otra de sus obras, *La zapatera prodigiosa*, y concedería cuatro conferencias. La estadía estaba programada para un mes y medio. Entre los alicientes para el viaje, el autor contaba con un camarote de cubierta y baño propio en el transatlántico *Conte Grande*, el equivalente de la época a un billete en primera clase. Y una habitación en el Castelar Hotel, de la Avenida de Mayo.

El *Conte Grande* hizo una breve escala en Uruguay el 12 de octubre, un día antes de atracar en Buenos Aires. Para entonces, Lola y su compañía habían calentado mucho el ambiente. La prensa bonaerense anunciaba la llegada de Federico con bombos y platillos. Muchos periodistas culturales tenían origen español, y conocían desde hacía años el trabajo del poeta. Uno de ellos, Pablo Suero, viajó hasta Montevideo solo para alcanzar a Federico en su última escala antes de llegar a su destino. Desde ahí, describió así su encuentro con él:

—Subimos al barco que lo trae y lo hallamos verdaderamente turbado por el maremágnum de la llegada. Casi ni habla. Apenas atina a saludar.

Suero retrató al poeta como «no solo sencillo y modesto, sino despreocupado y jovial, que solo quiere divertirse, gozar de la vida y escribir». En ese momento, Federico aún creía que el suyo sería un viaje normal; no asimilaba el barullo que produciría su llegada. Sus planes eran más humildes. Al arribar a su destino final, declaró:

—¡Qué bien se respira en Buenos Aires! Ya estoy deseando conocerla, volcarme en sus calles, ir a sitios de diversión, hacerme amigos, conocer muchachas...

Pocos días después, ya se encontraba profundamente halagado con su popularidad y le escribía a su familia:

—Qué escandalazo se ha armado... No paro de comidas, visitas, reuniones con esta gente hospitalaria.

A fines de mes, según las mismas cartas familiares, todo le empezaba a parecer excesivo:

—Estaba nerviosísimo de tanto beso y tanto apretón de mano. Cuando me fui al hotel no pude dormir de cansado que estaba... Tengo una sonrisa falsa, porque lo que quería era que me dejasen solo... He tenido que tomar un muchacho que me sirve de secretario y de mecanógrafo y me defiende de las visitas que llegan hasta la cama.

No solo se trataba de vida social. Lo de Federico era el primer éxito mediático de un autor en español:

—Al llegar a Buenos Aires esta gente gentilísima me ha hecho más de doscientos retratos. Retratos en la cama, en traje de baño, en la calle, asomado a una ventana... ¡el disloque!

El efecto de ese bombazo en los medios fue una fama inesperada, que se extendía mucho más allá del medio cultural:

—Estoy un poco deslumbrado de tanto jaleo y tanta popularidad. Aquí, en esta enorme ciudad, tengo la fama de un torero. Hace noches asistí a un estreno en un teatro y el público, cuando me vio, hizo una ovación y tuve que dar las gracias desde el palco. Pasé un mal rato, pues estas cosas son imprevistas en mi vida. Ya veréis los periódicos. Una cosa como cuando vino el príncipe de Gales. ¡Demasiado!

Demasiado, pero no bastante. Las siguientes cartas y los testimonios de quienes compartieron con él esos días son cada vez más espectaculares. Federico se convirtió en el fenómeno cultural del año. No solo escribía y dirigía, sino que actuaba, tocaba música, dibujaba. Se le multiplicaron las conferencias ante auditorios abarrotados. Las señoritas lo acosaban por la calle y se le metían en la habitación del hotel. Su regreso a España se pospuso una y otra vez, y el mes y medio previsto se convirtió en casi seis meses.

Según Ian Gibson, biógrafo de Federico:

—Ningún escritor español cosecharía jamás tal éxito en la capital argentina y durante meses sería imposible abrir un diario porteño sin tropezar con alguna noticia relativa al prodigio andaluz que había irrumpido en la ciudad: Lorca dando conferencias; Lorca paseando por Corrientes o Florida rodeado de admiradores o haciendo de oficiante en el café Tortoni; Lorca visitando la redacción de tal o cual periódico; Lorca con Lola Membrives o con otra actriz famosa, Eva Franco... A las pocas semanas, el poeta se convierte en un superfamoso.

Y en categoría de superfamoso, Federico se codeaba con las grandes figuras de la cultura y el espectáculo. Conoció a Carlos Gardel. Cenó en la opulenta mansión de Natalio Botana, un potentado de los medios de comunicación al estilo de William Randolph Hearst. Participó en las escandalosas fiestas de Oliverio Girondo y Norah Lange, la pareja que encarnaba el *glamour* literario de la época. Y compartió tertulias con la poeta Alfonsina Storni, exactriz, ex corista de cabaret, ex repartidora de panfletos anarquistas y futura suicida. García Lorca era el nuevo niño mimado del *star system* porteño.

El momento más glorioso del viaje a Buenos Aires llegó el 21 de noviembre, cuando se celebró la representación número cien de *Bodas de sangre* con la presencia del presidente de la República. Después de la función, Federico subió al escenario para leer algunos de sus romances y luego asistió a una recepción en el vestíbulo del teatro. En una carta a sus padres, describió la noche en los siguientes términos:

—El éxito superó toda ponderación. Fue una fiesta inolvidable. Todos los españoles estaban, los pobres, emocionados.

El éxito —ahora sí un éxito avasallador, imparable, un éxito en grande— se le subió a la cabeza. En sus cartas a la familia empezó a escribir frases como «Yo sigo en este gran triunfo», «Sale caro atender a tanta admiradora», «Todo lo que yo hago y haga tendrá una enorme repercusión» o «La Membrives está loca conmigo. ¡Claro! Yo soy una lotería que le ha tocado en suerte». También empezó a gastar cantidades de dinero que nunca había imaginado:

—Le he comprado a mamá un *renard* que me ha costado dos mil pesetas, pero yo sé que a ella le gustará mucho. ¡Cuidado con decirme que es caro, porque yo tengo mucha ilusión en haberlo comprado y me molestaría que lo dijerais!

El dinero no paraba de llegar. Sin dejar de representar *Bodas de sangre*, Lola Membrives montó *La zapatera prodigiosa*, una obra de Federico más ligera que la anterior, sobre el tópico de la joven casada con el viejo, con toques de farsa y guiñol. El autor remozó el texto, le añadió números musicales y bailes, y mandó colocar dos pianos de cola frente al escenario. Nuevamente triunfó durante más de cincuenta representaciones.

La fascinación de Federico con su propia notoriedad no conocía límites. Desde luego, dejó de ser el chico sencillo y modesto que solo quería escribir. Su ego se inflaba cada día más, hasta resultar agotador. Hablaba sin parar de sí mismo, de cómo había revolucionado la poesía española, de cómo había redescubierto la tragedia griega. Un escritor que lo conoció entonces recuerda al poeta así:

—No habíamos visto nunca tanta pedantería y soberbia; tanta inmodestia y vanidad juntas. Estábamos frente a un estúpido engreído: frente a un gordito petulante y charlatán.

Otro que se decepcionó con Federico fue Jorge Luis Borges, que estaba destinado a convertirse en el escritor argentino más importante del siglo xx. Según Borges, durante su única conversación, Federico disertó largamente sobre un personaje que, en su opinión, encarnaba toda la tragedia de los Estados Unidos. Borges le preguntó de quién estaba hablando exactamente. ¿De Lincoln quizá? ¿O de Edgar Allan Poe? Pero Federico respondió:

—De Mickey Mouse.

Borges abandonó la conversación, y a partir de ese momento consideró a Federico un farsante o, según lo definiría él mismo, «un andaluz profesional».

En realidad, la enemistad entre Borges y Federico tenía una explicación mucho más profunda y personal, relacionada menos con Mickey Mouse y más con un corazón partido. Como veremos más adelante, a pesar de todo su cosmopolitismo y su modernidad, el medio cultural porteño era un enjambre de rencillas y cotilleos de vecindario:

—Los argentinos llevaban sus riñas internas a todas partes —explica Reina Roffé—, lo cual era agotador. Había que estar alerta para no enredarse en sus batallitas.

Parecía como si a nadie le interesara la literatura, sino la politiquería literaria. Era un ambiente espeso, lleno de traiciones entre amigos y conocidos.

Federico se convirtió rápidamente en un divo de ese ambiente, una de sus estrellas más glamourosas. Previsiblemente, mientras más se envanecía, más colegas ansiaban verlo caer. Para los escritores que llevaban años viviendo y trabajando en Argentina, la irrupción de este granadino era como una bofetada en la cara. Su fulgurante éxito les recordaba sus propios fracasos, o al menos su normalidad, y eso lo volvía incómodo, fastidioso o directamente insoportable.

Afortunadamente para ellos —y desafortunadamente para Federico—, el público es voluble, el mercado del arte es cruel, y el fracaso siempre acecha a la vuelta de la esquina, con sus largas patas listas para saltarte al cuello. Mientras más alto llegues, la caída será más fuerte. Y más dolorosa.

Entusiasmada con la fábrica García Lorca de taquillazos, Lola Membrives quiso más. Pensaba que todo lo que Federico hubiese escrito tendría los mismos resultados. Y se decidió a recuperar una de sus primeras piezas: *Mariana Pineda*. Muy pronto —pero demasiado tarde— comprendería que había cometido un error.

Igual que *Bodas de sangre*, esta obra tenía una base real. Mariana Pineda había sido una heroína liberal en la España del siglo xix. Durante la restauración monárquica de Fernando vii, encargó a unas costureras que bordasen la bandera de los rebeldes. Pero la policía la descubrió y la condenó a muerte. Su ejecución la convirtió en un símbolo de la lucha contra el absolutismo.

Federico, fiel a sus obsesiones, convirtió esa historia en un drama romántico: la Mariana lorquiana no cree en las grandes consignas políticas, pero se involucra en ellas por el amor de un capitán liberal. La pieza no carece de crítica social: cuando la protagonista cae presa, la hipócrita sociedad granadina la deja morir sin mover un dedo. Sin embargo, Federico subordina esa crítica a sus propios demonios: el sacrificio que teñirá de rojo sus *Bodas de sangre* se estrena en *Mariana Pineda* cuando, a pesar de la traición que sufre, la protagonista no delata a sus camaradas. Como obediente personaje de su autor, prefiere entregar su vida antes que vivirla indignamente.

Ciego de soberbia, Federico se mostraba seguro de obtener otro fulminante taquillazo. Le escribió a su familia:

—*La zapatera* lleva el mismo camino de *Bodas de sangre* y constituye un verdadero éxito tal como está montada. Lo mismo pasará con *Mariana*.

En otras cartas subrayaba que la obra «resulta primorosa», que «Lola hace un papel estupendo» y que los decorados y trajes son «una maravilla».

No obstante, en su fuero interno, no estaba tan seguro de la obra. Aunque *Mariana Pineda* anticipaba los grandes temas de Federico, él era consciente de que no se trataba de su mejor trabajo. Incluso antes de su estreno en 1927 había admitido, en privado, que ya no le gustaba. Y ahora que tenía un nombre y un estilo propios, presentar un drama de época podía resultar un retroceso. Para colmo, sabía que el género no funcionaba bien en las salas porteñas.

Durante la promoción de la obra, Federico decidió presentarla como una obra de juventud, justificando por adelantado sus defectos. Pero, como era de esperar, eso no salvó la temporada del naufragio. Ni el público ni la crítica la recibieron bien. El 20 de enero de 1934, tras solo una semana de representaciones, Lola Membrives anunció que sufría una crisis de agotamiento y que los médicos le ordenaban reposo. La temporada quedó cancelada.

Lola Membrives, conocida en el medio como *Lola Cojones*, no iba a aceptar una derrota tan fácilmente. Sin duda, su invitado aún podía dar más de sí, pero era necesario montar una obra nueva, que mostrase al extraordinario dramaturgo que era en ese momento, y no al vacilante jovencito del pasado.

Entre los textos restantes de García Lorca se hallaba *El público*, una pieza con ecos surrealistas escrita en Cuba tres años antes. Pero montarla era completamente imposible. Según Federico, «no hay compañía que se anime a llevarla a escena, ni público que la tolere sin indignarse». Y es que *El público* trataba de un modo muy explícito la homosexualidad y reivindicaba la libertad erótica, incluso la sadomasoquista. Resultaba tan arriesgada, que Federico nunca la vio escenificada ni publicada en vida. El texto era tan secreto que solo se dio a conocer entre audiencias restringidas en lecturas privadas, y ni siquiera ha llegado hasta nosotros una versión completa.

Una segunda opción para la Membrives era *Así que pasen cinco años*, una pieza más simbólica y experimental que las anteriores. Estaba terminada y Federico la llevaba consigo en Buenos Aires, pero no se la enseñó a la Membrives, probablemente por miedo a que no fuese suficientemente comercial.

Y finalmente, estaba *Yerma*.

Yerma, una pieza sobre la esterilidad femenina, sí podía repetir el éxito de *Bodas de sangre*. También era una tragedia. También incluía un fuerte personaje femenino atrapado en un matrimonio sin amor y víctima de las convenciones sociales. Y también había surgido de hechos reales: la primera mujer del padre de Federico había sido estéril. Y en un pueblo cercano al suyo se realizaba todos los años la llamada Romería de los Cornudos, una procesión de parejas sin hijos que iban a pedirle descendencia al Cristo de la iglesia.

Sin embargo, *Yerma* no estaba terminada. Le faltaba el tercer acto.

Acabarla no debía resultar tan difícil en principio; pero estamos hablando de Federico García Lorca, un hombre famoso por no respetar jamás los plazos de entrega y que solía decir que entregaba las obras «tarde pero a tiempo». A Lola Membrives, en esos días, la broma no le hacía ninguna gracia. Para presionarlo, la actriz hizo publicar en la prensa que Federico estaba trabajando en *Yerma*, y que se la daría a ella tan pronto estuviese terminada.

Ahora bien, eso no resolvía el mayor contratiempo: la inagotable vida social de Federico. Su popularidad se había convertido en un obstáculo para su concentración y su trabajo: sitiado por sus admiradores, adulado por la alta sociedad, reclamado desde todos los rincones del país, ¿en qué momento se iba a sentar a escribir? La solución al problema se llamaba Montevideo. La capital uruguaya era mucho más pequeña y tranquila que Buenos Aires, y estaba en la orilla opuesta del Río de la Plata, apenas a unas horas de distancia en barco. Uruguay y Argentina, de hecho, son dos países tan cercanos que existe una palabra para referirse a ambos a la vez: *rioplatenses*.

Montevideo parecía el lugar perfecto para que el poeta se pusiese a trabajar. ¿Y no estaba Lola de baja médica por agotamiento? Pues ella y su esposo lo acompañarían personalmente para vigilarlo. Le alquilarían no una sino dos habitaciones en el costero Hotel Carrasco. Playa, verano, paz: el ambiente perfecto para el sosiego y la concentración.

Sin embargo, Federico no podía refrenar su éxito social. La celebridad bonaerense del poeta había tenido gran repercusión en la capital uruguaya, lo que se tradujo de inmediato en una serie de convites, invitaciones y recepciones. Recién llegado a la ciudad, el viernes 2 de febrero de 1934, asistió a un cóctel de bienvenida. Dos días después, a un almuerzo en el Club Náutico. El martes siguiente concedió una conferencia. Un diario anunció el evento con un reportaje especial en portada a cuatro columnas. El titular decía:

FEDERICO GARCÍA LORCA
GITANO AUTÉNTICO Y POETA DE VERDAD

La conferencia abarrotó el teatro 18 de Julio, y al final, un halagado Federico prometió otra para la semana siguiente, en la que cantaría y tocaría el piano. Habría que organizar aun una tercera, sobre su viaje a Nueva York. Nunca un poeta había conseguido llenar tres veces ese teatro. Las páginas sociales daban cuenta casi todos los días de «notas en extremo lucidas» que protagonizaba el poeta en compañía de la alta sociedad montevideana. Y para colmo, en mitad del viaje, comenzó el carnaval de la ciudad. Durante las dos semanas que pasó en Montevideo, Federico no escribió una sola línea. En una de las entrevistas que concedió expresó su agobio y su cansancio, pero también lo divertido que estaba:

—Yo vine a Montevideo con el propósito de escribir el tercer acto de *Yerma*.

—Ya lo sé —le respondió el periodista.

—Vine huido.

—Por supuesto.

—O mejor dicho: no vine, me trajeron. Me trajo secuestrado la Membrives que está esperando mi drama y se puso a luchar como un gigante por librarme del secuestro de la sociedad porteña.

—Y lo libró.

—Pero ahora resulta que llego a Montevideo y son ustedes los complotados que luchan como gigantes para librarme del secuestro de la Membrives.

Y a continuación, Federico rogó:

—No me pida usted que cante.

—No, señor.

—No me pida que recite.

—No, señor.

—No me pida que le toque el piano.

—No, señor.

—No me pida una foto dedicada.

—...

—Ni un trocito de mi camiseta de marinero.

—...

—Y sobre todo, ¡por lo que más quiera!, no me pida que le escriba un pensamiento.

Para sus biógrafos, el agitado periplo uruguayo del poeta nunca ha sido más que una nota a pie de página. El *Epistolario completo* de Federico García Lorca, entre quinientas treinta y un cartas, solo recoge tres notas accidentales de ese viaje. Ian Gibson le dedica a Montevideo seis páginas de las más de ochocientas de su biografía. Reina Roffé, en una novela sobre Federico en Argentina, le concede dos más.

No obstante, queda un recuerdo muy palpable de ese viaje, un testimonio muy completo, incluso íntimo.

Se trata de un puñado de fotografías, una serie en que Federico luce camiseta marinera a rayas y chaqueta blanca. Federico aparece en ellas llevando flores a la tumba de un pintor, reunido con un grupo de intelectuales y paseando en un descapotable blanco, un lujoso Avions Voisin importado de Europa. En la pieza más popular de esa serie, saluda alegremente a la cámara. Es una imagen alegre y relajada, un punto descocada, como la memoria que Sudamérica guardó del poeta.

También subsiste una secuencia cinematográfica de García Lorca en Montevideo, casi la única que hay de él, tomada con una Kodak de dieciséis milímetros. En ella, un Federico en blanco y negro sonríe y mueve los labios. Aunque la película es muda, se nota que el poeta está de buen humor. Lleva cuello tortuga y chaqueta, y el pelo planchado hacia atrás. En un momento le entrega al productor de Lola Membrives el manuscrito de una obra teatral, algo que, dadas las circunstancias, debía ser un pequeño sarcasmo.

El autor de todas esas imágenes, las fotos y la película, fue la misma persona: un escritor uruguayo llamado Enrique Amorim.

Amorim, un elegante y engominado personaje que frecuentaba los círculos más exclusivos del Río de la Plata, residía en Buenos Aires. Ahí había conocido a García Lorca, y había quedado obsesionado con él. Fue a recibirlo al puerto de Montevideo y, para desesperación de Lola Membrives, no se separó de él durante todo el viaje. Contrató una habitación en el Hotel Carrasco, donde se alojaba el poeta. Le organizó un banquete. Lo paseó en su descapotable blanco por las playas de Atlántida y por el carnaval. Contrató una banda de negros candomberos para animar sus fiestas.

Amorim quería documentar su amistad con García Lorca, mostrarle al mundo que había estado muy cerca del superfamoso. Le regaló al poeta la camiseta a rayas que luce en las fotografías, sabiendo que así esas imágenes destacarían entre las demás. Pero, paradójicamente, para dejar testimonio de esa cercanía, debía desaparecer de la escena. El fotógrafo está siempre detrás de la cámara. Así que solo unas pocas instantáneas de ese viaje inmortalizan a Amorim.

Más elocuentes son los testimonios escritos; por ejemplo, la dedicatoria que Amorim estampó para García Lorca en un ejemplar de su novela *La carreta*:

> Yo te digo, Federico, que eres lo más grande que ha hecho Dios con el habla maravillosa que hemos heredado.
> Tuyo,
>
> Enrique

O un enigmático telegrama que le envió a Buenos Aires disculpando su ausenciá en una cena:

> Estoy en la mesa aunque no me veas. Salud. Nal uyo en cdia. Federicooo...

Por su parte, Federico llamaba a Amorim su «confidente», y le escribió una nota cómplice que aún se conserva. La nota es un juego literario, una imitación de la poesía de Alfonsina Storni. Y su contenido sugiere que entre ambos había, por lo menos, una amistad juguetona:

> ¡Oh, canalla!
> ¡Oh, pérfido!
> ¿Te has escondido

y has hecho un nido
con tu deseo?
(Copia a la manera de la Storni).
El caso es que eres un canalla.
Te espero a las diez y media en punto en la
[legación.]
Allí estaré, canalla.
Saludos a Esther.

Federico el bebo... che

La prensa daría una versión más trascendente de lo que hubo entre ellos. Un periódico uruguayo describió la relación entre ambos empleando el estilo ampuloso del antiguo periodismo cultural:

—Así se conocieron, simpatizaron y fueron entrañables camaradas, hermanados en el mismo ideal, los dos incansables peregrinos que la amistad unió en un estrecho y fraternal amor al camino, a los hombres de su tiempo, al arte y a la cultura.

Fuese un «fraternal amor», o una broma entre «canallas» y «pérfidos», lo cierto es que de esa relación no han quedado más huellas que los amarillentos artículos periodísticos y las imágenes grabadas por el uruguayo. La memoria de Federico García Lorca ha borrado a Amorim. En el libro de Gibson apenas aparece una vez, y en la primera edición figuraba por error como *Emilio* Amorim. Roffé sí narra sus paseos con Federico, pero su libro es una novela, y la figura de Amorim se desdibuja en la ficción. En el *Epistolario completo* de Federico García Lorca, Amorim recibe un pequeño premio consuelo: un párrafo.

Las valiosas imágenes tomadas por Amorim tampoco le han hecho justicia a su recuerdo. En la casa museo de

Federico en Fuente Vaqueros se puede ver un trozo de la película del poeta en Uruguay, pero el día que visité el lugar, el guía oficial no recordaba quién era el autor. Las fotos de Amorim se reproducen en decenas de libros y reportajes, la mayoría de las veces sin créditos.

La relación de Amorim con Federico García Lorca ha sido víctima del tiempo y el olvido, sus testigos han muerto y la tinta que la registró se va borrando poco a poco. Conforme transcurren los años, el uruguayo se va convirtiendo en una mancha del papel de plata, un fantasma proyectado en la esquina de la foto, una sombra que se diluye en el pasado.

Y, sin embargo, dos décadas después de su encuentro, Enrique Amorim sería el hombre demacrado, delgaducho y pálido que oficiaba de anfitrión frente al monumento de Salto. Él personalmente mandaría construir aquella lápida y enterrar allí la misteriosa caja blanca. Y diría en su discurso:

—Aquí, en un modesto pliegue del suelo que me tendrá preso para siempre, está Federico...

Un niño con inventiva

Enrique Amorim amaba a los artistas. Había nacido en 1900 en la ciudad uruguaya de Salto, y durante su infancia, sus padres solían llevarlo al teatro Larrañaga, una hermosa sala de estilo neoclásico con seiscientas localidades, palcos tapizados y suntuosas arañas de cristal. Sobre el escenario, los personajes vivían vidas de ensueño. Las damas se comportaban como damas y los caballeros morían por ellas. El mundo podía ser divertido o trágico, pero siempre era bello. Amorim creció fascinado por ese universo paralelo, pero a la vez consciente de que era una impostura, y que no tenía nada que ver con la ordinariez de la realidad. Según sus propios recuerdos:

—Nos prohibían esperar la salida de los cómicos. Estos, además de abandonar el local a altas horas de la noche, solían hacerlo en forma un poco escandalosa para la rígida moral de nuestra casa. A la protagonista de una comedia, purísima criatura frente a las candilejas, la vimos salir fumando, del bracete del galán. Y en otras compañías, a la delicada dama joven la esperaba un tenorio del pueblo con el automóvil en marcha.

Al igual que un actor, Enrique sentía una gran necesidad de ser el centro de atención. En el colegio, se obstinaba por ser el favorito de su profesor, don Pedro. Y estaba seguro de serlo:

—Si yo no era el predilecto de don Pedro, debo andar muy mal de memoria. Era yo, evidentemente, el alumno que don Pedro distinguía... Fue don Pedro mi primer lector, mi primer admirador...

Enrique no era bueno en ciencias, pero tenía una notable creatividad. Podía transfigurar —o incluso crear— la realidad. De hecho, le resultaba más sencillo inventar que copiar. Y se sentía orgulloso de eso:

—El maestro... nos exigía que presentásemos por la mañana, escritos en cuadernos destinados únicamente a ese efecto, diez renglones, copiados de cualquier texto y aun de periódicos... Yo no sacaba de los libros ni de los semanarios ni de los diarios ni de ninguna parte el texto de rigor. Yo lo inventaba. Me resultó mucho más práctico dar forma a diez renglones... Siempre me costó trabajo, mucho trabajo, quitar los ojos de la plana para copiar los renglones necesarios. Mi inventiva me hizo escritor.

Sin embargo, para su familia, ser artista no era una opción. Los Amorim eran hacendados. Tenían vacas y ovejas. El abuelo portugués de Enrique había llegado desde el Brasil y había fundado una empresa de lanas y cueros. A su padre, aunque le gustaba el teatro, le infundía pánico la farándula. La afición del pequeño Enrique por la escritura, una actividad poco productiva y potencialmente inmoral, fue muy mal recibida por sus parientes. Su rechazo le enseñó a Enrique que todo aspirante a artista debe estar preparado para superar el calvario de la incomprensión. Según él, todo joven con inquietudes sufre lo mismo:

—Se le desdeña de entrada; se le hace motivo de burla; se le desdeña y se le maltrata... Se le empieza por decir que se va a morir de hambre, lo que significa un trauma, es decir, una cicatriz mental que llevará toda la vida. Si es pintor, si es escultor, si es poeta, se le llamará «inservible».

Afortunadamente, la madre de Enrique tenía otras ideas. Candelaria Areta de Amorim era una mujer adelantada a su tiempo. Escribía para los diarios de la capital y, por ello, también padecía los prejuicios. Tenía que firmar sus artículos con seudónimo porque en su entorno, las actividades intelectuales eran consideradas poco femeninas, acaso lésbicas. En uno de esos artículos, Candelaria denunciaba:

—Las mujeres de la campaña... muy pocas veces se animan a escribir en los periódicos, como si esto estuviese reñido con la feminidad, por cierto mal entendida, pues he oído decir a muchas y muchos: «Ah, es un marimacho: escribe en los diarios».

En el entorno de los Amorim, la escritura era considerada poco masculina en los hombres y poco femenina en las mujeres. La escritura, para el pequeño Enrique, estuvo ligada desde el principio con la ambigüedad sexual, así como el teatro con la moral disipada.

Sin embargo, igual que la madre de Federico, Candelaria apoyó y estimuló las inquietudes literarias de su hijo, y aplacó al lado masculino de la familia, algo que él le agradeció toda la vida. Para Candelaria, Enrique encarnaba sus propias aspiraciones literarias. Podía triunfar en el campo que a ella le estaba vetado. Y cuando él llegó a la adolescencia, presionó a su esposo para enviarlo a estudiar a una atmósfera más propicia para sus intereses: Buenos Aires.

Aunque uruguaya, la ciudad de Salto tenía más relación con Buenos Aires que con Montevideo. Salto está a orillas del limítrofe río Uruguay. La margen del frente, a solo trescientos metros, ya es territorio argentino. A principios de siglo, era la segunda ciudad de su país, con treinta mil habitantes, y debido a la ganadería, mucho dinero pasaba por sus bancos. Los estancieros, hacendados de la zona, viajaban hacia la capital argentina con frecuencia, y apreciaban directamente sus espectáculos, sus sastres y sus noticias. Aún hoy, las antiguas casas salteñas de estilo afrancesado recuerdan esos años dorados.

No obstante, la Buenos Aires que recibió a Enrique Amorim era muy distinta de la plácida campiña salteña. Su enorme población inmigrante se mantenía atenta a las noticias internacionales, que en las primeras décadas del siglo eran descomunales: la Revolución Mexicana, la Guerra Mundial, la Revolución Rusa anunciaban una era de transformaciones. Y la próspera Argentina se veía a sí misma como una protagonista de la historia por venir. Los tiempos pedían hombres de acción, y los colegios formaban estudiantes cosmopolitas, ciudadanos del mundo.

Tras una breve etapa en el Colegio Sudamericano, Enrique se matriculó en el Colegio Internacional de Olivos, un internado a orillas del Río de la Plata que inculcaba un gran sentido del liderazgo en sus alumnos. Ahí había estudiado, por ejemplo, Juan Domingo Perón, que se convertiría en el gran caudillo argentino del siglo XX. El colegio promovía la excelencia y la competitividad en todos los ámbitos, sin importar a qué precio. Para destacar, por ejemplo, en los torneos deportivos, la dirección no vacilaba en recurrir a la mentira y el fraude. Amorim recuerda que «hasta llegó a inventar atletas estudiantes, estudiantes falsos, con el único fin de llevar trofeos a la vitrina del colegio».

Amorim tenía pocas posibilidades de destacar en los deportes, o en cualquier actividad física. Sus compañeros lo llamaban «merengue», que significaba 'niño rico', y despreciaban su amaneramiento y sus modales de clase alta. Sin embargo, en la atmósfera escolar de obsesión por el triunfo, la literatura era una actividad tan valiosa y respetable como cualquier otra. Lo importante era ser líder en algo, lo que fuese. En vez de esconder su vocación, Amorim decidió convertirla en un arma de defensa. Según escribió:

—Yo parecía merengue, tal vez por la ropa. Era hijo de rico. Pero había algo en mí que los desconcertaba: desprecio neto por el deporte y una inclinación hacia determinados libros. La poesía que leíamos en voz alta... tirados en el pasto, era un franco desafío a los deportistas... groseros, bastos, de oscura mentalidad.

En el Colegio Internacional de Olivos, Amorim repitió su necesidad de ser el favorito de los profesores, en particular del director, a quien consideraba el gran mentor de su vocación literaria, y también su admirador. Sobre él, Amorim admite:

—Si hacía distingos —claro que fue así— particularmente conmigo, los hizo de cara a cualquier reacción; los hizo porque creía en mí, y en otros, a los que separó de «la manada», para darnos «cuarto propio» en una casita que, calle por medio, ostentaba el nombre El Oasis. Sí, era un verdadero oasis. Allí empecé a escribir.

Gracias a todos esos estímulos, Amorim terminó convirtiéndose en un muchacho popular, tan hiperactivo y positivo que recibió el apodo de *Ventarrón*. En 1918, en un simulacro de gobierno escolar, lo nombraron ministro de Instrucción Pública y Relaciones Exteriores. Y ese mismo año, llegó a editor de la revista escolar, escaparate de sus primeros poemas.

Igual que en los escritos juveniles de García Lorca, el amor imposible era el gran tema de los poemas del adolescente Amorim. Su visión romántica del sentimiento amoroso se plasmaba en imágenes sobre la lejanía del ser amado y la imposibilidad de ser feliz. Pero, sobre todo, en esos poemas se anunciaba el rasgo que definiría para siempre a Amorim: su instinto camaleónico, su capacidad de convertirse en otras personas a voluntad.

Cuando niño, en la escuelita salteña, había falsificado noticias de prensa. Ahora su capacidad de transformación estaba refinada: empezó a escribir con el estilo de otros poetas, a copiar sus recursos literarios hasta anular su propia personalidad. Según K.E.A. Mose, autor de una tesis sobre la obra de Amorim, su don para el camuflaje estaba tan desarrollado que solo era visible cuando copiaba a escritores demasiado famosos:

—En el trabajo de Amorim, el artificio se delata cuando remeda la expresión de sus mayores. En el poema «?» es especialmente notorio. El empleo de un signo de interrogación como título es una imitación de José Asunción Silva. Y hay más: en la siguiente estrofa se perciben ecos de «La respuesta de la tierra», de Silva, y «Lo fatal», de Rubén Darío.

Para la crítica literaria, sin embargo, la capacidad de imitación de Amorim no era señal de talento, sino de falta de originalidad. A su primer poemario, publicado en 1920, un crítico le reprochó con delicadeza sus plagios:

—Me temo que todavía no haya abierto bien los ojos ni el alma... y que persista en conocerlo todo a través de las definiciones y bajo los aspectos cristalizados por sus antecesores.

Como última humillación, el crítico le sugirió a Amorim dedicarse a la prosa.

Incluso sus profesores animaron a Enrique a abandonar el género. Uno de ellos escribió en el prólogo del poemario, la parte del libro que supuestamente anima a su lectura:

—Tengo por seguro que no ha de ser muy prolongada la hora poética de este muchacho. No parece ser el verso su idioma natural, ni acaso han de querer las circunstancias que Amorim cultive por mucho tiempo su huerto perfumado. Mas cualquiera que sea su actividad literaria (que eso sí, en la literatura siempre estará mezclado) es de señalar en estos primeros versos, si no la presencia de una musa nueva, al menos la de un espíritu veraz.

Y, sin embargo, esos poemas que se parecían a los de tantos otros escritores no se parecían a su autor. La imagen exterior que proyectaba *Ventarrón*, aquel muchachote rebosante de buenas vibraciones con ganas de comerse el mundo, no se correspondía con esos versos tristes de ambiente rural y melancólico romanticismo.

Y es que Amorim se comportaba en cada ámbito como consideraba adecuado. Incomprendido en su pueblo de origen, destacado en un país ajeno, sexualmente ambiguo en una sociedad machista, no sabía qué identidad asumir, y trataba de complacer a todos los públicos, disfrazándose de lo que ellos deseasen ver en él. Si Rubén Darío era el poeta consagrado, Amorim escribía como Darío. Si el colegio quería educar superhombres, Amorim actuaba como uno. Era un actor, como los que había admirado durante su infancia salteña, pero a diferencia de ellos, nunca bajaba del escenario para contaminarse con las miserias de la vida real.

Paradójicamente, los nombres de sus primeros libros constituyen un grito de afirmación de identidad. Su colección de poemas lleva por título su edad de ese momento, *Veinte años*. Tres años después, siguiendo el consejo de sus críticos, publicó una recopilación de cuentos que tituló con su nombre, *Amorim*. Quizá Enrique no sabía quién era o qué era. Pero fuese quien fuese, quería ser reconocido.

Precisamente por eso, las críticas le resultaron demoledoras. Para ningún artista es fácil aceptar las opiniones adversas. Amorim, además, pensaba que el mundo estaba tan pendiente de él como él mismo, y atribuyó el fracaso a una conspiración en su contra alimentada por oscuros odios personales:

—Publiqué mi primer libro. Pero una tanda de enemigos se me vino encima, expresándose ya con odio cabal o con natural desprecio. Les resulté antipático.

Para evitar un nuevo rechazo, decidió hacerse simpático: conocer escritores y editores, y ganar su apoyo público para sus futuros libros. El mundo cultural porteño era una compleja red de relaciones personales, y para escalar en él hacían falta contactos, amistades, relaciones. Frecuentar a unos sin irritar a otros requería un don de gentes especial, cierta habilidad para el disfraz mundano. Y si de algo sabía Enrique Amorim era de disfraces.

Inició una nutrida correspondencia con intelectuales vinculados al Colegio Internacional de Olivos y a su Salto natal. Su intercambio epistolar ascendió en la jerarquía intelectual hasta escritoras como Alfonsina Storni o Juana de Ibarbourou, cuyo retrato hoy adorna los billetes de mil pesos uruguayos. A los escritores más importantes, Amorim les enviaba sus libros, y si recibía de vuelta una carta amable, la hacía transcribir en la prensa salteña. Las respuestas de Juan Ramón Jiménez y Benito Lynch las mandó publicar casi enteras.

K.E.A. Mose detecta este desdoblamiento de personalidad:

—La inagotable actividad de Amorim en el Colegio Internacional de Olivos sugería el despertar de una personalidad dinámica en una atmósfera eufórica. En el periodo que va de la publicación de *Veinte años*, en 1920, hasta la aparición de *Amorim*, en 1923, esta personalidad parece multiplicarse.

El mismo académico atribuye la hiperactividad social a la desmedida ambición de Amorim:

—Aunque Amorim asume la actitud, o la pose, de que la felicidad completa es inalcanzable, él se muestra como un joven lleno de energía que no escatimará ningún esfuerzo en su anhelo de triunfar.

En efecto, su obsesión por triunfar no le dejaba espacio para nada más. Se inscribió en la carrera de Derecho, pero a pesar de su inteligencia, reprobó los exámenes y tuvo que abandonar la facultad.

Su único objetivo era el éxito.

Y pronto descubriría una nueva herramienta, la más útil, para conseguirlo: el sexo.

El seductor de artistas

A comienzos de la década de 1920, el atractivo social de Amorim se había vuelto irresistible, y su carrera literaria dependía de ese factor.

En 1921, el Ateneo Universitario lo designó como anfitrión del pensador Eugeni d'Ors en Montevideo. Gracias a su encanto personal, Amorim comenzó a convertirse en el vínculo entre los intelectuales uruguayos y los visitantes notables. Todo eso le iba granjeando contactos para publicar en medios de Buenos Aires, Salto y Montevideo, como *Caras y Caretas*, *Pegaso*, *El Hogar*, *Ideas*, *Plus Ultra* o *El Mundo Uruguayo*. Escribía para tantas publicaciones que debía cambiar de estilo y de nombre cada vez. Llegaría a tener treinta y cinco seudónimos.

Su labor profesional se volvió intensa, incluso excesiva. En 1923, presa del agotamiento, enfermó de tifus, en lo que sería la primera manifestación de una salud muy frágil, desbordada por su imparable actividad.

Al igual que su cuerpo, sufría su trabajo. Amorim ni siquiera tenía tiempo para pulir la calidad de lo que publicaba. Además, su imagen mundana ponía en peligro su reputación como escritor serio. Por eso, un amigo salteño le advirtió en una carta:

—Me gusta tu optimismo, pero me parece que estás «ametrallando» un poco. Hay que empezar a cuidarse. Ya te consideran mucho y no conviene perjudicar, por apuros, el renombre sano y limpio.

Pero Amorim tenía apuros, y no solo por razones profesionales. Como hemos visto, desde pequeño sentía un amor genuino por los artistas y pensadores. Quería conocerlos a todos. Disfrutaba de su compañía y su conversación. Deseaba compenetrarse al máximo con ellos, compartir su sabiduría, fundirse con su talento y hacerse uno con ellos.

Y eso, en el sentido más pleno, es lo que hizo con Jacinto Benavente, Premio Nobel de Literatura.

Corría 1922. Benavente, nada más ganar el Nobel, comenzó una gira por América. A su paso por Uruguay, el Ateneo Universitario decidió pedirle una conferencia al maestro. Por supuesto, el líder de la delegación de estudiantes fue Amorim. Don Jacinto los recibió en su hotel calurosamente. Sin un ápice de inocencia, Amorim recordaba lo cariñoso que se mostró con ellos:

—Benavente nos lleva a su pieza. Nos ofrece sillas. Amable, amabilísimo. No estaba su secretario, o no tiene secretario para los hombres jóvenes.

La conversación continuó, salpicada por «un poquito de sabrosa ironía», y algunas indirectas:

—Nos habla de Buenos Aires, de su clima, un tanto húmedo, que le produce lasitud y le da sueño. «Para escribir», nos dice, «necesito estar excitado»...

El Nobel aceptó dar la charla para el Ateneo. Pocos días después habló ante un auditorio rebosante de estudiantes. No se refirió especialmente a la literatura. El núcleo de su discurso fue un ataque contra la moral católica. Se preguntó si Dios es quien ha creado a los hombres o los hombres quienes lo han creado a él. Defendió fervientemente el amor como forma de conocimiento. Y ante todos esos jóvenes resumió su máxima felicidad con las siguientes palabras:

—Lo he conocido todo, lo he comprendido todo. Y lo sé, más que por los que me amaron, por lo que amé.

El discurso fue un gran éxito. El público, según Amorim, «lo oyó con devoción, con recogimiento singular. Le ovacionan hasta el automóvil, le aplauden, le miran con ojos absortos, le nombran con labios trémulos». Al despedirse de sus anfitriones del Ateneo, Benavente les prometió una visita. Quería, explicó, pasar un rato entre estudiantes.

Benavente era un homosexual discreto pero sospechosamente soltero a sus cincuenta y seis años, que llegó al Río de la Plata en la cúspide de su fama, y muy dispuesto a pasárselo en grande. Una foto que le dedicó y firmó a Amorim lo muestra, en efecto, rodeado de jovencitos. Pero no cabe duda de quién era su preferido.

La magnitud de los apetitos de Benavente por Enrique queda registrada con sonrojante claridad en sus cartas. La primera lleva el membrete del Gran Hotel Lanata de Montevideo, y la escribió al terminar su visita, poco antes de partir:

—Queridísimo amigo: mucho siento no verle antes de marchar. ¿No vendrá usted por aquí? ¡Cuánto me alegraría! Usted no sabe el cariño, la simpatía que, sentida desde el primer momento, ha ido aumentando hasta...

Benavente abandona así el primer párrafo, en puntos suspensivos, y luego pasa a describir con apasionada nostalgia un encuentro íntimo con Amorim:

—Por toda mi vida será un recuerdo imborrable, algo de lo que se duda si ocurrió o si se soñó, *nuestro crepúsculo* de dicha, nuestras confidencias, y sobre todo algo espiritual que yo sentía alrededor nuestro. No lo olvidaré nunca. Hoy llena mi corazón por entero el recuerdo y la escena se prolonga en mi imaginación, y todavía le digo a usted muchas cosas, cosas que de seguro en presencia ni sabría decirle, son cosas sin palabras, eso, cosas...

El énfasis del crepúsculo y los puntos suspensivos son del propio Benavente, que más adelante, añade:

—No me cambiaría por nadie solo por haber vivido esa tarde.

Benavente continuó viaje por Chile, Perú y Panamá. Amorim le escribió. La respuesta de Benavente lleva el membrete del Hotel Gran París de Matanzas, Cuba. En ella, don Jacinto lamenta no haberse llevado consigo a su joven amigo uruguayo por temer demasiado al qué dirán:

—¡Qué bien lo habría usted pasado! ¿Por qué seremos tan cobardes? Es tan hermoso lanzarse a la ventura sin pensar en mañana.

Sin embargo, Benavente no se ha aburrido en su gira:

—De ambiente intelectual todo esto anda mediano. ¡Pero qué falta hace! Hay unos ojos color de acero y unas bocas... ¡Y cómo saben besar por estas tierras!

De todos modos, añora su tarde con Amorim, de la que ofrece más detalles:

—Yo le recuerdo siempre. Un recuerdo lleno de poesía y... de crepúsculo. Le veo subir a aquella luz, a aquella altura... Estaba más cerca del cielo que de la tierra y aquel beso, el único que dejé en su frente y...

Esta última frase sugiere que el crepúsculo en cuestión tuvo más de romanticismo que de abierta carnalidad. Pero no deja lugar a dudas sobre los deseos de Benavente.

Amorim dio alas a esos deseos, y aprovechó el contacto para hacerle llegar al Premio Nobel una copia de su siguiente libro. La carta que Benavente le devolvió, esta sí escrita en su papel personal desde España, comienza así:

—Mi querido amigo: gran alegría tuve al recibir su libro. Mucha por el libro, que me deleitó como todo lo suyo, tan personal, tan sugestivo. Mayor aun por saber de usted después de algún tiempo y ver que no se ha olvidado de quien, puede creerlo, le recuerda siempre con mucho, mucho cariño.

Y, sin embargo, una vez conseguido su propósito, Amorim perdió interés en su querido amigo. La última carta de Benavente, sin fechar, lamenta que no hayan podido verse durante un viaje del joven a España:

—Tengo desgracia con usted. Tantas veces cerca y sin vernos ¿Qué se propone el destino? ¿Teme quizá que nos veamos?

Más adelante, le reprocha directamente a Amorim que lo haya evitado en una ocasión social, y afirma que estuvo a punto de ir a buscarlo a su hotel. Pero pronto regresa a un tono más persuasivo. Le recuerda su «mucho, mucho cariño». Le propone encontrarse en España o incluso en Francia. Y se despide con un clamor desesperado:

—Si supiese que hasta versos le tengo dedicados que usted no leerá... ¡Que nadie leerá nunca!

Así terminó el «crepúsculo de dicha», y cayó la noche sobre la pasión de Benavente por Enrique Amorim.

Es posible que haya sido Benavente, once años después de su viaje al Río de la Plata, el primero en hablarle a Federico García Lorca sobre el uruguayo. Sin duda, como miembro del medio teatral, debe haber sabido del viaje de Federico para el estreno argentino de *Bodas de sangre*, y puede haberle ofrecido algunos consejos de viajero experimentado.

En principio, uno no esperaría que Federico y Benavente hubiesen tenido una buena relación. En la década de 1930,

Federico representaba precisamente la revolución contra el teatro convencional y los dramas rurales de Benavente. Y de hecho, algunos iconoclastas colegas del granadino podían ponerse bastante desagradables con don Jacinto. Durante el estreno de una obra de Rafael Alberti, por ejemplo, Benavente había tenido que abandonar el teatro entre rechiflas y gritos de «¡Muera la podredumbre de la actual escena española!». El propio Federico, como hemos visto, disparaba veneno contra los escritores que le disgustaban.

Y, sin embargo, en la exhaustiva biografía de Ian Gibson sobre Federico no consta ninguna agresión de su parte contra el autor de *La malquerida*. Por el contrario, su relación parece haber sido bastante buena. Benavente apoyó a Federico asistiendo al estreno madrileño de *Bodas de sangre*, y dos años después, al de *Yerma*. Quizá esa inesperada simpatía se debiese precisamente a la opción sexual que compartían. Las diferencias estéticas quedaban en un segundo plano ante la necesidad común de sobrevivir en el medio hostil de una sociedad católica. Si así fue, Benavente podría haberle sugerido a Federico algunas amistades con las que sentirse cómodo durante su periplo sudamericano. Lo que sí es seguro es que García Lorca y Amorim tuvieron también un crepúsculo.

O, al menos, que Amorim creyó tenerlo.

En sus memorias inéditas, el uruguayo dejó un único testimonio sobre su relación con García Lorca. El texto no está fechado, ni aclara si fue publicado o no, pero sin duda es posterior a 1956, ya que reseña el polémico libro de Jean-Louis Schonberg *Federico García Lorca. L'homme. L'oeuvre*, publicado ese año.

Se trataba de un libro muy especial. Schonberg era en realidad el seudónimo del barón Louis Stinglhamber, que prefirió disfrazarse bajo ese nombre anticipando el gran escándalo que produciría su obra. Presentado como el primer estudio «sincero» sobre el poeta, con la aspiración de añadir lo esencial a su historia y la intención declarada de «quitar el velo de su joven rostro vengador», *Federico García Lorca. L'homme. L'oeuvre* era la primera lectura del poeta en clave abiertamente gay. Y no solo de su vida y su obra, sino también de su muerte, que Schonberg consideraba un asunto personal, el producto de una reyerta entre homosexuales, una mezcla de lío de faldas con trifulca de callejón.

La tesis de Schonberg provocó una explosión de rabia en todos los niveles. Sus principales detractores eran precisamente los defensores de García Lorca, muchos de los cuales trataban de ocultar la inclinación sexual del poeta, pensando que así salvaban su literatura. Así, José Mora Guarnido, en calidad de amigo de Federico, salió en defensa de la heterosexualidad del poeta:

—En ningún momento sus actos despertaron la menor suspicacia, en aquel Madrid tan dado al comentario, repulsa u ostentación cínica de toda clase de extravíos sexuales... Por lo demás, Lorca no mantuvo la menor relación con las pandillas de estetas equívocos, donde, parte por esnobismo y extravagancia literaria, parte por real desviación, se hacía culto a veces ostentoso de esas cosas. Además, las gentes que rodeaban al poeta, entonces y después, se caracterizaron generalmente por un común denominador de pulcritud en la conducta y de decencia. Ni... don Manuel Falla, ni José Ortega y Gasset, Antonio Machado, Juan Ramón Jiménez... hubieran mantenido estrecha amistad con persona tachada de posturas contrarias al decoro, por elevada que fuera su dotación poética.

Y eso que Mora había conocido a Federico desde la adolescencia, había compartido habitación con él una temporada y, para colmo, estuvo presente en Montevideo durante el viaje de García Lorca, e incluso fue al puerto con Amorim para recibirlo.

El mundo académico también despedazó el libro de Schonberg. El profesor Carlos Blanco Aguinaga, de la Ohio State University, puso todo su empeño en negar cualquier vínculo entre la sexualidad de Lorca y su obra, y atacó al francés en los siguientes términos:

—Lo importante de la homosexualidad de Lorca no es el hecho patológico en sí... Cabe aceptar que la pasión vital de Lorca fue quizá, en parte, producto de un desajuste, pero cuidándonos de añadir: de un desajuste que podría haber sido de otro tipo (cualquier neurosis podría producir los mismos resultados).

Y aún veintiocho años después, el crítico literario Miguel García-Posada se enfurecía desde las páginas del diario *ABC*:

—La consigna del lamentable *monsieur* Schonberg, un crítico de tercera fila, ha sido bien atendida, y una serie de advenedizos irresponsables se han lanzado sobre la obra y la memoria de Lorca.

La reseña de Enrique Amorim al libro de Schonberg tampoco es amable. Igual que todos los demás críticos, detesta al autor, considera su libro poco menos que un insulto y lo rechaza enérgicamente. Para Amorim, lo del francés es una maniobra del más despreciable *marketing* editorial:

—Los franceses abandonan el triángulo que les dio fama para aplaudir novelas de menores de edad en que se pinta el homosexualismo con vivos colores... El anzuelo ya tiene peces gordos en los Estados Unidos y editores aprovechados en América del Sur. Así, el libro de Schonberg hará roncha, vale decir, es posible que inicie su discreto incendio.

Pero leída con atención, la crítica de fondo de Amorim es muy diferente de las demás: no pretende negar la homosexualidad de Federico, ni su importancia para la obra lorquiana. Al contrario, la afirma, incluso se esmera en hacerla compatible con el compromiso político:

—Federico sabía llevar muy hábilmente sus *sombras inconfesables*. Y nunca sirvieron para debilitar su terreno político, ni para engordar a la canalla que lo explotaba. *Sus sombras* eran suyas...

Los énfasis son del original de Amorim, que más adelante añade:

—Vi representar *Bodas de sangre* en Varsovia. A nadie se le ocurrió hablar de su contenido político-social. Sí del tierno poeta sacrificado, no por las sombras íntimas que recorrían el cuerpo de Federico, sino por las palabras en alto...

Situémonos a fines de la década de 1950, cuando Amorim escribe ese texto: más de veinte años han pasado desde la muerte de García Lorca, pero hasta la aparición del libro de Schonberg, su homosexualidad era un tabú. Ahora, de repente, se abre la veda sobre el tema, y Amorim quiere establecer su propia autoridad para hablar al respecto, una autoridad que considera mucho más demostrada que la del mercenario Schonberg. Según apunta irónicamente:

—Quienes conocimos a fondo al poeta granadino llevamos una aparente desventaja frente a los franceses, tan inclinados a la preocupación sexual que casi toda su actualísima literatura gana adeptos en el público por el ambiguo terreno... Es parla escandalosa la del francés que solo conoce a Federico por los retratos anteriores a la Guerra Civil Española; que nada sabe del rostro congestionado, violento, a punto de estallar, de aquel muchacho a quien bajarían del aire, donde se había apostado para cantar, las balas más crueles del siglo: las balas nazifascistas.

Progresivamente, la crítica del libro se va convirtiendo en una reivindicación del papel personal de Amorim en la historia de García Lorca, en un repaso por los hitos de su amistad. Según Amorim, él mismo fue un personaje clave del periplo sudamericano del poeta:

—Personalmente me he resistido a escribir sobre Federico, porque no sabría por dónde empezar. Si digo que escribió a mi lado *Yerma*, y que en Carrasco, en un hotel del balneario, me leyó escenas que no aparecen en la obra, y que fue allí donde resolvió asombrar con sus conferencias ejemplares a un público que lo estaba esperando... tal vez diga mucho, pero también muy poco, de la intimidad del creador.

Amorim sugiere en estas líneas que sabe más de lo que puede decir, y añade varios detalles personales: se presenta a sí mismo como el salvador de Federico de las garras de Lola Membrives. Cuenta que la actriz no tenía ninguna fe en él cuando estrenó *Bodas de sangre*, y que durante el viaje a Montevideo sostenían violentas discusiones, de las que Amorim rescató a su amigo.

Pero sin duda el momento culminante de la reseña, la clave de lo que quiere decirnos con ese texto, está en el episodio de un poema leído al atardecer, que narra con romántica nostalgia.

El escenario recuerda al crepúsculo que tanto añoraba Benavente en su relación con el escritor uruguayo: un encuentro secreto en un entorno natural que invita a la intimidad. Pero, a diferencia de las apasionadas cartas personales de Benavente, Amorim escribe para la historia, y está obligado a ser prudente y a hablar entre líneas.

El episodio ocurrió en el balneario de Atlántida, cuarenta y cinco kilómetros al este de Montevideo. Atlántida tiene una perspectiva muy particular: de lado a lado se puede seguir el paisaje verde del litoral, abrazando la costa mientras la espuma marina revienta contra las formaciones rocosas de la orilla. Amorim recuerda en tono extático, casi místico, lo que ocurrió en ese sugerente escenario:

—Cuando Federico me dijo la «Oda a Whitman», junto al mar, en Atlántida, mientras las olas golpeaban en una roca oscura, una gran emoción me sobrecogió. Había demorado más de un mes la promesa de decírmela. Como único comentario dije: «Te la ha dictado Walt». Federico agregó: «Debe ser así».

La referencia a Walt Whitman no es inocente. El poeta norteamericano del siglo XIX había sido muy explícito con el tema homosexual. En su poema «Por senderos no hollados» se proclamaba «decidido a no cantar hoy otras canciones que las del afecto varonil». Otro de sus textos, «Nosotros dos chicos siempre juntos» era gay desde el título, pero para no dejar dudas, los dos chicos no reconocen «más ley que la nuestra» y se consideran «el terror de los curas». «Una mujer me espera» declara «sin pudor el hombre que me gusta conoce y reconoce la delicia de su sexo».

En 1885, el poemario de Whitman *Hojas de hierba*, había sido recibido con furia por la sociedad norteamericana. La prensa de ese país exigió que el autor fuese «expulsado de toda sociedad decente y tratado como una bestia», o consideró su trabajo como producto de la «locura temporal». Uno de sus editores llegó a renunciar a los derechos para evitar una denuncia legal por obscenidad. El gobierno ordenó echar al poeta de su trabajo en un ministerio por ser autor de un «libro indecente».

Federico había profundizado en la lectura de Whitman durante su viaje a Nueva York de 1929, viaje que marcó un hito en el reconocimiento de su identidad. Había llegado a América deprimido tras la pérdida de un amante. Lo acosaban las dudas sobre su condición sexual y sus escasas posibilidades de ser feliz.

En Nueva York se matriculó en un curso de inglés, pero ni siquiera se presentó a los exámenes finales. Tenía otras maneras de aprovechar el tiempo. Conoció al poeta gay Hart Crane y asistió a sus divertidas fiestas de marineros. Frecuentó las noches del Small's Paradise de Harlem, famosas en el ambiente neoyorquino. Participó en una orgía con negros y, en general, conoció un mundo en el que era posible vivir la homosexualidad con mayor libertad que en España. Numerosas fuentes atestiguan que, después de ese viaje —que incluyó una escapada a Cuba—, la conducta del poeta sufrió un gran cambio. Federico se volvió «muy ordinario», «más desatado» o sencillamente un «grosero».

El viaje tuvo también un gran impacto en su literatura: aparte del libro *Poeta en Nueva York*, dio lugar a su obra secreta *El público*, de la que ya hemos hablado. Y a la también secreta «Oda a Walt Whitman», que Federico solo mostraba como prueba de gran complicidad, y que le leyó a Enrique Amorim en la playa de Atlántida:

Ni un solo momento, viejo hermoso Walt
                                                    [Whitman]
he dejado de ver tu barba llena de mariposas,
ni tus hombros de pana gastados por la luna,

56

ni tus muslos de Apolo virginal,
ni tu voz como una columna de ceniza;
anciano hermoso como la niebla,
que gemías igual que un pájaro
con el sexo atravesado por una aguja.
Enemigo del sátiro
enemigo de la vid,
y amante de los cuerpos bajo la burda tela...

Igual que *El público*, «Oda a Walt Whitman» es una defensa de quienes quieren vivir pacíficamente una sexualidad alternativa:

Por eso no levanto mi voz, viejo Walt Whitman,
contra el niño que escribe
nombre de niña en su almohada,
ni contra el muchacho que se viste de novia
en la oscuridad del ropero,
ni contra los solitarios de los casinos
que beben con asco el agua de la prostitución,
ni contra los hombres de mirada verde,
que aman al hombre y queman sus labios en
[silencio...]

Es por eso que Federico demoró «más de un mes» la promesa de recitarle la oda a Enrique Amorim, y solo lo hizo en un entorno muy privado. De hecho, en vida de su autor, la oda nunca se publicó completa en España. En 1933 se había publicado en México con un minúsculo tiraje de cincuenta ejemplares, algunos de los cuales Federico llevaba consigo en Uruguay. La «Oda a Walt Whitman» era lo que hoy es un arma cargada o un kilogramo de cocaína: circulaba clandestinamente, y nada más entre un grupo de iniciados.

Al narrar el episodio de la lectura frente al mar, Amorim se incluye a sí mismo en ese grupo, y también le hace un guiño a las generaciones futuras. Comprende que el repudiado libro de Schonberg le ha abierto una puerta: es consciente de que, cuando se empiece a hablar de ese tema, de las «sombras inconfesables», el mundo podrá reconocer su verdadera importancia en la vida de Federico. Ahora al fin «sabe por dónde empezar» a hablar de Federico.

De hecho, a pesar de su aparente indignación, Amorim recomendó la publicación del libro a la editorial Losada, por entonces la más prestigiosa del mundo hispano. Quería que el libro apareciese en Argentina y que le allanase el camino para contar su verdad.

Pero mientras escribía sus memorias, faltaba mucho tiempo para ese momento. Amorim aún no podía llegar demasiado lejos. No solo quería proteger a Federico de la maledicencia, también se debía proteger a sí mismo. En consecuencia, puso gran esmero en cada detalle de su mensaje, en cargarlo de sentido para los lectores que pudiesen entenderlo. Uno de esos detalles es la mención al momento en que se realizó la lectura: «mientras las olas golpeaban en una roca oscura». La roca marina tiene un significado en la «Oda a Walt Whitman». Es un símbolo del amor entre hombres:

> Puede el hombre, si quiere, conducir su deseo
> por vena de coral o celeste desnudo;
> mañana los amores serán roca y el Tiempo
> una brisa que viene dormida por las ramas...

Amorim escribió estas memorias sabiendo que no las publicaría en vida. Esperaba que llegase alguien en tiempos menos convulsos para recoger y comprender su testimonio. No podía afirmar tajantemente las cosas. Debía contentarse con sugerirlas.

No obstante, Amorim dejó una huella más clara sobre su relación: sus cartas privadas a Federico, que no estaban destinadas a la publicación. En ellas no necesitaba ponerse tan misterioso. En febrero de 1935 le escribió al poeta, entre juguetón y nostálgico:

—Federicoooooooooo... Federiquísimo... Chorpatélico de mi alma... Mi maravilloso epente cruel, que no escribe, que no quiere a nadie, que se deja querer, que se fue al fondo de la gloria y desde allá, vivo, satánico, terrible, con un ramito de laurel en la mano, se asoma por encima de los hombros de las nubes. Chorpatélico, que te has ido dejando polvo de estrellas en el aire de América. Un lagrimear (sí, mear, querida máquina mía, has escrito bien, mear) de Totilas Tótilas, todas llenas de cosméticos y batones ajados por... esa babosa de América que las embadurna y las lame.

La carta muestra, una vez más, el talento de Amorim para escribir con el estilo de quien quiera, en este caso, con las ingeniosas asociaciones de ideas y la creatividad para acuñar nuevas palabras de Federico. Y continúa recordándole al destinatario su tarde frente al mar y su encuentro en el Hotel Carrasco:

—Federicoooooooooo... Epente que ama las frentes bravas y las ideas desmelenadas. Chorpatélico que levanta la columna de ceniza y se va, se va tras los mares, mientras la poesía de América se queda machacando ajos, desmenuzando perejiles, atónita, y él, ÉL, corre por el mar y en Madrid *Yerma*, *Yerma* de aquella tarde en el Hotel Carrasco, ¡*Yerma* se yergue e ilumina y limpia y vibra!... ¡Federico!...

Epente, la palabra con la que Amorim llama una y otra vez a Federico, significa 'homosexual'. Es posible que *chorpatélico* también, ya que las usa indistintamente. Cada vez que pone una, también está la otra. No se trata solo de un juego literario, o de un producto de la extraordinaria creatividad verbal de García Lorca. Era una obligación de supervivencia. Los gays necesitaban inventar palabras o giros que les permitiesen hablar sin riesgo sobre temas prohibidos, en particular sobre sentimientos prohibidos.

Las memorias del uruguayo insinúan que su *affaire* con García Lorca fue mucho más que una rápida aventura. Sabemos que se conocían desde Buenos Aires, y la apretada agenda de Amorim como escolta de García Lorca sugiere que su amistad ya era muy cercana durante los días de Uruguay. Pero para conocer los sentimientos de García Lorca hacia Amorim sería necesario leer sus cartas. Y esos documentos definitivos han desaparecido.

Marta de Madariaga, una amiga de la familia de Amorim, leyó rendidas cartas de amor de Federico, que el uruguayo guardaba en la mesilla de noche de su casa de Salto y que ella encontró después de su muerte. Marta lo recuerda bien, ya que la sorprendieron por escandalosas. La asistenta de la casa, Griselda Rosano, también conoció esa correspondencia, y asegura haberla enviado toda a la familia García Lorca en algún momento de la década de 1980 por orden de la viuda de Amorim. El recuerdo de Griselda parece fiable, ya que ella se oponía vehementemente a cumplir su tarea. Pensaba que esas cartas debían quedarse en Salto y que, si no, se perderían.

Tenía razón. Hoy, en esa casa, los únicos papeles que llevan la firma de un García Lorca son las misivas de los hermanos del poeta, Isabel y Francisco, que en su calidad herederos agradecen los envíos y prometen darle el lugar que se merecen en la historia de Federico. Al parecer, sin embargo, la relación entre Isabel y la viuda de Amorim se truncó por alguna razón, porque esta última declararía en una entrevista:

—Ella era una mujer completamente diferente a Federico. No parecía de la familia. Ni física ni temperamentalmente. A mí me han dicho que hasta era franquista.

En todo caso, en la Fundación García Lorca no existe rastro de tales cartas. La bibliotecaria de la institución me remitió a los herederos del poeta granadino, por si ellos las guardaban personalmente. Uno de ellos, Manuel Fernández-Montesinos García Lorca, me negó que existiesen las cartas, como cualquier otro papel, fuera de la fundación. En conversación telefónica, me dijo:

—No nos quedamos con nada. Ojalá lo hubiéramos hecho, porque son documentos muy valiosos. Pero todo lo que teníamos está en la fundación, a vista del público.

La presidenta de la fundación, Laura García-Lorca de los Ríos, tampoco sabe nada sobre las cartas, pero admite que los herederos se reservan los recuerdos que consideran «de valor estrictamente personal». Según Laura, hay cajas enteras con esos recuerdos, muchas de las cuales aún no ha revisado.

Cabe sospechar que entre los papeles «de valor estrictamente personal» se encuentren aquellos vinculados con la homosexualidad de Federico, un tema que a sus herederos siempre les resultó complicado de digerir. El biógrafo de Federico, Ian Gibson, ha acusado a Francisco e Isabel de homofobia, y les atribuye haber intentado ocultar la importancia de la orientación sexual en la vida y obra de su hermano.

La actual presidenta de la fundación, hija del primero y sobrina de la segunda, admite que para sus parientes era difícil tocar ese asunto, pero considera que los tiempos han cambiado, y esa cuestión ha dejado de ser un problema. Por lo tanto, si las cartas de Federico a Amorim fueron devueltas a la familia y nadie las destruyó, deberían estar en alguna de esas cajas.

En setiembre de 2010, durante nuestra entrevista personal, Laura se ofreció a buscar en ellas y avisarme si hallaba información relevante. Hasta el cierre de este libro, no se ha puesto en contacto conmigo.

Podemos afirmar, con cartas o sin ellas, que Amorim se enamoró de Federico y fue correspondido. Lo que no sabemos es con qué intensidad. En la historia de Federico abundan los casos de amigos fascinados con él, a los que el poeta olvidaba al cabo de unos días.

Ahora bien, también podría haber ocurrido lo contrario: durante su estancia en Buenos Aires, Federico le confesó a un amigo que había tenido un gran amor en esa ciudad, un amor al nivel de los mayores de su vida, que sus biógrafos han buscado hasta ahora sin éxito.

Si hacemos caso a Amorim, él podría ser el hombre que faltaba, el amante porteño, el eslabón perdido de los grandes amores del poeta.

Pero, aun en ese caso, la pregunta es *¿podemos realmente fiarnos de Amorin?*

Cómo vender cuatro veces el mismo libro

Retrocedamos un poco en el tiempo, hasta rencontrar al joven aspirante a escritor Enrique Amorim. Tras el fracaso de su primer libro de poemas, Amorim decidió volver a la carga. Pero, esta vez, estudió cuidadosamente las tendencias literarias de moda en busca de la fórmula del éxito.

En la Argentina de la década de 1920 predominaban dos grupos de escritores: los del barrio de Florida y los de Boedo, es decir, a grandes rasgos, los vanguardistas y los realistas; estos últimos, por lo general, políticamente izquierdistas.

En parte, esa división reflejaba lo que se discutía en Europa. Durante los primeros años del siglo xx, los creadores europeos habían quedado fascinados con la modernidad y la rápida industrialización. La tradición ya no era capaz de expresar el espíritu de los tiempos, y nuevas formas de crear se abrían paso con el nombre de *vanguardias*. Movimientos artísticos como el cubismo o el futurismo italiano trataban de representar las vertiginosas transformaciones que acarreaba el siglo.

La Primera Guerra Mundial mostró el lado oscuro de esas transformaciones: las máquinas ya no eran barcos o aviones, sino tanques y bombas. La modernidad ya no significaba construcción sino destrucción, a escalas nunca antes vistas. Después del conflicto, los futuristas derivaron hacia el fascismo, y parte de los surrealistas, hacia el comunismo. El planeta iniciaba la sorda pugna entre sistemas que desembocaría en la Segunda Guerra, y los artistas argentinos no era ajenos a ella. Escritores cercanos al grupo de Florida, como Leopoldo Lugones, defendieron ideas fascistas; y, por su parte, en 1924, el grupo de Boedo fundó la revista *Extrema Izquierda*.

Amorim, fiel a su estilo, decidió llevarse bien con todos. En una entrevista se declaró militante del grupo *Floredo*, y destacó las virtudes de todos los contendientes:

—Boedo representa la faz humana de la literatura. Sus valores tienden a interpretar el anhelo de renovación social, ya sea por el ejemplo de afuera o porque han estudiado las clases proletarias... Los de Florida responden a un francesismo de última hora.

A juzgar por sus cuentos de esos años, Amorim era mucho más cercano al grupo de Florida. En lo personal, no era precisamente un proletario. Y en lo literario, la mayoría de sus relatos eran perfiles psicológicos sobre personajes al límite de la cordura, o historias de terror inspiradas por Edgar Allan Poe. Los escenarios de sus historias, decorados con cortejos fúnebres y animales mutilados, bordeaban el género fantástico y, por lo tanto, la tradición cosmopolita de los más burgueses.

Y, sin embargo, después de leer el borrador de su primer libro, un amigo le sugirió que probase a ponerle un poco de color local. Su carta aún se conserva en el archivo de Amorim:

—El cuento es cosa (¡todavía!) inexplorada en América... Estamos esperando el que haga con lo «nuestro» una obra llena de brío... Porque, amigo Amorim, hay la cosa criolla por explotar; eso puede dar mucho tema.

Hay que ahondar ahí, ya que en el alma de esas vidas humildes está trenzada la raigambre de la vida nacional. Yo creo que debería hincar el diente en esa tierra de la carne gaucha.

Amorim decidió aceptar el consejo. Antes de enviar su libro a la imprenta, añadió un cuento, un crudo retrato de la vida rural y de la deshumanización que produce la miseria, poblado por mujeres degradadas, hijos abandonados, «almas gastadas» y «sexos maltratados». Para protagonizarlo, necesitaba unos personajes que vivieran en la más hedionda indigencia material y moral, acorde con los principios del realismo crítico. Así que se inventó un grupo de prostitutas ambulantes.

Y entonces, por primera vez, ocurrió el milagro: sus personajes se volvieron reales.

El proceso comenzó nada más terminar el cuento, y Amorim lo recordaba así:

—Fue en casa de mi amigo Rodrigo Rodríguez Fosalba... Un sábado escribí de un tirón el cuento y se lo leí a mi amigo y a su padre, hombre que había corrido mundo, buen escuchador de historias... Se lo leí y al terminar la lectura de un texto que había salido completamente de mi imaginación, sin la menor relación con la realidad que me circundaba, el padre de Rodrigo me dijo: «No las llame usted "ambulantes". Esas mujeres se llaman "quitanderas". Las hay en el Brasil». Yo no tenía la menor idea de que tales personajes fuesen de carne y hueso. Sabía, sí, que las acababa de crear, de dar vida... Me pasé la tarde del domingo acostumbrándome a la idea de haber descubierto en mi propio magín a las quitanderas.

La palabra pasó a ser el título del cuento, que fue incluido en el libro *Amorim* (1923).

Los cuentos de *Amorim* recibieron el mismo varapalo crítico que los poemas de *Veinte años*, y por la misma razón: su falta de estilo. Así como frecuentaba personalmente a todos los escritores, incluso a los que se odiaban entre sí, Amorim reciclaba todos los trucos ajenos. Los medios de prensa consideraban que no tenía una voz personal y copiaba recursos sin coherencia ni sentido. La revista *Mundo Argentino* preguntó:

—¿Pueden darse dos escenarios y dos grupos de actores más distintos?

Y *Atlántida* sentenció:

—Amorim hállase en esa edad en que se empieza la asimilación y no se ha formado aún la personalidad propia. En esa etapa uno, a veces, se llama en realidad como su maestro, como sus maestros.

La crítica de *Nosotros* añadió:

—La originalidad es una condición innata; no se es original porque se quiera, sino porque se es así; y mucho menos se es original imitando, aunque la imitación sea de quienes lo fueron.

Y, sin embargo, hasta los reseñistas más furibundos salvaron del fuego su cuento rural, «Las quitanderas», cuando no lo elogiaron abiertamente. *El Día* proclamó que «"Las quitanderas" es, a nuestro juicio, lo mejor de todo el libro». Y *Atlántida* celebró el «notable cuadro de "Las quitanderas", magnífico en todos los factores que embellecen su composición».

El consejo de su amigo había sido acertado: su futuro estaba en «la cosa criolla», en «la tierra gaucha».

Y es que en el corazón de todas las disputas literarias porteñas latía la gran pregunta de los países del Río de la Plata: *¿y nosotros qué somos?* Esos países ricos rodeados de países pobres, esas tierras de inmigrantes, esas sociedades de sudamericanos a la francesa, carecían de mitos fundacionales. No habían sufrido una sangrienta conquista, ni podían reivindicar un pasado prehispánico. Sus ciudades eran patentemente occidentales, y estaban habitadas por blancos con apellidos europeos.

En busca de una identidad, la literatura rioplatense volvía su mirada hacia el campo, de donde ya habían bebido autores como Leopoldo Lugones y Benito Lynch. Las interminables pampas, perfectas para la ganadería extensiva, eran una especie de lejano oeste de vaqueros buscavidas, donde los gauchos, criollos curtidos y toscos, hábiles con el lazo y el cuchillo, resultaban lo más cercano a una esencia nacional a lo que podía aspirar la región. Y eso, precisamente eso, era el universo de los alrededores de Salto, que Amorim conocía tan bien.

Para los escritores como Amorim, la ventaja de una identidad tan nueva era que nadie la tenía muy clara. El otro gran escritor gauchesco de la década de 1920, Ricardo Güiraldes, era también un hijo de hacendados. Había sido criado en París y había viajado por China, Japón e India. Tanto él como Amorim conocían el campo de los ricos propietarios, no el de los vaqueros. Y, sin embargo cada uno de los dos concibió su fantasía, la vistió de gaucho y la vendió con suficiente habilidad para convencer a los críticos de que ahí estaba lo que buscaban: ahí estaban sus orígenes perdidos, en presentación *de luxe*.

Por supuesto, no todos los lectores eran tan ingenuos. Un lingüista, Martiniano Leguizamón, advirtió en la prensa que Amorim tenía poco o nada de realista, y que «Las quitanderas» era un fraude, mera fantasía de cuentista. Según él, esas mujeres jamás habían existido, ni en

Argentina ni en ninguna parte, y el autor se las había inventado con el máximo descaro.

Amorim se indignó con la crítica, y respondió con un artículo defendiendo que sus personajes eran reales y que las raíces de su nombre se encontraban en la herencia brasileña de los gauchos del norte. Curiosamente, el debate sirvió para popularizar la palabra *quitanderas*. La gente empezó a usarla. De repente, estaba en boca de todos. Esa inesperada circunstancia renovó el interés de los lectores por el texto. Para aprovechar la coyuntura, Amorim publicó el cuento «Las quitanderas» solo, en un pequeño volumen que contenía la denuncia de Leguizamón y su propia respuesta. Se vendió muy bien.

La nueva promesa de la literatura de gauchos estaba descubriendo las posibilidades del *marketing*. Y decidió explotar el filón. En su siguiente colección de historias, *Tangarupá* (1925), Amorim volvió a incluir «Las quitanderas». De los cuatro libros que había publicado, el cuento de marras ya había aparecido en tres. Y esta vez, para que no pasase desapercibido, en la portada del volumen aparecía el dibujo de una sensual mujer de espaldas, quitándose la ropa frente a la carreta donde se suponía que viajaban las prostitutas ambulantes.

Para darle mayor realismo a la difusión de *Tangarupá*, Amorim viajó a las provincias del norte uruguayo, cerca de la frontera con el Brasil, y se hizo fotos promocionales vestido de gaucho, que repartió entre los medios de prensa. Fue quizá la primera campaña de imagen hecha para un libro en español: Amorim al lado de una carreta, con la puesta de sol a sus espaldas; Amorim bebiendo mate y luciendo el poncho regional; Amorim preparando un asado con sus propias manos, como un genuino representante de la profunda identidad argentina (pasando por alto el pequeño detalle de que él era uruguayo).

Gracias a esa continua exposición, las mujeres inventadas por Amorim se contagiaron a otras artes. Al fin y al cabo, no solo la literatura rioplatense buscaba una identidad. También la pintura marchaba por ese camino. El más famoso pintor uruguayo, Pedro Figari, había comenzado a retratar a los diversos grupos sociales de su país. Su trabajo adquirió tal importancia que hoy Figari aparece en los billetes de doscientos pesos uruguayos. En la década de 1930, como parte de su imaginario, pintó una serie de cuadros con el motivo de las quitanderas de Amorim.

Las *Quitanderas* de Figari fueron expuestas en París, y un escritor francés, Adolphe Falgairolle, creyó que esas mujeres eran reales, algo así como la versión femenina del gaucho. Inspirado por esas rudas heroínas de la pampa sudamericana, Falgairolle escribió un cuento llamado «La quitandera». El cuento de Falgairolle contaba la historia de una bailarina española que viajaba a Sudamérica y se enrolaba en un grupo de prostitutas itinerantes que se autodenominaban «misioneras del amor».

Enrique Amorim consideró que se trataba de un plagio flagrante. Al principio se enfadó, pero su experiencia con Leguizamón le había enseñado a valorar las oportunidades que se le presentaban. Lo que Falgairolle le ofrecía sin quererlo era mejor que una polémica en Buenos Aires: era una polémica en París. Y si antes había defendido que las quitanderas eran reales, un verdadero producto de la llanura rioplatense, ahora se esmeraría en demostrar que eran falsas, una auténtica creación de su imaginación. Para ello movió a sus contactos en la capital francesa. Según recordaba él mismo:

—Jules Supervielle se divirtió mucho con el episodio y me interrogó si era real la existencia de las quitanderas. Yo le negué que las hubiese conocido. Al saberlo, Supervielle se mostró convencido de mi talento creador y me llevó al diario *L'Intransigente* de París para denunciar el plagio. El autor francés aceptó el desafío y tuvimos alguna notoriedad allá por 1927 en la vida literaria de la gran ciudad.

Siempre listo para aprovechar cualquier coyuntura, Amorim publicó en 1932 la novela *La carreta*, una versión extendida —¡otra!— de la misma historia de las quitanderas. Gracias a la publicidad de la discusión entre Amorim y Falgairolle, *La carreta* fue traducida al francés, y luego al italiano y al alemán, aunque recortada, adecuada a la censura moral que imponía el gobierno de cada país. *La carreta* fue corregida y aumentada, acortada y rescrita múltiples veces para adaptarse a las cambiantes posibilidades del mundo editorial. Su última versión es de la década de 1950.

El historiador de la literatura José Miguel Oviedo ha dicho sobre la asombrosa historia de las quitanderas y su medio de transporte:

—La carreta es el símbolo central de esa forma de vida que su autor registró con vigor. ¿Registró? Al parecer, hay más de imaginación que de referencia a una realidad social; lo interesante es que, por un lado, el cuadro resulta totalmente verosímil y convincente y que, por otro, pasó a ser tan «real» que se asimiló al folklore local. Ese es un caso en que la realidad imita al arte y no al revés.

No era la única impostura que Amorim estaba convirtiendo en realidad. Mientras más famoso se hacía, el uruguayo se preocupaba más por ocultar su homosexualidad. Cultivó fama de mujeriego. Sin rubor alguno, contaba a los periodistas sus aventuras sexuales. Declaró que había tenido que dejar Salto en su adolescencia porque le gustaban demasiado las mujeres. Llegó a inventar que una amante obsesionada con él le había robado el manuscrito de su siguiente libro, y le pidió públicamente que se lo devolviese. Sus entrevistas, en general, expelían un delicado aroma a testosterona:

—¿Cuál es su preocupación actualmente? —le preguntó un periodista de *Crítica*.

—Ahora y siempre mi única preocupación importante es el amor.

—¿Por qué?

—Porque siento que no he nacido para otra cosa.

—¿Tiene usted suerte con las mujeres?

—No, señor. Las mujeres tienen suerte conmigo.

Esa imagen iba arropada por fulgurantes apariciones en la prensa de la farándula. Las páginas sociales informaban cada vez que se iba o regresaba de Europa. Las revistas femeninas le dedicaban reportajes fotográficos para mostrar las excentricidades que traía de esos viajes, como un gran danés llamado Byron o un mascarón de proa llamado Arabela.

Las invenciones de Amorim eran como bolas de nieve. Rodaban sin parar y crecían a cada paso. Primero se convencía de ellas él mismo, y luego convencía a las personas de su entorno, hasta que se convertían en realidades concretas. Era un gran novelista, pero no sobre el papel de los libros. El escenario de sus ficciones era el mundo real. Y el héroe era él.

En su universo particular, o quizá en sus delirios de grandeza, no vacilaba siquiera en equipararse con los grandes maestros, como hizo en una de sus conferencias al afirmar rotundamente:

—*La carreta* rompió con la norma establecida de que el campo era pintoresco y limpio, sano y feliz, y que sus gentes eran ingeniosas y aguantaban más que los restantes seres de la tierra porque tomaban mate... Si alguien conoce otra novela con tanta llaga y dolor campesino, materiales magistralmente amasados por Gorki, puede señalármelo.

Quizá Amorim tuviese razón al compararse con el novelista emblemático del realismo socialista. Sin embargo, hay una diferencia fundamental entre los dos escritores: Máximo Gorki tomaba la realidad que lo rodeaba y la convertía en literatura. En cambio, Amorim hacía exactamente lo contrario.

El rival

Una foto de familia tomada durante el viaje de Federico reúne al *glamour* literario porteño de 1933: todos elegantemente vestidos, ellos con corbata, ellas con guantes. En la imagen aparece la pareja de escritores Oliverio Girondo y Norah Lange. Y el periodista Pablo Suero, que se convertiría en amante de una futura Evita Perón. En el centro, con corbata de lazo, se alza Federico García Lorca. Y justo a su izquierda, semioculto entre la multitud, se yergue una figura que no mira a la cámara como todos los demás: mira a García Lorca, como si quisiese ser inmortalizado en ese acto: ese es Enrique Amorim.

Otra foto de esos meses muestra al mismo grupo en situación menos solemne. Todos vestidos de marineritos, y todos borrachos, con Norah Lange disfrazada de sirena. Fue tomada en una de las fastuosas fiestas de Girondo y Lange. En un rincón, sin disfraz, como si acabase de colarse en la reunión, figura Enrique Amorim.

Pero en ambas fotos, y en muchas más del viaje de Federico a Buenos Aires, aparece otro escritor, el poeta que hizo las presentaciones entre el granadino y Amorim: Pablo Neruda.

A lo largo del siglo XX, Neruda sería senador en Chile, candidato comunista a la presidencia de ese país y, en 1971, Premio Nobel de Literatura. Por cierto, también provocaría el odio más cerval de Enrique Amorim. Pero en 1933, ambos eran aún jóvenes artistas con muchas ganas de vivir, formaban parte del mismo grupo y asistían a las mismas fiestas.

Amorim, García Lorca y Neruda, de hecho, tenían mucho en común. Entre otras cosas, compartían el origen provinciano. Pero Neruda, a diferencia de los otros dos, no provenía de una familia especialmente pudiente ni había tenido a nadie que comprendiese su vocación literaria. Había nacido en Parral con el nombre de Neftalí Ricardo Reyes Basoalto, había quedado huérfano de madre al mes de su nacimiento, y su padre se lo había llevado a Temuco, donde encontró trabajo como obrero ferroviario, un oficio que requería arduo esfuerzo físico y para el que no se pedían referencias.

Para un hombre con la historia de penurias económicas del señor Reyes, un hijo poeta era la peor pesadilla imaginable. Así que Neftalí decidió cambiar de identidad para publicar sin ser descubierto, igual que un delincuente se pone un alias, y escogió como seudónimo el nombre de un colega europeo. Así lo recordaba el propio Neruda:

—Cuando yo tenía catorce años de edad, mi padre perseguía denodadamente mi actividad literaria. No estaba de acuerdo con tener un hijo poeta. Para encubrir la publicación de mis primeros versos me busqué un apellido que lo despistara totalmente. Encontré en una revista ese nombre checo, sin saber siquiera que se trataba de un gran escritor, venerado por todo un pueblo, autor de muy hermosas baladas y romances y con un monumento erigido en el barrio Malá Strana de Praga.

En 1924, Neruda publicó su segundo trabajo, *Veinte poemas de amor y una canción desesperada*, una colección de poemas melancólicos pintada con paisajes del sur chileno. Poemas como «Me gustas cuando callas porque estás como ausente» o «Puedo escribir los versos más tristes esta noche» le confirieron de inmediato un gran prestigio y reconocimiento crítico, y aún hoy, ese libro es el más popular de sus poemarios. Pero en términos materiales, o sea, para llegar a fin de mes, eso no significaba gran cosa. Por famoso que fuese, Neruda tendría que buscarse un trabajo.

En esa época, la poesía latinoamericana vivía en Europa, específicamente en París. La independencia cultural de España había implicado escribir como los franceses. A finales del siglo XIX, el poeta nicaragüense Rubén Darío había llegado a la Ciudad Luz, había conocido a Paul Verlaine y, bajo su influencia, había escrito *Prosas profanas*, un barroco poemario lleno de referencias a Francia y a la antigua Grecia que, increíblemente, es considerado la primera obra literaria genuinamente latinoamericana. Tres décadas después, el peruano César Vallejo siguió los pasos parisinos de Darío. Y el gran poeta chileno Vicente Huidobro, no solo escribía en francés, sino que incluso había afrancesado su nombre para hacerse llamar Vincent.

Pablo Neruda quiso unirse al club de los poetas parisinos, y con ese fin, pugnó por conseguir un puesto diplomático. Encontró plazas libres en Extremo Oriente. Así que, en 1933, cuando Federico llegó a Buenos Aires, Neruda aún no cumplía treinta años y ya había conocido Birmania, Colombo, India, Ceilán, Singapur, Bangkok, Shangai y Tokio, además de algunas ciudades americanas y europeas que quedaban de camino. Llevaba un par de meses en la capital argentina y acababa de publicar ahí *Residencia en la tierra*, un poemario teñido de hastío contra la vida cotidiana y angustia sexual. Seguía trabajando como diplomático, pero en realidad dedicaba la mayor parte de sus energías a la farándula literaria.

Neruda conoció a Lorca un día después de la llegada del granadino a Buenos Aires, y desde el primer momento sucumbió sin remilgos a su poderoso encanto personal. La descripción de Federico que dejó en sus memorias es, más que un juicio literario o personal, una rendida elegía:

—¡Qué poeta! Nunca he visto reunidos como en él la gracia y el genio, el corazón alado y la cascada cristalina. Federico García Lorca era el duende derrochador, la alegría centrífuga que recogía en su seno e irradiaba como un planeta la felicidad de vivir. Ingenuo y comediante, cósmico y provinciano, músico singular, espléndido mimo, espantadizo y supersticioso, radiante y gentil, era una especie de resumen de las edades de España, del florecimiento popular; un producto arábigo-andaluz que iluminaba y perfumaba como un jazminero toda la escena de aquella España, ¡ay de mí!, desaparecida... En el teatro y en el silencio, en la multitud y en el decoro, era un multiplicador de la hermosura. Nunca vi un tipo con tanta magia en las manos, nunca tuve un hermano más alegre. Reía, cantaba, musicaba, saltaba, inventaba, chisporroteaba. Pobrecillo, tenía todos los dones del mundo...

Si Enrique Amorim llegó a tener alguna importancia para Federico durante su viaje a Buenos Aires, sin duda Pablo Neruda lo eclipsó. A diferencia del uruguayo, el chileno era de verdad un poeta excepcional, y sus intercambios literarios eran muy apasionados. Según él mismo:

—La máxima prueba de amistad que podía dar Federico era repetir para uno su popularísima y bella poesía...

Él me pedía a veces que le leyera mis últimos poemas y, a media lectura, me interrumpía a voces: «¡No sigas, no sigas, que me influencias!».

Y, sin embargo, en la competencia por los favores de Federico, Neruda padecía una gran desventaja respecto de Amorim: el chileno era resuelta, insistente y vorazmente heterosexual. En Asia había trabado amistad con un polígamo, y en Calcuta había vuelto loca de celos a una mujer. En Buenos Aires era un hombre casado, pero eso no le impedía cortejar abiertamente a otras mujeres, incluso enfrente de su esposa. En general, Neruda era un sibarita que disfrutaba de todos los placeres generosamente: la amistad, la bebida, el carnaval. El sexo era uno entre ellos.

Para el poeta chileno, la homosexualidad de García Lorca resultaba incomprensible. En sus memorias, significativamente, solo transcribe una conversación entre ambos. Precisamente en ese único diálogo, Federico trata de enseñarle su vocabulario secreto, el mismo que Amorim empleaba con tanta soltura pero que Neruda no entendía, o fingía no entender. Cuenta Neruda sobre Federico:

—Escucha, me decía, tomándome de un brazo. ¿Ves esa ventana? ¿No la hallas chorpatélica?

—¿Y qué significa *chorpatélico*?

—Yo tampoco lo sé, pero hay que darse cuenta de lo que es o no es chorpatélico. De otra manera uno está perdido. Mira ese perro ¡qué chorpatélico es!

Sordo ante las insinuaciones e invulnerable ante la opción sexual de García Lorca, Neruda intentó con él una de sus máximas demostraciones de amistad: compartir una mujer.

El chileno tenía cierta experiencia en eso. Durante su adolescencia había perdido la virginidad en un pajar, entre siete hombres que roncaban y a los que no convenía despertar. Y en París, durante una borrachera, un amigo y él se habían llevado a la bailarina de una *boîte*. En el taxi, la besaron conjuntamente. Y después, ya en el hotel, se turnaron entre las sábanas con ella.

Para Neruda, estas aventuras expresaban rebeldía contra la vida burguesa, afición por el riesgo y simple compañerismo. Y decidió emprender una con su «hermano más alegre». El escenario fue la fiesta de Natalio Botana, un magnate que había amasado su fortuna con el exitoso diario sensacionalista *Crítica*. La casa era de por sí digna de una película de Fellini. Alrededor de ella se extendía un parque decorado con jaulas de faisanes y otras aves de colores. La biblioteca contenía centenares de valiosos ejemplares antiguos y estaba tapizada con pieles de pantera, que Botana encargaba a África, Asia y el Amazonas. Y en el inmenso jardín, junto a la piscina iluminada, se elevaba una majestuosa torre blanca.

Los numerosos invitados cenaron un buey asado entero que llevaban diez porteadores en procesión. Corrió el vino. Conforme se emborrachaban, una poeta «alta, rubia, vaporosa, de ojos verdes» se le insinuó a Neruda. Neruda le propuso dar un paseo y llevó consigo a Federico. Los tres salieron a recorrer el jardín. Federico reía y hablaba. Subieron a la torre. En sus memorias, Neruda describe la atmósfera del momento:

—El ojo azul de la piscina brillaba desde abajo. Más lejos se oían las canciones de la fiesta. La noche, encima de nosotros, estaba tan cercana que parecía atrapar nuestras cabezas, sumergirlas en su profundidad.

Y al fin, llegó el momento decisivo. Sigue Neruda:

—Tomé en mis brazos a la muchacha alta y dorada, y al besarla, me di cuenta de que era una mujer carnal y compacta, hecha y derecha. Ante la sorpresa de Federico, nos tendimos en el suelo del mirador, y ya comenzaba yo a desvestirla, cuando advertí sobre y cerca de nosotros los ojos desmesurados de Federico, que nos miraba sin atreverse a creer lo que estaba pasando.

Ante su expresión de pavor, Neruda tuvo que ordenarle a García Lorca que bajase a cuidar la puerta para que nadie entrase. Pero el granadino rodó por las escaleras y se torció un tobillo, y la escena de amor se estropeó. La cojera le duró quince días y, probablemente, Neruda se resignó: su amigo era irremediablemente gay.

Neruda no podía compartir la intimidad con Federico, pero sí su brillo social. Como extranjeros recién llegados y grandes amigos entre sí, recibieron varios agasajos conjuntos. El más importante de ellos fue una cena ofrecida por el PEN Club en el Hotel Plaza el 20 de noviembre de 1933. En esa ocasión, sin embargo, ocurrió algo extraño, que demuestra el nivel que podían alcanzar las envidias e inquinas personales en el medio literario. Lo cuenta el propio Neruda:

—Federico tenía contradictores. A mí también me pasaba y me sigue pasando lo mismo. Estos contradictores se sienten estimulados y quieren apagar la luz para que a uno no lo vean. Así sucedió aquella vez. Como había interés en asistir al banquete... alguien hizo funcionar los teléfonos todo el día para notificar que el homenaje se había suspendido. Y fueron tan acuciosos que llamaron incluso al director del hotel, a la telefonista y al cocinero jefe para que no recibieran adhesiones ni prepararan la comida. Pero se desbarató la maniobra y al fin estuvimos reunidos Federico García Lorca y yo, entre cien escritores argentinos.

No podemos descartar que un celoso Amorim haya sido el autor de esas acuciosas llamadas.

En primer lugar, no cualquiera podía intentar cancelar el homenaje de esa manera. El saboteador tenía que formar parte del PEN Club, o al menos tener acceso a la lista de invitados y a los datos de los empleados del hotel. Amorim había representado al PEN en un congreso de escritores en La Haya dos años antes.

En segundo lugar, no pudo tratarse de llamadas anónimas. Los eventos no se cancelan a la primera llamada de un desconocido. Había que ser capaz de identificarse de una manera creíble pero falsa, dotes propias de un talentoso camaleón social, como el uruguayo.

Y finalmente, debemos tomar en cuenta el posesivo afecto que el uruguayo sentía por García Lorca. La obsesión de Amorim era tanta que, cuando se desplazaba a Uruguay, tenía un informante en Buenos Aires que le seguía los pasos a Federico y le daba cuenta por carta de sus movimientos.

El intento por anular el homenaje habría sido, entonces, la primera señal de que Amorim veía en Neruda a su rival más peligroso, aunque en ese momento fuese solo porque le robaba la atención de Federico.

De cualquier modo, esa cena se realizó, y Amorim asistió entre los invitados. Si nuestra hipótesis es correcta, debe haber tragado bilis esa noche, debe haber dedicado sus dotes histriónicas a reprimir su rabia, porque Federico y Neruda organizaron mucho más que un agradecimiento; articularon casi un dúo cómico, que se convirtió en un hito de su relación y que los uniría para siempre ante la historia de la literatura.

Federico le propuso a Neruda un discurso al alimón, a dos voces. En el momento de agradecer el convite del

PEN, los dos se levantarían, cada uno en su mesa, y se turnarían para hablar. Uno diría «Señoras...» y el otro continuaría «...y señores». Y así. Como corredores de relevos, cada uno tomaría la posta del discurso donde la dejase el otro.

El discurso estuvo dedicado al poeta fundacional Rubén Darío, muerto en 1916, al que ambos admiraban. Hoy, los viejos versos cursis de Darío se recitan en todo el mundo hispano, con fervor en los colegios y con sorna en los talleres de poesía. Pero en 1933, Darío era un poeta olvidado, incluso despreciado por su sentimentalismo y su verbo florido. En la cena del PEN, Neruda y García Lorca procuraron reivindicarlo. Reclamaron que algo —una efigie, una plaza— recordase a ese escritor, que ellos consideraban «el poeta de América y de España» pero que, sin monumentos físicos ostensibles, se perdería en el vaho del tiempo. En uno de sus pasajes, el discurso preguntaba retóricamente:

NERUDA: ¿Dónde está, en Buenos Aires, la plaza de Rubén Darío?

LORCA: ¿Dónde está la estatua de Rubén Darío?

NERUDA: Él amaba los parques. ¿Dónde está el parque Rubén Darío?

LORCA: ¿Dónde está la tienda de rosas de Rubén Darío?

NERUDA: ¿Dónde están el manzano y las manzanas de Rubén Darío?

LORCA: ¿Dónde está la mano cortada de Rubén Darío?

NERUDA: ¿Dónde están el aceite, la resina, el cisne de Rubén Darío?

LORCA: Rubén Darío duerme en su «Nicaragua natal» bajo su espantoso león de marmolina, como esos leones que los ricos ponen en las puertas de sus casas.

NERUDA: Un león de botica al fundador de leones, un león sin estrellas a quien dedicaba estrellas.

El discurso continuaba recordando la vida y milagros de Darío, y reclamaba que los escritores no lo olvidasen:

NERUDA: Hagamos esta noche su estatua con el aire, atravesada por el humo y la voz y por las circunstancias, y por la vida, como esta, su poética magnífica, atravesada por sueños y sonidos.

Enrique Amorim escuchó con atención ese discurso. Ya tendría oportunidad de demostrar que tomaba nota de él, de la necesidad de los poetas de perdurar en el tiempo y de que algún monumento, o incluso sus restos mortales, sirviesen como recordatorio eterno de sus efímeras palabras.

Al final del discurso, Amorim aplaudió rabiosamente, y hasta lanzó un ramo de flores a los agasajados. ¿Es posible que tratase de sabotear el acto y luego se presentase en él, sonriente, para abrazar a sus protagonistas?

Yo creo que sí.

Las dos Norahs

La envidia, la inquina, la hipocresía y la traición determinaron la historia de la literatura que ha llegado hasta nuestros días. La prueba más contundente de ello nos la brinda el escritor más insospechado, el que aparentemente vivía por encima de las mezquindades personales, encerrado en una biblioteca infinita de ideas eternas: Jorge Luis Borges.

Borges odiaba a Lorca. En 1968 diría en una entrevista:

—García Lorca me parece un poeta menor. Su trágica muerte elevó su reputación. Por supuesto, sus poemas me gustan, pero no me parecen muy importantes. Escribía una poesía visual, decorativa, no completamente seria; una especie de entretenimiento barroco.

Con los años, su menosprecio por Federico iría más allá de cuestiones de estilo:

—No era muy inteligente ese García Lorca. No tenía remedio. Pasó un año en Nueva York y no aprendió una palabra de inglés.

Finalmente, renegaría de cualquier simpatía pasada, y lo haría sin escatimar crueldad:

—A García Lorca lo vi una vez en mi vida pero nunca me interesaron él ni su poesía, y me parece un poeta menor, un poeta pintoresco, una especie de andaluz profesional... Las condiciones en que murió fueron muy favorables para él, ya que a un poeta le conviene morir así, y además, eso le permitió a Antonio Machado escribir un espléndido poema.

Y, sin embargo, hasta la década de 1920, Borges admiraba la obra del granadino. En su poesía encontraba la combinación entre vanguardia y tradición popular que él mismo quería practicar y, bajo su influencia, escribió algunos poemas en estilo de cante jondo. Además, como director de la revista literaria *Proa*, publicó poemas de García Lorca.

¿A qué se debió esa transformación extrema? ¿Por qué pasó Borges de la admiración al insulto? ¿Qué produjo el desprecio radical hacia Lorca que sentía el mayor escritor argentino del siglo xx?

El biógrafo de Federico, Ian Gibson, atribuye la antipatía de Borges a su breve encuentro en Buenos Aires, cuando García Lorca hizo la broma aquella de Mickey Mouse. Sin embargo, no parece una razón de mucho peso. Además, Borges tenía sentido del humor. Gibson defiende también que ambos escritores eran incompatibles, «entre otras razones porque ambos querían acaparar en exclusiva el escenario». Quizá, pero lo mismo se puede decir de casi todos los escritores y artistas. Y Borges no iba por ahí alegrándose en público de sus desgracias, y menos de sus asesinatos.

En cambio, para Edwin Williamson, biógrafo de Borges, la respuesta al enigma tuvo nombre de mujer. Y no de una mujer. De dos.

En el subconsciente colectivo, Borges siempre ha carecido de deseo sexual. Dado que alcanzó el reconocimiento internacional a los sesenta años y ya ciego, la imagen de él que ha llegado a nuestros días es la de un venerable anciano alejado de los apetitos mundanos. En verdad, ni siquiera de joven era un casanova. Miope, ligeramente tartamudo y enfermizamente tímido, escasean testimonios sobre cualquier tipo de actividad amatoria por su parte.

Incluso a los cuarenta y cinco años Borges solo invitaba a una pareja a su casa si estaba su madre presente. Y se negaba a acostarse con ella antes de la boda, que nunca se produjo. Cuando al fin se casó, casi de setenta años, ni siquiera pasó la primera noche con su esposa. Ese matrimonio duró poco.

—Borges, en realidad, experimentaría una ambivalencia intensa hacia las mujeres —explica Williamson—. Por un lado, consideraba el amor como la puerta hacia la plenitud personal... Por otro lado... el deseo estaba asociado tan fuertemente con la degradación y la vergüenza, que la actividad sexual solo podía llevarse a cabo en la oscuridad ilícita del burdel.

Y es que el escritor argentino no sabía lo que era una relación con una mujer de carne y hueso. Durante su niñez, sus padres lo educaron casi siempre en el más riguroso aislamiento, dentro de su casa de Buenos Aires. El pequeño Georgie se pasó casi toda su infancia encerrado en la biblioteca familiar. Cuando ya tenía diez años lo inscribieron en un colegio. Pero ese niño recién llegado, tartamudo y de clase alta arruinada, resultó un blanco fácil para las agresiones de los demás chicos, y fue rápidamente retirado de las aulas. Más adelante, durante un viaje familiar, la Guerra Mundial sorprendió a los Borges en Suiza y los dejó confinados por cinco años ahí, en un país cuyo idioma no dominaba el joven Jorge Luis.

Debido a su accidentada educación, hasta que cumplió la mayoría de edad, la única chica con la que pudo compartir algún tipo de intimidad fue su hermana menor Norah. Y esa intimidad tenía que ver con los libros:

—Compartíamos las ficciones de Wells —recuerda Borges—, las de Verne, de las *Mil y una noches*, y las de

Poe, y las representábamos. Puesto que solo éramos dos, multiplicábamos los roles y éramos, de un momento a otro, los cambiantes personajes de una fábula. Habíamos inventado dos amigos inseparables, Quilos y Molino. Un día dejamos de hablar de ellos y explicamos que habían muerto, sin saber muy bien qué cosa era la muerte.

La misma Norah ha contado cómo era la vida de los hermanos durante los años de Ginebra:

—Nos acostábamos muy temprano, porque había que levantarse también temprano para ir al colegio. Teníamos que estar a las ocho y en invierno hacía mucho frío... Por la tarde, nos quedábamos en casa, o bien haciendo las tareas del colegio, o jugando con Georgie, que siempre inventaba cosas para recrear el tiempo...

Georgie era celoso de esa única compañía. Se lamentaba si, por ejemplo, Norah aprendía el francés más rápido que él, porque temía que se acercase demasiado al amenazador mundo exterior y se alejase de su lado. Norah y los libros eran lo único que tenía.

Cuando ya se acercaba a los veinte años, Borges vivió su primer amor: Emilie, una ginebrina de cabellera furiosamente roja. Lamentablemente, Emilie era hija de una familia de clase trabajadora. Borges temía que su conservadora madre, orgullosa como estaba de su linaje de próceres argentinos, no la aceptara en la familia. Para empeorar las cosas, el padre de Borges, un mujeriego empedernido, decidió llevar a su hijo a estrenar su masculinidad en un prostíbulo. Presa de la ansiedad, aterrado ante esa violenta prueba de hombría, Borges vivió su primera experiencia sexual con vergonzosos resultados.

Ese terrible episodio inhibiría aun más su acercamiento a Emilie, y a la sexualidad en general. El trémulo Georgie nunca se atrevió a dar un paso adelante por la pelirroja que le gustaba. Su amor, aunque declarado y correspondido, se mantuvo en el secreto y se truncó al final de la guerra, cuando la familia abandonó Ginebra.

A partir de entonces, Borges transfirió una parte de sus sentimientos por Emilie a su hermana. Según el testimonio de Norah, la llevaba a pasear en bote por el lago y le recitaba a Baudelaire y Rimbaud.

Sin duda, Norah era la compañera perfecta para su hermano: compartía sus aficiones artísticas —ella pintaba—, no concitaba el rechazo de su familia y, desde luego, su relación jamás se vería contaminada por la imposición social del sexo. Los hermanos se habían pasado la vida juntos, y solos, así que se comprendían mutuamente a la perfección. Pero nada de eso le garantizaba a Georgie que podría conservar a Norah para siempre. De hecho, estaba a punto de empezar a perderla.

Después de Suiza, la familia Borges pasó una temporada en España, donde Georgie entró en contacto con el movimiento poético Ultra. Si Borges había crecido soportando el hostigamiento de los macarras, en los ultraístas encontró por fin un grupo que lo acogía con aprecio. Los ultraístas proponían una transformación radical de la escritura acorde con la ciencia y la política, esto es, una ruptura total con el pasado. Planteaban una poesía llena de metáforas para exaltar a las máquinas y los artefactos. Para Borges, que había crecido encerrado en una biblioteca, eso representaba lo más cercano que podía llegar a un acto de vandalismo adolescente.

Durante su temporada española, según sus propias palabras, Borges se embarcó en «juergas, discusiones estéticas, infusiones de alcohol, tentativas en la mesa de

juego del Círculo, expansiones verbales y trasnochadas».
Aprendió a provocar el debate con otros escritores: «Con
un mínimum de habilidad, creo que lograremos armar
una polémica en regla». Y defendió en tertulias de madrugada los escandalosos poemas sensuales de Whitman.
Estaba desbocado.

También Norah llamó la atención de los nuevos amigos de su hermano. Su estilo de dibujo le granjeó la admiración del grupo, que la invitó a participar en varios
de sus proyectos creativos. Y Guillermo de Torre, uno de
los poetas más prometedores de esa nueva generación, se
enamoró de la joven y talentosa artista plástica.

A su regreso a Buenos Aires, el Ultra le había inyecta-
do energía a Borges. Lideró una facción ultraísta porteña,
con la que salió a las calles a pegar poemas en las esquinas.
Y asistió a eventos de estética subversiva, como la *Revista
Oral*, un recital de poemas y reseñas que se organizaba los
sábados en un bar subterráneo frecuentado por prostitutas en la calle Corrientes. La relación de su hermana con
Guillermo de Torre continuaba a la distancia, lo cual le
permitía mantenerse informado sobre los avatares del movimiento en España. Y cuando fundó la revista *Proa*, Torre se convirtió en su contacto español. Fue precisamente
él quien consiguió los poemas de García Lorca para la
revista y, durante los siguientes años, mantuvo a Borges al
tanto de lo que se escribía en la península.

Quizá por eso, para conservar su conveniente colaboración profesional, Borges se sentía obligado a fingir que
estimaba a Guillermo de Torre. Pero la verdad es que lo
despreciaba como escritor, y cada vez más como persona.

En 1923, Torre publicó su poemario *Hélices*, una de las
expresiones más puras de las ideas ultraístas. Su poema

«Madrigal aéreo» era una oda a la mujer cibernética, un despliegue de erotismo electrónico:

Panorama vibracionista
                    galería de máquinas
                                Dínamos
Una corona de hélices
                    magnífica testa de
        FÉMINA PORVENIRISTA
Hacia qué hemisferio nordestas tu brújula
                                [cardiaca?]
Un circuito de ardentías
                    se polariza en tus ojos iónicos
Sobre las nubes velivolantes
                    tu móvil cuerpo se diversifica
                    en transmutadoras perspectivas
El cable sinusoide de tus brazos
                    Se desenrolla sobre tus senos
                                [cúbicos]
Un motor se espeja en tu iris meditativo
tu luminosa psiquis intelectiva
deviene una mariposa aviónica
que se eleva sobre los opacos gineceos
y en tu obsesión geométrica
                    evocas voluptuosamente
                    la carnal perpendicular
                        bisectriz de tu divino
                                [triángulo]
                    Oh la vibración de tus diástoles
                        que transfundes al
                            [lucífero afín]
                    en una ósmosis erótica!

Tálamos en las antenas
                              Andróginos mecánicos
Oh fémina porvenirista
En mi espasmo augural
                              te he poseído arrullándote
al ritmo de las hélices sidéreas

Pero a Borges ya no le interesaban los robots. En una carta privada a otro poeta escribió maliciosamente:

—¿Sabes que el efervescente Torre acaba de prodigar sus millaradas de esdrújulas en un libro de poemas rotulado *Hélices*? Ya te imaginarás la numerosidad de cachivaches: aviones, rieles, *trolleys*, hidroplanos, arcoíris, ascensores, signos del zodiaco, semáforos... Yo me siento viejo, académico, apolillado, cuando me sucede un libro así.

Meses después, en carta al mismo poeta, Borges celebraba cruelmente una reseña crítica contra el libro de Torre:

—Un artículo... contra Guillermo de Torre te ensalza tus «metáforas intuitivas» y te indica a Torre como ejemplo que el susodicho esdrujulista debería imitar.

En solo dos años, desde sus trasnochadas ultraístas madrileñas, Borges había cambiado. La ciudad de Buenos Aires lo había cambiado. Al regresar, al reconocer sus esquinas y sus callejones, al volver a pasearse por sus plazas como un extraño, como un extranjero, al recuperar sus orígenes familiares, el poeta argentino había abandonado los bocinazos de la vanguardia para entregarse, de la manera más inesperada y con la fe de los conversos, al retrato costumbrista de su ciudad natal. Era una cuestión de actitud: Borges se negaba a importar modelos poéticos de Europa. Quería, más bien, ahondar en lo que significaba ser argentino. Como hemos visto, muchos escritores de su país se planteaban ese problema. Pero para Borges, que había hablado inglés en casa y francés en el colegio, esa búsqueda expresaba también un problema personal. Forjar una mitología auténticamente argentina significaba crear un mundo que él pudiese habitar.

Los poemas de su *Fervor de Buenos Aires*, desde el nombre conjunto, son estampas de los rincones de la capital argentina, y llevan títulos de postal turística: «La Recoleta», «La plaza San Martín», «Un patio» o «Arrabal». En este último, dedicado precisamente a Guillermo de Torre, Borges reniega de sus años en Europa:

> El arrabal es el reflejo de nuestro tedio.
> Mis pasos claudicaron
> cuando iban a pisar el horizonte
> y quedé entre las casas,
> cuadriculadas en manzanas
> diferentes e iguales
> como si fueran todas ellas
> monótonos recuerdos repetidos
> de una sola manzana.
> El pastito precario,
> desesperadamente esperanzado,
> salpicaba las piedras de la calle
> y divisé en la hondura
> los naipes de colores del poniente
> y sentí Buenos Aires.
> Esta ciudad que yo creí mi pasado
> es mi porvenir, mi presente;
> los años que he vivido en Europa son ilusorios,
> yo estaba siempre (y estaré) en Buenos Aires.

A Guillermo de Torre, *Fervor de Buenos Aires* le produjo una mezcla de furia, decepción y asco. Al igual que Borges, el español tuvo el buen gusto de callarse su opinión. Pero en privado, le disparó a Borges un rosario de adjetivos despectivos:

—Jorge Luis Borges, sumido en un reaccionarismo hediondo, obsesionado por un clasicismo y un casticismo imposibles... nacionalista, castellanísimo, xenófobo, desdeñoso de todo lo que signifique auras exóticas, estilo moderno y sensibilidad contemporánea...

Torre era consciente de que su buena relación con el argentino era pura fachada:

—En los momentos de exaltación me inspira una verdadera repugnancia esa «actitud pasadista» de Borges. Aunque otra cosa haya simulado, me desagrada... Me parece una obsesión de viejo académico, tipo sin importancia, o de nuevo rico recién nacido, que gusta de pavonearse con el abolengo de los demás.

Pero a pesar de su repulsión recíproca, Borges y Torre no podían pelearse. Había demasiado en juego, ya que se proporcionaban mutuamente información sobre la literatura de sus países. Era preferible continuar con la conveniente hipocresía profesional de colaboradores editoriales. Y la sinceridad tampoco era necesaria. Al fin y al cabo, estaban separados por un océano de distancia.

La situación cambió en setiembre de 1927, cuando Torre tuvo la impertinencia de mudarse a Buenos Aires. Y la tensión se agravó exactamente un año después, cuando cometió la afrenta de casarse con Norah.

Hasta entonces, Norah había vivido siempre bajo el mismo techo que su hermano. Pero a raíz del matrimonio, se instaló con su flamante esposo en un departamento de la calle Paraguay. Georgie, por su parte, seguiría viviendo con su madre hasta la muerte de esta, a los noventa y nueve años. La pérdida de Norah significó el desgarro de la familia, el único espacio que Borges había compartido íntimamente con otras personas.

De cara a la galería, sin embargo, continuó la farsa de las buenas relaciones entre Torre y Borges. En 1925, ambos habían figurado en el consejo de redacción de *Proa*. Y en 1930 aparecerían lado a lado en la foto inaugural de la revista *Sur*, en la que trabajaban juntos. Pero en 1932, el enfrentamiento llegaría más lejos. Ese año, Torre se llevó a Norah hacia Madrid, apartándola definitivamente de su familia.

El biógrafo Edwin Williamson cree que Borges no le perdonó a Torre el robo de su hermana ni siquiera cuarenta años después. Según escribe, en el año 1966 aún había conflictos por esa razón:

—Norah y Georgie se habían distanciado desde su casamiento con Guillermo de Torre, por quien Borges sentía una fuerte antipatía.

Torre tampoco trataba de ser agradable con su cuñado, y ni siquiera con su suegra. Una asistenta de Borges recuerda que su presencia en casa era sinónimo de conflicto:

—Guillermo de Torre era una persona muy difícil de conformar. Para empezar, no le gustaba la luz como estaba dispuesta, decía que no era una luz agradable. La entrada de la casa, el vestíbulo del edificio, tampoco le gustaba. Nada le venía bien. «Esto no me gusta, aquello tampoco, esto así no se hace, eso está mal», y todo así. Era muy protestón...

Federico García Lorca era una víctima colateral de la antipatía de Borges hacia Torre. Federico llegó a Buenos Aires apenas un año después de la partida de Norah, y en

Madrid tenía una estrecha relación con ella y con Torre. Lo atestiguan veintisiete cartas fechadas desde 1921 hasta el año de su muerte, muchas de ellas escritas con un tono de divertida familiaridad; varios libros y poemas dedicados del uno al otro; la lista de invitados de un sinfín de actividades comunes; y sobre todo, el trabajo de Norah como vestuarista de La Barraca. A ojos de Borges, con toda probabilidad, García Lorca era partícipe del secuestro de la única mujer que le estaba permitida.

Pero acaso incluso eso fuese perdonable. En el mundo cultural, como ya vimos, era difícil conocer a alguien sin que algún conflicto personal se entrometiese, y quizá Borges estaba dispuesto a tolerar esa amarga circunstancia. Lo peor, en realidad, vino después. Porque Borges aún sufriría por otra pérdida, una mucho más triste. Y esta vez, un tonto malentendido situaría a García Lorca en el centro de su dolor.

Desde mediados de la década de 1920, Borges estaba enamorado de Norah Lange, una escritora pelirroja de origen noruego y carácter extravagante, «leve y altiva y fervorosa como bandera que se realiza en el viento». De pequeña, Norah escandalizaba a sus vecinos gritándoles insultos en varios idiomas desde el techo de su casa. A los catorce años comenzó a escribir poesía. Y a los dieciséis, Borges, como antes había hecho con su hermana, la atrajo rápidamente a su grupo de ultraístas, pero además la ayudó a publicar su primer poemario, le escribió un prólogo, la promocionó en su correspondencia con otros poetas y se aseguró de que tuviese una reseña favorable en la revista *Proa*.

Norah Lange era atractiva para cualquier hombre. Su físico era exótico. Su personalidad combinaba desenfado y misterio. Incluso Horacio Quiroga la había perseguido una temporada. Pero, además, ella reunía un extraño ramillete de cualidades que la hacían especialmente interesante para Borges. Era pelirroja y europea, a imagen de Emilie. Se llamaba como su hermana y, al igual que ella, había sido su cómplice en una relación con una chica que nunca se animó a presentar a su madre. Para colmo de virtudes, la Lange era políglota y provenía de un linaje militar, lo cual era muy importante, porque la volvía aceptable para la familia materna de Georgie. Pero lo mejor, lo crucial, era que le proporcionaba algo que todo escritor reclama a gritos: atención.

—Me gustaba su compañía —recuerda Norah Lange hablando de Borges—. Me gustaba tanto que aceptaba el sacrificio de largas caminatas (con lo poco que me gusta caminar) con tal de poder conversar con él. Me hablaba de ultraísmo. Yo seguía escribiendo mis versos.

No constan evidencias de que la relación haya llegado más allá de esos paseos. Norah parece haber sentido por Borges una respetuosa amistad, incluso cierto grado de admiración, pero en ningún caso una fogosa pasión. Sin embargo, Borges hizo lo que pudo por ganarse sus favores. Escribió un sutil ensayo sobre el poema de Apollinaire «La linda pelirroja». Dedicó elogiosas reseñas a los libros de la Lange...

Nada de eso funcionó. Esta Norah, igual que la anterior, tendría su propio ladrón, también ese ladrón sería un poeta, y también ese poeta sería, para dolor de Borges, un gran rival: Oliverio Girondo.

Desde el principio, Girondo lo tenía todo para odiarse con Borges. Los Girondo eran ricos, una familia de grandes terratenientes. Los Borges, en cambio, eran exhacendados venidos a menos. Oliverio era un exhibicionista compulsivo. Georgie era discreto. Girondo no era especialmente guapo, pero sus constantes viajes y residencias en Europa le habían conferido el indudable atractivo de un hombre de mundo. Borges... bueno, era Borges.

Las diferencias personales se reflejaban en sus trabajos creativos. En el tiempo en que Borges ilustraba cada centímetro de su Buenos Aires, los poemas de Girondo describían Venecia, Verona o Dakar. Girondo se esmeraba por conectar a los poetas argentinos con la vanguardia internacional, precisamente cuando Borges quería hacer lo contrario. Para colmo, Girondo era notoriamente afrancesado, lo que para Borges era poco menos que una enfermedad.

Quizá la mejor manera de mostrar las diferencias entre ambos escritores es precisamente su literatura. Girondo era sensual, vitalista y juguetón, y firmaba poemas como el siguiente:

> Se miran, se presienten, se desean,
> se acarician, se besan, se desnudan,
> se respiran, se acuestan, se olfatean,
> se penetran, se chupan, se demudan,
> se adormecen, despiertan, se iluminan,
> se codician, se palpan, se fascinan
> se mastican, se gustan, se babean
> se confunden, se acoplan, se disgregan,
> se aletargan, fallecen, se reintegran,
> se distienden, se enarcan, se menean,
> se retuercen, se estiran, se caldean,
> se estrangulan, se aprietan, se estremecen,
> se tantean, se juntan, desfallecen,
> se repelen, se enervan, se apetecen,
> se acometen, se enlazan, se entrechocan,

se agazapan, se apresan, se dislocan,
se perforan, se incrustan, se acribillan,
se remachan, se injertan, se atornillan,
se desmayan, reviven, resplandecen,
se contemplan, se inflaman, se enloquecen,
se derriten, se sueldan, se calcinan,
se desgarran, se muerden, se asesinan,
resucitan, se buscan, se refriegan,
se rehúyen, se evaden y se entregan

Borges, poeta de los rincones porteños y las gestas heroicas de los gauchos, jamás habría podido producir, ni siquiera concebir, un texto así.

Los conflictos entre ellos habían comenzado por temas de trabajo. Habían competido, y aún lo hacían, por el liderazgo de la vanguardia y por la dirección de las revistas literarias más importantes. Girondo incluso le había robado a Borges el nombre de su revista, *Proa*, para ponérselo a su editorial. Por supuesto, tal como pasaba con Guillermo de Torre, Borges y Girondo formaban parte de un grupo demasiado pequeño como para darse el lujo de una pelea definitiva. Integraban los equipos de las mismas revistas y militaban en el mismo movimiento. Se reseñaban los libros uno a otro. Estaban condenados a navegar en el mismo barco y, de ser el caso, a hundirse juntos.

Eso sí, era un barco divertido. Los *happenings* de la *Revista Oral* solían terminar en largas borracheras, igual que los agasajos a los escritores extranjeros como Ortega y Gasset. En alguno de esos homenajes se presentaba a cantar Carlos Gardel. Las escritoras más avezadas se bañaban desnudas en las piscinas o compartían cama con más de un amante a la vez. Y es famoso el desmadre de una fiesta en que los poetas nombraron su reina a Norah Lange y la llevaron en andas por la calle sentada sobre un «trono» robado de un café.

Las anécdotas de esos dorados años de la vanguardia incluyen a un noble italiano repartiendo alucinógenos entre los escritores, o a un ebrio Girondo tratando de dirigir el tráfico en las tumultuosas calles del centro. Y, por supuesto, a Borges. Un Borges quizá demasiado riguroso para las euforias de esos momentos, pero joven al fin, desenfadado y optimista, que paso a paso cortejaba a su musa pelirroja, seguro del futuro y del amor. Demasiado seguro.

El sábado 6 de noviembre de 1926, la editorial Proa convocó a un homenaje para Ricardo Güiraldes, cuya novela *Don Segundo Sombra* acababa de concitar la aclamación de la crítica. Borges asistió del brazo de Norah Lange. El ágape se realizó junto al Lago de Regatas de Palermo, y la revista *Martín Fierro* informó sobre él en su siguiente edición. En la foto de la página social, Borges y Norah Lange aparecen juntos, veinteañeros y sonrientes. Minutos después de esa foto, sin imaginar las consecuencias de lo que hacía, Borges presentó a Lange con Girondo.

A Norah le impresionó la voz de Girondo, ese apuesto poeta quince años mayor que ella. Quizá por los nervios, ella volcó una botella de vino sobre él, que estaba sentado a su lado. En respuesta, él le dijo:

—Va a correr sangre entre nosotros.

Norah Lange había llegado a la reunión con Borges. Pero la abandonó del brazo de Girondo:

—Era vital, apasionado —confesaría más adelante—. Y me enamoré de él desde ese día.

Durante el siguiente mes, la nueva pareja se encontraría con frecuencia, para desesperación de Borges:

—Perder a Norah con otro hombre ya habría sido un desastre considerable —comenta Edwin Williamson—, pero perderla con Girondo justamente era una humillación desesperante.

Sin embargo, Borges aún tenía una esperanza. Su rival estaba a punto de partir hacia París. Y era lo suficientemente voluble para olvidar con rapidez a su conquista.

En efecto, tras su partida, Girondo no concedió mayor importancia al *affaire*. Por el contrario, Norah Lange estaba rendida a sus pies. Su novela epistolar *Voz de la vida* (1927) narra el triángulo amoroso entre un hombre que parte hacia el extranjero, la mujer que deja atrás y un tercero, que va a visitarla todos los días. Al principio, ese tercer personaje finge ser amigo de ambos, pero lenta y cautelosamente va tratando de remplazar al amante ausente. Según Edwin Williamson, ese tercero en discordia representa a Borges, que pacientemente esperaba que se extinguiese la pasión de Norah Lange por Girondo.

Esperaba en vano. Norah Lange no solo siguió enamorada de Girondo, sino que se cansó del tibio acoso de Borges y se ensañó con él en una reseña sobre sus poemas, a los que acusaba de soporíferos: «¡Tan de sosiego y de domingo!». Meses después, partió a vivir a Noruega.

Durante la segunda mitad de la década de 1920 y la primera de la siguiente, Borges prácticamente abandonó la poesía. Únicamente publicó *Cuaderno de San Martín*, un poemario muy breve, de textos sombríos sobre el amor, la muerte y el recuerdo. Uno de ellos dice:

> Alguna vez era una amistad este barrio,
> un argumento de aversiones y afectos, como las
> otras cosas del amor;

> apenas si persiste esa fe
> en unos hechos distanciados que morirán...

Por lo demás, el escritor se refugió en la reflexión más abstracta. En los ensayos eruditos de *El idioma de los argentinos* (1929) o *Discusión* (1932) continuaba buscando una patria, pero ya no le bastaban los gauchos ni las postales porteñas. Hostilizado por el mundo exterior, estaba regresando al único lugar donde había sido feliz: su biblioteca. Y ahí, entre leyendas nórdicas, cuentos del Turquestán y poemas sufíes, fue explorando un territorio que quizá era el único que un argentino podía reclamar, un país capaz de albergarlo a él mismo, a sus ancestros ingleses, a su pasado suizo, a su amada noruega y a su rival cuasi francés.

Borges escondió sus sentimientos tras esas elaboradas inquisiciones, pero no podía huir de ellos. El tiempo y la distancia no apagaron su pasivo amor, y tampoco la pasión de Norah Lange ni la indecisión de Girondo. A comienzos de la década de 1930, mientras Borges languidecía, los amantes estaban de regreso en Buenos Aires, y la situación no había cambiado en nada: Girondo seguía siendo demasiado frívolo para comprometerse con la Lange, y su relación se arrastraba entre peleas públicas y reconciliaciones apasionadas.

En 1932, Girondo publicó *Espantapájaros*, una nueva colección de poemas provocadores que podía entenderse como un ataque contra la cultura libresca y clásica que encarnaba Borges. Su aparición llegó acompañada por una agresiva campaña de promoción. Torres de ejemplares se apilaban en las vidrieras. Atractivas señoritas repartían volantes en las calles. Un espantapájaros gigante de cartón piedra, «el académico», circulaba por el centro en una carroza fúnebre tirada por seis caballos. La edición —cinco mil ejemplares— se agotó en un mes y convirtió a Girondo en el poeta más popular de la vanguardia.

Por entonces, Norah Lange estaba harta de su indeciso amor. Ya no era una adolescente titubeante y quería dejar patente su independencia creativa y sexual. Empezó a flirtear con Neruda, y con toda la alharaca posible.

Cierta noche, en el restaurante de moda Les Ambassadeurs, Neruda y Lange pidieron a la orquesta una marcha nupcial, y atravesaron de la mano el salón, como si se dirigiesen al altar. En otra ocasión, al salir juntos de un restaurante de la calle Corrientes, en medio de la gran excitación de un grupo de amigos, Lange gritó:

—¡Pablo, esta noche me acuesto contigo!

Neruda, entre carcajadas, contestó:

—¡Con mucho gusto!

El coqueteo de Lange y Neruda excluía al monacal Borges, pero no al voluptuoso Girondo, que gozaba desafiando la mojigatería social. Una madrugada de copas, Girondo, Neruda y Lange se robaron un carro lechero y lo llevaron hasta la céntrica avenida Leandro N. Alem. Ahí, Lange se trepó a una garita de la policía de tránsito, mientras sus dos amigos giraban al galope a su alrededor, Girondo llevando las riendas de los caballos y Neruda recitando uno de sus poemas más famosos:

Sucede que me canso de ser hombre.
Sin embargo sería delicioso
asustar a un notario con un lirio cortado
o dar muerte a una monja con un golpe de oreja.
Sería bello

ir por las calles con un cuchillo verde
y dando gritos hasta morir de frío...

Como ya hemos visto, Neruda trató de involucrar
también a García Lorca en ese juego durante aquella cena
en la fastuosa casa del magnate Natalio Botana, cuando
lo llevó de excursión nocturna hacia la torre de la piscina
para montar su *ménage à trois*. La descripción de la poeta
vaporosa y seductora que ofrece Neruda coincide punto
por punto con Norah Lange. Pero el episodio de la torre
tuvo una víctima más, que Neruda no sospechaba.

Esa noche, cuando empezaron a quitarse la ropa, o,
más bien, cuando el aterrorizado Federico se cayó por las
escaleras y se torció el tobillo, todos los invitados se ente-
raron de la aventura. La mayoría de los comensales estaba
al corriente del juego entre Neruda, Lange y Girondo, y a
nadie extrañó que el poeta granadino se sumase a la orgía.
García Lorca, a fin de cuentas, estaba siempre de fiesta.

Sin duda, esa historia llegó a oídos de Borges. Más aun,
Borges debe haber sido testigo de ella, porque entonces
codirigía el suplemento literario de *Crítica*, el diario de
Natalio Botana. Sabemos que Borges solo vio una vez a
García Lorca y una vez a Neruda, pero no sabemos si los
dos encuentros ocurrieron en la misma reunión. Si así fue,
«el académico» Borges debe haber quedado disuadido de
cualquier amistad con ellos. Significativamente, a partir de
entonces, el argentino dispararía sus dardos contra ambos.
Con Neruda se mostraría más respetuoso que con García
Lorca, pero también lo acusaría de escribir muchos malos
poemas, entre ellos, esos «tontos poemas de amor de sus
comienzos». Y algo peor: sugeriría que Neruda aplacaba
sus ataques políticos si podían perjudicar su bolsillo.

En privado, como de costumbre, Borges sería aun más despiadado. Su amigo Bioy Casares consigna una tertulia con él al respecto, y es brutal:

—Leemos poemas de Neruda y de Paz. Los de Paz, no libres de fealdades y estupideces, parecen mejores.

Pero eso fue mucho después, cuando Borges ya escribía los cuentos que lo hicieron mundialmente famoso. En 1933 aún era solo un joven poeta y un excéntrico ensayista, y la historia todavía quedaba demasiado lejos. Corrían días de dulce inconsciencia, incluso de bacanal. Los primeros clubes nocturnos afloraban en Buenos Aires. Los espectáculos nudistas llegaban a los escenarios. Y Norah Lange publicaba su novela *45 días y 30 marineros*.

Para el lanzamiento del libro de Lange, el maestro del *marketing* Girondo organizó una fiesta extraordinaria. Los invitados se vistieron de marineros. Norah se disfrazó de sirena. Girondo llevó el uniforme de capitán del barco. Y diseñaron una nave de cartón. A partir de esa noche, que saldría en todas las columnas sociales, su relación se estabilizaría para siempre.

De esa fiesta provienen las fotos de Neruda y García Lorca con traje marinero, y las de Norah con su cola de pescado, en brazos de toda su tripulación de caballeros. En el reverso de una de esas fotos, Federico escribiría:

—Aquí ya estoy un poquito borrachito. Pero no pasé de ahí. En cambio hubo gentes, escritoras y poetisas y literatos tremendos que se caían materialmente.

No sabían, no tenían cómo saber, que estaban celebrando la derrota de Jorge Luis Borges.

La prima Esther

Borges odiaba a Guillermo de Torre, detestaba a Oliverio Girondo, no podía ver a Neruda y despreciaba a García Lorca. Pero Enrique Amorim le caía muy bien. Es más, eran casi primos.

El parentesco entre Amorim y Borges se remontaba al desdichado coronel Isidoro Suárez. A principios del siglo XIX, el coronel Suárez había peleado por la emancipación chilena. Su carrera militar lo había llevado hasta el Perú, donde participó en la Batalla de Junín y se distinguió por su heroísmo contra las últimas huestes del imperio español en Sudamérica. Pero la libertad de las colonias no significó el fin de sus luchas. Suárez estaba destinado a vivir y morir con un sable en la mano.

Después de la independencia americana, se desencadenó una nueva guerra entre Brasil y Argentina por el control de las provincias limítrofes. El enfrentamiento culminó en 1828 con una solución de compromiso: la Banda Oriental del Río Uruguay se independizó y se convirtió en un «Estado parachoques», un país intermedio que evitaría peleas entre los dos gigantes. Uruguay es, por eso, un país sin nombre. Hasta ese año, sus habitantes se hacían llamar simplemente «orientales». Y su nombre oficial definitivo, República Oriental del Uruguay, designa sin más el territorio al este de dicho río.

El coronel Isidoro Suárez peleó contra los brasileños. Y luego, en las pugnas internas de poder en Argentina, contra sus propios compatriotas, los seguidores del que sería luego el brutal dictador Juan Manuel de Rosas. Tristemente, después de vencer a tantos extranjeros, Suárez perdió la guerra contra los suyos. Y prefirió exiliarse en Uruguay, el país que había ayudado a crear.

Ahí lo recibieron unos viejos compañeros de la guerra contra el Brasil, los Haedo, unos comerciantes de origen español que habían hecho fortuna con un negocio de víveres y pertrechos para las expediciones militares. Los Haedo eran dueños de trescientas leguas cuadradas de terreno, esto es, todo lo que la vista alcanza a lo largo de los ciento cincuenta kilómetros que separan el Río Negro del Queguay. Y estuvieron orgullosos de casar a su hija Jacinta con el héroe de Junín. Al fin, en ese país sin estrenar, el coronel Suárez encontraba un lugar que podía considerar suyo.

Pero la desgracia —y Manuel Oribe, aliado del dictador Rosas— perseguían sin cuartel al coronel. Durante el sitio a Montevideo por las huestes de Oribe, Suárez quedó dentro de la ciudad. Cayó enfermo. Nunca consiguió regresar a casa. Murió cercado y solo, abandonado y traicionado. Sus propiedades fueron incautadas. Su familia quedó arruinada.

Su esposa se trasladó a Buenos Aires. En Uruguay quedó el resto de la familia Haedo, que conservó su posición social y sus inmensas propiedades. Pero el contacto entre las dos ramas familiares no se perdió. O bien Jacinta cruzaba el Río de la Plata para pasar temporadas con sus parientes, o bien lo hacían ellos para visitarla en su casa de la calle Tucumán, donde habría de nacer su nieto, Jorge Luis Borges.

Como escritor, Jorge Luis Borges dedicó un poema a su antepasado Isidoro Suárez. Y otro al dictador Rosas, al que consideraba un símbolo de la barbarie. Borges se sentía medio montevideano, porque había sido concebido en esa ciudad. Y en unos versos de juventud expresó su nostalgia por los dos países, Argentina y Uruguay, que en el pasado habían sido uno solo, como su propia familia.

Cuando niño, Georgie y su hermana Norah pasaban los veranos con su familia uruguaya, en una quinta en la avenida Lucas Obes, en el Prado, o en su casa de campo, entre piscinas y caballerizas. En los pasillos y los jardines de esas suntuosos estancias, su compañera de juegos era la prima Esther Haedo. Esther era la única compañía de Borges aparte de su hermana, y siempre consideró al escritor su «gran amigo de la niñez». Los recuerdos de infancia de Esther ya muestran la personalidad que acompañaría durante toda la vida al autor de *Fervor de Buenos Aires*:

—Era muy corto de vista ya desde niño... Leía constantemente y siempre con el libro pegado a su nariz. A nosotros no nos gustaba que leyera tanto porque queríamos que jugara y nuestra venganza era robarle el libro y escondérselo. Le hacíamos una especie de chantaje. Si jugaba conmigo y con su hermana, le devolvíamos el libro. Esa era la única forma de apartarlo un poco de la lectura, porque se trataba de un chico retraído y juicioso.

Esther esperaba con ansias las visitas de sus primos. Era mucho menor que sus hermanos, tanto que su madre había confundido su embarazo con la menopausia. Por eso, llevaba una existencia apartada de la gente, ajena por completo al mundo que la rodeaba. Su residencia habitual era la gigantesca quinta de manzana y media en el Prado, en las afueras de la ciudad, donde el único entretenimiento exterior era salir a ver el tranvía de caballos cuando llegaba a su estación final:

—No tenía casi amigas... El hermano de la familia que me seguía tenía diez años más que yo. De modo que tuve una niñez muy solitaria. No había vecinos, la casa estaba muy aislada, rodeada de jardines grandes. Los vecinos estaban a bastante distancia.

Al igual que Georgie, Esther encontró compañía en los libros. La mayoría de niñas de su posición recibía la educación justa para coser, bordar y parir, las únicas actividades que realizarían en su vida. Pero la madre de Esther era inglesa. La niña había crecido en Europa y aprendido el inglés antes que el español. A su regreso le asignaron una institutriz británica, que le enseñó también francés, y la animó a viajar a la Europa de sus orígenes a través de los libros escritos en esas lenguas. Además, aprendió a pintar.

Con el tiempo, Esther se fue convirtiendo en una interesante pelirroja de ojos celestes y piel suave. Pero su entorno le parecía demasiado provinciano. En la playa, las mujeres se sentaban a un lado y los hombres al otro, separados por una tierra de nadie de cien metros de extensión. Y si Esther conseguía trabar conversación con algún caballero, no encontraba mucho más tema que vacas y hectáreas. Ella anhelaba una vida más estimulante:

—A mí me hubiera gustado seguir una carrera, pero aquellas costumbres que existían entonces me lo impidieron. Lo que yo quería era demasiado avanzado... En aquel tiempo no se concebía que una mujer trabajara a la par del hombre.

Una chica con esas inquietudes se habría sentido más cómoda en Buenos Aires. Ahora bien, mudarse también era impensable para una mujer sola, especialmente de su clase social. Asfixiada en un mundo que no le correspondía, era incapaz de hacer lo único que se esperaba de ella: casarse. A los veintinueve años aún no conseguía pareja, y eso, en aquellos tiempos, era una señal de alarma. Los Haedo empezaban a hacerse a la idea de que Esther sería la solterona de la familia.

En enero de 1928, cuando Esther ya era daba por perdida para los deberes familiares, conoció a Enrique Amorim en una playa de Carrasco. El lugar y la fecha sugieren que los presentó el mismo Borges. En cualquier caso, los dos jóvenes conectaron de inmediato. Amorim, un año menor, admiraba a los mismos escritores que ella, tenía un temperamento encantador, quería viajar. Tres meses después, se casaron.

Para Esther, Enrique encarnaba la vida de sus sueños: el arte, la cultura, Buenos Aires. Y tenía también una ventaja adicional, no menos importante: contaría con la aprobación familiar. De hecho, la unión de dos grandes capitales agrarios uruguayos implicaba un buen negocio. Los padres de ambos recibieron la noticia de la boda con un suspiro de alivio.

La luna de miel de Enrique y Esther duró casi un año, y los llevó a Francia, España, Alemania, Suiza, Italia, Austria y Egipto. Y la buena vida no terminó ahí:

—Viajamos muchísimo —recordaba Esther—. Teníamos un departamento estable en Buenos Aires, pero solo para ir de paso. Primero estuvimos un año en Europa, regresamos y volvimos a irnos otro año. Después ya nos quedamos en Buenos Aires.

Esther era consciente de la orientación sexual de su esposo. Después de todo, él guardaba todo un archivo de car-

109

tas comprometedoras como las de Jacinto Benavente, que, después de su muerte, ella revisaría, conservaría y mostraría sin pudor a los interesados en la obra de Amorim.

Es poco probable que Amorim fuese bisexual, ya que en esa correspondencia se guardan cartas de amor de hombres, pero ni una sola de una mujer. Además, entre los múltiples testimonios sobre la promiscuidad del Buenos Aires cultural, ninguno menciona a Amorim con alguna chica (y sí a Neruda, a Girondo, e incluso las relaciones de García Lorca con otros hombres). Otro indicio es que Amorim y Esther dormían separados. Ante sus familiares, el escritor justificaba ese detalle con el argumento de que era muy maniático con los ruidos, y que no soportaba dormir junto a nadie.

Aparte de Esther, hubo un grupo social que sí estaba al corriente de su homosexualidad: el gremio de los artistas. Desde su infancia, cuando los miraba abandonar el teatro Larrañaga de manera «un poco escandalosa para la rígida moral de nuestra casa», Amorim había visto en los artistas un refugio contra las obligaciones sociales. Y ahora, en su adultez, con ellos se creó una vida paralela, un espacio de libertad. Así, en una carta, el poeta Rafael Alberti invita a la pareja Amorim-Haedo a quedarse en su casa de Punta del Este, y le dice:

—Tendréis de todo: batería de cocina, vajilla (tú, Enrique, hasta copas del junco secreto).

A continuación, Alberti dibuja el «junco secreto» del que Amorim gustaba beber: un pene.

Esto no era nada raro. En esos años, la mayoría de los homosexuales se casaba para disimular su condición y, en los medios más liberales, no necesariamente ocultaba esa condición a sus esposas. Ese era el caso del círculo de los artistas de Buenos Aires. El pintor gay Jorge Larco nunca le mintió a su mujer, la escritora María Luisa Bombal. El poeta Roberto Molinari tampoco a la suya. Estas relaciones fraternales cumplían el doble propósito de acallar los rumores sobre la sexualidad de los varones y aliviar la presión social sobre las mujeres para fundar una familia. Pero, además de un escape de las obligaciones convencionales, estos matrimonios constituían una muestra de confianza entre dos amigos.

Y Amorim y Esther eran, sin asomo de dudas, muy buenos amigos. Las cartas de la pareja que se conservan dan fe de un gran compañerismo. Bajo el encabezado habitual de «querida mía», Amorim le rendía cuenta a su esposa de sus actividades, sobre todo cuando viajaba para filmar películas. Le comentaba las noticias del periódico. Y frecuentemente le dirigía palabras muy cariñosas, como estas:

—...Llegó tu voz. ¡Llegó mágica, sola, natural fantástica! (macanas, la cosa más natural del mundo).

O estas otras:

—Un beso grande, mi adorada, y créeme que me duele tenerte lejos. Pero estás tan cerca de mi corazón...

Dada la naturaleza de su relación, los amantes de Amorim no tenían por qué ser una molestia para su adorada. La mayoría, de hecho, formaba parte del entorno social que tanto atraía a Esther. Por ejemplo, durante el viaje de García Lorca a Montevideo, ella estaba alojada con su esposo en el Hotel Carrasco. Y su recuerdo de Federico era muy agradable, aunque no se le escapaba la relación que había sostenido con su esposo:

—Enrique andaba para todos lados con él. Era un tipo encantador. La persona más despojada de vanidad que usted se pueda imaginar. Era como un niño. Siempre entretenido, siempre juguetón, siempre ocurrente. Tenía una gracia natural muy gitana.

Federico también simpatizó con ella. La nota que le envió a Amorim muestra que el poeta, aun cuando reclamaba la presencia de su amante, tenía detalles de simpatía hacia su esposa. Sí es interesante notar que si bien Lorca le manda saludos a Esther, no la invita a la fiesta, ni espera que llegue con Amorim. Volvamos a mirar el texto:

> Te espero a las diez y media en punto en la legación.
> Allí estaré, canalla.
> Saludos a Esther.

Más aun, en la dedicatoria de una fotografía, el poeta le manifestó a Esther su lealtad:

—Para mi queridísima amiga Esther de Amorim con el recuerdo imperecedero de nuestra amistad. Su leal, Federico García Lorca.

Pero fuera del medio artístico, la reputación de Amorim era muy distinta. Nadie más en la familia, entre los amigos de Salto ni en el servicio doméstico sospechaba su homosexualidad. Al contrario, todas sus personas cercanas recuerdan a un Amorim coqueto, siempre ostentoso de su masculinidad, que paseaba de la mano de otras chicas y ventilaba orgullosamente sus líos de faldas.

Entre los salteños llamaba mucho la atención la tolerancia de Esther, que no se inmutaba cada vez que a su esposo se le iban los ojos por otra señora. La tranquilidad de esa mujer ante las supuestas infidelidades de Amorim era algo nunca visto en esa pequeña ciudad del interior.

Un día, Amorim viajó a Buenos Aires para lo que parecía una evidente aventura, y Esther lo ayudó a preparar las maletas y le sugirió que se abrigase bien porque estaba haciendo frío. Después de su partida, una de las asistentas, que había contemplado incrédula la escena, no pudo más con su curiosidad y cruzó el límite de la discreción: le preguntó a Esther por qué estaba tan tranquila, cómo podía tomarse con esa frialdad los devaneos sexuales de su marido. Con absoluta calma, con la flema inglesa adquirida en su educación, Esther respondió:

—Es de buena educación compartir, querida. Al fin y al cabo, los hombres no se gastan.

Obviamente, Esther participaba en el montaje de Enrique. A fin de cuentas, la fama de mujeriego, más aceptable socialmente que la de «invertido», les hacía la vida más tranquila a los dos. Eso también explica su calma. Esther no tenía ninguna necesidad de sentir celos porque la sexualidad de su esposo transcurría en una dimensión que le era ajena, en la que ella no podía competir, aunque quisiera.

Muchas décadas después, cuando Esther ya había cumplido noventa y un años, un periodista le pidió su opinión sobre los cambios en las costumbres a lo largo del siglo xx. Significativamente, la viuda de Amorim le respondió hablando directamente de sexo:

—Yo siempre entendí esto, porque es la consecuencia de la evolución natural de la humanidad. Lo que hacen los jóvenes de hoy ya lo hacían los de Europa hace veinte años.

Y concluyó con una declaración reveladora:

—Acepto la revolución sexual de los jóvenes porque antes era exactamente igual pero las cosas se tapaban.

Esther tendría que tapar muchas cosas a lo largo de su matrimonio. La vida de Amorim estuvo llena de secretos que solo su mujer conoció de primera mano, y que se llevó a la tumba. Algunos de esos misterios tuvieron que ver con la muerte de Federico García Lorca. Otros, con el amor. Pero todos acarreaban consecuencias imprevisibles, y resultaban muy difíciles de comprender, incluso para una mujer moderna y distendida como Esther. Por eso, cuando en la entrevista que concedió en sus días finales el periodista le preguntó por su esposo, ella respondió:

—El único mérito de mi vida es haber sido su compañera, el haber sabido entenderlo.

Esas fueron sus últimas, bellas palabras sobre Enrique Amorim.

MADRE, CUANDO YO MUERA, QUE SE ENTEREN LOS SEÑORES

El regreso del poeta

Federico García Lorca abandonó Buenos Aires el 27 de marzo de 1934, después de seis meses de diversión e ilimitada popularidad. Poco antes de su partida, Lola Membrives lo despidió con una función especial en el Avenida, en la que se combinaron extractos de varios de sus espectáculos con lecturas del propio poeta. En los pasillos del teatro se amontonaban flores y regalos de sus admiradores, entre ellos, valiosos objetos de plata. En su última noche argentina, Lorca difundió por la radio un emotivo adiós:

—Me voy con tanta tristeza, tanta, que ya tengo ganas de volver... Yo sé que existe una nostalgia de la Argentina, de la cual no me veré libre y de la cual no quiero librarme porque será buena y fecunda para mi espíritu... Dios quiera que nos volvamos a ver, y desde luego yo, siempre que escriba mis nuevas obras de teatro, pensaré en este país que tanto aliento me ha dado como escritor.

El poeta también sentiría nostalgia de cosas más prosaicas. A su familia le había escrito:

—Me voy contento por veros, pero triste de abandonar estas grandes ciudades donde he tenido verdaderas apoteosis que nunca olvidaré y donde tengo mi porvenir económico, pues aquí puedo ganar el dinero que jamás ganaré en España.

Habría podido quedarse en Sudamérica, pero nunca se lo planteó seriamente. Al parecer, necesitaba estar cerca su madre. Y también se sentía comprometido con una España que comenzaba a partirse irremediablemente, y a la que no había dejado de prestar atención en su ausencia. Durante su viaje, la derecha había ganado unas tensas elecciones. El líder de izquierda Manuel Azaña advertía del riesgo de una guerra civil y llamaba a los partidos progresistas a aliarse en un Frente Popular. Los conservadores veían en ello una tentación totalitaria, y amenazaban con su propia dictadura si aquel frente seguía adelante.

—Veo la situación política muy dura y apasionada —había escrito Federico—, y desde aquí se tiene la impresión de una España en carne viva. No sé qué va a ocurrir, pero desde luego van a ocurrir muchas cosas, porque la pasión está desatada.

España no era la excepción. Ese mismo mes, los sindicatos franceses convocaban a una huelga general. En Austria, una rebelión tomaba las calles, y el ilegalizado Partido Nacionalsocialista de ese país llamaba a «derrumbar el sistema funesto». Vientos de guerra hinchaban las velas de Europa.

La mañana en que el transatlántico *Conte Biancamano* zarpó de Buenos Aires, una multitud se congregó en el muelle para despedir al poeta. Muchos de los presentes lloraban, y Federico no estaba de ánimo para consolarlos. Una amiga le preguntó:

—Pero, Federico, ¿no estás contento de regresar a tu tierra?

—No, chica —contestó él—. ¡Allá van a pasar cosas terribles!

A pesar de sus sombríos presagios, Federico tuvo un último detalle alegre. Antes de subir al barco, le entregó a Pablo Neruda un paquete cerrado, y le dio orden de no abrirlo hasta que ya navegase por alta mar. Neruda obedeció. El paquete guardaba un grueso fajo de billetes. Lorca quería que sus amigos gastasen ese dinero en una fiesta en su honor, para que no lo olvidasen.

Es probable que Enrique Amorim asistiese a esa despedida, mezclado entre los demás artistas. Pero es muy revelador que Lorca le dejase el paquete a Neruda. Si los dos escritores entablaron competencia por la atención del granadino, muy pronto quedaría claro que el ganador había sido el autor de *Residencia en la tierra*.

El diplomático chileno Carlos Morla Lynch, que vivía en España en ese entonces, fue testigo del deslumbramiento que Neruda había producido en el poeta granadino. El mismo día del regreso de Federico a Madrid, el 12 de abril, después de encontrarse con el poeta, Morla escribió en su diario:

—Reaparición de Federico, que llegó esta mañana de América, tostado, jubiloso, exuberante... tan contento y alegre que no se puede más... Viene fascinado con el talento de Pablo Neruda, con quien se encontró en Buenos Aires.

Los dos poetas se reencontrarían muy pronto. En realidad, Neruda llevaba más de un año solicitando un traslado hacia la representación diplomática chilena en España. A finales de mayo, su deseo se cumplió, y anunció por telegrama su llegada a Madrid.

Federico planeó cuidadosamente la recepción para el chileno, e hizo una pequeña trampa para encontrarse con él a solas. El encargado oficial de recibir a Neruda era Morla, su colega del cuerpo diplomático. Así que Federico le propuso acompañarlo a la estación del tren, y fijó con él una cita previa en el Museo del Prado para acudir juntos. Pero le dio el plantón y se presentó en el andén solo.

119

Mientras Morla lo buscaba afanosamente en el museo, Federico apareció en la puerta del vagón de Neruda llevando un ramo de flores, como si el chileno fuese un novio que volviese de la guerra.

En Madrid, Neruda se instaló en un departamento de la Casa de las Flores, un edificio del barrio de Argüelles con terrazas y una hermosa vista de la sierra. Pero si el panorama exterior se veía luminoso, lleno de prados y colinas, el paisaje interior de su hogar era más oscuro. Su matrimonio continuaba resquebrajándose y parecía abocarse a la catástrofe.

El 18 de agosto de 1934, Neruda y su esposa Maruca Hagenaar tuvieron una hija llamada Malva Marina. Neruda ansiaba ser padre, pero la pequeña nació prematura y estuvo a punto de morir durante el parto. Posteriormente, los médicos le diagnosticaron hidrocefalia. La minusvalía le impedía soportar la luz de su hermosa Casa de las Flores. Debía vivir encerrada en un cuarto oscuro. Y no resistiría más de ocho años.

Neruda escribió poemas muy dolorosos en España. Transido por la desgracia, en lugar de acercarse a su hija y a su mujer, se alejó de ellas. Se pasaba las noches fuera, y no mostraba el menor instinto paternal. Para agravar las cosas, llevó a vivir a la Casa de las Flores a su amante, la pintora y fervorosa comunista Delia del Carril, lo que fue motivo de escándalo incluso entre sus amigos. Carlos Morla, por ejemplo, consignó en su diario que el poeta no se molestaba en ocultar su crisis familiar:

—Ayer salimos moralmente asfixiados de casa de Pablo Neruda. Encontramos a su mujer, Maruca, sola, junto a la cuna donde yacía la nena enferma. Cuadro doloroso, trágico y de pesadilla... Pablo y Delia en el cine...

Tampoco la labor profesional del poeta era precisamente ejemplar. Neruda dedicaba mucho tiempo a sus conflictos gremiales: coordinaba panfletos contra sus enemigos poéticos y, cuando ellos lo atacaban, se organizaba homenajes de desagravio a sí mismo. Además, era demasiado susceptible y combativo para ser un diplomático, y sus simpatías políticas eran un tanto efusivas para una España cada vez más crispada. Como si fuera poco, su imagen personal resultaba terriblemente descuidada: iba sin afeitarse, tocado con una boina raída y con los bolsillos llenos de papeles viejos, acompañado siempre por Delia, que lucía provocadores pañuelos rojos y besaba cinco veces a todos los amigos que encontraba.

Al mismo ritmo que la existencia burguesa de Neruda, se derrumbaba el Estado Español. La caída de la República de Weimar bajo la bota nazi en 1933 revelaba un retroceso de las democracias parlamentarias en toda Europa. Y, efectivamente, en octubre de 1934, el gobierno conservador de la República de España dimitía en masa. La crisis ministerial se saldó con la entrada en el gobierno de la Confederación Española de Derechas Autónomas (CEDA). Los sindicatos vieron en ello el amago de una toma del poder como la de Hitler en Alemania. En respuesta, organizaron una huelga general. Por su parte, la Generalitat de Catalunya se declaró en rebeldía.

Los militares recibieron el encargo de sofocar las protestas. En Asturias cumplieron con brutal eficiencia. En Barcelona, el ex jefe de gobierno izquierdista Manuel Azaña fue detenido y acusado de rebelión. En la capital, unidades armadas trataron de restablecer el tráfico de los tranvías ante la resistencia de los sindicatos. Los tableteos de las ametralladoras se sucedían, como la obertura musical del desastre. Entre el 7 y 8 de octubre, Carlos Morla escribió en su diario:

—Hay muertos y heridos por todas partes... A las dos se produce un espantoso tiroteo, ametralladoras, ruido de camiones que pasan veloces... La calle se ve desierta... Me impresionan los carros fúnebres que pasan llevando a los muertos, completamente abandonados y solos en la huelga general... En la tarde, la atmósfera se descompone. Pasan dos aviones... Desde mi cama siento un vivo tiroteo...

El infierno cercaba a Neruda. Y el único remanso a salvo de la realidad era la vida bohemia. Se hizo amigo de Miguel Hernández, poeta y pastor de cabras; de Rafael Alberti, que solía llevar al cuello el pañuelo rojo de comunista; de la pintora Maruja Mallo; y del músico, chileno como él, Acario Cotapos. Los artistas se reunían a beber vino, chinchón y *whisky* en una cervecería cercana a Correos, La Ballena Alegre, o en el bar Baviera, cerca de la estatua de Cibeles. Improvisaban recitales poéticos en las fiestas de los amigos. Montaban bailes de máscaras que degeneraban en carnavalescas borracheras. Delia del Carril animaba esas veladas cantando con su prodigiosa voz. Y cuando ya estaban bastante ebrios, llamaban por teléfono al poeta Juan Ramón Jiménez —que los odiaba a todos— para burlarse de él y de sus obras.

Pero la relación de Neruda con Federico parece haber tomado un cariz más íntimo. García Lorca escribía en la Casa de las Flores, y su cercanía con Neruda era cada vez mayor. El poeta chileno dejó constancia de sus sentimientos por el granadino en su «Oda a Federico García Lorca», que escribió en esos días madrileños, y que repasa todas las facetas de un cariño mucho más intenso que una ordinaria amistad. La primera estrofa de la oda es una elegía puramente literaria:

Si pudiera llorar de miedo en una casa sola,
si pudiera sacarme los ojos y comérmelos,
lo haría por tu voz de naranjo enlutado
y por tu poesía que sale dando gritos...

A continuación, Neruda celebra el carisma de García Lorca y su capacidad de hacer que el mundo gire en torno a él:

Porque por ti pintan de azul los hospitales
y crecen las escuelas y los barrios marítimos,
y se pueblan de plumas los ángeles heridos,
y se cubren de escamas los pescados nupciales
y van volando al cielo los erizos...

Y unas líneas más abajo, el poema adquiere visos de declaración de amor:

Cuando vuelas vestido de durazno,
cuando ríes con risa de arroz huracanado,
cuando para cantar sacudes las arterias y los
                                                                    [dientes,]
la garganta y los dedos,
me moriría por lo dulce que eres,
me moriría por los lagos rojos
en donde en medio del otoño vives...

No se trata de una ficción, o de una alegoría. Neruda está exteriorizando sus emociones de la manera más honesta y abierta posible. Y prueba de ello es la lista completa de sus amigos comunes de Buenos Aires y Madrid, de la que, quizá con intención, se excluye a Amorim:

123

...llega un día de viento con un niño,
llego yo con Oliverio, Norah,
Vicente Aleixandre, Delia,
Maruca, Malva Marina, María Luisa y Larco,
la Rubia, Rafael Ugarte,
Cotapos, Rafael Alberti,
Carlos, Bebé, Manolo Altoaguirre,
Molinari,
Rosales, Concha Méndez,
y otros que se me olvidan...

Algunos de los versos siguientes tienen un matiz sugerentemente carnal («Ven a que te corone..., joven puro, como un negro relámpago perpetuamente libre»), pero no dejan de refugiarse en la ambigüedad. Sin embargo, el final de la oda es, en toda regla, una disculpa por la heterosexualidad de Neruda, que les impide consumar físicamente su relación, y un ruego para que se vayan descubriendo con paciencia, como una pareja:

Así es la vida, Federico, aquí tienes
las cosas que te puede ofrecer, mi amistad
de melancólico varón varonil.
Ya sabes por ti mismo muchas cosas.
Y otras irás sabiendo lentamente.

García Lorca había despertado en Neruda, ese mujeriego empedernido y orgulloso, emociones que el poeta chileno no conocía, y que sin duda su padre habría desaprobado con más énfasis que su afición juvenil por la poesía.

No era la primera vez que le ocurría. En la historia amorosa de García Lorca abundan los ejemplos de heterosexuales conversos, «melancólicos varones varoniles» que, abducidos por su encanto, cayeron sin remedio en sus brazos. Por ejemplo, el estudiante de ingeniería Rafael Rodríguez Rapún, uno de cuyos íntimos amigos declara:

—A Rafael le gustaban las mujeres más que chuparse los dedos, pero estaba cogido en esa red, no cogido, inmerso en Federico... Después se quería escapar pero no podía... Fue tremendo.

En el caso de otros artistas, a la amistad con Federico se sumaba una admiración mutua, formando un cóctel de consecuencias potencialmente eróticas. El ejemplo mejor documentado de ello fue Salvador Dalí.

Dalí y Federico se habían encontrado en la Residencia de Estudiantes de Madrid en 1923. El poeta trabajaba en una ópera cómica y encandilaba a todos con su talento mundano. El pintor era un extravagante hijo de notario, con bastón y patillas, aficionado a la masturbación y con una preocupación obsesiva por el tamaño de su pene.

Salvador Dalí no fue ajeno a la irresistible influencia personal de Federico. Entre ellos se estableció una compleja amistad que alcanzó su clímax en 1925, cuando pasaron juntos la Semana Santa en la residencia familiar del pintor en Cadaqués, un pueblo costero catalán. A raíz de ese encuentro, Lorca escribió su «Oda a Salvador Dalí», que dice, entre otras cosas:

¡Oh, Salvador Dalí de voz aceitunada!...
Alma higiénica, vives sobre mármoles nuevos.
Huyes la oscura selva de formas increíbles.
Tu fantasía llega donde llegan tus manos,

y gozas el soneto del mar en tu ventana...
No mires la clepsidra con alas membranosas,
ni la dura guadaña de las alegorías.
Viste y desnuda siempre tu pincel en el aire
frente a la mar poblada con barcos y marinos.

Aunque es bastante menos explícito que la oda de Neruda a García Lorca, el biógrafo Ian Gibson lee estos versos como una invitación al amor homosexual:

—El poeta está sugiriendo al Dalí de «alma higiénica» que no tema tanto perder el control, que se atreva a aventurarse por territorios que, si bien peligrosos, con sus campamentos de hongos y sus selvas oscuras de increíbles formas, también son ricos en potenciales estímulos creativos. Que esté más abierto, es decir, a la vida, sobre todo a la experiencia amorosa.

Para Gibson, el poeta estaba seguro de la homosexualidad de Dalí, y consideraba que el pintor se reprimía:

—No me cabe la menor duda de que Lorca estaba ya convencido de que Dalí, pese a sus protestas en contra, era gay, gay incapaz de «salir», y de que su asepsia era una defensa contra una inclinación que encontraba intolerable.

Y si Dalí no se decidía a salir, García Lorca estaba resuelto a sacarlo a rastras del armario. El pintor confesaría años después que Federico intentó sodomizarlo en dos ocasiones, pero no lo consiguió porque a él «le dolía». Y al no lograrlo, el granadino trató de realizar su deseo mediante una vía alterna:

—Yo me sentí muy halagado desde el punto de vista del prestigio —declaró Dalí—. En el fondo me decía que era un maravilloso poeta y que le debía un poco del ojo del culo del Divino Dalí. Al final tuvo que echar mano de una muchacha, y fue ella quien me remplazó en el sacrificio. No habiendo conseguido que yo pusiera el ojo de mi culo a su disposición, me juró que el sacrificio de la muchacha estaba compensado por el suyo propio: era la primera vez que hacía el amor con una mujer.

Las declaraciones de Dalí fueron confirmadas por una anécdota del director de cine Luis Buñuel. En sus años en la Residencia, Buñuel y Dalí se divertían atormentando a García Lorca. Una vez, mientras los tres bebían en un bar, Buñuel persuadió al pintor para que criticase negativamente un manuscrito del granadino. Federico reaccionó enfureciéndose y abandonando el lugar, y ellos lo siguieron solo para burlarse de él. A la mañana siguiente, como Dalí compartía habitación con el poeta, Buñuel le preguntó cómo había pasado la noche Federico, y si seguía enfadado. Según su relato, Dalí le contestó:

—Ya está todo arreglado. Intentó hacerme el amor, pero no pudo.

Después de sus años en Madrid, Buñuel y Dalí cumplieron el sueño del artista que García Lorca nunca logró: vivir en París. Y ahí crearon juntos *El perro andaluz*, una película surrealista que el poeta interpretó como un ataque personal. La traición de Dalí, real o imaginaria, sumió a Federico en uno de sus estados depresivos más agudos, y formó parte del conflicto existencial sobre su propia sexualidad que lo aquejaba durante su viaje de 1929 a Nueva York.

Cinco años después, la recepción de Neruda con flores en la estación, la intensidad de su amistad, la pródiga sexualidad del chileno y, sobre todo, la «Oda a Federico García Lorca», hacen suponer que entre ellos se estableció una relación similar a la que el poeta había vivido con

Dalí diez años antes: una emoción más fuerte que la amistad entre dos hombres muy sensibles impedidos de manifestar sus sentimientos físicamente. Pero en este caso, con un agravante que los unía aun más: eran dos hombres en una situación extrema, arrastrados por el remolino implacable de la historia.

La política se filtraba en la vida de los artistas por todos los rincones. Para empezar, el gobierno conservador redujo la subvención para el grupo de teatro La Barraca, hiriéndolo de muerte. Ya para entonces, Federico estaba afiliado a la Asociación de Amigos de la Unión Soviética. Y luego vino lo peor, lo de *Yerma*.

El 29 de diciembre de 1934, *Yerma* vio al fin la luz en el teatro Español. Incumpliendo sus promesas, García Lorca no se la había entregado primero a Lola Membrives. En cambio, como cabeza de reparto figuraba la actriz Margarita Xirgú, que precisamente acababa de ofrecer refugio a Manuel Azaña después de su encierro en prisión. Para entonces, el clima de enfrentamiento del país ya devoraba todo lo que encontraba a su paso. Un grupo de agitadores trató de reventar el estreno de la obra. Carlos Morla, presente en el teatro esa noche, recuerda:

—En la sala, desde el comienzo de la función, se dejan sentir, procedentes del llamado «paraíso», esto es, de la galería, los murmullos y bisbiseos de los interruptores. La manifestación hostil va dirigida, especialmente, en contra de la insigne actriz... Durante unos momentos se forma tal barahúnda que Margarita se ve obligada a interrumpir el diálogo.

Los desplantes no terminaron ahí. El diario católico *El Debate*, portavoz de la CEDA, acusó a la obra de «blasfemia» e «inmoralidad». *La Nación* incidió en que «García

Lorca se retuerce contra toda creencia, cuando paganiza la fuerza de la convicción hispana, que induce a rogativas a la divinidad y que acarrea funestas consecuencias terrenas». Las publicaciones satíricas de extrema derecha, menos argumentativas, se mofaron directamente de la homosexualidad de García Lorca.

Más adelante, cuando *Yerma* se estrenó en Barcelona, los detractores de Federico consideraron que su gran éxito entre los catalanes demostraba a todas luces que era antiespañol. Ya para entonces, el propio García Lorca pensaba solo en términos de confrontación. Le escribió a su familia:

—Las derechas tomarán todas estas cosas para seguir su campaña contra mí y contra Margarita, pero no importa. Es casi conveniente que lo hagan, y que se sepan de una vez los campos que pisamos. Desde luego, hoy en España no se puede ser neutral.

En febrero de 1935, en el café Nacional de Madrid, García Lorca fue el encargado de leer en voz alta el manifiesto de los intelectuales pidiendo el voto por el Frente Popular, que agrupaba a la izquierda.

Los acontecimientos se precipitaban aun más rápido de lo que el poeta podía prever. Pero Federico tuvo una representación anticipada de lo que estaba por ocurrir o, en palabras de Neruda, «la premonición de su increíble tragedia».

Al regreso de una de sus giras, García Lorca le contó al poeta chileno un sueño, o quizá una visión. Mientras la compañía teatral acampaba cerca de un pequeño pueblo de Castilla, Federico había sufrido un ataque de insomnio, y había decidido salir a caminar. A su alrededor, la niebla bañaba la noche con un halo fantasmagórico. Después de caminar un buen rato, llegó a una verja de hierro oxidado flanqueada por antiguas columnas y estatuas, una propiedad feudal abandonada y semienterrada bajo la hojarasca.

Federico se sentó a rumiar sus angustias sobre un capitel caído, en medio de la soledad y el frío, y sintió un cuerpo moverse cerca. Era un cordero perdido de su rebaño. Lo observó con ternura mientras el animalito removía con el hocico las hojas secas en busca de hierba fresca. La estampa de aquel corderito resultaba a la vez dulce y triste, perdido en medio de la noche pero despreocupado de su destino.

Súbitamente, una piara de puercos irrumpió en el lugar. Federico describiría a los animales como «cuatro o cinco bestias oscuras, cerdos semisalvajes con hambre cerril y pezuñas de piedra». Los cerdos se abalanzaron sobre el corderito con las fauces abiertas. Y en cuestión de segundos, sin apenas reparar en el testigo que se aterrorizaba a su lado, lo despedazaron y lo devoraron.

Después de presenciar esa escena, Federico regresó corriendo al campamento. Por la mañana, ordenó a su compañía abandonar ese pueblo cuanto antes.

¡Federicoooooo!

Al otro lado del Atlántico, ajeno a la tormenta política de España, Enrique Amorim esperaba una señal de amor.

Tras la partida de Lorca, el uruguayo se trasladó a Las Nubes, la excéntrica residencia que poseía a orillas del río Uruguay, en su Salto natal. La había mandado construir en 1930, después de su tercera temporada en Europa, inspirado por las ideas funcionalistas del arquitecto de moda, Le Corbusier: el segundo piso se sostenía sobre pilotes, dejando debajo una terraza sombreada, al lado de la piscina. Los acabados eran una muestra de *art decó* náutico: chimeneas de barco y ojos de buey salpicaban una estructura semejante a la cubierta de un buque. El estudio de Amorim, como el puente de mando, quedaba en la habitación más alta de todas.

Esa mansión grafica uno de los grandes conflictos de Amorim: su origen provinciano contra su vocación cosmopolita. En sus constantes viajes, Amorim constataba con vergüenza que los europeos no sabían nada de Uruguay: incluso los intelectuales le preguntaban si sus compatriotas eran negros, qué idioma hablaban o si tenían alguna universidad en ese país. Para colmo, los propios latinoamericanos en Europa pretendían ganarse el carnet de civilizados enfatizando el «salvajismo» con que se comportaban los uruguayos por allá.

131

Amorim sentía que su humilde terruño no podía aportar nada a los faros de la civilización. A fines de la década de 1920, dudaba de que Sudamérica pudiese producir algo interesante en el ámbito de la cultura. Consideraba que el «triste destino» de la región era la irrelevancia, y se preguntaba:

—¿Por qué en las tierras que hay al sur del Ecuador... no se produce una cultura, una raza, un tipo humano, un acontecimiento cualquiera de valor universal, como en las tierras situadas al norte de la ecuatorial?

Con similares dosis de pesimismo, Amorim renegaba de Uruguay: creía que el país no les hacía justicia a sus escritores. En sus artículos recordaba que los grandes autores uruguayos se habían vuelto importantes gracias a Argentina, y enumeraba la lista de desplantes que la patria les había endosado a los mejores de ellos:

—Rodó pudo ser más agasajado. Sánchez, no debió vivir en el destierro. Quiroga debía ser más leído y considerado, Vaz Ferreira debía de ser más conocido, Reissig era un poeta.

Por todo eso, Amorim se esmeraba en ser argentino. Al congreso del PEN Club en La Haya viajó como representante de ese país. Y como tal firmaba los manifiestos políticos y opinaba en la prensa bonaerense. Era un miembro destacado de la Sociedad Argentina de Escritores. Y durante la década de 1920, en paralelo al éxito de «Las quitanderas», dedicó grandes esfuerzos a escribir como un porteño.

En su libro *Horizontes y bocacalles* (1926) trataba de introducir historias de la gran ciudad. Al año siguiente publicó *Tráfico (Buenos Aires y sus aspectos)*, que desde el título es una oda a la capital argentina. Pero sus cuentos urbanos fueron un fracaso. *Horizontes y bocacalles* no recibió la atención que esperaba Amorim en el Concurso Nacional de Literatura del año de su aparición. El escritor Benito Lynch, al que Amorim admiraba, opinó que solo valían la pena sus cuentos rurales. Cuando Amorim publicó *Tráfico*, un crítico le exigió que se dedicase exclusivamente a aquello de lo que sabía escribir bien. Otro se sintió obligado a recordarle que un libro es un producto serio, no un vertedero de cuentos publicados en revistas. El diario *La Nación*, aunque en tono más delicado, también lo regañó:

—El autor tiene un temperamento exuberante, que quiere dominarlo todo y pronto. Su imaginación trabaja vehementemente con un desorden juvenil que contribuye a acelerar y fatigar el ritmo de su producción.

Incluso una rendida admiradora de Amorim, Brenda V. de López, dice al comentar esta faceta de su trabajo:

—En el tema ciudad hay menos calor y espontaneidad; vemos al autor en la búsqueda afanosa de temas a los que no se integra con la misma naturalidad y éxito.

Amorim, ya lo he dicho, era un camaleón. No solo practicaba múltiples géneros literarios, también asumía múltiples identidades, que sumaban seudónimos a su lista. Algunos de sus alias eran evidentes (como *Globe Trotter*) y otros más disimulados (como *Federico Paz*). Algunos delataban su origen (*Joaquín de Salto* o *Un Artiguense Indignado*), otros eran insospechables (*Dr. Ignotus*). También usaba nombres de mujeres (*Margarita Moncloa*). No obstante, de todas sus identidades posibles, a la crítica literaria solo le interesaba una: la real, la del hombre de campo que él se negaba a ser, con sus cuentos rurales y sus retratos de provincia. A pesar de sus esfuerzos por escribir historias sobre la gran ciudad, estaba condenado a ser salteño. Para obtener el éxito que tanto ansiaba, tenía la obligación de ser quien no quería. El universo rural que alimentaba sus novelas le resultaba ajeno, pero era el que los lectores le pedían.

Para colmo, la tierra lo reclamaba. La crisis financiera internacional había hecho estragos en el patrimonio de los Amorim: ahora necesitaban de todos los hermanos para gestionarlo.

La mansión de Las Nubes fue su manera de resolver el conflicto: sería provinciano, pero a lo grande. Viviría en Salto, al menos parte del año, pero en una mansión *art decó*. Y colaboraría de manera intensa con la vida cultural de la ciudad. Si su obstáculo para ser cosmopolita era su origen provinciano, convertiría a la suya en una ciudad cosmopolita. Y en ella, durante esos primeros años de la década de 1930, escribiría dos de sus novelas gauchescas más famosas, *La carreta*, ya reseñada, y *El paisano Aguilar* (1934).

El protagonista de esta última, Francisco Aguilar, es un evidente *alter ego* de su autor: el hijo de un hacendado que, después de su educación en la ciudad, regresa para hacerse cargo de la estancia familiar. Ha tratado de cortar sus lazos con el campo, pero no ha conseguido librarse de su destino en él. Ahora, de vuelta en el hogar, Amorim/ Aguilar se obstina en vano «en arrojar el lastre ciudadano, las costumbres adquiridas, entorpecidas para la vida del campo». Por si queda alguna duda de que el personaje de ficción es un reflejo del real, en la lista de seudónimos de Amorim figura precisamente *Francisco Aguilar*.

Los resultados no se hicieron esperar. La crítica encontró en *El paisano Aguilar* el Amorim que llevaba años reclamando. *Caras y Caretas* lo consideró «un drama como

134

no se ha mostrado otro en la ya abundante literatura gauchesca rioplatense». *Crítica*: «Un libro de alto valor humano». Robert Cunninghame Graham escribió: «Es el estudio más acabado de la vida campestre de Uruguay que he leído». Juana de Ibarbourou: «Por fin, gaucho sin atributos externos, creación digna». Y las grandes frases continuaban: «La mejor expresión de nuestra vida campesina en lo que va del siglo», «La primera picada del buen sentido y el buen gusto».

En realidad, el único que descubrió la impostura fue Jorge Luis Borges, que además de ser un agudo lector, conocía el mundo de Amorim y su prima Esther. Dice Borges:

—Amorim, jugando al escritor realista, habla en una de sus novelas de animales (vacas y caballos) que en medio de una tormenta están «de culo a la lluvia». Sus hermanos, que son gente de campo, le señalaron que nunca se dijo «culo» para la hacienda.

Borges y Amorim se hicieron muy cercanos en ese momento de sus vidas. Sin saberlo, compartían duelo por los amores perdidos. Amorim echaba de menos a Federico. Y Borges acababa de recibir el tiro de gracia de Norah Lange, que se había mudado a un departamento cerca de Oliverio Girondo, echando por tierra las últimas esperanzas de su erudito y miope admirador.

En esas circunstancias, a finales de 1934, el uruguayo invitó a su pariente a pasar una temporada en Las Nubes. El plan original, como siempre, era pasear, escribir, bañarse en la piscina y el río: unos meses de tranquilidad y buena conversación. Pero, aunque ellos no lo sabían en ese momento, su verano salteño cambiaría la historia de la literatura.

La relación entre Amorim y Borges podía resultar francamente pintoresca, sobre todo cuando se asomaban a la vida de la gente normal. Una vez, por ejemplo, asistieron juntos a un partido de fútbol entre Uruguay y Argentina. Jamás habían prestado el menor interés a ese deporte, pero opinaban que debían tratar de entenderlo por razones de cultura general. Lamentablemente, no estaban hechos para esos pasatiempos. Cada uno deseaba que ganase el equipo oponente, para no decepcionar a su amigo. Al final, abandonaron el estadio durante el intermedio, porque ninguno de los dos sabía que faltaba un segundo tiempo.

En 1934, durante el viaje de Borges a Salto, él y Amorim volvieron a sentir el llamado de la aventura, y esta vez fueron un poco más lejos. A lo largo de varios días recorrieron la provincia selvática de Tacuarembó hasta la frontera con el Brasil, y cruzaron al pueblo de Sant'Anna do Livramento, una ruta de contrabando bastante alejada de la civilización y de la ley. Y mientras tanto, cómo no, hablaron de poesía.

Borges percibía la fascinación de Amorim con García Lorca a través de sus escritos, por los esfuerzos que hacía para copiar al granadino. Y le encantaba detectar esos remedos para destrozarlos. En uno de sus poemas, Amorim usó una frase muy lorquiana, «contrabando de sombras». Borges le criticó:

—Entonces no es contrabando. No te conviene. Que sea de yerba, de lo que quieras, pero no de sombras.

—Yo lo siento así —contestó Amorim, herido en su amor propio, y en el de Federico.

Deben haber ofrecido una estampa completamente incoherente, dos sofisticados intelectuales de ciudad recitando poemas en un Chrysler dorado por esa zona plagada de forajidos y traficantes, como un absurdo *road movie*. Pero, al menos para Borges, se trató de un viaje iniciático. El paisaje lo sobrecogía por su salvajismo, y más adelante reconocería:

—Todo lo que presencié entonces (las cercas de piedra, el ganado de largos cuernos, los arreos de plata de los caballos, los gauchos barbudos, las postas, los avestruces), todo era tan primitivo, y hasta bárbaro, como para hacer un viaje más al pasado que un viaje a través del espacio.

En efecto, tras sus correrías por la civilización europea y porteña, Borges ingresaba en un universo salvaje totalmente desconocido hasta entonces, del que lo asombraban los más mínimos detalles. En cierta ocasión, mientras vagaban sin rumbo, tuvieron que detener el descapotable ante una interminable hilera de jinetes. Sorprendido, Borges exclamó:

—¡Pero caramba! ¡Trescientos gauchos!

Amorim, que echaba de menos la ciudad, suspiró:

—Bueno, ver trescientos gauchos aquí es como ver trescientos empleados de Gath & Chaves en Buenos Aires.

Amorim estaba triste. La ausencia de Federico y el alejamiento de la gran urbe le habían bajado el ánimo. Incluso lo habían puesto agresivo. Cuando llegaron al Brasil estaba paranoico. Quizá debido a recientes enfrentamientos entre matutes y policías, creyó detectar cierta animadversión de la población hacia él y Borges. Mientras permaneció en territorio extranjero, se contuvo. Pero nada más cruzar la frontera de vuelta, ante el horror del pacífico Borges, se puso de pie sobre el auto en marcha y se volvió hacia los brasileños para insultarlos brutalmente con gritos y gestos procaces. Después, como si no hubiese ocurrido nada, recuperó la compostura, se sentó y continuó conduciendo.

De regreso en territorio uruguayo sobrevino el hito definitivo de ese viaje. Los dos escritores se detuvieron a beber algo en una taberna y se sentaron cerca de un capanga, el guardaespaldas de algún pez gordo lugareño. Mientras ellos conversaban, un borracho se acercó a fastidiar al capanga. Puede que el guardaespaldas haya tratado de espantar al inoportuno un par de veces. Quizá incluso le propinó algún empujón. Pero nada detenía al imprudente bebedor, y el otro iba perdiendo la paciencia. Cuando el bandolero se cansó, sacó el arma del cinto y le pegó dos tiros al incómodo personaje.

Para Borges, que a esas alturas ni siquiera participaba en las agitaciones poéticas, presenciar un asesinato era lo más intenso que le había sucedido en la vida. Y más impactante aun le pareció ver al asesino al día siguiente, tranquilamente sentado en el mismo lugar y tomando la misma bebida, como todos los días. Quedó tan marcado con la experiencia que cambió su literatura. En parte gracias a ese viaje, se convirtió en un nuevo y muy audaz narrador.

En sus cuentos posteriores, Borges repetiría una y otra vez el ambiente salvaje de la frontera y el episodio del asesinato. En «Tlön, Uqbar, Orbis Tertius», Amorim aparece como personaje. «El hombre de la esquina rosada» está dedicado al uruguayo. «El muerto» también bebió de esa experiencia. El paisaje de Salto y las tierras de los Haedo inspiraron «Funes, el memorioso». Todas esas historias se cuentan entre las más celebradas del escritor argentino, las que marcaron el giro definitivo de su trabajo y lo encumbraron en la segunda mitad de su vida.

En agradecimiento, Borges siempre fue muy atento con Amorim. Escribió el prólogo a una de las traducciones de *La carreta*, y cuando quiso formar un club de cuentistas, el del uruguayo fue uno de los primeros nombres que propuso para integrarlo. Pero lo más importante que hizo fue mantener entretenido al uruguayo durante ese verano, que fue tan difícil para uno como definitivo para el otro.

Cuando Georgie partió de vuelta, Amorim volvió a sumirse en el recuerdo de los días junto a Federico. Su carta a García Lorca datada en febrero de 1935 es un grito de afecto y añoranza. Volvamos a echarle un vistazo:

—Federicoooooooooo... Federiquísimo... Chorpatélico de mi alma... Mi maravilloso epente cruel, que no escribe, que no quiere a nadie, que se deja querer, que se fue al fondo de la gloria y desde allá, vivo, satánico, terrible, con un ramito de laurel en la mano, se asoma por encima de los hombros de las nubes. Chorpatélico, que te has ido dejando polvo de estrellas en el aire de América.

Este encabezado es una dulce reprimenda. Federico no le escribe. Se ha ido dejando polvo de estrellas y se deja querer por su amante uruguayo, pero es cruel y no quiere a nadie. De todos modos, Amorim no pierde la esperanza, y trata de recordarle a Federico los momentos juntos, no ya los de poemas y fiestas, sino los más verdaderamente íntimos, aquellos en los que Amorim lo cuidó mientras estaba resfriado:

—¡Federicooooooooo!... Ya no tendrás, ¿TENDRÁS?, quien te haga vahos de eucaliptos. Yo, arrancando hojas que dormían en la noche del mar, hojas para sumergirlas en la noche bullente del agua. Ya no tendrás, ¿TENDRÁS?, quien te quite la ronquera, con aquel cucurucho tierno y cálido. ¡Que se sequen los eucaliptos de la tierra, para que nadie se alce a arrancar hojas para tu voz, hojas para el alma de tu voz!

Amorim lleva casi un año sin ver a Federico, y quién sabe cuánto sin recibir una carta suya, de modo que termina su carta con un ruego y un reproche:

—Escribe, hombre sin entrañas, entraña sin luz, amigo más allá. Escribe. ¡Y, mira si estaré enojado, que teniendo ese espacio de papel que ves, no te pongo nada, nada, nada!

No era extraño que Federico García Lorca olvidase a quienes lo querían. Lo hizo muchas veces a lo largo de su vida. Multitud de conocidos creían ser sus mejores amigos, pero él los olvidaba tan pronto se alejaba de ellos unos días. Incluso si Federico tenía en mente a Amorim cuando hablaba de su gran amor de Buenos Aires, incluso si escribió durante su viaje las apasionadas cartas de amor de que hablan los testigos, nada garantiza que siguiese pensando igual tan pronto estuvo vuelta en casa. Demasiada gente reclamaba sus favores. Y él era perezoso y voluble, hasta para escribir sus obras de arte.

Es posible también que en su olvido de Amorim hayan influido terceras personas. La hipocresía del medio literario porteño cruzaba océanos. Las malas lenguas separaban a los amigos más que el Atlántico. Por ejemplo, el periodista Pablo Suero, otro de los grandes amigos bonaerenses de Federico, fue víctima de las insidias ajenas cuando trató de encontrarse con el poeta en España:

—A menudo —cuenta Suero—, cuando estampaba juicios afirmativos acerca de la trascendencia de García Lorca, he recibido zurdos anónimos trazados por literatillos envidiosos del ambiente... Esos anónimos venían de las filas de sujetos que luego parecían no saber qué hacer con Federico García Lorca, flanqueándolo entre groseras adulaciones por dondequiera que iba mientras por dentro los roía la envidia y el despecho del éxito del poeta en Buenos Aires... Esos mismos sujetos le escribieron a Madrid, con el afán de romper nuestra amistad y quitarle su más decidido panegirista, mintiéndole que yo había propalado aquí... la versión de que García Lorca... se había expresado mal acerca de Argentina.

Influido por los chismes, Federico se negó a recibir a Suero cuando este viajó a Madrid en 1935. Tuvo que mediar Neruda para hacerlo recapacitar. Y a Enrique Amorim le puede haber ocurrido algo parecido, solo que en su caso, Neruda no medió. Tampoco Federico volvió a cruzar el océano.

Para mayor depresión del uruguayo, un mes después de que escribiera la carta a Federico, murió su madre, Candelaria, la mujer a la que debía su vocación de escritor, su mayor cómplice. Arrancado de Buenos Aires, condenado a ser un escritor rural, abandonado por Federico y huérfano repentino, Amorim debe haberse sentido completamente fuera de lugar en el mundo. Por eso, para construirse un hogar, tomó una de las decisiones más inesperadas y misteriosas de su vida: decidió ser madre.

Papá Amorim

En los archivos de Amorim en la Biblioteca Nacional de Uruguay se guarda una carta femenina. Es la única carta que habla de relaciones sentimentales entre el escritor y una mujer. Va firmada por una tal Ana Luisa, que no consigna su apellido y a quien ninguna de las fuentes consultadas ha sido capaz de identificar. Está datada en agosto de 1926, antes de la aparición de Esther, cuando el joven Amorim se esforzaba por labrarse una carrera literaria. La carta es tan extraña, y a la vez tan hermosa, que vale la pena citarla entera.

> Enrique:
> ¡¡Cuánto tiempo!! Y hoy para decirte que me aparto de tu camino... Sí, salgo de él para que libremente puedas seguir adelante. En tu camino no debe haber nada que impida tu marcha. Yo podría ser el obstáculo y no quiero, no debo serlo. ¡Sigue adelante, Enrique, debe haber mucho bueno para ti! Así, marchando solo serás mucho...
> Déjame a Alema; tú tienes a tus libros, que son hijos también. Que tu madre no sepa nada de esto, podría entristecerse. La mía tampoco lo sabrá.

Escribe alguna vez... Cuando triunfes, cuando llores... ¡¡yo te escucharé siempre!!

Ana Luisa

«Déjame a Alema; tú tienes a tus libros, que son hijos también». ¿Existe una hija perdida de Enrique Amorim, producto de una relación esporádica y de un mundo sin anticonceptivos?

Lo dudo.

Resulta difícil de creer que una joven, en una sociedad tan hostil para una madre soltera, le solicitara al adinerado padre de su hija que no se ocupara de la niña y que mantuviera esa paternidad en secreto ante su madre. Más insólito todavía es que termine la carta pidiéndole «Escribe alguna vez... Cuando triunfes, cuando llores... ¡¡yo te escucharé siempre!!».

Está claro que esta mujer no quiere ser un estorbo para la carrera literaria de Amorim porque «en tu camino no debe haber nada que impida tu marcha». Sea cual fuese la relación entre ellos, sin duda Amorim se sentía atrapado. Quería concentrarse en su trabajo y su futuro. Por eso resultan tan extrañas la comprensión y la tolerancia de la afable Ana Luisa. ¿Sacrificaría una madre el bienestar de su hija a cambio de que Amorim viviese su soltería sin presiones? Es más: ¿le escribiría al padre para conservar su amistad después de verse encinta y abandonada? Dadas las circunstancias, cabría esperar, por el contrario, que Ana Luisa no tuviese muchas ganas de escuchar las penas de su ex.

Aunque es muy difícil desentrañar los silencios de esta carta, existe otra posible interpretación: la niña no era de Amorim, pero él se ofreció a ser su padre.

Mi hipótesis es la siguiente: Amorim era consciente de que su opción sexual le vetaba la paternidad, pero estaba ansioso por vivirla. Era algo que no quería perderse. Esta Ana Luisa quedó embarazada de alguien más, algún hombre que se negó a asumir la responsabilidad. Y Amorim se ofreció a ser el padre que esa niña necesitaba. Al final, las cosas no salieron bien, sus otras metas reclamaban todo su tiempo y energía, así que él abandonó el proyecto. Pero su partida, que habría destruido una relación de pareja, no deterioró los sentimientos de Ana Luisa. Al contrario. En su carta, ella se culpa a sí misma de ser un problema para él.

Los acontecimientos posteriores refuerzan esta tesis. Porque nueve años después, en 1935, Enrique Amorim tuvo finalmente una hija. Y una vez más, el origen de la pequeña se pierde en las sombras.

Como ya vimos, la reputación de mujeriego de Amorim era un rumor extendido pero carente de datos concretos. Sus historias con mujeres eran las que él mismo hacía circular, siempre sin nombres. Y ni siquiera el nacimiento de la hija da fe de una relación heterosexual, porque la madre biológica de esa niña no era su esposa, Esther Haedo, sino otra mujer: la porteña Blanca Pastorello.

Blanca ni siquiera pertenecía al círculo cercano del escritor. Era prima de un pintor amigo suyo, pero estaba lejos de ser una intelectual. Quienes la conocieron la definen como una «cabecita loca», una chica entusiasta y noble pero sin proyectos claros en la vida. Según un familiar:

—Blanquita ni siquiera era capaz de planear lo que iba a hacer en dos días.

Parece poco probable que Amorim se haya enamorado de ella. Pero, sobre todo, las fechas desmienten de plano que la haya embarazado. La niña nació el 10 de setiembre de 1935. Nueve meses antes, Amorim estaba en Salto, pasando el verano con Borges. Postales firmadas por el argentino, e incluso el prólogo de un libro, lo sitúan en la residencia de Las Nubes desde el 13 de noviembre de 1934. Un amigo de Amorim le envía saludos para Borges el 26 de diciembre de ese año. Todo el tiempo, su huésped está con él.

A lo mejor, la niña nació en un parto prematuro. Pero a comienzos de 1935 se agravó el estado de salud de la adorada madre de Amorim, Candelaria, hasta su fallecimiento en marzo.

Amorim solo podría haber sido el padre de Liliana si, inmediatamente después de la muerte de su amada madre, hubiese salido corriendo a Buenos Aires para dejar encinta a una mujer con la que no tenía nada que ver, cuyo embarazo habría durado cinco meses.

Parece complicado de encajar.

En cambio, la coincidencia entre la muerte de la madre y el nacimiento de la hija trae a colación una de las líneas de la vieja carta de su amiga Ana Luisa: «Que tu madre no sepa nada de esto, podría entristecerse. La mía tampoco lo sabrá».

Candelaria Areta había sido la gran cómplice de las particularidades de su hijo, desde su vocación literaria hasta su tendencia sexual. Lo había hecho llevar a Buenos Aires para protegerlo de las agresiones que ambas realidades le granjeaban. Ella habría sospechado la existencia de cualquier nieto, y especialmente de un nieto fuera del matrimonio. Pero desaparecida Candelaria, Amorim al fin podía cumplir su sueño, y al mismo tiempo llenar el vacío que su madre había dejado: remplazar una madre

146

con una hija. O convertirse él mismo en lo que su madre había sido para él.

De hecho, décadas después, interrogada por una de sus nietas al respecto, Blanca respondió con una frase enigmática:

—Enrique estaba obsesionado con ser padre.

Parece sorprendente que Esther aceptase la decisión de su marido, de la que fue consciente desde el principio, pero su explicación fue exactamente la misma:

—Acepté porque él estaba obsesionado con ser padre.

Los hechos dan fe de ello: Amorim se responsabilizó de la hija de Blanca Pastorello desde antes de su nacimiento y con muchos bríos. No solo eso. Además, se empeñó en construir una versión de los hechos que los protegiese a todos de la incomprensión social, una historia que pondría de manifiesto sus grandes dotes para jugar al malabarismo con la realidad.

Cuando a Blanca se le empezó a notar la barriga, para disimular la situación y salvar su honra, Amorim la sacó de la capital. Los últimos meses del embarazo los pasó en Federación, una pequeña localidad argentina a orillas del río Uruguay, cerca de Salto, donde ella esperó el parto sin que ningún conocido supiese su estado.

Blanca regresó a Buenos Aires llevando en brazos a una bebé llamada Liliana. A sus amigos y parientes les dijo que la había recibido de una madre que no podía hacerse cargo de ella. El siguiente paso en el montaje fue que Amorim se mostró conmovido por su valor y su entrega, y se ofreció a darle su apellido a la niña. Cambiaron el registro de nacimiento por uno nuevo, con el apellido del escritor, y la jugada quedó consumada. Su pequeña pantomima salvaba el buen nombre de los dos participantes en el juego:

eran simplemente dos almas caritativas que acogían a una pequeña abandonada.

A los cuatro años, Liliana sufrió una enfermedad pulmonar, y se mudó con su madre a la ciudad de Córdoba, a setecientos kilómetros de la capital. Ahí, Amorim podía visitarlas y pasar con ellas breves temporadas, jugando a la familia feliz. La pequeña Liliana asumía que Blanca y Amorim formaban un matrimonio normal, pero que el trabajo de su padre lo obligaba a viajar constantemente.

No todo el mundo era tan ingenuo. La situación originó todo tipo de comentarios en el vecindario, sin embargo, Córdoba estaba suficientemente lejos del mundo de Amorim, y ahí nada podía hacerles daño. Durante algunos años, los tres habitaron en ese inexistente hogar perfecto, otra de las realidades paralelas creadas por Amorim.

Podemos conocer detalles íntimos de esa familia por las cartas que Amorim enviaba. A Blanca se dirigía de manera fluida y natural, no como uno se dirige a una amante, sino a una prima o a una hermana. La llamaba familiarmente *Blancura*, y le contaba sus actividades cotidianas y sus exámenes médicos. También le buscaba trabajos cuando le hacían falta.

Las únicas quejas de Amorim contra la madre de su hija tenían que ver con el dinero. Blanca era desorganizada, bordeando lo manirroto, y a veces gastaba enormes sumas sin poder explicar en qué. Aun así, Amorim nunca dejó de pasarle lo necesario para vivir y para satisfacer todas las necesidades de Liliana. Cuando viajaba, además, dejaba cheques en blanco firmados para cualquier eventualidad. Pero lo hacía por intermedio de sus administradores. Quería que todos los gastos fuesen controlados.

También se conservan cartas de Amorim dirigidas a su hija Liliana. Como si la paternidad fuese una más de las múltiples personalidades que componían su vida, firmaba esas cartas siempre con un seudónimo: *El Rubio Agapito*. Y, sin embargo, si algo había de real en la vida del escritor uruguayo, era el amor por Liliana, a la que llamaba «mi pequeña ranita», y con la que se deshacía en expresiones de afecto. En una de esas misivas se despide desde Europa:

—¡Con un beso de invierno, para tu carita en verano!

El sueño de Amorim era que Liliana se convirtiese en una mujer de mundo. Conforme la niña crecía, él estimulaba su actividad intelectual, y especialmente su escritura. Una de sus cartas es un elogio a un relato que la niña escribió como tarea del colegio. Y su análisis del texto es casi profesional:

—¡Tu cuento es precioso! Tiene mucho encanto y se lee con interés, pues el destino de la abejita despierta la curiosidad del lector. La intervención del noctámbulo murciélago es muy original, lo mismo que la presencia de los bichitos de luz... Debías traducir el cuento al inglés como las novelas de tu papito.

También le planteaba acertijos intelectuales para motivarla a escribir. En una de sus cartas, escrita con tinta azul, le propone un reto:

—Adorada Agapita, ¡Azul admirable asoma ahora!... (¡Cuántas palabras que empiezan con A!). ¿A que no me escribes una carta con palabras iniciadas con la letra A? ¿A que no? Te escribo con azul marino, azul celestial, azul de Prusia, azul... ¿Cuántos otros azules hay? ¡Contéstame!

La temporada cordobesa le permitió ser un padre por completo durante algunas semanas de cada año, pero de una manera lejana, esporádica, interrumpida. La mayor parte del tiempo, esas cartas eran el único contacto entre Amorim y Liliana. El uruguayo necesitaba ver a su hija más, tenerla cerca. Al fin, en algún momento de la década de 1940, la pequeña se restableció. Y Esther Haedo se trasladó definitivamente a residir al Uruguay, dejando el campo libre en Buenos Aires.

Para Liliana entonces llegó el momento de regresar.

En Buenos Aires, inevitablemente, Blanca y Amorim tendrían que dejar de compartir un techo. El hogar feliz tocaba a su fin, y era hora de inventar una nueva historia para dar sentido a la realidad. De cara a la niña, Amorim y Blanca se «divorciaron» a su regreso a la capital. Siguieron en contacto para ocuparse del bienestar de su hija, y las cartas demuestran que su relación siguió siendo amable, incluso cariñosa. La paternidad de Amorim era pública y notoria, sobre todo porque él, incapaz de pasar desapercibido, recogía a su hija del colegio a bordo de un Lincoln descapotable.

La pequeña Liliana, por supuesto, siguió sin conocer a Esther. No era necesario en realidad. La nueva ficción parecía sólida: una mentira perdurable para no tener que pronunciar una verdad difícil.

Pero a veces la realidad nos juega malas pasadas. Y como muchas de las ficciones de Amorim, esta estaba destinada a saltar por los aires.

El asesino de García Lorca

Uno es de donde lo quieren.

Los actores del teatro que veía Amorim en su infancia encarnaban personajes irreales para arrancar aplausos del público. Ya adulto, Amorim se metamorfoseaba en salteño, en porteño, en homosexual o en padre de familia, para hacerse querer por la gente que lo rodeaba, para sentirse parte de la gente que admiraba. La única explicación de esa vida llena de paradojas es la búsqueda constante del amor.

El nacimiento de su hija llegó en un momento en que todos sus amores lo abandonaban. Algunos de ellos, como su madre, partieron sin remedio. Pero otros, como Buenos Aires, eran recuperables. Liliana renovó el vínculo de Amorim con Argentina. Y le devolvió la energía de antaño. Volvió a ser el *Ventarrón*. Quiso salir. Planeó una interminable gira por Chile, los Estados Unidos, Canadá y la Unión Soviética.

Pero antes de todo eso, decidió buscar a su otro gran amor. El amor que no quería, el «que no escribe, que no quiere a nadie, que se deja querer». Y a comienzos del año 1936 se plantó en España para ver a Federico García Lorca.

El último encuentro entre ambos escritores es un enigma tan oscuro como el de su hija. Solo dos documentos dan fe de esa reunión, dos huellas de lo que era una despedida, aunque sus protagonistas no lo sabían. El primero se guarda en la residencia de Las Nubes, en Salto.

151

Es una foto de Amorim y García Lorca caminando por la Gran Vía. Llevan ropa de invierno, como corresponde, y se ven animados. Sin embargo, el segundo desmiente que hayan pasado una tarde muy alegre.

Se trata de un párrafo de la reseña de Amorim sobre el libro de Schonberg citado antes. En él, Amorim narra brevemente —en apenas unas líneas— el encuentro que tuvo con el poeta en Madrid, cuando la crispación en España ya presagiaba lo que estaba por venir.

Según Amorim, durante su paseo por la calle Alcalá discutieron sobre política, y Federico se ofuscó. Amorim añade poco más, pero hace una revelación sorprendente, mucho más importante que su tarde de poesía en las playas del Uruguay. Es una revelación que, de ser cierta, cambiaría la historia de Federico García Lorca. Amorim la cuenta con viva angustia:

—En plena calle de Madrid, ante una temprana pregunta mía en vísperas de estallar la Guerra Civil, Federico me gritó indignado, como si mi curiosidad lo hubiera ofendido: «Con Azaña, qué duda cabe... ¡con Azaña!». Siguiéndonos los pasos iba alguno de los que dispararon contra él. Sí: pisándonos los talones marchaba el fascista que lo iba a matar.

Más adelante, Amorim vuelve sobre el tema. He citado ya ese párrafo parcialmente. Ahora lo reproduzco por entero:

—Vi representar *Bodas de sangre* en Varsovia. A nadie se le ocurrió hablar de su contenido político-social. Sí del tierno poeta sacrificado, no por las sombras íntimas que recorrían el cuerpo de Federico, sino por las palabras en alto, las que gritara en la calle de Alcalá para responder a una pregunta impertinente.

Esa era la verdadera razón por la que Amorim no había escrito antes sobre García Lorca, y también la razón por la que mantuvo en secreto esta reseña.

No era solo que temiese hablar sobre la homosexualidad del poeta, sino que recordaba aquella conversación en la que los había sorprendido el asesino de García Lorca. Y, por lo tanto, se consideraba responsable directo de su muerte.

Paseíllo

El 13 de julio de 1936, el diplomático chileno Carlos Morla Lynch comenzó su diario con la frase «fecha fatídica». A continuación, reseñó:

—La desaparición alarmante de José Calvo Sotelo, jefe de Renovación Española, a quien un grupo de guardias de asalto había ido a buscar de madrugada a su casa. A medida que pasa el día, la inquietud reinante se va transformando en angustia. En las últimas horas de la tarde aparece, ensangrentada, la camioneta en que se lo llevaron, y algunas horas después, por la noche, se descubre el cadáver del distinguido hombre público en el depósito del cementerio del este. Ha sido asesinado por medio de un disparo en la nuca...

La víctima lideraba un grupo parlamentario de derecha, y su muerte podía entenderse como la venganza del Frente Popular por el asesinato de un teniente de la guardia de asalto, cometido horas antes. El episodio representó, nunca mejor dicho, el pistoletazo de salida de la Guerra Civil Española.

A lo largo del día reinó la confusión en todo el país. Por la noche, Carlos Morla cenó con Pablo Neruda y otros poetas. Algunos de los asistentes creían que la de Calvo Sotelo era una muerte necesaria. Otros, incluso republicanos, la consideraban atroz. La amante de Neruda atribuía el crimen a un grupo fascista que quería culpar a sus adversarios. Nadie sabía qué pensar.

En su diario, Morla describe la atmósfera de la ciudad:

—En la calle se oyen galopes de caballos. Sin duda que son patrullas que pasan. Sensación de que el mundo se viene abajo en España.

Y luego añade un detalle sobre la cena de los poetas:

—Federico no ha venido, y nos extraña su ausencia.

Días después, Neruda estaba invitado al Circo Price para ver una pelea de *catch-as-can*. El programa de esa noche anunciaba al Troglodita Enmascarado, al Estrangulador Abisinio y al Orangután Siniestro. Neruda había convencido a Federico García Lorca de que sería un plan divertido, y habían quedado en encontrarse en la puerta. Pero Federico tampoco asistió a esa cita.

García Lorca había abandonado la ciudad. Los rumores de un levantamiento militar llevaban semanas circulando, y él se preguntaba qué hacer cuando se confirmasen. A su alrededor, las apuestas estaban divididas. Unos opinaban que, en caso de guerra, el teatro de operaciones más cruento sería Madrid. Otros argumentaban que la capital resistiría mejor y más tiempo. Algunos le sugerían abandonar el país. Había quienes creían que, en cualquier caso, la rebelión sería sofocada rápidamente. Nadando en un mar de dudas, tras el asesinato de Calvo Sotelo, García Lorca terminó por tomar un tren a Granada para reunirse con su familia en la Huerta de San Vicente.

El 18 de julio, precisamente día de San Federico, el general Francisco Franco anunció desde Marruecos la insurgencia del Movimiento Nacional. Por la tarde, otro general, Gonzalo Queipo de Llano, tomó Sevilla. Dos días después, se sublevaba la guarnición militar granadina.

Contaba con el respaldo de la CEDA y de la aun más radical Falange Española, organización político-militar inspirada en las camisas negras de Mussolini, que en las semanas posteriores al alzamiento recibiría cerca de tres mil inscripciones. En las calles altas del barrio del Albaicín, algunos grupos izquierdistas opusieron una leve resistencia, pero fueron rápidamente aplastados por los cañones, los morteros e incluso los aviones. Para el 23 de julio, Granada entera había caído.

Semanas antes, Federico había declarado públicamente que la granadina era «la peor burguesía de España». Y ahora su presencia en la ciudad era conocida. La prensa local había informado sobre su llegada. Los rumores en la ciudad aseguraban que escondía una radio para informar a los rusos sobre los movimientos de los nacionales, y que en las guaridas socialistas se representaba una versión revolucionaria de *Bodas de sangre* titulada *Bodas de dinamita*.

En su casa familiar, el poeta tuvo un nuevo sueño premonitorio: se vio tumbado en el suelo, como un cadáver, rodeado por varias mujeres vestidas de luto riguroso, con los rostros ocultos bajo el velo de las viudas. Las mujeres empuñaban crucifijos negros como cuchillos, y con ellos lo amenazaban.

Una noche, dos coches se detuvieron frente al domicilio de Francisco García Rodríguez, tío del poeta. De ellos bajaron corriendo sendos escuadrones armados con fusiles. La calle estaba muy oscura, pero un vecino reconoció sus camisas azules de falangistas. Llamaron a la puerta de Francisco, sin recibir respuesta. Rompieron el cerrojo con las culatas de las armas y entraron. Después de revolver violentamente el interior de la casa, salieron. Lo que buscaban no estaba ahí.

No tardaron en localizar su objetivo. El 6 de agosto, una cuadrilla falangista se presentó en la Huerta de San Vicente para practicar un registro. La lideraba un ex capitán de artillería que tiempo antes había sido destituido y condenado a veintiún años de prisión por ordenar una masacre de anarquistas. El grupo se limitó a revisar la casa y abandonarla.

Pero el día 9, doce hombres armados rodearon nuevamente la Huerta. Esta vez, buscaban a la familia del cuidador de la finca. A la madre del empleado le dieron culatazos. A las hermanas las empujaron por las escaleras. A todos los amenazaron de muerte. Aprovechando la visita, le pegaron también a Federico. Por maricón.

Presa del pánico, Federico decidió buscar refugio fuera de su casa.

Federico conocía a una familia de falangistas: los Rosales. El padre era un importante comerciante granadino y la madre, una devota católica. Una de sus hijas era monja y cuatro de los varones lucían camisas azules. Uno de ellos, José, era miembro fundador de Falange Española en Granada, y su nombre había sonado como posible gobernador civil tras la toma de la ciudad. El hermano menor, Luis, era jefe de sector de la localidad de Motril. Luis admiraba la poesía de Federico y se había hecho amigo suyo en Madrid. En la casa de los Rosales, una hermosa residencia con patio central en el número 1 de la calle Angulo, Federico podría sentirse a salvo.

Desde la sublevación, las relaciones personales de todo el país se estaban recomponiendo a toda velocidad. Viejos amigos, incluso hermanos, de un día para otro quedaban en bandos enfrentados o en zonas enemigas. Algunos de ellos se traicionaban e incluso se fusilaban mutuamente.

Pero otros aprovechaban su nueva posición para salvar la vida de sus antiguos compañeros. Esta actitud conllevaba muchos riesgos, eventualmente el de muerte. La familia Rosales dio refugio a Federico, pero conminó a los García Lorca a guardar su paradero en el más estricto secreto.

No era tan fácil. El 15 de agosto llegó a la Huerta de San Vicente la temida orden de detención contra Federico García Lorca, de la mano de un nuevo grupo armado. Al no encontrar a Federico, los visitantes amenazaron con llevarse a su padre a cambio. La familia no tuvo más remedio que confesar. Al mismo tiempo, un vecino de la calle Angulo denunció a los Rosales por dar cobijo a un connotado rojo. Y no se puede descartar la tesis de que alguno de los mismos hermanos Rosales se haya sentido incómodo con su huésped y haya decidido entregarlo. Quizá al delator no le preocupaba tanto el notorio izquierdismo de García Lorca como su homosexualidad. Miguel Rosales admitiría, mucho tiempo después:

—Me preocupaba mucho la amistad de mi hermano Luis con Federico... Me preocupaba una amistad que se hacía cada vez más íntima. Algunos de mis amigos ya me habían hecho comentarios que no me habían gustado...

Por la razón que fuera, el 16 de agosto, la Guardia Civil cortó la calle Angulo. Los agentes rodearon la manzana. Se apostaron tiradores en los tejados para cortar cualquier escape. Una vez desplegado el operativo, se presentó en casa de los Rosales el encargado de su detención, el hombre clave de los sucesos posteriores: Ramón Ruiz Alonso.

Ramón Ruiz Alonso provenía de una familia de terratenientes arruinados. Había nacido en la clase acomodada pero pasó su niñez sufriendo los aguijonazos de la pobreza, lo cual le produjo una profunda necesidad de revancha.

A comienzos de la década de 1930, su trabajo como tipógrafo le permitió mejorar sus condiciones de vida. Pero la bonanza no duraría mucho. Tras el advenimiento de la República, se negó a afiliarse a un sindicato socialista. No compartía sus ideas. Ni siquiera se consideraba un obrero como los demás. El gremio lo castigó cerrándole las puertas de la profesión. Ruiz Alonso terminó como peón de albañilería.

Humillación tras humillación, el tipógrafo nutrió una fobia irrefrenable contra todas las organizaciones de trabajadores, a las que calificaba de «serpientes» y «tiburones». Poco después de conseguir empleo en su oficio en un periódico conservador de Granada, decidió propugnar un sindicalismo católico y se adhirió a un partido que después se integraría en la Ceda. Su verbo encendido, su radical antimarxismo y su condición proletaria le granjearon rápida notoriedad, y en noviembre de 1933, ya era diputado en Cortes por Granada.

Pero la rapidez de su ascenso —y quizá el convencimiento de que tenía una misión trascendental— hicieron que perdiera la perspectiva. Su récord en las Cortes es contradictorio, cuando no extravagante. Abandonó su partido, pero no entregó su escaño. Por el contrario, trató de escalar individualmente en la Ceda. Por último, se lio a golpes con otro diputado.

En las elecciones de 1936, se alzó con la victoria el Frente Popular capitaneado por Manuel Azaña. Ruiz Alonso alcanzó de nuevo un escaño parlamentario, y se preparó para ejercer la más férrea oposición. Pero los comicios de Granada quedaron anulados por irregularidades. En la repetición del sufragio, las derechas ordenaron a sus votantes abstenerse, y el obrero tipógrafo quedó fuera.

Era el fin de su carrera política. Derrotada la CEDA, derrotado él personalmente por las «serpientes» y los «tiburones», Ruiz Alonso decidió que ya era hora de cambiar de métodos:

—El Parlamento era todo mentira —escribió en su libro *Corporativismo*—, todo engaño. Aquello había que destruirlo, conmover hasta sus cimientos, no dejar piedra sobre piedra... Respiré a pleno pulmón: supe lo que era conspirar, porque conspiré...

Para conspirar, el único canal que quedaba abierto era Falange Española, que veía su hora cada vez más cerca. Con la derecha legal fuera de juego, muchos jóvenes de clase media, temerosos de la amenaza comunista, estrenaban camisas azules. Y Ruiz Alonso tenía buenos contactos. Gracias a ellos formó parte de una delegación de granadinos que viajó hasta la Cárcel Modelo de Madrid para visitar al líder de la organización, José Antonio Primo de Rivera, que cumplía condena por orden del nuevo gobierno.

Ruiz Alonso llevaba una propuesta para el jefe: quería ser aceptado en Falange Española y cobrar un sueldo de mil pesetas mensuales, el mismo que ganaba antes en las Cortes. Para su desgracia, Primo de Rivera se negó. Lo aceptaría en el partido, pero sin condiciones. Para el líder, Ruiz Alonso no tenía ya ninguna utilidad. No era más que un «obrero amaestrado». Pero no se lo dijo personalmente. En la cárcel, las visitas estaban restringidas, y Ruiz Alonso no formaba parte del círculo autorizado. El encargado de transmitir el pedido y la respuesta fue un conspicuo falangista granadino, José Rosales, cuya familia residía en el número 1 de la calle Angulo y que, pocos meses después, acogería a Federico García Lorca.

Quizá Ruiz Alonso culpó a Rosales de su fracaso. Quizá consideró que no había intercedido lo suficiente por él, y juró venganza desde entonces. De cualquier manera, inasequible al desaliento, Ruiz Alonso continuó haciendo méritos para impresionar a los falangistas. En mayo comenzó a llevar camisa azul. Más adelante, en los primeros días de la rebelión, se subió a un balcón del ayuntamiento para arengar a la multitud. Pero otro falangista le arrebató el micrófono y le arrancó la camisa azul.

Ruiz Alonso encajaba mal las humillaciones. Y quería formar parte del poder a toda costa. Si los mandos de Falange Española lo ignoraban, tendría que hacer méritos ante una instancia superior. Decidió elevar la mira de sus ambiciones hasta el general Juan Valdés Guzmán, comisario de guerra de Granada, jefe de milicias de Falange Española y, a partir del 20 de julio de 1936, gobernador civil de la ciudad. Ruiz Alonso solo necesitaba un caso que le permitiese ganarse la confianza del general en detrimento de otros mandos. Y le ocurrió lo mejor que podía pasarle: descubrir que el «agente de Moscú» García Lorca se escondía en casa de falangistas. Y precisamente de los falangistas que habían frustrado su acercamiento a Primo de Rivera. Con García Lorca, Ruiz Alonso mataría dos pájaros de un tiro. Literalmente.

La tarde en que se tendió el cerco a la casa de la calle Angulo, Ruiz Alonso fue quien llamó a la puerta del número 1. Llevaba puesta la camisa azul, con el yugo y las flechas de Falange Española. La madre de los Rosales se mostró muy contrariada. Se negó a entregar a García Lorca. No mientras no estuviese presente alguno de sus hijos. Ruiz Alonso se ofreció a buscarlos. Dos de los hermanos cumplían servicio en el frente, y otro en el cuartel.

Ruiz Alonso buscó a este último, Miguel, y lo increpó por esconder al poeta en su casa. Le advirtió que García Lorca era un rojo peligroso. Que había insultado a la Guardia Civil en sus escritos. Que actuaba como enlace soviético. Miguel volvió a su casa con él. Trató de convencerlo de que García Lorca era solo un invitado inofensivo. Al ver el dispositivo de seguridad y los fusiles, comprendió que tendría que ceder. García Lorca abandonó la casa como un conejo asustado, lloroso y trémulo.

A partir de aquí, los hechos son más confusos. Las versiones se suceden, se superponen, se contradicen. A veces parece que la muerte de García Lorca ha producido más libros que su vida. En cualquier caso, la bibliografía disponible permite esbozar una secuencia de los hechos más o menos precisa.

Esa noche, los hermanos Rosales se presentaron armados en la sede del gobierno civil para protestar por el allanamiento de su morada. En una sala con cerca de cien personas, Luis protagonizó un altercado contra Ruiz Alonso. Aunque Luis era su superior, Ruiz Alonso se negó a cuadrarse ante él. Orgulloso y altanero, el exdiputado se arrogó toda la responsabilidad por la detención.

José Rosales apuntó más alto que su hermano: se enfrentó directamente con el general Valdés. Entró en su despacho de una patada y se quejó de que hubiesen rodeado su casa. Dijo que le pegaría un tiro al responsable y sacó su arma. Valdés le respondió que entonces se llevase a Ruiz Alonso y lo matase en la carretera. Le enseñó la denuncia firmada por el obrero tipógrafo. Dijo que con esa información no podía soltar a García Lorca. Pero el documento no solo acusaba al poeta. Implicaba, sobre todo, a los Rosales, por complicidad y ocultamiento.

Según José, el verdadero objetivo de Ruiz Alonso al denunciar a Federico era hundir a los Rosales, que habían labrado su ruina en Falange Española:

—A Ruiz Alonso le importaba muy poco García Lorca. Lo que él quería era arruinar a los Rosales. Creía que, si lograba destruirme a mí, quedaría muy dañada la Falange. Así razonaba él. Era un tipo tan ambicioso y de una soberbia tan rabiosa, que estaba convencido de que él, sin ayuda de nadie, podía desprestigiar al partido.

O quizá escalar posiciones en él. A lo mejor, conseguir sus mil pesetas mensuales.

Fuese como fuese, el asunto ya no estaba en manos de Ruiz Alonso. Y el general Valdés no pensaba perder demasiado tiempo con el tema. Muy probablemente no tenía idea de quién era García Lorca, o apenas lo consideraba un propagandista del régimen. Era un hombre con experiencia de guerra en Marruecos, virulentamente anticomunista y expeditivo en la resolución de trámites. Su principal dolor de cabeza era mantener el control de la ciudad mientras las fuerzas leales a la República hacían incursiones aéreas. Como reacción a los bombardeos republicanos, Valdés había empezado a ordenar ejecuciones masivas en el cementerio o en las montañas de los alrededores. Solo durante el mes de combates que llevaban habían sido fusiladas quinientas personas; y a lo largo de la guerra morirían de ese modo miles más.

En esos caóticos primeros días de enfrentamientos, a Valdés le preocupaba especialmente la posibilidad de insubordinaciones en el seno del Movimiento Nacional. Y el espectáculo de los Rosales amenazando a todo el mundo no convenía a la unidad de la tropa. Esos hermanos, por muy «camisas viejas» que fuesen, requerían un escarmiento.

Los recuerdos de José Rosales abonan esta tesis. Al día siguiente de la detención, Rosales consiguió una orden de libertad del gobierno militar y regresó a las dependencias de Valdés para liberar a García Lorca. La respuesta del general fue la siguiente:

—Al poeta se lo han llevado de madrugada. Ahora vamos a ocuparnos de tu hermanito Luis.

Los Rosales no volvieron a ver a Federico.

Hay otra teoría sobre esos confusos momentos: el general Valdés sí sabía quién era García Lorca —a fin de cuentas, era el escritor más famoso de Granada— y no quiso tomar esa decisión solo. Les mintió a los Rosales y escondió al prisionero mientras reflexionaba. Incluso consultó por radio al general Queipo de Llano sobre qué hacer con el poeta. La respuesta desde Sevilla fue esta:

—Café. Dele mucho café.

CAFE era el Comité de Acción de Falange Española. Y también una palabra en clave: «Camaradas, arriba Falange Española». En cualquiera de sus dos significados, quería decir que fusilasen al prisionero.

Si el general sometió la decisión a consulta, es posible que Federico haya sido fusilado en la madrugada del 18 de agosto. Tres testigos, todos indirectos, aseguran que las escuadras negras se lo llevaron esa noche, junto con otros dos condenados.

O quizá fue incluso un día después, el 19. Angelina Cordobilla, niñera de la familia, estaba segura de haberle llevado comida a Federico dos mañanas, y haberlo encontrado vivo. El tercer día, cuando subió a la celda, encontró solo el termo y la servilleta.

En estos testimonios divergentes, Federico va desvaneciéndose día a día, borrándose primero de la mirada de unos y después de otros, como un fantasma que se despide lentamente.

Pero en la realidad, desapareció de un fogonazo.

Hechos de guerra

Fusilamiento es una palabra demasiado elegante, demasiado formal para sugerir lo que le hicieron a García Lorca. Un fusilamiento es trabajo de militares disciplinados con armas de reglamento, e incluye ciertas cortesías hacia el ajusticiado, como una última cena o una venda en los ojos. Las escuadras negras, en cambio, carecían de formación militar. Eran grupos de civiles que habían sufrido humillaciones bajo el gobierno socialista, o incluso delincuentes comunes y matones, frecuentemente dirigidos por un guardia de asalto. Las atrocidades de esos verdugos fueron tan excesivas que muchos de ellos terminaron ejecutados por los propios nacionales.

Un par de detalles revelan la calaña de los asesinos de García Lorca. Antes de ejecutarlo, le hicieron escribir una nota. En ella, Federico le pedía a su padre que le entregase mil pesetas al portador, «como donativo para las fuerzas armadas». Después de matarlo, uno de los sicarios le llevó el papel a la familia García Lorca y le reclamó el dinero. El padre de Federico, pensando que estaba a tiempo de salvar a su hijo, se dejó robar.

Además, durante los meses siguientes, uno de los compañeros de partido de Ruiz Alonso alardeó de haber matado personalmente al poeta. Estaba especialmente orgulloso de haberle metido dos tiros en el culo. Por maricón.

En sentido estricto, el crimen fue producto de una acumulación de odios de pueblo y rencillas personales galvanizados por la espiral de violencia de la guerra. Pero más allá de Granada, entre los intelectuales y escritores que habían conocido a Federico, produjo un terremoto político cuyas secuelas se sienten hasta hoy.

El rumor de su muerte se extendió rápidamente por el país y fuera de él. El bando republicano empezó a hablar de él como un mártir de su causa. Pero la noticia no encontraba confirmación ni desmentido. Recién en octubre, el PEN Club de Londres envió el siguiente telegrama a las autoridades rebeldes de Granada:

—H.G. Wells, presidente del PEN Club de Londres, desea ansiosamente noticias de su distinguido colega Federico García Lorca y apreciará grandemente amabilidad de respuesta.

De haber estado vivo Federico, el bando nacional habría puesto el máximo interés en presentarlo para no cargar con la responsabilidad de una muerte tan innecesaria y connotada. Pero la respuesta de Granada fue la siguiente:

—Del gobernador de Granada a H.G. Wells. Ignoro lugar hállase don Federico García Lorca.

Entonces el mundo supo que Federico estaba muerto.

Enrique Amorim quedó destrozado. Y radicalizado. Lo había estado desde el inicio de la Guerra Civil, tanto que había convencido a Borges, contra todos sus instintos, de firmar junto a varios autores socialistas y comunistas un manifiesto que contenía un lenguaje claramente de izquierda:

—Los hogares argentinos siguen hoy la lucha como si estuvieran combatiendo nuestros hermanos... El grupo de escritores que forma este mensaje quiere hacer llegar... su viva simpatía por la causa de la República que hoy defiende el gobierno de su patria...

Tras la muerte de Federico García Lorca, Amorim volvió a convencer a Borges de firmar otro manifiesto. Considerando sus declaraciones posteriores sobre el granadino, esta firma de Borges es aun más sorprendente. Pero, además, los firmantes que lo acompañan son totalmente ajenos a él: muchos comunistas e intelectuales vinculados al teatro. Y para colmo, los términos de esta carta reproducían la propaganda comunista sobre la Guerra Civil. El destinatario es un general del bando nacional, y a él le dicen:

—No sabemos si los autores de su muerte son soldados marroquíes o los mercenarios internacionales que constituyen el grueso de su tropa. Solo sabemos que a la sombra de la bandera que pretende reivindicar el esplendor de las antiguas glorias españolas, ha sido brutalmente apagada una de las voces más puras y nobles de la nueva España... Nosotros, escritores argentinos, identificados con la causa de la civilización, que encarnan en este momento las armas de la República, protestamos...

No es raro en sí que Borges manifestase preocupación por la guerra en España o por la muerte de un escritor. Lo raro es que firmase precisamente esos manifiestos, con ese vocabulario y esos compañeros de viaje. La única explicación plausible es que, en ambos casos, otro de los firmantes es Amorim. Un Amorim, por cierto, que no desaprovecha ocasión para hacer malabares con su identidad y, en ambas cartas, firma como escritor argentino.

Amorim llegó más lejos en su indignación: criticó públicamente el silencio de intelectuales como Ortega y Gasset ante la guerra en España. Escribió un artículo en el diario *Crítica*. En el Primer Congreso Gremial de Escritores, que la Sociedad Argentina de Escritores organizó ese año, Amorim demandó que sus colegas se volcasen a hablar de los problemas sociales. Nunca antes Amorim, el millonario que viajaba a Europa una vez al año, se había mostrado tan contestatario.

También Pablo Neruda, él mucho más cerca de los hechos, estaba consternado por el asesinato. Según dice en sus memorias:

—Naturalmente, nadie podía pensar que le matarían alguna vez. De todos los poetas de España era el más amado, el más querido, y el más semejante a un niño por su maravillosa alegría. ¿Quién pudiera creer que hubiera sobre la tierra, y sobre su tierra, monstruos capaces de un crimen tan inexplicable?... La incidencia de aquel crimen fue para mí la más dolorosa de una larga lucha.

La Guerra Civil Española le dio un vuelco a la vida del poeta chileno. A su llegada a España, era prácticamente apolítico, un bohemio vagamente de izquierdas. Incluso le había dicho a Rafael Alberti:

—Yo no entiendo nada de política, soy un poco anarcoide, quiero hacer lo que me plazca.

Ahora, en cambio, se sumergió de cabeza en el combate ideológico. Su clara adhesión a los republicanos era incompatible con sus funciones diplomáticas, pero también con su familia. Iniciadas las hostilidades, envió a su esposa y a su hija a Barcelona para ponerlas a salvo, y nunca más se reunió con ellas.

Su poesía dio un giro de ciento ochenta grados. Si hasta 1935 había cantado al hastío de la cotidianeidad y su redención por el sexo, a partir de entonces sus poemas llevaron títulos como «Llegada a Madrid de la brigada internacio-

—Yo también deseaba conocerlo a usted, Neruda —respondió Ehrenburg—. Me gusta su poesía. Por lo pronto, cómase este chucrut a la alsaciana.

Neruda y Ehrenburg se hicieron amigos de inmediato. El ruso se comprometió a traducir *España en el corazón*, libro que ensalzaba directamente la estrategia comunista en España. Y se convirtió en uno de los contactos más productivos de Neruda con el partido. Según el chileno:

—Debo reconocer que, sin proponérselo, la policía francesa me procuró una de las más gratas amistades de mi vida, y me proporcionó también el más eminente de mis traductores a la lengua rusa.

Los preparativos del Congreso Internacional de Escritores Antifascistas continuaron vertiginosamente. André Malraux confirmó que lideraría la expedición. Algunos invitados, como Yeats, estaban demasiado mayores para asistir, pero enviaron mensajes de respaldo. Neruda recibió una importante suma de dinero para ocuparse de los gastos. Tramitó los visados de docenas de escritores. Y reservó casi un tren entero con destino a Madrid.

A pesar de la gravedad de la ocasión, las habituales peleas personales de los poetas no dejaron de asomar durante el trayecto. César Vallejo estaba furioso porque no había billete para su mujer, a la que los invitados encontraban insoportable por unanimidad. Vicente Huidobro perdió una maleta, y no se le ocurrió nada mejor que reclamársela a Malraux que, por toda respuesta, lo insultó. Las largas esperas en la frontera para revisar los visados no contribuyeron en nada con el buen humor del viaje.

Pero finalmente el tren continuó y el congreso se llevó a cabo. Aunque parte de sus reuniones se celebraron en Valencia por razones de seguridad, el congreso llegó

nal», «Nuevo canto de amor a Stalingrado» o «Himno a las glorias del pueblo en guerra». Este último dice:

Generales
traidores:
mirad mi casa muerta,
mirad mi España rota:
pero de cada casa muerta sale metal ardiendo
en vez de flores,
pero de cada hueco de España
sale España,
pero de cada niño muerto sale un fusil con ojos,
pero de cada crimen nacen balas
que os hallarán un día el sitio
del corazón.

Neruda reunió sus poemas sobre la Guerra Civil en el libro *España en el corazón*, cuya primera edición se elaboró con papel reciclado, elaborado con banderas nacionales y uniformes ensangrentados, y se imprimió en un taller donde trabajaban soldados republicanos del frente del este.

Miguel Hernández, el poeta pastor de cabras, también entendió la poesía como un arma de combate, y lo hizo de un modo aun más literal. Se alistó como miliciano, cargó un fusil al hombro y partió hacia el frente.

Pero mientras los poetas se volcaban, los gobiernos europeos abandonaban la escena. En un principio, el gobierno socialista francés apoyó la causa de la República. Pero después, asustada ante la posible proyección internacional del conflicto, Francia se adhirió a la política de no intervención que proponía Gran Bretaña y que triunfó en la Sociedad de Naciones. La frontera de los Pirineos se cerró al comercio de armas, lo que perjudicó al gobierno español, porque los rebeldes recibían apoyo por todas las otras vías, desde el Portugal de Salazar, la Alemania de Hitler y la Italia de Mussolini.

El único apoyo militar significativo para la República española llegó desde la Unión Soviética, que trataba de impedir la formación de un nuevo enclave fascista en Europa. El Partido Comunista Soviético propuso formar las Brigadas Internacionales, un ejército de voluntarios para respaldar al gobierno español, e incluso antes de recibir la aceptación explícita de España, abrió un centro de reclutamiento en París. Los voluntarios, llegados desde toda Europa, eran veteranos de la Primera Guerra, militantes del partido, anarquistas o liberales idealistas, pero también delincuentes en busca de colocación, que luego desertarían o traicionarían a sus líderes y espiarían para Franco.

Las Brigadas Internacionales constituyeron la primera ofensiva soviética fuera de sus fronteras, y se convirtieron en un gran éxito político: atrajeron hacia el comunismo a muchos intelectuales demócratas que buscaban una alternativa viable al nacionalismo extremo. Neruda, por ejemplo, había presenciado con horror los desmanes de grupos anarquistas españoles, que asesinaban a mansalva y sin razón, y no los consideraba mejores que a los de Falange Española. Por descarte, solo le quedaba un camino por seguir:

—Aunque el carnet militante lo recibí mucho más tarde en Chile, cuando ingresé oficialmente al partido, creo haberme definido ante mí mismo como un comunista durante la guerra de España... Los comunistas eran la única fuerza organizada que creaba un ejército para enfrentarlo a los italianos, a los alemanes, a los moros y a los falangis-

tas. Y eran, al mismo tiempo, la fuerza moral que man[tenía] nía la resistencia y la lucha antifascista.

Neruda tuvo que abandonar Madrid. Se trasladó a [Pa]rís a vivir con Delia del Carril. Al principio se alojó [con] Rafael Alberti, en un departamento del Quai de l'Horl[oge] frente al Pont Neuf. Luego se mudó a un hotel de m[ala] muerte, cuyo primer piso cumplía funciones de putic[lub]. Apenas tenía dinero para enviarles a su esposa y su [hija] que, desde su nueva vida, se veían cada vez más lejana[s].

Gracias a sus amistades políticas, Neruda consi[guió] trabajo por cuatrocientos francos al mes en la asocia[ción] cultural del poeta Louis Aragon, uno de los surreal[istas] que habían derivado hacia el comunismo. Aragon, ca[sado] con una escritora rusa, dirigía la estrategia cultura[l del] partido en Francia, y en ese momento se concentra[ba en] organizar el Congreso Internacional de Escritores [Anti]fascistas en Madrid, en apoyo al gobierno republican[o].

Las amistades de Neruda resultaban demasiado s[ospe]chosas, y los servicios de inteligencia franceses estaba[n in]quietos. Pronto, un informe policial francés acusó al [poeta] de servir como enlace entre la Unión Soviética y Es[paña]. Según el *Quai d'Orsay*, Neruda recibía instrucciones d[el es]critor ruso Ilya Ehrenburg, eterno sospechoso de espi[onaje].

Neruda no conocía a Ehrenburg. Pero tenía m[uchas] ganas de conocerlo. Después de recibir la denuncia[, fue a] buscar al soviético al restaurante La Coupole, dond[e solía] almorzar.

—Soy el poeta Pablo Neruda, de Chile —le dijo[—. Se]gún la policía somos íntimos amigos. Afirman que v[ivimos] en el mismo edificio que usted. Como me van a ech[ar por] culpa suya de Francia, deseo por lo menos conoce[rlo de] cerca y estrechar su mano.

a clausurarse en la capital española. Neruda aprovechó la ocasión para regresar a su Casa de las Flores, que había abandonado un año antes sin llevarse más que lo puesto.

Las sierras que se dominaban desde la terraza de su hogar madrileño habían sido escenario de numerosas batallas, y la casa había pasado varias veces de ser territorio republicano a nacional y viceversa.

En ese regreso de Neruda, el último que habría de emprender a Madrid, lo acompañó Miguel Hernández. El poeta miliciano se agenció una furgoneta para poder llevarse lo que quedase, y subió junto al chileno los cinco pisos hasta su departamento. Las paredes estaban desconchadas por la metralla. Trozos de muro habían rodado por el suelo. Las ventanas no eran más que esquirlas y marcos rotos. Los libros y manuscritos, deshojados y rasgados, se acumulaban bajo las estanterías caídas.

Los enseres cotidianos seguían todos en su lugar: platos y ollas, aunque maltratados, se mantenían donde Neruda los había dejado. Pero las cosas bellas habían desaparecido: el frac consular, los cuchillos orientales, las máscaras de Polinesia se habían desvanecido en manos de los soldados de ambos bandos.

—La guerra es tan caprichosa como los sueños, Miguel —dijo Neruda, y luego, incapaz de reconstruir los pedazos de esa vida, añadió—: No quiero llevarme nada.

—¿Nada? ¿Ni siquiera un libro?

—Ni siquiera un libro.

Y salieron con las manos vacías.

En cambio, los soldados que imprimieron *España en el corazón* en aquellos talleres del frente del este sí que se llevaron sus libros hasta el enfrentamiento final. En 1939, mientras las largas columnas de derrotados trataban de

175

llegar a Francia, costales llenos de poemarios de Neruda fueron perdiéndose entre los bombardeos. Algunos ejemplares llegaron hasta las hogueras de los campos de concentración franceses. Quizá alguno se llegó a leer en el campo nazi de Mauthausen, donde perecerían más de siete mil republicanos españoles. Para ellos, el libro no sería ya un arma de guerra, sino una arenga fuera de lugar, casi una broma cruel del destino.

Tras la caída de la República, el miliciano Miguel Hernández pidió asilo en la embajada chilena. El embajador de entonces era Carlos Morla Lynch, el viejo amigo de García Lorca y del propio Hernández. La embajada había prestado asilo a cuatro mil franquistas, pero por directiva de política exterior, se lo negó a Hernández. El poeta fue encarcelado. Murió de tuberculosis durante su encierro.

En cuanto a Federico García Lorca, su certificado de defunción se extendió en 1939, meses después del fin de la contienda, a pedido de su familia. Para poder inscribir su muerte en el registro civil, dos testigos falsos tuvieron que jurar que habían visto su cuerpo inerte al lado de la carretera que va de Víznar a Alfacar, en la sierra que rodea a Granada. El certificado especifica, como causa de la muerte, «heridas producidas por hechos de guerra». Era la fórmula habitual en esos casos.

El fascista desconocido

¿Por qué se consideraba Enrique Amorim, a siete mil kilómetros de distancia, responsable del asesinato de García Lorca?

¿Quién era el hombre que escuchó su discusión con Federico en la calle Alcalá, «el que disparó contra él», «el fascista que lo iba a matar»?

¿Acaso Ruiz Alonso, el ex diputado del CEDA que denunciaría al poeta, sorprendió esa conversación con Amorim en que Federico manifestaba su apoyo al presidente Azaña?

A primera vista, parece posible. Según un amigo de Federico, en el tren en que se iría por última vez de Madrid, el 13 de julio de 1936, viajaba un diputado por Granada que le producía repugnancia al poeta. «Gafe», «lagarto», «mala persona», «bicho», lo llamó, y dijo que se encerraría en su compartimento durante el viaje para que ese hombre no lo viera ni le hablara.

Aunque había perdido su escaño, Ruiz Alonso aún viajaba a Madrid con frecuencia. Y, sin duda, García Lorca debía conocerlo, al menos de nombre, en su calidad de diputado más votado por Granada. Si fuese Ruiz Alonso el hombre del tren, la historia de Amorim encajaría a la perfección: Amorim sería quien reveló sin querer las simpatías políticas del poeta ante su asesino, el asesino que poco después, en los días previos a la guerra, montaría en el mismo tren que su víctima.

Sería hermoso que la historia fuese siempre como queremos, que los villanos fuesen malos las veinticuatro horas del día y que sus reacciones fuesen previsibles, como en una película. Sería reconfortante descubrir que un hombre mató a otro por una discusión política oída meses antes, y que, como el psicópata de los *thrillers*, planeó sus actos minuto a minuto desde entonces, ciego de fanático odio nazi.

Pero es mentira.

Ruiz Alonso no pudo ir a Granada en el mismo tren que Federico. En primer lugar, tenía un coche, que usaba precisamente para desplazarse entre la capital y Granada. En segundo lugar, el 12 de julio ya se encontraba en Andalucía. Y en tercer lugar, acababa de sufrir un accidente automovilístico que lo mantenía en reposo. Quizá el misterioso personaje del tren era un diputado de izquierda, o un conocido cualquiera de Granada, o quizá incluso al testigo lo traicionaba la memoria.

Además, la anécdota que cuenta Amorim tiene demasiadas lagunas: evidentemente, no conoce la identidad de ese fascista. Cuando escribía esas líneas, en la década de 1950, el nombre de Ruiz Alonso no pasaba de ser un rumor granadino. Y el de García Lorca ni siquiera se podía pronunciar en esa ciudad. Solo había sido realizada una investigación sobre los hechos, por Agustín Penón, y estaba inédita. En la reseña escrita para sus memorias, para la historia, Amorim no es capaz de nombrar al asesino, a riesgo de que en el futuro se sepa la verdad y se desbarate su versión.

Pero el error más inocente de Amorim era creer que los falangistas necesitaban de él para descubrir las simpatías políticas de García Lorca. Como ha mostrado su biógrafo Ian Gibson, Federico había hecho públicas sus afinidades una y otra vez, pidiendo el voto por el Frente Popular y trabajando con la actriz que daba refugio a Manuel Azaña. Había hecho declaraciones agresivas contra «la peor burguesía de España». Y en su ciudad, todo el mundo conocía su estrecha relación con Fernando de los Ríos, ministro de Azaña, miembro de la ejecutiva socialista y principal promotor de La Barraca.

Quizá, en efecto, algún falangista pasaba por la calle Alcalá cuando el uruguayo formuló su «pregunta impertinente». A lo mejor Federico trató de responderle a Amorim en voz baja para evitar llamar la atención en un momento político tenso. Posiblemente le pidió cautela a su amigo uruguayo. Pero si el supuesto falangista, o fascista o inocente votante de derechas —Amorim no lo aclara y probablemente no ve diferencia entre ellos—, efectivamente escuchó la pregunta, lo único que podría haberle sorprendido es que en vísperas del estallido de la Guerra Civil hubiese alguien que no supiese la respuesta todavía. A ningún lector de periódicos en España le cabía duda sobre qué pensaba Federico.

Para explicar el sentimiento de culpa de Amorim no hay que buscar en la historia de Federico, sino en la de él mismo.

Amorim no podía soportar la idea de haber quedado al margen de la vida de su amado. Él, que siempre había sido el niño mimado de los profesores, el seductor de los artistas exitosos, ahora de repente quedaba excluido del destino del hombre más importante de su existencia. Necesitaba sentir que había sido determinante para Federico. Necesitaba convencer de ello al mundo, o por lo menos a sí mismo.

Honestamente, ni siquiera su apoteosis amorosa con Federico tiene muchos visos de realidad. Y es que el gran episodio romántico entre los dos, aquella sentida declamación de la «Oda a Walt Whitman» frente a una roca oscura en las playas de Atlántida, tampoco fue exactamente como el uruguayo la cuenta. En todo caso, no fue una escena íntima. Había una persona más con ellos. Y uno no vive momentos de pareja frente a terceros. Y menos frente a terceros como Alfredo Mario Ferreiro.

El poeta futurista Alfredo Mario Ferreiro era el autor de *El hombre que se tragó un autobús*. Como era costumbre entre los futuristas, Ferreiro defendía en esos años posiciones políticas autoritarias, aunque, en la escala uruguaya, eso no era tan terrible como en Italia. En 1934, Ferreiro trabajaba para Gabriel Terra, una especie de dictador fascista en miniatura que había llegado al poder mediante un golpe de Estado a cargo de la policía y el cuerpo de bomberos. Desde su despacho en el palacio presidencial, Ferreiro inició una amigable correspondencia con Amorim, en la que hacía gala de un notable cinismo:

—Yo te digo que el régimen es de verdad... Hay gobierno para veinte años, lo menos... Lo más moderno es que gobierne el que más habilidad tiene para apoderarse de los tontos.

El poeta futurista era tan cercano al dictador que escribía sus cartas con el membrete de la Presidencia de la República. Y se sentía orgulloso de hacerlo. Denominaba a la represión de Terra, asesinatos incluidos, «estas atrocidades dictatoriales que soportamos, para suerte de todos nosotros». Y en alguna de sus cartas le sugería a Amorim que saliese de su casa de Salto y se dejase ver en público, para que nadie fuese a pensar que se estaba escondiendo del gobierno.

Al parecer, Ferreiro estaba convencido de que sería admirado por las futuras generaciones. Le enviaba sus fotos a Amorim para que las ampliase con miras a «mi posteridad, que, como sabrás, ha de ser tenida como histórica». Pero en ese cálculo falló. En la historia de la poesía uruguaya, Ferreiro no ocupa ningún lugar de privilegio, aunque algunos académicos lo recuerdan como humorista.

Durante la visita de García Lorca a Montevideo, Ferreiro fue invitado personalmente por Amorim a pasar varios días con él. Aparece en una foto de su serie junto a un grupo de poetas, y escribió una extensa crónica periodística titulada «Once horas con Federico García Lorca», que publicó en el diario *La Razón*. En ella, narra el episodio aquel en las playas de Atlántida, cuando García Lorca leyó la «Oda a Walt Whitman». Por cierto, Ferreiro también encontró sublime la declamación del granadino. Dice él:

—Para nosotros ese responso a todos los maricas del mundo es una de las más altas producciones de Federico, si es que Federico tiene algo que pueda llamársele más alto aun... Es la defensa de aquel de las manos caídas, que andaba por East River, con su gran barba llena de mariposas, jugando con los muchachos, hablando con ellos, mientras el sol cantaba por sus ombligos, debajo de los puentes.

Según Ferreiro, la declamación duró dos horas, «que cupieron en contados minutos». Y al cabo, Federico, de espaldas al mar y con un pie en el estribo del coche Avions Voisin de Amorim, los iluminó con más palabras inspiradas:

—La poesía debe ser esto. Esto es un auto, por eso lo toco. Y nada más. Todo lo demás es antipoético. La verdad, siempre la verdad, sin cambiarla. Esforzándose por referirla siempre. Porque en toda verdad hay latente una hondísima manifestación poética.

181

Como vemos, en el relato aquel de la roca oscura y el susurro «te lo ha dictado Walt», Amorim depuró buena parte de la verdad.

No hubo momento romántico. No hubo lectura poética privada con referencias gays.

Amorim borró de la historia a Alfredo Mario Ferreiro para convertir el paseo por Atlántida en un intercambio amoroso entre él y Lorca, del mismo modo que añadió al supuesto asesino en su relato de la conversación en Madrid, y en mi opinión, por la misma razón: porque Amorim amaba a García Lorca, y su gran conflicto personal era no poder gritárselo al mundo. Quizá él creía realmente en lo que decía. Todos tenemos versiones de nosotros mismos que nos hacen más interesantes, o más buenos, o más misteriosos. O quizá era consciente de que deformaba la realidad, pero exageró deliberadamente para quien viniese después. Sus falsedades podrían haber sido anzuelos para alguien, como yo, que seguiría sus pasos algún día, en un mundo más abierto, en el que al fin podría contar su historia. Es imposible saber si él creía lo que decía o no. Pero sin duda quería que la posteridad lo creyese.

La distinción entre lo que él creía y lo que nos hizo creer es fundamental en su historia, porque este texto no es el único mensaje en clave que dejó. Para proclamar su amor, Amorim estaba dispuesto a apropiarse de la memoria de Federico García Lorca, o tal vez a apropiarse del mismísimo Federico García Lorca, más allá de su muerte.

Y es que cuando Amorim quería a alguien deseaba tenerlo cerca para toda la eternidad.

El desterrado

La vida de Horacio Quiroga fue tan trágica que casi resulta cómica: su padre se pegó un tiro cuando él era apenas un bebé. Su padrastro quedó semiparalítico cuando él era adolescente, y se suicidó en su presencia con la misma escopeta que su padre. Dos de sus hermanos murieron prematuramente. Su primera mujer se envenenó. Alfonsina Storni, con quien vivió un romance, se ahogó. Sus hijos se suicidaron.

Quizá precisamente por eso estaba destinado a ser escritor.

A los veintiún años, Quiroga ya era un fanático de Rubén Darío y los poetas decadentes franceses, y, para emularlos, financió con el dinero de su herencia una revista literaria que, en su inocencia, pretendía que tuviese el nivel de las mejores de París. No tardaría en volver a la realidad: Quiroga vivía en Salto.

La revista tardó cinco meses en quebrar, y en el último número, de febrero de 1900, Quiroga se lamentaba amargamente contra la actitud de su localidad hacia la cultura:

—Una publicación... que intenta el más insignificante esfuerzo de penetración y amplitud, cae. No se la discute, no se la exalta, no se la elogia, no se la critica, no se la ataca; se la deja desaparecer como una cosa innecesaria. Muere por asfixia, lentamente.

Con profunda arrogancia, Quiroga asumió que su ciudad natal no valoraba su talento, y que él estaba destinado a lidiar en plazas más grandes. Así que invirtió el resto de su herencia en un viaje a la Exposición Internacional de París. En el transatlántico reservó un camarote de primera clase. Al partir estaba seguro de que nunca regresaría. Según escribió en su diario:

—Me parecía notar en la mirada de los amigos una despedida más que afectuosa, que iba más allá del buque, como si me vieran por última vez. Hasta creí que la gente que llenaba el muelle me miraba fijamente, como a un predestinado...

Pero si Salto le había dado una decepción, París le propinaría una paliza.

El dinero que llevaba le duró un mes, el tiempo justo para descubrir que los latinoamericanos de Francia le resultaban esnobs y estirados (todos menos Rubén Darío, que le cayó bien). No tuvo tiempo de descubrir nada más. Pasó hambre. Tuvo que mendigar. Rogó en el consulado uruguayo que lo ayudasen a regresar. Consiguió un billete de vuelta en tercera clase, sin equipaje y sin un ápice de la gloria literaria que esperaba. Al Quiroga que desembarcó en Montevideo en julio no le quedaba nada del orgulloso joven de hacía tres meses. Daban fe de sus penurias y sus fracasos los zapatos rotos, los pantalones de segunda mano y, sobre todo, una tupida barba que ya nunca más se afeitaría.

La capital uruguaya le permitió recomponerse y formar parte de una discreta bohemia, más acorde con sus posibilidades reales. Pero tampoco le dio la gloria. Su primer libro, *Los arrecifes de coral*, fue vapuleado por la crítica. Lo llamaron «decrépito», «valetudinario», «ininteligible», «disparate».

Aun así, al menos en Uruguay, Quiroga siempre podría aferrarse a una tabla de salvación: culpar de su fracaso al país, decir que los uruguayos no estaban maduros para comprender su arte.

En verdad, los críticos uruguayos debían ensañarse bastante con los autores, porque un amigo de Quiroga, Federico Ferrando, retó a uno de ellos a un duelo con pistolas. El crítico había escrito repetidamente contra Ferrando, incluso en un tono demasiado personal. La única satisfacción que el poeta podía admitir era matarlo a tiros.

Ferrando llamó a Horacio Quiroga para asistirlo en el lance. Había comprado una pistola de dos caños, sistema Lefaucheux, de doce milímetros. Y Quiroga tenía todo un historial, aunque desgraciado, con las armas de fuego. Así que antes del duelo se ofreció para explicarle a su amigo cómo funcionaban.

Pero Horacio Quiroga tenía mala suerte.

No era un hombre para confiarle tareas de vida o muerte. No era un hombre para confiarle ni un paquete de tabaco. Mientras manipulaba la pistola, quiso bromear con su amigo y le dijo:

—¡Así se dispara!

No sabía que el arma estaba cargada. La bala le entró al amigo por la boca y se le alojó en el occipital. Federico Ferrando no sobrevivió ni diez minutos.

Quiroga se libró de una condena penal, pero no del desprecio de su círculo social, que había pasado de considerarlo excéntrico a llamarlo abiertamente «pobrecito enfermo», «pobrecito pedante», «ineficaz en todo sentido». Tuvo que escapar hacia Buenos Aires para refugiarse en el regazo de su hermana.

Expulsado de París, repudiado por Montevideo, Quiroga haría su carrera en Buenos Aires. Su padre había sido argentino, de manera que no le resultó difícil reclamar la ciudadanía y convertirse en un hombre nuevo, cambiar de vida, incluso de origen. Y de paso, convertirse en el primer escritor profesional del mundo hispano.

A fines del siglo XIX, los escritores más cotizados, como Rubén Darío, recibían unos quince pesos por un cuento o un poema publicado. Veinte años después, los escritores más populares percibían unos veinte mil pesos al año. Entre un hito y otro se había creado una poderosa industria editorial, cuyo conejillo de Indias fue precisamente Quiroga. Las publicaciones más prestigiosas, como *Caras y Caretas* o *La Prensa*, se disputaban sus relatos. Empezaron pagándole veinte pesos y pronto llegaron hasta los quinientos.

Sus narraciones de terror se inspiraban en el estilo gótico pero elegante de Edgar Allan Poe o Guy de Maupassant, y estaban pobladas por personajes espectrales: niños retardados que asesinaban a sus hermanos o insectos que chupaban la sangre de las mujeres. De acuerdo con las reglas del género, estas narraciones se caracterizaban por una atmósfera tétrica y un final sorprendente. Su más celebrada antología, *Cuentos de amor, de locura y de muerte*, apareció en 1917. Pero la fascinación del autor por la naturaleza produjo también *Cuentos de la selva* (1918), una colección de fábulas para todas las edades y absolutamente originales que podría considerarse precursora de una literatura ecológica.

Cuando Horacio Quiroga disfrutaba de la cúspide de su éxito, Enrique Amorim comenzaba su carrera literaria. En 1920, un joven poeta Amorim en busca de contactos le envió un poema al maestro solicitándole que intercediese para su publicación en *Caras y Caretas*. Amorim contaba con una ventajosa casualidad: Quiroga, salteño al fin, era amigo de su padre. En su carta de respuesta, el escritor consagrado le preguntó:

—Amigo Amorim: ¿será usted hijo de mi amigo Enrique? Hágamelo saber al contestar a esta.

A continuación, Quiroga le informó que la revista publicaría su poema si tenía a bien cambiar el primer verso (por supuesto, Amorim lo cambiaría), y terminó su carta mostrando su sorpresa ante el estilo de Amorim, que no correspondía a «la edad que le supongo» (por supuesto, Amorim podía parecer de la edad que hiciese falta).

Quiroga no era un hombre fácil. Denostaba la frivolidad de la vida social porteña, que le parecía un remedo de la que había visto en la odiada París. Se negaba a las cortesías elementales del medio, como prologar libros ajenos o publicar reseñas favorables a sus amigos. Al contrario, hizo múltiples esfuerzos por trasladarse a vivir a la jungla, a trabajar en medio de la naturaleza, sin comodidades y ajeno a cualquier sofisticación. Radicó durante largas temporadas en San Ignacio, Misiones, tratando de sacar adelante los más estrambóticos negocios. Pero todos sus intentos por abrazar la vida silvestre terminaron en sonoros fracasos, entre ellos, el suicidio de su esposa. Y cada catástrofe empujaba de vuelta a la civilización a un Horacio Quiroga cada vez más hosco y huraño.

A pesar de su carácter intratable, el seductor Amorim logró fascinarlo. Quiroga se dejaba llevar por él a las casas de sus compañeros del Colegio Internacional de Olivos. Peleaba personalmente la publicación de los poemas de su joven amigo en *Caras y Caretas*. Y durante sus temporadas selváticas, le dejaba su departamento de la calle Agüero en Buenos Aires. Amorim, además, aprendió con Quiroga a moverse en la naciente industria literaria. En sus propias palabras:

—Horacio Quiroga se ocupaba en hacernos buenos luchadores del gremio. Sabía marcar la conducta a seguir, la manera de enfrentar al director de la revista y de dirigirnos a la casa editora.

Su relación también se nutría de su ambigua identidad común. Ambos eran a la vez salteños y argentinos, y pasaban de una etiqueta a otra según las circunstancias. Ahora bien, Quiroga renegaba de Salto mucho más que Amorim. Nunca escondió su repugnancia por su ciudad natal, que encontraba anticuada y convencional. Dice Amorim:

—Ese culto a su personalidad, esas ganas de representar un ser original y sumamente importante fue lo que le hizo chocar con la burguesía de Salto y salir despreciándola camino de Buenos Aires.

Y en otro texto sobre Quiroga, Amorim añade:

—Dejó Salto con rabia...

Era la manera elegante de plantearlo. Sin tantas florituras, Quiroga solía preguntarle a Amorim:

—¿Cómo puede usted vivir en ese lugar de mierda?

Así pues, durante los primeros años de su amistad, su relación fue la de un discípulo aplicado y su maestro exitoso. Lamentablemente, el imperio de Quiroga sobre la industria editorial no habría de durar mucho.

En la década de 1920, los jóvenes vanguardistas como Girondo o Borges se rebelaron contra los cuentos de terror y las fábulas, que para ellos representaban formas demasiado comerciales, sin más estilo propio que las noticias del periódico. Los escritores de izquierda tampoco mostraban entusiasmo por esas historias sin asomo de lucha de clases. Y finalmente, el exigente público lector argentino también comenzó a perder interés en tales fórmulas y a interesarse por experimentos más originales. El declive de Quiroga sería lento, pero irreversible.

Conforme languidecía su vida profesional, Quiroga volvió a soñar con la selva de Misiones, ese lugar donde no hacía falta la hipocresía de la vida urbana y donde un hombre era simplemente lo que podía lograr con sus propias manos. Los recuerdos del suicidio de su primera esposa habían remitido, sobre todo desde su matrimonio con María, una amiga de su hija, casi treinta años menor que él. Y además, necesitaba un lugar al que pertenecer. Tras sus destierros de París y Montevideo, ahora Buenos Aires le cerraba las puertas. La selva era su única patria posible. Al menos así lo entiende su biógrafo, Emir Rodríguez Monegal:

—El traslado a Misiones era una aventura. Mucho tiempo había soñado Quiroga con volver a la selva, reintegrarse a su hábitat, recrear su mundo robinsoniano... Al realizarse ahora, el proyecto se carga, sin embargo, de un sentido muy distinto del soñado. En el nivel más hondo, casi abismal, de su personalidad, existía en ese momento una urgencia por volver a los orígenes, por hundir para siempre sus raíces en el suelo primitivo.

Poco antes de abandonar Buenos Aires, Quiroga se dejó filmar para la *Galería de escritores y artistas* de Amorim. El Quiroga de las imágenes se muestra inusualmente feliz y simpático, acompañado por la joven María y su pequeña hija Pitoca, a las que acaricia y arrulla. Parece lleno de energía: lo vemos aserrando maderas para construir un bote y amaestrando un coatí, como entrenamiento para su nueva vida. Parece relajado: lo vemos fumar y tocar guitarra. Es el retrato en movimiento de un hombre lleno de confianza en sí mismo y fe en el futuro.

El 20 de enero de 1932, Quiroga partió a la selva junto con su familia. Para asegurar un pequeño ingreso mensual, llevaba bajo el brazo su nombramiento como cónsul uruguayo en Misiones, posiblemente, el cargo diplomático más innecesario jamás designado por el servicio exterior de ese país.

Los primeros meses en su nuevo hogar fueron promisorios: Quiroga restauró su antigua vivienda, casó a su hija con otro propietario y comenzó un negocio de naranjas. Parecía que al fin conseguiría lo único que le pedía a la vida: una vida silvestre y familiar.

Pero Horacio Quiroga estaba condenado a no encontrar una felicidad perdurable. Tras el golpe de Estado de Gabriel Terra en Uruguay, el antiguo contacto de Quiroga en el gobierno, Baltasar Brum, se suicidó en la puerta de su casa. Quiroga quedó huérfano de apoyos políticos, y el nuevo ministro de Exteriores anuló su nombramiento.

El despido de su maestro indignó a Enrique Amorim. Si hasta entonces Amorim había defendido a su país de las diatribas de su amigo, ahora le echaría la culpa de sus desgracias:

—Quiroga cayó bajo el lápiz rojo del dictador Terra, que lo eliminó preguntando: «Y este Quiroga, ¿quién es?»... Era simplemente un Quiroga sin apellido de auxilio. Era un escritor. Eso que, a pesar de tantas alharacas, sigue siendo una nada en el país en que estas líneas escribo.

A la falta de dinero se sumó la crisis matrimonial. La joven María echaba de menos las tiendas y los espectáculos de Buenos Aires. Se aburría en la sencilla vida campestre. Le molestaban los bichos y las alimañas, pero, sobre todo, la falta de conversación y de actividades, y por ello, cada vez que llegaba algún visitante de la ciudad, se pasaba el día entero con él. Eso produjo amargas escenas de celos, algunas de ellas violentas, y viajes cada vez más frecuentes de María hacia la ciudad.

La hija de Quiroga tampoco resistió con su esposo más de un año, y abandonó a la familia para volver a la capital.

Y lo peor de todo: a Quiroga se le declaró una prostatitis que afectaba directamente su virilidad, lo que lo hacía sentirse humillado y destrozado.

En esta situación desesperada, Enrique Amorim acudió al rescate de su viejo amigo. Movió sus influencias ante la dictadura —como Alfredo Mario Ferreiro— y trató de rescatar a Quiroga, si no de la enfermedad, al menos de la miseria. El ministro replicó que Quiroga siempre había mostrado la mayor indiferencia por su tierra. Pero ante las presiones de Amorim, le concedió a Quiroga el cargo de cónsul honorario.

Mientras tanto, la enfermedad iba ganando terreno. En setiembre de 1936, Quiroga debía abandonar Misiones para someterse a una cirugía en la capital. Tragándose su orgullo, escribió a sus amigos para mendigarles un alojamiento en caso de que lo dejasen salir del hospital. Amorim recordaría con amargura esos momentos:

—Se le sumaban uno a otro los contratiempos. A la edad de ver constituido un hogar, todo se desbarata, se deshace, se pone en su contra. Lo dejan cesante, no le piden colaboración los editores, no le ofrecen dinero por sus cuentos... ¿Total?, ¿para qué vivir? La gloria no llega, la consideración es cada día menor, no se dan títulos, se vive mal, se goza menos, no se puede viajar, se acaba en un hospital.

El internamiento fue largo y penoso. La operación se pospuso una y otra vez. La inflamación de próstata no cedía, y el paciente pasaba temporadas sin poder siquiera caminar. En esos meses, acaso por la certidumbre del fin, o simplemente para vender unos viejos terrenos de su familia, Quiroga concibió el plan de volver a Salto, y se lo comunicó a Amorim:

—Quién sabe si en pos de su viaje a esta, no resulta que le devolvemos la visita en el Salto. Siempre he tenido ganas de rever el paisaje natal, si no sus habitantes. A mi mujer en particular le tienta la aventura. Todo esto si prosperamos económicamente.

Amorim recibió la noticia con gran alegría. Después de todo, Quiroga y Salto se reconciliarían. Si sabía mover sus piezas, a lo mejor Quiroga se quedaría a vivir cerca de Las Nubes, y podrían repetir sus antiguas tertulias literarias de Buenos Aires ahí, frente al río Uruguay. Además, la presencia de Quiroga, por huraño que fuese, animaría la vida cultural salteña.

Pero nunca se produciría tal regreso. Al menos, nunca en vida.

A mediados de febrero de 1937, los médicos encontraron el verdadero problema de Quiroga: era cáncer. Y no tenía visos de desaparecer.

El 18 de febrero, Horacio Quiroga salió del hospital caminando por su propio pie. Visitó a sus amigos, y ante ellos se mostró optimista. Comentó con entusiasmo varios proyectos de trabajo. Pasó por casa de su hija y se despidió de ella. Antes de regresar al hospital, pasó por la botica y compró un frasco de cianuro.

El 19 por la mañana, cuando la enfermera lo encontró, su agonía estaba a punto de llegar al final.

—Y así terminó —recordaría un dolido Amorim— quien llevaba el veneno en pequeñas dosis diarias acumulándose en sus entrañas. Lo demás, que otros intenten explicarlo. O que sepan ruborizarse por no contribuir a que no se mueran otros Quirogas... Literatura y fin de Quiroga son resultantes de un medio que hace negativa la acción vital del creador.

Ese mes, la prensa uruguaya informaba sobre las tensiones crecientes entre el gobierno británico y el de Hitler. En nombre del Reich, el ministro Göering hacía una visita oficial a Mussolini, que a su vez anunciaba el aumento de su gasto militar. Escuadrones de camisas negras y pardas eran contratados por quinientos marcos y enviados a reforzar el ejército nacional. Mientras se rumoreaba que Queipo de Llano tomaría el mando de esa ofensiva, Falange Española le ofrecía la jefatura de su movimiento al general Franco.

Más cerca, en Montevideo, Lola Membrives y Margarita Xirgú anunciaban sus nuevas temporadas teatrales con espectáculos de Federico García Lorca, Jacinto Benavente y Alejandro Casona. Y el gobierno uruguayo, el mismo que había destituido a Horacio Quiroga, lamentaba públicamente su deceso. El comunicado oficial destacaba:

—La originalidad y belleza de la obra realizada por el escritor desaparecido que, al par que enaltece el prestigio de las letras sudamericanas, refleja honor sobre la República, que debe hacer público reconocimiento a quienes, como Horacio Quiroga, contribuyen al renombre de la patria por medio de la creación y realización de la belleza, aumentando el patrimonio intelectual del Uruguay.

La voluntad de Quiroga era que lo incinerasen en Buenos Aires y enterrasen sus cenizas en Misiones. Pero

Enrique Amorim, animado por el cambio de actitud del gobierno y por el deseo de Quiroga de regresar alguna vez a Salto, convenció a su hijo de aceptar que llevasen sus cenizas a esa ciudad. Al fin y al cabo, el hijo tampoco tenía claro qué hacer con ellas.

El influyente Amorim invirtió todas sus energías en preparar una comitiva oficial que pasearía los restos del escritor por todo el río Uruguay hasta su entierro final.

Pero Horacio Quiroga tenía mala suerte.

No era un hombre para confiarle tareas de vida ni de muerte.

Su maldición no lo abandonaría ni siquiera en ese momento. El traslado de sus cenizas osciló entre lo trascendental y lo ridículo.

Inmediatamente después de la incineración, Amorim llevó las cenizas al estudio del escultor de origen ruso Stephan Erzia, que debía trasvasarlas a una hermosa urna de madera de algarrobo tallada. En la urna, el rostro de Quiroga emergía de la madera, fundiéndose simbólicamente con la vida vegetal, como había sido su anhelo en vida. Lamentablemente, el taller estaba lleno de gatos, y en una distracción del escultor, los animales volcaron la urna, esparciendo las cenizas por el suelo.

Amorim recogió lo que pudo y lo llevó por barco hasta Colonia, en Uruguay. De ahí a Montevideo acompañaría a la urna una procesión de automóviles. Pero un caballo se cruzó en su camino, obligándolos a frenar, con lo que la urna se cayó, rompió el cristal del auto y volvió a perder parte de su fúnebre contenido.

Lo poco que quedaba de Quiroga llegó con una hora de retraso a su despedida en el Parque Rodó, donde lo esperaban miles de personas. Cuando al fin lo hizo, envuelto en las banderas de Argentina y Uruguay, y escoltado por la policía metropolitana, lo recibieron una orquesta que tocaba la *Muerte de Isolda* y los discursos de rigor.

A la mañana siguiente, la urna partió en un autocar especial, el *Águila Blanca*. Se detuvo a recibir el cariño popular en Canelones, Florida, Durazno, Paso de los Toros y Paysandú, hasta llegar a Salto. Según la prensa local, en esa ciudad la esperaban cinco mil personas, que la velaron en el liceo departamental hasta después de oscurecer.

Cerca de la medianoche, una cureña conducida por choferes negros con librea y sombrero de copa llevó a Quiroga hacia su último destino. Era el primer entierro nocturno que se hacía en el cementerio, así que la marcha fúnebre iluminó su camino con antorchas, dándole al evento un aura majestuosa y oscura. A pesar de los absurdos inconvenientes, el entierro consiguió realizarse con solemnidad y pompa.

Los problemas de verdad empezaron después, cuando el escultor Erzia pasó la factura por su trabajo. El gobierno había entendido que la costearía Amorim. Amorim, que lo haría el gobierno. El escultor nunca cobró.

Amorim interpretó el gesto como el último desplante del gobierno contra sus escritores:

—El medio es hostil, son hostiles los hombres fríos que pretenden dirigir la cultura.

Y lamentó que los uruguayos tampoco tuviesen suficiente interés en que los escritores pudiesen ser recordados:

—Si se intentase levantar un panteón para nuestros ilustres muertos de las letras, no alcanzarían los derechos de autor de muchos de ellos para pagar la lápida de mármol. Tan poco se venden los libros de los citados intelectuales...

Un amigo salteño de Amorim, César Rodríguez Musmanno, explica:

—La muerte de Quiroga abrió un abismo entre Amorim y Salto.

Y tiene todo el sentido. Amorim veía en el destino de Quiroga una premonición del suyo: ambos eran salteños, ambos habían vivido en Buenos Aires, Quiroga le había enseñado cómo ser un escritor, y bajo su influencia había escrito muchos de sus cuentos, sobre todo al principio. Previsiblemente, el desprecio que Uruguay le había dedicado a Quiroga era el que le esperaba a él también: morir en un lugar donde los libros no dan ni para una lápida, donde el gobierno ni siquiera paga una urna, equivalía a morir para desaparecer, a perder el único premio al que aspiraba un artista: la inmortalidad.

Tras la muerte de su maestro, Amorim comprendió que escribir sobre quitanderas y gauchos no le aseguraría más que una calle con su nombre, un discurso de algún burócrata, a lo mejor una escuela pública. Si quería el éxito, si realmente pensaba apostar por la inmortalidad del artista, tendría que convertirse en un extranjero. Y para eso hacía falta llegar mucho más lejos que a la vecina y familiar Buenos Aires: era hora de pensar en Hollywood.

La fábrica de sueños

El primer trabajo cinematográfico de Amorim es *Kilómetro 111*, de 1938, una comedia sobre un viejo guardagujas de provincia al que despiden de su trabajo injustamente, y sobre su hija, que quiere ser una actriz famosa en el cine de Buenos Aires. Amorim, junto con otros dos escritores, figura en los créditos como guionista.

El director de *Kilómetro 111*, Mario Soffici, volvió a contar con el mismo equipo de libretistas para su siguiente trabajo, *El viejo doctor*, que mantenía la fórmula de llevar a la pantalla los problemas sociales cotidianos: el protagonista es un médico de barrio, un hombre de la vieja escuela, que cree en la relación personal con los pacientes. El antagonista, su propio hijo, es un inescrupuloso comerciante de la medicina, que representa la aparición en Argentina de las clínicas privadas.

En esos años, la crítica de cine demandaba un cine de «plenitud argentina» y «sentido argentino», más o menos igual que la literaria. Por eso, los guionistas trataban de reflejar los conflictos entre el pasado y el presente en su país. Y la cosa no iba mal. Si la crítica había mostrado un ligero interés por *Kilómetro 111*, ahora se rindió ante *El viejo doctor*. Una de las reseñas decía:

—No solo es una buena película (interesante, amena, con momentos de emoción), sino que tiene algo adentro. Esto último, en nuestro cine, es nuevo. Se insinuó en *Ki-*

lómetro 111 y toma forma más seria aquí. Tenemos así lo esperado: una película que, aparte de poseer los atractivos cinematográficos de rigor, tiene un argumento donde se agita algún problema nuestro, donde se ve un contenido, un aliento espiritual.

El éxito de *El viejo doctor* incluso hizo dudar a Amorim sobre su carrera literaria. Al parecer, había más futuro en este nuevo arte de masas que en la industria editorial que había abandonado a Quiroga. Según declaró Amorim a la revista *Mundo Uruguayo*:

—Yo no sé si tendré tiempo en el curso de este año para dar término a una novela... Depende de mi actividad cinematográfica, algo tan violentamente nuevo para mí que he tenido que renovar totalmente mi impulso creador.

En verdad, su trabajo como novelista perdía fuelle. Había tardado cuatro años en publicar *La edad despareja* (1938), que, como todas sus historias urbanas, fue recibida entre la indiferencia y el desprecio. Su siguiente novela, novela gaucha, *El caballo y su sombra*, tendría que esperar tres años más. Y en la misma entrevista, Amorim admitía que sus antiguos éxitos literarios cada vez le reportaban menos dinero:

—Acabo de recibir una carta en la que me aseguran que el gusto alemán ha cambiado fundamentalmente y que mi novela, que tuvo muy buena crítica, no alcanzó el tiraje que se esperaba... Lo cierto es que ya no se me gira con la abundancia del principio.

Su cabeza ya estaba en otra parte. Para ser precisos, en Nueva York. En mayo de 1939 se realizó en esa ciudad el congreso del PEN Club, y el propio Amorim costeó su viaje para asistir. Aprovechó la visita para buscar agencias y editoriales, y permaneció en los Estados Unidos cinco meses, dos de ellos haciendo contactos en Hollywood. Trabó amistad con Luis Buñuel y la comunidad hispana que trabajaba en el cine norteamericano. Y como narrador y libretista, descubrió la figura que podía abrirle las puertas del gran mercado, el personaje emblema al que podía recurrir para entrar en la Meca del cine: el *cowboy*.

Y es que, en el fondo, el vaquero norteamericano no era más que un gaucho que hablaba otro idioma: un individualista huraño pero esencialmente noble, arrojado a una tierra de nadie, que comía lo que cazaba con sus propias manos. Si a los norteamericanos les gustaban los unos, podrían gustarles los otros. De hecho, conforme otra guerra mundial se acercaba, la industria del cine de California volvía sus ojos hacia América Latina, un interesante mercado de repuesto para cuando se hundiese la economía europea.

El Amorim que volvió de los Estados Unidos estaba frenético: acababa de encontrar la mina de oro que sus traducciones de *La carreta* no le habían dado. Escribió artículos comparando al gaucho y el *cowboy*, y elogió en la prensa los genuinos valores de los Estados Unidos, como el espíritu individualista y la ausencia de miedo al cambio. Se volcó en la escritura de guiones y en la correspondencia con sus amigos del cine. *Ventarrón* Amorim había vuelto, pero, igual que otras veces, su titánico esfuerzo por abrirse camino le pasó factura a su salud: sufrió malestares intestinales que derivarían en una inflamación de apéndice. Terminó en el quirófano.

Sin embargo, eran complicaciones menores. Nada podía detenerlo. Haciendo caso omiso de su salud, regresó a los estudios de cine con Soffici y su equipo de guionistas, y escribió, cómo no, una historia de vaqueros.

Cita en la frontera (1940) empleaba todo lo aprendido por Amorim en su viaje a los Estados Unidos —acción, triángulo amoroso, entorno salvaje—, adaptado a la realidad argentina. Libertad Lamarque encarnaba a la bella timadora de un casino perdido en medio de la nada frecuentado por aventureros y golfos. Dos hermanos —Orestes Caviglia y Floren Delbene— la codiciaban y la cortejaban, hasta un final lleno de pasión y drama, como en los mejores *westerns*.

Algunas de las concesiones de la película a la realidad argentina podían parecer un poco grises: los personajes de las películas del lejano Oeste buscaban oro, pero en Argentina no hay metales preciosos, así que la acción se situaba cerca de una cantera de piedras. Aun así, vista desde hoy, *Cita en la frontera* es un honroso intento por hacer cine genuinamente argentino con empaque hollywoodense. Sin embargo, la crítica no pensó eso. Los periódicos despreciaron su «argumento pobrísimo y manido», su falta de grandes momentos y, en general, su previsibilidad. *La Nación*, aunque tolerante con el conjunto, enumeró un sinfín de errores:

—Los parlamentos han quedado sumidos y, a veces, cortados secamente... Faltan la emoción, el vaivén y la agilidad... La impresión general de la película se resiente de frialdad.

Tras ese fracaso, el equipo de guionistas abandonó a Amorim. Sus compañeros, escritores al fin y al cabo, estaban hartos del mundo del cine. En realidad, pese a sus buenas críticas, ni siquiera *El viejo doctor* había hecho dinero. Los productores les exigían menos contenido y más taquilla, y ellos se negaban a dar más pasos en lo que llamaban «el camino de la prostitución».

Pero Amorim no se negaba. Al contrario, quería rodar por ese camino con automóvil propio. Continuó trabajando con el director Mario Soffici, y exigiendo cada vez más participación creativa en sus proyectos, lo que produjo conflictos. Para agravar las cosas, Amorim prestó oídos a los chismes del medio del cine, que eran tan venenosos como los del literario. Creyó que Soffici trataba de perjudicarlo por celos de su talento, y se lo hizo saber en amargas cartas que no se conservan, pero que intuimos por las respuestas del director. En ellas, Soffici trataba de salvar la situación y le pedía al uruguayo que recapacitase:

—¿No le parece que se precipita un poco al juzgarme?... Su carácter un tanto avasallador no permite aprovechar sus excelentes condiciones de escritor...

El director no podía ser demasiado agresivo con Amorim, porque le debía dinero, algo que el guionista le echaba en cara constantemente. Así que trataba una y otra vez de que el uruguayo no pusiese en duda su gratitud. Le repetía que «Nunca olvidaré lo buen amigo que usted ha sido para mí», le recordaba «los favores que me hizo», e insistía en que siempre había tratado de «corresponder con algo a lo mucho que le debía».

Pero Amorim no lo perdonó.

Es posible que la furia del uruguayo tuviese razones más prácticas: Amorim quería dirigir por sí mismo, y quería hacerlo directamente para Hollywood, no para una productora argentina. Para él, el público norteamericano, como el francés, era «infinitamente más culto y mucho más numeroso» que el rioplatense. Si sus películas no tenían éxito se debía a que la audiencia no estaba preparada para su talento. Ni siquiera el director lo estaba.

De todos modos, alternativas no le faltaban. La Segunda Guerra Mundial ya venía acabando con los mercados europeos, de modo que algunas productoras, como la

Metro-Goldwyn-Mayer, empezaban a realizar filmes en México y Argentina. Uno de los directores principales de ese experimento era el chileno Tito Davison. Para seducirlo, Amorim empleó el mismo método que había funcionado con Soffici: le prestó dinero.

El año 1942, justo después de pelear con Soffici, Amorim alcanzó su sueño y figuró como codirector de la película de Davison *Casi un sueño*, una comedia ligera con intenciones netamente comerciales. Al fin Amorim tenía la oportunidad que buscaba para brillar. Nada de mediocres intermediarios como Soffici: había llegado la hora de su propia película, su pasaporte a Beverly Hills.

Pero una vez más, el azar —o el talento— le sería adverso. Aparte de un sonoro fracaso de taquilla, *Casi un sueño* solo consiguió comentarios de prensa como el siguiente:

—No aporta nada nuevo a nuestro cine y su tema se resiente a ratos por su falta de intención... El aporte de Amorim como codirector deja bastante que desear.

O este, de *El Pueblo*:

—Una mayor habilidad en la dirección habría logrado dotarla de mayor interés.

O el más doloroso, de un periódico uruguayo:

—Nos dormimos en *Casi un sueño*... Enrique Amorim... se ha complacido en conjugar la cursilería de todos los tiempos con un argumento de esos que hace cincuenta años ya no eran originales.

Inasequible al desaliento, Amorim continuó tratando de hacer películas con Davison. En persona y por carta, le exigió que propusiese una de sus novelas como guion para la Fox, o que produjese uno de sus guiones en México. Para presionarlo, le echó en cara el dinero que le había prestado. A mediados de 1943, desde Hollywood, Davison le pedía que bajase el tono agresivo de su correspondencia y le explicaba por qué no había dado señales de vida:

—Estaba esperando a conseguir dinero para pagarle antes de responder su carta.

Después de eso, no volvió a escribirle.

A la larga, ninguno de los contactos norteamericanos de Amorim resultó muy provechoso. El director Hugo Fregonese trató de producir su idea original *Vaqueros en la cordillera*, pero Columbia la rechazó. Paramount tampoco quiso su proyecto *El malón*. Amorim contrató a la agencia de John McCormick para vender al cine una novela, pero no tuvo éxito.

Para mayor humillación, el Amorim escritor, que tanto se quejaba del ninguneo de los uruguayos, tuvo que admitir que tampoco los norteamericanos querían sus libros. La editorial de Agatha Christie, Dodd, Mead and Company, rechazó sus manuscritos. El famoso editor Alfred A. Knopf simplemente se olvidó de leerlos. En Charles Scribner's Sons tradujeron *El caballo y su sombra*, pero las ventas ni siquiera cubrieron su anticipo, y su relación laboral terminó ahí. Incluso la revista *Reader's Digest* rechazó uno de sus artículos. La carrera americana de Amorim duró menos que la guerra.

Abandonado por el mayor mercado del mundo, acabado como escritor y como guionista, rechazado en su país y en el extranjero, Enrique Amorim hizo lo mejor que podía hacer, lo que habría hecho cualquier artista decidido a triunfar, lo único que podía garantizarle un éxito fulgurante, indiscutible y glamouroso: se volvió comunista.

Camarada Amorim

La Guerra Civil Española se vivió con intensidad en el Río de la Plata, que por su condición portuaria y por su población inmigrante, miraba más a Europa que hacia América. Multitud de intelectuales y artistas de la zona se opusieron activamente al fascismo. Cincuenta y cuatro uruguayos murieron peleando en las Brigadas Internacionales. Y a todos ellos, al estallar la Guerra Mundial, la ocupación nazi de Francia los empujó un paso más allá.

Francia era un símbolo. Desde comienzos del siglo xx, los escritores latinoamericanos habían expresado su independencia de España abrazando la cultura francesa. Los argentinos y uruguayos en particular se sentían muy cercanos a París. Algunas figuras importantes de la literatura gala, como Jules Supervielle o el Conde de Lautréamont, habían nacido en Montevideo. Para escritores de la formación de Enrique Amorim, el desfile nazi sobre París representaba una invasión bárbara.

—La guerra de los franceses es nuestra guerra —declaraba Amorim en 1940—, del mismo modo que su ideal es el más cercano al ideal de justicia y equidad al que aspiran los pueblos del Nuevo Mundo. Sus libros constituyen la base de nuestra cultura, del mismo modo que la voz de sus escritores y el eco de sus afirmaciones son la regla con que se miden las nuestras.

La radicalización de Amorim empezó a teñir su literatura desde ese momento. Su novela *El caballo y su sombra* (1941) regresa a la estancia El Palenque, escenario de *El paisano Aguilar*. Pero el campo que describe se ha vuelto mucho más complejo. El Francisco Aguilar de la primera novela era un retrato romántico y paternalista del hacendado. Aguilar, criado en valores tradicionales, se presentaba como un hombre puro y educado, el único guía posible para sacar al pueblo de su miseria. En cambio, en *El caballo y su sombra*, el hacendado no está solo. Compiten con él polacos, rusos, lituanos, alemanes, inmigrantes que el Estado Uruguayo estaba colocando en esos años en el campo, y cuyas luchas, una minialegoría de la Segunda Guerra Mundial, alteraron el paisaje humano de Salto. En esta novela, la lucha principal no es la del hombre contra la naturaleza, sino la del criollo contra la injusta distribución de la tierra.

Al terminar la guerra, los partidos comunistas del mundo recibieron una oleada de inscripciones. Su ideología atraía a todo tipo de gente. Los antifascistas les concedían a los rusos el crédito de haber cambiado el rumbo de la guerra con la victoria de Stalingrado, y haber entrado los primeros en Berlín. Para los pacifistas, el estallido nuclear de Hiroshima dejaba a los aliados occidentales en franca desventaja moral ante el régimen de Moscú. Para los que sufrían por España, pronto quedó claro que los aliados no entrarían a sacar a Franco. Y para los progresistas, el sistema soviético representaba la anhelada utopía de igualdad.

Todos esos sectores eran el caldo de cultivo perfecto para el comunismo. Y Amorim pertenecía a todos ellos.

A medida que se hundía su carrera como cineasta, los valores norteamericanos que lo habían deslumbrado en Hollywood ahora le producían repulsión. En cambio, acicateado por el recuerdo de Federico, se iba dejando llevar por su lado más combativo. Quería rebelarse contra las injusticias del planeta, derrotar a los malvados, pelear por un mundo mejor.

Su problema era que le faltaba una lucha propia. Todo combatiente necesita un enemigo. Y el pacífico Uruguay, pese a sus convulsiones, era completamente incapaz de producir un Hitler, un Mussolini, ni siquiera un Franco.

Afortunadamente, para salvar el carácter contestatario de Amorim, estaba su otra patria, la más grande y siempre más agitada Argentina. Y para permitirle lucir con orgullo toda su paleta de fobias, odios y manifiestos, comenzó su ascenso hacia el poder el hombre que marcaría para siempre ese país: Juan Domingo Perón.

Perón no era nazi, pero lo parecía. Había trabajado como agregado militar argentino en la Italia de Mussolini. Había leído *Mi lucha* de Hitler. Y ya iniciada la Segunda Guerra Mundial, se había colado a Alemania, que le pareció una «enorme maquinaria que funcionaba con maravillosa perfección y donde no faltaba ni un pequeño tornillo». De esas experiencias, tomó las ideas que le interesaban, sobre todo las anticapitalistas. Para él, Gran Bretaña era la potencia imperial, la verdadera dueña de la economía de su país. Enfrentarse a ella era defender la independencia económica de Argentina. Así que muchos amigos de Perón, dentro y fuera del ejército, saludaban a Hitler con el brazo en alto.

Apenas veinte años antes, Argentina había buscado desesperadamente una identidad. Ahora, los círculos nacionalistas se aferraban a ella con inflamada pasión. Cuando Perón regresó a su país, las ideas nazis ya circulaban profusamente en la prensa y en las tertulias.

Uno de los más horrorizados con lo que ocurría era Jorge Luis Borges, el primo Georgie, cuya educación británica lo había vuelto inmune al virus del totalitarismo. Borges vivía de su trabajo en una biblioteca municipal, pero escribía en varias revistas, y no le hacía ascos al tema político. En 1941, en un artículo para *Sur* denunció a sus compatriotas de extrema derecha:

—Han aplaudido la invasión de Noruega y de Grecia, de las Repúblicas Soviéticas y de Holanda, no sé qué júbilos elaborarán para el día en que a nuestras ciudades y a nuestras costas les sea deparado el incendio. Es infantil impacientarse; la misericordia de Hitler es ecuménica; en breve (si no lo estorban los vendepatrias y los judíos) gozaremos todos de los beneficios de la tortura, de la sodomía, del estupro y de las ejecuciones en masa.

Poco después de esa declaración, Borges publicó su primer libro de ficciones, *El jardín de senderos que se bifurcan*. En él, al fin encontraba la voz que había buscado desde la pérdida de su amada Norah Lange. Igual que sus ensayos, los relatos estaban ambientados en la biblioteca infinita del universo y sazonados con un monumental despliegue de erudición. Pero la novedad eran las tramas. Por primera vez Borges narraba historias con principio y desenlace, pequeños *thrillers* metafísicos con el suspenso de los relatos policiales. Había dado con el estilo narrativo que lo haría famoso, y de hecho, el libro causó furor entre la crítica.

El jardín de senderos que se bifurcan fue nominado a los Premios Nacionales de Literatura. Pero no ganó ninguno. Los galardones recayeron en obras históricas, gauchescas y arrabaleras que quizá habrían complacido al Borges de veinte años antes, pero que por entonces eran las preferidas de los grupos pronazis argentinos.

Borges entendió el gesto como un desafío. Continuó firmando manifiestos y dando declaraciones. Pero llevaba las de perder. En 1943, un golpe de Estado encumbró a los militares más nacionalistas.

El nuevo gobierno proclamó su objetivo de salvar los «intereses sagrados de la nación» y mantuvo la neutralidad argentina en la guerra. El aún coronel Perón fue designado vicepresidente, ministro de Guerra y secretario de Trabajo y Bienestar Social. Organizó y controló sindicatos obreros desde el Estado, lo que le valió un enorme apoyo de los más pobres. Hábil orador, estrenó el poder mediático. Su matrimonio con la actriz Eva Duarte formó la primera «pareja real» de Sudamérica. Y por si eso no bastaba, mandó importar de Alemania la picana, un instrumento de tortura que aplicaba electricidad directamente a los genitales.

Borges estaba al borde del infarto. Para él, Perón era una encarnación del bárbaro dictador Rosas, el asesino de sus antepasados, y una repetición de los errores de la historia europea:

—Gran cantidad de argentinos —declaró en una entrevista— se están convirtiendo en nazis sin advertirlo... Se trata de algo terrible, similar a lo que ocurrió al comienzo del fascismo y del nazismo.

Georgie había escogido el bando de los perdedores. En febrero de 1946, Perón ganó las elecciones presidenciales con el cincuenta y uno por ciento de los votos. Ese mismo año, el auxiliar tercero de la biblioteca municipal Jorge Luis Borges recibió una comunicación oficial: por disposición de las autoridades del municipio, quedaba relevado de su puesto y era designado como inspector de aves y conejos en el mercado público de la calle Córdoba.

Borges tuvo que renunciar a su trabajo, vencer su timidez y comenzar a ganarse la vida dando conferencias. Afortunadamente, no le faltarían encargos. Acababa de convertirse en el símbolo de los intelectuales antitotalitarios. La Sociedad Argentina de Escritores, que agrupaba a los intelectuales opositores, le organizó un desagravio. Y el vicepresidente de la sociedad era su viejo amigo Enrique Amorim.

Al igual que Borges, Amorim consideraba nazi al nuevo presidente. Desde sus tribunas periodísticas llamaba a sus seguidores «naziperonistas». El adjetivo tenía que ver, como casi todo en su vida, con García Lorca. Para referirse a los asesinos del granadino, Amorim jamás usaba términos como *nacionales* o *franquistas*, ni siquiera *falangistas*: solo *fascistas* o *nazifascistas*. Calificar de nazis a los asesinos de su amigo y a sus propios enemigos peronistas era mucho más que un insulto: implicaba reunirse con Federico García Lorca en la misma lucha y elevar esa lucha al rango de deber universal, o sea, seguir junto al poeta de sus amores.

Por eso, su compromiso era mucho más visceral que el de su colega. Borges continuó escribiendo relatos metafísicos, juegos intelectuales que jamás hablaban de política. Y en su trabajo como editor se dedicó a la narrativa policial. Quería preservar la literatura como un espacio de libertad individual, ajeno a coyunturas y demagogias. En cambio, para Amorim, los libros debían formar parte integral de la lucha. Significativamente, a pesar de sus críticas comunes a Perón, el editor Borges rechazó una novela policial de Amorim debido a sus referencias a la situación política. No por eso el uruguayo cejó en su empeño. Para él, las palabras eran armas que debían apuntar directamente al poder. A su manera de ver:

—Cuando en Buenos Aires la lucha se hizo intensa ante la caracterización del naziperonismo, lo que había que escribir era novelas antinazis. Era lo razonable combatir al enemigo potencial.

En ese sentido, su siguiente paso era inevitable:

—En el año 1946 —recuerda él—, en plena lucha contra el llamado naziperonismo... se me ofreció el carnet del Partido Comunista. Era un honor, era también un riesgo. Quizá por esta última particularidad acepté la afiliación...

Los comunistas apreciaban especialmente el valor propagandístico de los intelectuales. Junto a Amorim, recibieron el carnet un psicoanalista y un pintor. Y su proclamación como miembros se realizó con un baño de multitudes, entre banderas argentinas entrelazadas con hoces y martillos:

—Nuestra afiliación se hizo en forma espectacular —rememora Amorim—. Lanzáronse nuestros nombres en el Luna Park de Buenos Aires, en una enorme asamblea del Partido Comunista Argentino. Por la duración de los aplausos, supimos qué valor tenía nuestra resolución.

Mientras sonaban sus aplausos, Amorim debió haber sentido que la historia volvía a acogerlo en su seno, que nunca más quedaría al margen de los grandes acontecimientos, como había estado durante la muerte de Federico, que se colocaba en la vanguardia intelectual, ya no de Argentina, sino del mundo.

Y es que, paradójicamente, Amorim ingresó en el partido del proletariado para formar parte de una élite, una clase más elevada, aunque no fuese en sus medios materiales, sino en su nivel cultural. Su discurso en el Luna Park mostró que él no se integraba en la masa obrera, sino en la vanguardia intelectual, en la que, por supuesto, incluía a su amado Federico:

—El más grande de los pintores, Pablo Picasso, pertenece al Partido Comunista Francés. Pablo Neruda es embajador de Chile en Roma y fue senador de la República. Murió asesinado por la sanguinaria hueste del nazi Franco el genial poeta García Lorca... ¿Qué es preferible, compañeros: morir al lado de los más grandes pensadores, sabios y artistas, o entre esa morralla reaccionaria que apenas si proyecta sombra sobre la tierra?

Por supuesto, Amorim admitía que García Lorca no había tenido nunca un carnet, pero consideraba que el partido era la más genuina encarnación del compromiso del poeta granadino:

—Si algunos dudan de su actitud política, no fueron los que compartieron sus inquietudes estéticas, sino los recién llegados al lorquismo. La honradez de sus compañeros jamás permitió que se encasillase a Federico en el comunismo. Pero sus amigos comunistas y los pueblos del mundo entero no se equivocaron al imaginarlo sacrificado.

Desafortunadamente, para ser sacrificado, para morir al lado de los grandes artistas, Amorim ostentaba un notorio *handicap*: era millonario.

Desde la primorosa trinchera de Las Nubes, con sus mascarones de proa y sus alfombras persas, la lucha social no resultaba muy creíble. Necesitaba ensuciarse las manos de realidad, explorar el sucio mundo de la acción clandestina y tomar de ahí el material para una literatura genuinamente revolucionaria. En suma, necesitaba transformarse una vez más en una nueva persona y, por supuesto, cambiar su manera de escribir.

Para empezar, por presión de sus compañeros, descartó los finales felices en sus historias:

—Me aconsejaron dejar de lado toda solución falsa (final feliz) para ir a la verdadera, es decir, a aquella que es producto de una sociedad en la que aún no se ha hecho la revolución y en la que las cosas, los hechos, no son como nosotros queremos sino como el pérfido régimen de desigualdades crueles lo exige.

En nombre del partido, también perpetró su mayor atentado contra la literatura. Nunca había sido un gran poeta, pero superó todos sus estándares con el horrendo «Poema para todos los días», que en sus estrofas más insoportables, reza así:

> El angustiado mira con recelo
> —boca de sombra y enturbiada vista—
> a la muchacha que pasó a su lado,
> ¡y que viva el Partido Comunista!
> Espero que mi sangre fluya fácil
> a la primera vista.
> No puedo equivocarme, compañeros,
> ¡mi novia es del Partido Comunista!

También empezó a cartearse con los presos antiperonistas recluidos en la cárcel de Neuquén, que le contaron sus torturas. Le impactó especialmente descubrir que, cuando los trasladaban de comisaría, los ponían en la parte de abajo del camión policial. En la parte de arriba iban borrachos de taberna, ladrones y granujas que defecaban y vomitaban sobre los presos políticos.

Con ese derroche de escatología política, Amorim escribió su siguiente novela, *Nueve lunas sobre Neuquén*, que publicó por entregas en el diario *La Hora* durante la campaña para las elecciones de 1946. Aunque *publicar* no es la palabra adecuada. La censura mutiló la historia hasta hacerla irreconocible:

—Apareció cortada —escribe Amorim—, alterados sus párrafos fundamentales, tergiversada, inicuamente corregida... Dejaron en la redacción del diario un solo párrafo, el final, para publicarlo el día antes del acto eleccionario. Dieron el encabezamiento y solo unas diez palabras, lo que hacía totalmente ridícula la publicación.

Lo cierto es que ni siquiera los amigos de Amorim que leyeron la novela entera se mostraron muy entusiasmados con ella. El autor había sacrificado las más elementales reglas de estilo en aras de un retrato que suscitase asco contra el gobierno, un trabajo quizá digno para un periodista opositor pero impropio para un escritor de novelas. Tratando de expresarlo de manera positiva, un amigo le escribió:

—Es evidente, a lo largo de todo el libro, que el Amorim novelista ha sacrificado muchas cosas al Amorim político.

Y seguiría sacrificándolas, porque su mayor encontronazo con el régimen estaba por llegar. Mientras abordaba un hidroavión en Puerto Nuevo con dirección a Salto, Amorim fue detenido por la policía peronista. Según él, la detención fue calculada para que nadie se enterase de ella, al menos en el curso de una semana. Por suerte, viajaba con él otro amigo salteño, que podía informar sobre su captura. El propio policía que practicaba la detención le advirtió al amigo:

—Si estima a su compañero, haga algo por él... Donde lo llevan... ¡son unos bárbaros!

El amigo fue a buscar al ministro de Relaciones Exteriores de Uruguay para contarle la detención del escritor y pedirle que tomase cartas en el asunto. Pero nadie tomaba demasiado en serio a Amorim. El ministro se limitó a responder:

—Que se joda... ¿Para qué se mete?

A juzgar por los escritos de su archivo, Amorim no sufrió especiales torturas. Sus captores se limitaron a encerrarlo en una celda «infecta» llena de «excrementos humanos», lo que, dadas las circunstancias, era casi una deferencia.

El intento de asustarlo surtió el efecto contrario: Amorim se sintió como un héroe del proletariado. El día de su llegada, desde el momento en que le cerraron el calabozo, encontró escrita sobre la puerta una frase de Stalin: «La victoria no viene sola». Y sintió que había sido anotada para él.

—Allí, en la puerta, estaba escrita la frase de Stalin —recuerda Amorim—. No la podía ver sino el comunista, porque ninguno de los crapulosos sujetos de esa cárcel donde se torturaba, ninguno, entró en esa celda jamás y no pudo leer lo que algún camarada había escrito.

Amorim sintió el llamado de la historia, y usó la frase como título para otra novela ardientemente política, quizá la peor recibida de su vida. Incluso la prensa de izquierda comentó:

—*La victoria no viene sola* carece de cuidado esencial, de trama, de peripecia interna o externa que se la confiera... Fracasa como realización, como obra de arte en sí.

Con cierto resentimiento, Amorim admitía que esa novela «no conformó a mis críticos». En realidad, *La victoria no viene sola* ni siquiera les gustó a sus amigos. En una carta, Roberto Giusti, compañero de Amorim de toda la vida y presidente de la Sociedad Argentina de Escritores, fue todo lo sincero que un compadre puede ser:

—La novela no me convenció. Especie de justificación autobiográfica, hay en la conducta del protagonista algo de convencional... Libértese de este arte de programa político y vuelva a sus libres representaciones de tipos y ambientes.

No tenemos la respuesta de Amorim, pero parece haber sido furibunda. A diferencia de todas las anteriores, la nueva identidad del camaleónico escritor era excluyente y anulaba una de sus más preciadas cualidades: el sentido del humor. Al menos eso dice Giusti a vuelta de correo:

—¿El jovial, el dinámico, el cordial, el talentoso Amorim, antipático? ¿Qué complejo te ha brotado?

No era un complejo. Lo que le había brotado en la cabeza era una monumental bandera roja, una tan grande que le tapaba los ojos sobre las verdaderas intenciones de sus camaradas.

En verdad, el Partido Comunista despreciaba a Amorim por las mismas razones por las que lo acogía: por artista y por millonario. Los camaradas necesitaban su imagen pública y su dinero para financiar eventos y publicaciones, pero no iban a permitirle tomar decisiones políticas ni ventilar su modo de vida por ahí. Querían un esclavo, uno que además pagase cuotas para financiar su esclavitud.

Su primera decepción llegó el mismo día de su presentación en sociedad. Aprovechando su adhesión al partido, Amorim llevó al Luna Park una montaña de ejemplares de la revista que editaba, *Latitud*. Tenía planeado venderlos entre la multitud de camaradas presentes. Pero el tesorero del partido le prohibió comerciar con su publicación durante la asamblea. Amorim recuerda a ese camarada como el culpable único y exclusivo de la desaparición de la revista:

—*Latitud*... murió por culpa del tesorero del Partido Comunista Argentino, que no me dejó vender un número extraordinario dentro del Luna Park. Llevé personalmente una cantidad considerable de ejemplares y no los pude ni bajar del coche: no se podía vender la revista dentro del local. Pero al promediar el mitin, se vendían otras revistas que alcanzaron favores para mí desconocidos. Así terminó *Latitud* sin que nunca se aclarasen las razones que tenían para hundirla.

A continuación, los camaradas se dedicaron a destrozar sus libros, incluso los más militantes. Una vez miembro del partido, Amorim no podía escoger qué parte de su trabajo estaba obligada a satisfacer al proletariado y qué parte no. Toda su obra, más aun, toda su vida, debía regirse por los valores estipulados por su carnet, y resultaba difícil estar alerta contra todos los posibles fallos. Esa era la paradoja de un escritor comunista: sus obras eran producto de la libertad individual, pero se juzgaban en una asamblea.

Y la asamblea era despiadada. En *La victoria no viene sola*, Amorim describía las reuniones clandestinas entre los comunistas, encuentros furtivos a menudo impedidos por la policía o cancelados por el miedo, rodeados siempre de un aura de misterio. El comité central le exigió que corrigiese ese detalle: querían que describiese sus reuniones a lo grande, que las pintase multitudinarias, «entusiastas», «numerosas», para atraer a una mayor cantidad de afiliados.

Otro de sus libros, *Corral abierto*, que ni siquiera era una novela política, recibió un ataque más brutal e inesperado. El protagonista de la historia, Costita, es un joven marginal que, después de crecer entre privaciones, abandona su pueblo para buscar fortuna en la ciudad, donde solo encuentra maldad y vicio. En principio, el Partido Comunista apreciaba el crudo realismo de este retrato de la miseria. Pero Amorim actuó «irresponsablemente» y escribió, acaso sin querer, una blasfemia: que su personaje había aprendido a leer en el albergue de menores. Para el partido, eso resultaba una imperdonable apología del sistema, que le recriminaron al autor.

—Querían que mi Costita no hubiese aprendido a leer y escribir —se lamentaba Amorim— y que concurriese al Sindicato de la Madera a presentar su problema. Si así hubiese sucedido, allí mismo deteníase la acción de la novela... Debía ir, según la persona que hacía la crítica, al sindicato y luego, a afiliarse «a nuestro querido Partido Comunista».

Pero lo peor fue que sus camaradas desautorizaron precisamente lo que él menos esperaba: su combate contra lo que llamaba «naziperonismo». E incluso le prohibieron usar ese término. La censura se debió al cálculo político del partido para contrarrestar la popularidad de Perón entre la clase obrera. Recuerda Amorim:

—Había que interesarse por la causa más noble, la de la clase trabajadora... Pero al darse cuenta de que el pueblo, la masa, seguía incuestionablemente a Perón, la consigna resultó no ofender a ese pueblo, a esa masa... El comité central... decretó que Perón no era nazi, y por lo tanto su pueblo, que él manejaba, no era fascista.

El impacto de esta decisión sobre Amorim fue brutal. Con ella, el partido no solo descalificaba el mensaje de sus libros, sino también le arrebataba la principal razón de su militancia: Federico, el que había caído bajo las balas nazifascistas. Desembarcado de la lucha contra los asesinos de su amado, un decepcionado Amorim consideraba que su compromiso se había vuelto invisible y, por lo tanto, inútil:

—¿Adónde va a parar la literatura de combate, adónde va a parar la novela antinazi cuando el comité central decreta silenciar la campaña? A los sótanos más profundos de las librerías del partido (o de los simpatizantes)... La obra del escritor queda reducida a una mala pasada, a un error del autor.

Esa fue la gota que colmó el vaso.

Si los comunistas argentinos no iban a luchar contra ningún nazi, no tenía ningún sentido seguir aguantando sus desplantes y sus críticas. Amorim no estaba ahí para ocuparse de los horarios laborales de los obreros en las fábricas de neveras, sino para combatir a los que mataron a García Lorca dondequiera que estuviesen. Y en otros países sí que estaban. Decidió escalar en sus aspiraciones y apelar directamente al comunismo internacional, seguro de que sabría valorar su talento y su compromiso.

No dejó de pasarles dinero a sus camaradas, ya que necesitaba el carnet. Pero ahora, además, empezó a financiar a escritores izquierdistas extranjeros, como el cubano Nicolás Guillén o el exiliado republicano Rafael Alberti, a los que pagaba generosamente sus artículos para revistas culturales que él mismo editaba. Igual que antes había hecho con los cineastas, a estos contactos les exigía que promocionasen su imagen en el exterior. Y cuando no lo hacían, les echaba en cara su supuesta ingratitud con acusaciones terribles. Guillén, por ejemplo, se defiende de su cólera en una carta:

—Tu carta es absolutamente injusta... Debieras averiguar antes de hacerme acusaciones que denotan la rapidez con que actúas muchas veces... ¿A qué diablos me echas la culpa, sobre todo sin averiguar?

Guillén no podía permitirse el lujo de romper con su fuente de ingresos. Pero tampoco podía estar a la altura de las expectativas de Amorim. Nadie podía. La Internacional Comunista era controlada desde Moscú, demasiado lejos de Argentina, ya no digamos de Uruguay. Ningún latinoamericano tenía demasiada influencia en ella.

Pronto, Amorim comprendió que, si quería elevarse por encima de sus iguales, y rasgar la camisa de fuerza que le imponía el partido en Argentina, necesitaría algún hecho fulminante, algo que nadie pudiese olvidar, y que le hiciese brillar sobre la opacidad colectiva.

Y si la realidad no le ofrecía esa oportunidad, lo haría la imaginación. Al fin y al cabo, para eso está: para arreglar los desperfectos de la verdad.

El encuentro secreto

El 23 de abril de 1948, el diario *La Hora* de Salto publicó el siguiente titular:

Reunión de líderes comunistas en Salto

El texto de la nota involucraba a algunos de nuestros personajes:

—En fuentes habitualmente bien informadas circula una versión según la cual destacados líderes comunistas se encuentran en esta ciudad, hospedándose en el chalet de Enrique Amorim... Agrega la versión que entre los citados líderes se encuentran aquí el ex senador chileno Pablo Neruda y el dirigente brasileño Luis Carlos Prestes.

Luis Carlos Prestes era mucho más que un dirigente: era una leyenda viva. Había crecido en la pobreza y había perdido a su padre siendo un niño. Hizo la carrera militar pero se sublevó contra el Estado Brasileño, lo que le costó el exilio. Viajó a la Unión Soviética, se integró en la Internacional Comunista y regresó a su país para planear la revolución. El gobierno lo apresó y lo mantuvo en la cárcel casi diez años. Su mujer, alemana, embarazada de seis meses fue entregada a la Gestapo, y murió en un campo de concentración nazi. Tras la caída de la dictadura, Prestes fue liberado. Lo eligieron secretario general del

Partido Comunista Brasileño y senador. Pero la alegría le duró poco. En el momento en que aparecía esta noticia, había vuelto a la clandestinidad.

Otro tanto se podía decir de Neruda, cuyas peripecias lo iban arrastrando día a día hacia la subversión. De regreso a su país, después de su experiencia en la Guerra Civil Española, había hallado un brote general de nazismo anidando en la importante colonia alemana o entre los grandes propietarios rurales. Algunos pueblos del sur de Chile llegaban a engalanar sus calles con cruces gamadas.

Neruda les plantó cara a los nazis de la manera que mejor conocía: dirigió una revista y montó una campaña para reivindicar a los escritores vetados por Hitler. Además, empezó a concebir una gran obra literaria política, un poema social épico sobre América, y compró una casa en Isla Negra para escribirla.

Pero nuevas urgencias le quitarían tiempo para la literatura. El fin de la Guerra Civil Española produjo una emergencia humanitaria en Europa: más de medio millón de exiliados, hombres y mujeres, combatientes y civiles, cruzaron la frontera francesa y se amontonaron en campos de concentración. El nuevo gobierno chileno simpatizaba con la causa republicana y le encomendó a Neruda una misión diplomática: viajar a Francia, reunir exiliados republicanos y llevarlos a Chile.

En París, Neruda volvió a entrar en contacto con los intelectuales franceses de izquierda, y ahora también con los líderes republicanos en el exilio, como Juan Negrín. Pero su misión estuvo llena de dificultades. Recelosos de su trabajo, los funcionarios de la embajada chilena le pusieron todo tipo de trabas: llegaron a desconectar el ascensor para que los lisiados de guerra no pudiesen subir a verlo.

Para ayudar al poeta, el ministerio designó a un nuevo encargado de negocios, que resultó un estafador: les robó a los republicanos y culpó a Neruda, acusándolo de trabajar para la Gestapo. En el momento más desesperado, el propio presidente chileno cedió a las presiones políticas y emitió una contraorden anulando la misión del poeta. Fue necesaria una infernal conexión telefónica entre Neruda y el ministro de Exteriores, en una época en que eso implicaba horas de espera, interferencias y malentendidos. Pero el gobierno revocó la anulación, y finalmente un grupo de republicanos consiguió zarpar del puerto de Trompeloup a bordo del *Winipeg*.

Al día siguiente, con Neruda todavía en Francia, estalló la Segunda Guerra Mundial.

Neruda continuó en el servicio diplomático chileno en México, el mayor país de acogida del exilio español. Ahí conoció a los grandes muralistas mexicanos, como José Clemente Orozco o Diego Rivera, esposo de Frida Kahlo. Ellos defendían una concepción totalmente política de la pintura. Hacían murales en vez de cuadros, porque los lienzos estaban destinados a ser propiedad privada, en cambio los muros eran visibles para toda la gente. Además, sus obras querían cumplir una función educativa, y por eso representaban las luchas sociales de México y del mundo. Junto a ellos, Neruda continuó radicalizándose, maduró su proyecto del gran poema americano, y, por supuesto, se embarcó en interminables francachelas literarias, algunas de ellas al lado de poetas armados con pistolas que disparaban al aire como señal de alegría.

Al igual que en España, las actividades del poeta en México casaban difícilmente con su profesión de diplomático. Pero esta vez no hizo falta que lo echaran. Neruda renunció, regresó a su país e inició una carrera política. El 4 de marzo de 1945 fue elegido senador de la República. Cuatro meses después, ingresaba en el Partido Comunista.

Al poco tiempo, Neruda tuvo ocasión de rencontrarse con su viejo amigo Amorim. La muerte de García Lorca sin duda los había acercado profundamente. Los dos estaban unidos en el dolor, como dos viudas del mismo mártir. Ya en 1937, Amorim se había sumado públicamente, mediante un artículo publicado en *La Nota* de Salto, a la solidaridad con España que reclamaba Pablo Neruda. Y, sin embargo, rescoldos de los celos por Federico debían subsistir, porque firmaba el artículo con uno de sus seudónimos, *Juan Mínimo*.

En los estertores de la Segunda Guerra Mundial, con los dos escritores cabalgando decididamente hacia el comunismo, aumentaron los contactos mutuos y las colaboraciones laborales. Amorim le hizo por lo menos una visita en Chile en julio de 1946. Y desde ahí le escribió a Esther:

—Ayer di la conferencia. Bastante público. Creo que algo gustó. Conmigo no pueden ser más generosos. Pablo Neruda me dedicó un párrafo largo y muy conceptuoso en un discurso...

El encuentro incluyó un agradable fin de semana en la hermosa casa de Neruda, con opíparos banquetes. Amorim lo cuenta con lujo de detalles:

—Me emocionó el recuerdo de Neruda, que está en cama, pues se agarró un resfrío bárbaro en Isla Negra, una casa magnífica (un poco de decorado de teatro) al borde del mar. Pasaron los días. A la vuelta nos tuvimos que levantar a las cinco. Estaba oscuro. Pero yo tenía un buen humor a toda prueba. Delia, su mujer, es realmente simpática... Se duerme bien aquí, pero hoy se me aflojaron las tripas, no sé si de tanto marisco...

Su relación era inmejorable. El uruguayo invitó a su anfitrión y su mujer a devolverle la visita, por supuesto con gastos pagados. El chileno, por su parte, quería tener a más poetas latinoamericanos cumpliendo funciones en sus respectivos partidos nacionales y en puestos públicos. Y a pesar de que el uruguayo remoloneaba, trató de enseñarle la política en acción. Según Amorim:

—Neruda quiere que haga la campaña política con él. Me invitan a vivir en la casa. Pero queda un poco lejos y no quiero molestar a nadie.

Neruda se refería a la campaña para presidente de Gabriel González Videla, en la que colaboró activamente. González Videla había sido embajador en París mientras Neruda luchaba por sacar de Francia a los exiliados, y tenía una fama un tanto frívola, sustentada por sus fiestas de sociedad y su talento como bailarín. Pero también hacía gala de talante izquierdista: presidía el Instituto Chileno-Soviético de Cultura y la Asociación Hispano-Chilena Antifranquista. En 1946, González Videla llegó a un acuerdo electoral con el Partido Comunista y reclutó a Neruda como jefe de propaganda de su campaña. Junto al candidato, el poeta recorrió el país entero, arañando voto a voto. Incluso escribió un poema para él: «El pueblo lo llama Gabriel», una elegía rebosante de eslóganes publicitarios que Neruda recitó personalmente ante un Estadio Nacional repleto, y repitió en pueblos, aldeas y campamentos. González Videla, armado con una sonrisa indestructible, anunciaba en sus mítines:

—No habrá fuerza humana ni divina que pueda separarme del Partido Comunista.

Pero había una fuerza que no era humana ni divina, sino algo intermedio: los Estados Unidos de América.

Con el nazismo derrotado, los Estados Unidos preveían que su nuevo enemigo global sería la Unión Soviética, y empezaron a ejercer fuerte presión ante el menor asomo de comunismo en los gobiernos latinoamericanos. Cuando González Videla ganó las elecciones, el almirante americano William D. Leahy acudió a la toma de mando con un mensaje del presidente Harry Truman: la guerra contra Rusia era inminente y había que tomar partido antes de que empezase. Leahy transmitió al nuevo presidente una propuesta de relación con los Estados Unidos: apoyo sin reservas de la mayor economía del mundo a cambio de poner fuera de la ley al Partido Comunista tan pronto como fuese posible.

González Videla no opuso gran resistencia. Pidió seis meses de plazo mientras el gobierno se estabilizaba. Luego reunió a los comunistas, Neruda entre ellos, y les hizo una sugerencia:

—Ustedes tienen que sumergirse en la oscuridad. Ser como los peces, no hacer ruido, estar en un lugar donde nadie los vea. Esa es la condición para sobrevivir. En caso contrario, sucumbirán.

Pasado el tiempo suficiente para recomponer su gobierno, González Videla empezó a actuar. Una noche, invitó al Palacio de la Moneda a un grupo de dirigentes obreros. Después de la cena, los acompañó mientras descendían por las escalinatas de mármol, y repentinamente se echó a llorar y los abrazó:

—Lloro porque he ordenado encarcelarlos —dijo enjugándose las lágrimas—. A la salida los van a detener. Yo no sé si nos veremos más.

Esa noche se desató una implacable represión en todo el país. Una regidora por Santiago fue llevada a rastras hacia la cárcel a pesar de estar embarazada, y sufrió un parto prematuro en el calabozo. Los refugiados españoles del *Winipeg* fueron deportados. A continuación, quedó proscrito el Partido Comunista y Chile rompió relaciones diplomáticas con la Unión Soviética y varios países del bloque del Este.

Neruda reaccionó con furia. Desde el Senado protagonizó los discursos más virulentos contra el presidente. Lo llamó «rata» y «traidor». Lo acusó de complicidad con los nazis durante su periodo como embajador, y de ocultar ante ellos los orígenes judíos de su propia esposa. Dijo que se había enriquecido comprándoles joyas a los franceses arruinados por la guerra. E hizo acusaciones más graves: que su teléfono estaba intervenido. Que habían tratado de incendiar su casa. Por toda respuesta, González Videla pidió a la justicia su desafuero. El 5 de febrero de 1948, el diario *El Imparcial* titulaba:

SE BUSCA A NERUDA POR TODO EL PAÍS

El informativo anunciaba que la policía había allanado la casa de Isla Negra y puntualizaba:

—Será premiado el personal de Investigaciones que dé con su paradero.

La persecución se prolongó más de un año. Neruda la recuerda así:

—Cambiaba de casa casi diariamente. En todas partes se abría una puerta para resguardarme. Siempre era gente desconocida que de alguna manera había expresado su deseo de cobijarme por varios días. Me pedían como asilado, aunque fuera por unas horas o unas semanas. Pasé por campos, puertos, ciudades, campamentos, como también por casas de campesinos, de ingenieros, de abogados, de marineros, de médicos, de mineros.

Los camaradas del poeta buscaban incansablemente la manera de sacarlo del país. Cruzar la frontera en coche era impensable. Consideraron embarcarlo en un carguero de plátanos rumbo a Guayaquil disfrazado de turista adinerado, pero el plan tampoco prosperó. Otra opción era llevarlo en automóvil hasta el sur de Chile y pasarlo a caballo hacia Argentina. Pero cada solución planteaba nuevos problemas. ¿Debía llevar una escolta de incógnito o eso llamaría la atención? ¿Dónde conseguirían documentos falsos? Mientras tanto, la policía les pisaba los talones: alrededor de doscientas personas relacionadas con Neruda fueron registradas o investigadas.

El apoyo internacional no se hizo esperar. Enrique Amorim hizo suya la causa de su camarada Neruda y escribió:

—Pablo Neruda, al incorporarse al partido de la clase obrera y del pueblo, no ignoraba que su entrada en la lucha le traería contratiempos y levantaría a sus enemigos en un oleaje de rencores y lamentables miserias... Pero esa morralla desconoce el temple del poeta, ignora la fuerza de la inteligencia para ordenar el caos que originan del miedo, la flojera, la histeria y los intereses cobardemente creados.

El gesto de Amorim era noble, pero, además, beneficioso. El camarada Amorim estaba cansado de las estrechas miras de sus compañeros, y supo ver la ocasión de trascender las fronteras y llamar la atención, ya no del Partido Comunista Argentino, sino de la Internacional

Comunista. Neruda estaba en vías de convertirse en el «comunista emblema» de Sudamérica. Cualquiera que figurase junto a él en esos difíciles momentos se jugaba el pellejo, pero también se cubría de gloria ante la historia.

Fue entonces cuando apareció la información de *La Nota* de Salto. En el periódico, Neruda figuraba complotando junto a Prestes, otro de los más famosos y peligrosos revolucionarios del continente... en casa de Amorim. Y la noticia continuaba:

—Se trataría de efectuar una entrevista entre los mencionados líderes comunistas para considerar la posición del comunismo, frente a las medidas de represión contra este partido que se han aplicado o se proyecta aplicar en diversos países sudamericanos... En los medios comunistas se guarda la más absoluta reserva, como asimismo nada se ha podido confirmar sobre estas informaciones en fuentes oficiales; empero la presencia cierta de varios dirigentes comunistas de la capital, en esta ciudad, permite atribuir alguna seriedad a la versión.

La fuente de la noticia era una desconocida agencia local ANI, que también envió el cable a *La Nación* de Buenos Aires, y al uruguayo *La Mañana*. Este último añadió indignado que los comunistas extranjeros habían tenido el descaro de pasearse públicamente por Montevideo y hasta habían firmado autógrafos, pero que el gobierno aún no había tomado medidas al respecto.

La mecha estaba encendida. En el clima de histeria política que se respiraba, a nadie se le ocurrió preguntar de dónde había salido la información. A lo largo de los siguientes días, la noticia de una conspiración internacional se extendió por todo el continente. El domingo 25 de abril de 1948, el diario *El Nacional* de Ecuador publicó que todos los dirigentes mencionados habían sido apresados por la policía mientras coordinaban un sabotaje a nivel de todo el hemisferio occidental.

Sin embargo, en Salto, nadie había caído preso. La confusión reinaba. La prensa empezó a hablar de reuniones no solo en casa de Amorim, sino también en la propia jefatura de policía, donde había llegado un cable cifrado desde el Ministerio del Interior. La policía de Salto aumentó las patrullas, puso retenes en las calles y solicitó la alerta del cuerpo de bomberos. Al menos un policía fue detectado comprando un libro de Neruda en una librería para reconocerlo según la foto de la portada.

El 29 de ese mes, tras varios días de infructuosa búsqueda, *El Diario* de Montevideo publicó una investigación a fondo: ningún dato sobre la presencia de comunistas se había concretado. No se había producido ningún arresto. *El Diario* especuló que podía haberse tratado de una cortina de humo difundida por los contrabandistas para distraer la atención de sus actividades ilegales. La tensión disminuyó. Los bomberos y los policías descansaron.

Cuando ya todo estaba por olvidarse, Amorim escribió una página en el semanario uruguayo *Marcha*. El título:

PABLO NERUDA ESTÁ EN MI CASA

El artículo de Amorim debía entenderse en clave de metáfora. Se refería a que Neruda, en un sentido alegórico, estaba con él y con todos sus camaradas. Pero aun así, no dejaba de ser una provocación en toda regla contra las autoridades. Amorim afirmaba que «Neruda es mi huésped», y calificaba al chileno de «perseguido político». Y a continuación preguntaba retóricamente:

—¿Quién es el bárbaro que pueda impedirle a Pablo Neruda entrar en mi casa? ¿Quién lo busca y para qué lo busca? ¿Es que la policía se entrega ahora a la tarea siniestra de husmear las huellas de los poetas y deja escapar a ladrones y criminales?

Amorim continuaba con una elegía al poeta chileno, proponiendo a las autoridades que estuviesen atentas por las tardes, cuando los obreros le pedían «la voz de Pablo», o por la noche, cuando las señoras leían con ojos de fuego los versos del poeta.

La prensa respondió con una encendida polémica. El diario *La Razón* ironizó sobre la autoridad del acaudalado Amorim, gran terrateniente salteño, para presentarse como el titán de los oprimidos:

—No hay derecho a turbar la dulce paz de que disfrutan, en medio de todas las comodidades, tan refinados intelectuales, nuevos «pobrecitos de Asís» que con mansiones principescas practican la humildad y se interiorizan de la angustia del paisaje en autos de último modelo y por las tardes platican con obreros dándoles «la voz de Pablo» para que puedan volver al trabajo «con la esperanza en el corazón»... Puede ser que después, si acaso, los obreros que oyen la dulce voz de Pablo se animen a tirar alguna bombita, como para hacer la mano...

El informativo dedicaba media página al asunto, y concluía ridiculizando la actitud política de Amorim:

—La página del reputado escritor es una muestra más de cierta infantilidad política que afecta a literatos comunizados que «disparan poemas» al servicio de la antidemocracia.

Y, sin embargo, Amorim había ganado la batalla. Y todo lo que dijese la prensa solo conseguía ampliar su victoria.

Un cínico lema de la comunicación política advierte: «Si repites una mentira suficientes veces, se convierte en verdad». Eso es exactamente lo que ocurrió con la cacareada reunión de los comunistas. La prensa de varios países, poco receptiva a metáforas y sutilezas, anunció que Amorim confesaba tener a Neruda en su hacienda de Salto. En el acervo popular, gracias a la mediocridad periodística y la pereza de leer las noticias enteras, el rumor se convirtió en dato.

Incluso mucho después, en las páginas policiales de un periódico local, se podía encontrar una deliciosa muestra del alcance del malentendido. Se trataba de un suelto dando cuenta de un robo nocturno en la casa de Las Nubes. Según la noticia, la policía había atrapado al ladrón, y al abrir el costal en que guardaba el botín, había encontrado una exótica colección de gollerías: un brazalete de plata; una plaqueta grande de oro; una colcha en hilo de plata; diez abanicos antiguos, de marfil, nácar y otros materiales exquisitos; un manto de tul bordado con anchas hebras de plata; una pipa antigua de origen arábigo; una colección de estampillas; monedas antiguas de plata; y dos relojes de oro.

El periodista reproducía la lista entera, porque le permitía llegar a su conclusión política:

—Un ambiente de lujo y refinación extraordinarios, resulta, pues, haber presidido los conciliábulos del comunismo sudamericano. Algo fastuoso. Bien elegido el sitio por los «camaradas» y tampoco mal el nombre, Las Nubes...

Habían caído en la trampa.

Años antes, Amorim había inventado a las quitanderas, aquellos personajes que, poco a poco, se fueron volviendo reales. Ahora lo hacía otra vez. Y en esta ocasión, la maña le valdría nuevos contactos profesionales, nuevas amistades en el mundo de la cultura, y un ascenso en la jerarquía internacional del partido. Incluso más: Amorim estaba a punto de cumplir su anhelo vital, y cruzar por fin el umbral del cielo de los artistas.

Y EL ESPEJO NO ME PERDONA

La paz es un arma de guerra

Pablo Picasso no encajaba fácilmente con el estereotipo de izquierdista que tenemos hoy en día. Su sensibilidad hacia la igualdad de género era dudosa, por ejemplo. Solía decir que «lo más parecido a un perro de aguas es otro perro de aguas, y eso vale también para las mujeres». También le fascinaban las corridas de toros, que abominan los ecologistas españoles del siglo XXI. Su idea de un domingo perfecto era «ir a misa por la mañana, a los toros por la tarde y al burdel por la noche». Aunque hay que admitir que a misa no iba.

Hasta la década de 1930, el pintor evitaba las declaraciones políticas y carecía de filiación partidaria conocida. La ideología subyacente de sus cuadros era indescifrable. Evidentemente, tenía sensibilidad social: en sus pinturas del periodo azul figuraban con frecuencia mendigos y miserables. Pero esos personajes carecían del ánimo guerrero y combativo que caracterizaba a la pintura socialista. Más bien aparecían en posición sumisa y resignada. ¿Era eso, acaso, conformismo reaccionario? El periodo cubista de Picasso era revolucionario, al menos en el sentido estético, ¿pero pintar botellas y guitarras distorsionadas podía considerarse un acto de denuncia social? Y aunque lo fuera, ¿no había regresado después Picasso a un estilo más clásico?

Como todo gran artista, Picasso era dueño de un estilo propio e inconfundible, imposible de etiquetar. Se había mudado a Francia precisamente porque en ese país se podía vivir al margen de la realidad, entregado al arte puro que defendían sus escritores y pintores. Y si en algo militaba era en esa subversión contra lo natural llamada «surrealismo».

El movimiento surrealista se caracterizaba por la adoración de lo irracional y el interés por la representación de los sueños. Sus obras, pinturas de inodoros o coches que llovían por dentro, metrónomos con ojos o insectos de metal, se refugiaban en el absurdo y proponían un universo enloquecido, y por eso, ilimitado. Las vidas de sus artistas, en su mayoría, tampoco eran muy convencionales: Crevel se suicidó, Artaud se volvió loco, y Dalí vivía haciendo equilibrismo en la cornisa de la sanidad mental.

No obstante, el huracán político de entreguerras arrastró de regreso a la realidad a muchos de ellos, que comenzaron a asumir posiciones políticas más comprometidas. El más notorio, Louis Aragon, se convirtió en la década de 1930 en el espolón de proa del Partido Comunista Soviético en Francia.

Aragon aplicaba los métodos de escritura surrealistas a la propaganda del partido. Uno de sus textos de 1931 era un *collage* de proclamas extraídas de un mitin político estalinista, donde los obreros soviéticos exigían la muerte de unos traidores a la revolución:

> El estallido de los fusilamientos añade al paisaje
> una alegría nueva e inédita
> Ejecutamos a ingenieros y médicos

Muerte a los que ponen en peligro las conquistas de octubre
Muerte a los saboteadores del plan quinquenal

Y continuaba, fiel al estilo surrealista, sin signos de puntuación, exigiendo él sus propias ejecuciones:

Fuego contra Léon Blum
Fuego contra Boncour Frossard Déat
Fuego contra los osos amaestrados de la socialdemocracia
Fuego escucho pasar
A la muerte que se abalanza sobre Garchery
Fuego os digo bajo la dirección del Partido Comunista

Por este poema, Aragon fue acusado por la policía de «incitación al desacato y provocación al asesinato con fines de propaganda anarquista».

A pesar de su apatía política, había una causa que Picasso siempre defendería a muerte: la de sus amigos. El pintor firmó sin dudarlo un manifiesto en defensa de Aragon. Era apenas el segundo que firmaba en su vida, pero representó el principio de un suave desplazamiento hacia las posiciones de su compañero. Cuando el Frente Popular de Francia ganó las elecciones en 1936, Aragon dirigió la conmemoración de la Toma de la Bastilla, y Picasso contribuyó al evento con una pintura.

Sin embargo, ni siquiera la más estrecha amistad bastaba para que Picasso se adhiriese con firmeza a algún credo político. Podía ver desde su torre de marfil cómo sus amigos vociferaban sobre la revolución sin necesidad de sumarse a ellos. Hacía falta que ocurriese algo más personal, algo que tocase directamente su fibra íntima, y lo hiciese sentir obligado a alzar la voz.

Y entonces estalló la Guerra Civil Española.

Pierre Daix, amigo y biógrafo de Picasso, explica lo que esa guerra significó para el pintor:

—Todo aquello en lo que ha creído (lo que le ha hecho abandonar su país para instalarse en Francia) se ve amenazado de repente, justo cuando pensaba que su patria, con la instauración de la República y la victoria del Frente Popular, se ponía al nivel de Francia para liberarse de las pesadas losas del pasado.

Discreta pero firmemente, Picasso pasó a tener gestos políticos. Para empezar, aceptó el cargo de director del Museo del Prado que le ofreció el gobierno de Manuel Azaña. Nunca se molestó en viajar a su país para asumirlo, pero repetidas veces defendió en público la voluntad de los republicanos por preservar de la contienda los tesoros artísticos. En 1937 dio un paso más y dibujó *Sueño y mentira de Franco*, una especie de tira cómica en la que ridiculizaba al general como un fantoche vano y cruel.

Sin embargo, el giro definitivo llegaría después de la destrucción de Guernica, cuando los bombarderos alemanes e italianos, unidos en la Legión Cóndor, arrasaron ese pueblo vasco.

El poeta Louis Aragon dirigía por entonces el diario comunista *Ce Soir*, financiado con dinero de la República. Y el 30 de abril publicó las fotos de las ruinas de Guernica. Días después, por primera vez en su vida, Picasso tomó partido públicamente, en una declaración para el *New York Times*:

—La guerra de España es la batalla de la reacción contra el pueblo, contra la libertad. Toda mi vida de artista no ha sido más que una lucha continua contra la reacción y la muerte del arte. En el lienzo en que trabajo ahora, que titularé *Guernica*, y en todas mis obras recientes, expreso claramente mi horror contra la casta militar que ha hundido a España en un océano de dolor y muerte.

Guernica es, precisamente, un océano de dolor y de muerte. Los cuerpos despedazados, las cabezas y los brazos tirados por el suelo, la madre que grita al cielo con su niño muerto en brazos, el caballo enloquecido de pánico en el centro de lienzo, el bombillo que parece explotar sobre su cabeza, todo danzando sobre un fondo oscuro, vacío de color, transmiten la repugnancia del autor ante la masacre de inocentes y el ensañamiento contra los débiles.

Ahora bien, ni siquiera eso convertía a Picasso en militante de extrema izquierda. De hecho, en el Partido Comunista, la obra produjo más bostezos que admiración. Un dirigente dijo:

—Es un telegrama de pésame en lugar del llamado a las armas que esperábamos.

Otro despachó el cuadro con las siguientes palabras:

—Antisocial, ridículo y totalmente ajeno a la sana mentalidad del proletariado.

Y un crítico con más vocabulario lo definió así:

—Es el gemido autoindulgente de un brahmán burgués que solo ve en la ruina de España una amenaza a su cómoda existencia introspectiva.

Desde la mentalidad de nuestros días es difícil entender qué querían exactamente estos críticos. La respuesta es sencilla: querían que Picasso pintase la foto del periódico.

Años antes, la Revolución Rusa había acogido con beneplácito el arte experimental como muestra de una so-

241

ciedad de vanguardia, más avanzada que las capitalistas. Pero la llegada de Stalin cambió las cosas. Los estalinistas defendían el combate total en todos los frentes, y el cultural era uno de ellos. Consideraban que el arte de vanguardia únicamente servía para distraer a los burgueses y hacerles olvidar durante unos minutos el sufrimiento de los trabajadores y de los pobres. Para contrarrestar esa nociva influencia, proponían que el arte fuese «reflejo de la historia».

La pintura rusa de esos años está formada por grandes retratos de Stalin firmando tratados internacionales, o imágenes gloriosas de los obreros ferroviarios con fusiles al hombro, equivalentes socialistas a los retratos ecuestres de los antiguos jefes militares. Para los dirigentes soviéticos, esos lienzos tenían un sentido educativo: formar a la sociedad en una manera de entender la realidad. O incluso un sentido informativo: transmitir las noticias bajo la óptica adecuada. Para los estalinistas, en un tiempo sin televisión, la conducción de las masas quedaba en manos del arte. Y la pintura era solo una variante de los carteles callejeros con que el Estado divulgaba las campañas sanitarias.

Picasso, con su mirada absolutamente personal, no respondía a estos parámetros. No podía evitar ser un genio. *Guernica* trascendía los detalles coyunturales para alzarse como una denuncia de los rincones más oscuros del ser humano. Pero era una denuncia subjetiva. No especificaba que los bombarderos eran nazis, ni se regodeaba en la sangre de las víctimas. Como no era un cuadro realista, ni siquiera permitía inferir directamente que retrataba un hecho de guerra. Podía tratarse de un terremoto o una estampida. Y nada de eso servía para los fines propagandísticos del partido.

Evidentemente, tampoco los nazis se entusiasmaban con Picasso. El arte moderno en general, con sus figuras humanas distorsionadas o deformadas, no representaba la perfección racial ni el ideal clásico de belleza que defendía el Partido Nacionalsocialista. Las teorías psiquiátricas en boga en Alemania emparentaban la pintura abstracta con los dibujos de los esquizofrénicos. Y algunas manifestaciones culturales contemporáneas, como el *jazz*, eran manifiestamente negras. Para los encargados de la cultura alemana en la década de 1930, todo eso era una clara señal de la decadencia de las sociedades capitalistas.

Los nazis organizaron la exposición Arte Degenerado, que reunió centenares de obras expresionistas, surrealistas y vanguardistas, entre ellas, tres de Picasso. Las pinturas fueron colocadas en desorden, algunas de ellas cabeza abajo, y con leyendas burlonas al lado. Después de la exposición, la mayoría esos cuadros fueron arrojados a la hoguera.

Con semejante exhibición de barbarie, los nazis empujaron a los intelectuales europeos hacia el comunismo y convirtieron a los artistas en símbolos políticos. Pero ni siquiera entonces Picasso se sintió obligado a implicarse más allá de sus declaraciones. Hacía falta más.

Y llegó más.

Cuando estalló la Segunda Guerra Mundial y los alemanes ocuparon Francia, el mundo en que se movía Picasso tembló. Muchos de sus colegas se exiliaron, como André Breton, Max Ernst y Marc Chagall. Pero él se negó a huir.

La decisión de Picasso implicaba sacrificios: permanecería en una ciudad donde tenía prohibido exponer, donde la prensa colaboracionista lo hostigaba y donde incluso faltaban alimentos y energía eléctrica. Es difícil especificar si fue un gesto de resistencia o de desidia. A lo mejor la explicación más certera era el simple miedo a volar del artista.

En cualquier caso, quedarse en París lo volvió testigo directo de lo que la guerra les hacía a sus amigos: Paul Éluard pasó a la clandestinidad. Aragon se enroló en la resistencia. El galerista D.H. Kahnweiler se escondió. Robert Desnos y Max Jacob perdieron la vida en campos de concentración.

La batalla por la liberación de París se vivió prácticamente alrededor de la casa de Picasso en el sexto *arrondissement*. Desde su ventana veía a la población correr hacia los refugios antiaéreos cuando sonaban las alarmas, y morir bajo el fuego de los francotiradores alemanes. Pero también la veía exponerse al peligro para construir barricadas. Incluso los niños participaban en esa tarea. Los vecinos de Picasso escondían a perseguidos comunistas o judíos. En medio de esa efervescencia contra el invasor, Picasso se sentía inútil y cobarde. Un día, después del arresto de uno de sus amigos, le dijo a Françoise Gilot, su amante de entonces:

—No quiero correr riesgos, pero me indigna ceder ante la fuerza y el terror.

Tras una larga lucha, el 24 de agosto de 1944, París fue liberada. Y de un día para el otro, Picasso, el pintor proscrito acusado de «judeo-marxista», el que había permanecido en la ciudad ocupada, se convirtió en un símbolo de esa liberación.

Su nuevo estatus le sorprendió a él mismo. Françoise Gilot recuerda:

—De repente, Picasso era el hombre del año. Durante semanas tras la liberación no podías ni caminar por su estudio sin tropezar con el cuerpo de algún soldado americano cuan largo era. Se morían por ver a Picasso pero estaban tan cansados que se quedaban dormidos nada más llegar. Una vez conté veinte. Al principio eran sobre todo jóvenes escritores, artistas e intelectuales. Después fueron simples turistas y, al parecer, el estudio de Picasso figuraba en el número 1 de sus guías, junto a la Torre Eiffel.

Después llegaron los visitantes ilustres. Robert Capa le tomó fotos a su perro. Hemingway le regaló una caja de granadas. Malraux. Lee Miller. Cecil Beaton. Picasso apareció en *Vogue*, *Life*, *Paris Match*. Era invitado de honor en los homenajes a los caídos. Picasso era París.

El Partido Comunista quiso aprovechar todo el espíritu nacional de la liberación y volvió a la legalidad con el nombre de Partido del Renacimiento Francés. De la mano de Louis Aragon, ahora convertido en héroe de la Resistencia, el partido empezó a dar golpes de imagen desde el primer momento. Y Picasso protagonizó uno de los más impactantes. El 5 de octubre de 1944, *L'Humanité*, el órgano informativo oficial del Partido Comunista Francés, dedicaba la mitad de su portada al siguiente anuncio:

EL MÁS GRANDE PINTOR VIVO
PICASSO
SE AFILIA AL PARTIDO
DEL RENACIMIENTO FRANCÉS

En la foto, Picasso aparece junto al secretario general del partido y al director del periódico, que firmaba un artículo dándole la bienvenida. También estaban presentes los poetas militantes Aragon y Éluard, autor de otro artículo sobre el que era, sin duda, el tema del día.

Las razones de la adhesión de Picasso al partido cambian según la fuente. Está claro que sus amigos fueron importantes. Admiraba el coraje de Éluard o de Aragon, que se habían jugado el pellejo por la libertad de Francia. Pero también tenía en mente a su propio país, España:

—Me he hecho comunista —explicó en una entrevista— porque los comunistas son los más valientes en Francia y en la Unión Soviética, así como en mi propio país, España. Nunca me he sentido tan libre y tan completo como ahora que soy miembro. Mientras espero que España me acoja de nuevo, el Partido Comunista es la única patria que tengo.

Era una patria exigente, y no le faltaba un punto de doble moral. Los dirigentes comunistas franceses amaban la buena vida, comían copiosamente y bebían como cosacos, pero lo hacían en secreto. Los periódicos rivales y sus propios militantes se escandalizaban si los sorprendían bebiendo champán en vez de vino, o movilizándose en coches oficiales en vez de hacerlo en bicicleta. Como todo rígido sistema de creencias, el dogma comunista no obligaba a sus suscriptores a respetarlo, pero sí a romper las normas solo en privado.

—Cómo come esta gente —decía Picasso de puertas para adentro—. Supongo que es porque son materialistas. Pero corren más peligro por el estado de sus arterias que por las injusticias del capitalismo.

Aunque lo decía en broma, estaba destinado a sufrir mucho precisamente por la doble moral de sus camaradas.

El ingreso de Picasso en el partido no fue el único cambio en su vida de esos agitados años. Mientras él se comprometía con la realidad, su pareja Dora Maar perdía el contacto con ella.

Dora Maar era fotógrafa y pintora. Había formado parte del grupo de los surrealistas desde los viejos tiempos, y había estado junto a Picasso desde comienzos de la Guerra Civil. Era la primera pareja sentimental de Picasso que tenía ideas políticas, ideas que discutía ardientemente con él, y con las que fue empujando al pintor más y más hacia la militancia.

Dora también sufría graves trastornos de personalidad. Cuando conoció a Picasso, le divertía clavar un cuchillo entre los dedos de su mano abierta, juego con el que a veces se autolesionaba y sangraba. En los retratos del pintor, aparece con ojos dislocados y geometrías alteradas que sugieren una psiquis profundamente atormentada. Al final de su relación, estaba tan abducida que no aceptaba invitaciones a cenar con amigos por si a Picasso se le ocurría presentarse de improviso en su casa. Se había convertido en una esclava.

Pero ni siquiera eso le serviría para retenerlo. Y tampoco para salvar su equilibrio mental.

Un día, después de la liberación, Picasso fue a visitarla a su departamento. Ella lo recibió despeinada, con la ropa rasgada y una mirada de terror en los ojos. Dijo que un hombre la había atacado por la calle y le había robado a su perro. A Picasso le extrañó, pero no dijo nada.

Dos noches después, un policía encontró a Dora en las mismas lamentables condiciones deambulando por los andenes del Sena. Ella denunció que otro delincuente la había atacado y se había robado su bicicleta. La bicicleta fue encontrada intacta ese mismo día, no muy lejos de su casa.

Como otros amigos surrealistas, Dora se estaba precipitando rápidamente hacia la demencia. El siguiente paso fueron las visiones místicas. Durante una cena, le reprochó duramente a Picasso su estilo de vida. Lo llamó «inmoral». Lo amenazó con el infierno y la condenación eterna. Picasso la acostó y regresó al día siguiente con un amigo común, Éluard. Al verlos, ella les gritó:

—¡Deberían arrodillarse ante mí, impíos! He tenido una revelación de mi voz interior. Veo las cosas como son en realidad, el pasado, el presente y el futuro. Si siguen viviendo como hasta ahora, la catástrofe caerá sobre sus cabezas.

Picasso y Éluard internaron a Dora en la clínica del psicoanalista Jacques Lacan. Éluard siguió visitándola y acompañándola. Pero Picasso prefirió alejarse de ella. Su relación ya estaba deteriorada antes de sus ataques. Ahora, abandonarla no le costó ni un segundo:

—La vida es así —le dijo a su amante Françoise Gilot—. Elimina automáticamente a los que no se adaptan. No tiene sentido hablar más de ello. La vida continúa, y la vida somos tú y yo. Yo seguiré adelante. Depende de ella hacer lo mismo.

Lejos de la supuesta solidaridad de los comunistas, la vida según Picasso se regía por la ley de la jungla. Los débiles, para él, no merecían más que perecer. No podía soportar que su compañera estuviese enferma. Ella no tenía derecho a bajar los brazos. Tenía que probar su fuerza las veinticuatro horas del día o atenerse a las consecuencias.

El pintor volvió su atención hacia Françoise Gilot, una pintora cuarenta años menor que él, y trató de convencerla de mudarse juntos. Gilot estaba horrorizada por el trato que Picasso le había dispensado a Dora Maar, y no se sentía segura de querer una relación estable con él. Pero estaba muy enamorada. Se sentía «físicamente incapaz de respirar» cuando él no estaba cerca.

Para vencer los temores de Françoise, Picasso ideó una de sus tácticas más retorcidas: llevó a Françoise con engaños a ver a Dora. Y, durante una tensa reunión entre los tres, le pidió a su ex que confirmase frente a su nueva pareja que ya no había nada entre los dos.

En esas condiciones, era difícil sostener una conversación razonable y adulta. Y Dora no estaba dispuesta a poner las cosas fáciles. Le dijo que estaba loco si pensaba que podía tener una relación duradera con esa «colegiala». Y continuó, cada vez más fuera de sí:

—Nunca has amado a nadie, no sabes amar.

—No tienes ningún derecho a juzgar si sé amar o no —respondió Picasso.

—No creo que tengamos nada más que decirnos.

—Estoy de acuerdo.

El pintor arrastró a Françoise fuera de la casa, humillada y avergonzada. Mientras cruzaban el Pont Neuf, Françoise le reprochó lo que acababa de hacer. Le parecía una muestra de egoísmo y una innecesaria manera de lastimar a Dora. Él se enfureció:

—Lo hice por ti, para que veas que nadie es más importante que tú en mi vida. Y así me lo agradeces: distanciándote de mí y echándome la bronca. No eres capaz de sentir nada intensamente. No tienes idea de lo que es la vida. Debería tirarte al Sena, eso es lo que mereces.

Para confirmar que iba en serio, empujó a Françoise contra el parapeto del puente, y la aplastó boca abajo, a punto de arrojarla al agua de verdad.

A pesar de todo, en abril de 1946, Françoise se mudó con Picasso.

A sus sesenta y cinco años, Françoise Gilot, la liberación de París y el Partido Comunista significaron un nuevo comienzo en la vida del pintor malagueño. Su fe en el futuro se reflejó en su arte: su pintura entró en un periodo de renovación lleno de color y juego, caracterizado por el cuadro *La alegría de vivir*. Françoise aparecía en muchos de esos lienzos, siempre representada con el cabello abundante y los pechos generosos.

Picasso, rebosante de esperanza, no podía imaginar que terminaría describiendo esos años como una «detestable temporada en el infierno».

La relación con los comunistas fue lo primero en resquebrajarse. Nada más anunciar su adhesión al partido, Picasso fue el invitado estelar del Salón de Otoño. Era su primera exposición desde el inicio de la Segunda Guerra Mundial. Pero no era lo que sus nuevos fans esperaban. Los comunistas querían una celebración de la libertad recobrada, un homenaje a los caídos en combate o una expresión de los horrores bélicos, que continuaba más allá de las fronteras francesas. En su lugar, encontraron una mujer con los ojos dislocados, una naturaleza muerta con una calavera de toro, un hombre desnudo acostado con una mujer sentada a sus pies, y varios retratos deformados de Dora Maar. El escándalo entre los militantes fue mayúsculo.

El partido exigía realismo socialista. Arte de combate. Retratos sencillos de las masas que, en su retórica, estaban destinadas a construir el futuro. Querían pinturas de mujeres comprando en la pescadería, o de mineros llorando el cadáver de un compañero muerto por las malas condiciones de trabajo. El mayor defensor de esa tendencia era precisamente Louis Aragon, que desde sus ensayos y artículos hacía malabares argumentativos para convencer a los suyos de que, en el fondo, su amigo Picasso era un «realista a su manera».

Por su parte, Picasso intentaba esforzadamente complacer al partido. Empezó a producir alfarería, un arte utilitario de origen popular, lo cual sonaba bastante socialista. Comía en platos y bebía en vasos hechos por él mismo. También pintó *El osario*. *El osario* era un réquiem por los caídos en la guerra, que repetía los motivos y las técnicas del *Guernica*: bebés muertos y cadáveres desmembrados, manos atadas y cuerpos despedazados. Después de terminarlo, le pidió a Pierre Daix, un joven liberado del campo de concentración de Mauthausen, que diese su visto bueno, para saber si correspondía a sus vivencias bajo el terror nazi. Daix se sintió profundamente conmovido por el lienzo.

Pero el partido, en cambio, era inconmovible. Ese cuadro seguía siendo demasiado abstracto, poco informativo.

A pesar de su «decadentismo burgués», el incontrolable Picasso era dueño de un prestigio que el partido podía aprovechar. Si no se podía usar su pintura para la causa, quizá sí su personalidad y su trayectoria. Para ese tipo de casos, el partido creó el Movimiento Internacional por la Paz.

El Movimiento por la Paz se presentó como una asociación de intelectuales, artistas e incluso políticos independientes para defender el fin de la guerra y de todas las guerras. Pero, entre bastidores, su objetivo era desacreditar a los Estados Unidos. Como única potencia nuclear en el escenario, los norteamericanos atraían las críticas de los pacifistas. Y en Francia, donde permanecían sus fuerzas armadas, se empezaba a hablar de ellos como las nuevas tropas de ocupación. Para colmo, a cambio de financiamiento norteamericano para reconstruir Europa, se abrió el mercado para los productos estadounidenses, como el cine de Hollywood. Los franceses más radicales se rasgaron las vestiduras ante la «colonización económica».

El Partido Comunista encontró la ocasión perfecta para reciclar su retórica antifascista. Denunciaba insistentemente el imperialismo, acusaba de colaboracionistas a los intelectuales que no fuesen abiertamente antiamericanos, y creó una organización de propaganda para identificar pacifismo con comunismo.

—El Movimiento por la Paz —dice Gertje R. Utley— no tenía nada que ver con el puro pacifismo... Era un órgano activo en la defensa de la política exterior soviética, el arma no militar más poderosa de la Unión Soviética para enfrentar a la OTAN. La paz, según la entendía el movimiento, era lo que la revista *Combat* llamaba un «arma de guerra» del comunismo.

Para inaugurar el movimiento por todo lo alto, se celebró un Congreso Mundial de Intelectuales por la Paz en Wroclaw, Polonia, entre el 25 y el 28 de agosto de 1948. La ocasión debía tener el mayor realce posible. Era necesaria la presencia de los más connotados camaradas. Uno de ellos era, por supuesto, Picasso.

El pintor aceptó la invitación a regañadientes. No le gustaba viajar, y además no tenía pasaporte, porque debía pedirlo en España, y se negaba a hacerlo mientras Franco estuviese en el poder. Tampoco quería separarse de Françoise. Su hijo en común tenía un año, ya esperaban a la segunda y acababan de comprarse una villa en Vallauris, en la Costa Azul. Pero aceptó porque se lo pidieron sus amigos Paul Éluard e Ilya Ehrenburg, y también porque en el fondo pensaba que los organizadores terminarían por olvidarse del asunto y él no tendría que viajar de verdad.

Nada más lejos de la realidad. Tres días antes del congreso, una emisaria de la embajada polaca viajó desde París para llevárselo. Picasso vaciló, pero ella insistió día y noche, hasta que el pintor tuvo que rendirse:

—Si no voy —le dijo con resignación a Françoise— no podré librarme de ella nunca.

Por primera vez en su vida, Picasso tomó un avión. Al menos guardaba una ilusión: llevaba sus cerámicas, decenas de ellas, para enseñárselas a los camaradas y regalárselas al gobierno polaco.

El Congreso Mundial de Intelectuales en Wroclaw empezó con una denuncia del belicismo en general, pero rápidamente mostró su verdadero espíritu. Un ponente ruso lanzó un encendido alegato contra los intelectuales occidentales y su «formalismo» artístico, especialmente contra el filósofo Jean-Paul Sartre, al que llamó «hiena» y «chacal» por negarse a aceptar los preceptos estalinistas.

Más adelante, los invitados asistieron a una cena. Durante los brindis, un delegado soviético saludó la presencia de Picasso en el congreso pero lamentó que continuase pintando con el «estilo decadente que caracteriza lo peor de la cultura burguesa occidental». Picasso no podía más. Abandonó la sala con lágrimas en los ojos, preguntándole a Éluard:

—¿Por qué me hacen esto? ¿Para eso me invitaron? ¿Para decirme esto?

No. En realidad, lo habían invitado a trabajar. El partido demandaba su presencia en mesas redondas y eventos culturales, su firma en declaraciones varias, su aliento para los revolucionarios presentes y su dinero para los camaradas que luchaban en diversos puntos del mundo. El viaje a Wroclaw estaba previsto para tres días, pero los comunistas polacos lo retuvieron tres semanas. Lo pasearon por Varsovia, el gueto de Cracovia y los campos de concentración de Auschwitz y Birkenau. El *tour* incluyó visitas a atracciones históricas, como el castillo de Wawell o el retablo de Witswosch. Durante la estadía polaca, Picasso se la pasó tan atareado que las cartas a Françoise las escribía su asistente.

Y en medio de todo eso, entre manos estrechadas y discursos públicos, se coló en la vida del pintor uno de sus más fervientes admiradores: su nuevo camarada uruguayo, Enrique Amorim.

Las gracias más fraternas

En su libro *Picasso: the communist years*, Gertje R. Utley ha estudiado las relaciones entre el Partido Comunista y la literatura, y las describe así:

—Los escritores que seguían la ideología comunista en forma y contenido publicaban su trabajo en revistas del partido o en libros, a través de sus casas editoriales. El partido podía garantizar una considerable audiencia en Francia y los países del bloque soviético, así como críticas positivas de la prensa comunista en periódicos como *L'Humanité*, *France Nouvelle*, *Le Cahiers du Communisme*, *Ce Soir*, *La Démocratie Nouvelle* y *La Nouvelle Critique*. Cualquier reseña que no fuese abiertamente elogiosa de los escritores o pintores amigos chocaba inevitablemente con la política del partido... En los salones del Comité Nacional de Escritores, se educaba a una alta sociedad comunista que luego brillaría en encuentros, congresos y festivales, oportunidades de relumbre social para los intelectuales obsecuentes.

Amorim había encontrado su lugar en el mundo.

Aunque la relación del escritor con el Partido Comunista Argentino era pésima, la noticia de su supuesta reunión con Neruda y Prestes había promocionado al uruguayo como un líder ideológico internacional, el hombre que decidía la estrategia comunista para Sudamérica y que daba cobijo, incluso a riesgo de su integridad personal, a los mayores héroes del partido. Esa inesperada credencial le valió la invitación al Congreso Mundial de Intelectuales de Wroclaw, Polonia.

Era una de esas «oportunidades de relumbre social para los intelectuales obsecuentes» que señala Utley. Pero Amorim veía las cosas de otro modo. Para él, el «pretexto de que se trataba de un congreso comunista es uno de los tantos infundios que no prosperan ni en los terrenos abonados con desperdicios fascistas». Muy por el contrario, para el uruguayo, «en Wroclaw se inauguraba la primera jornada de labor por la paz, con hombres responsables, que por vez primera desafiaban a los traficantes de la guerra». En sintonía con la línea del partido, Amorim insistía en que a Wroclaw no fueron solo comunistas, sino «amigos de la paz, democráticos» de cuarenta y cinco países. Y consideraba que el congreso había sido «silenciado por el mundo capitalista... por contrariar el pensamiento dirigido desde Wall Street».

Sutilmente, Amorim también había encontrado su enemigo: la lucha contra los fascistas que habían matado a Federico era ahora la lucha contra Wall Street. Y en eso estaba con él la retórica reciclada de la Internacional Comunista. Por ejemplo, la elección del lugar para el congreso no había sido casual. La Segunda Guerra Mundial había acabado con dos terceras partes de Wroclaw. Cuatrocientos edificios históricos quedaron en ruinas. Para recordarlo, una exposición de armas y otra de fotos mostraban la destrucción de la ciudad con ayuda de elementos más gráficos, como los brazos de un crucifijo arrancados por las bombas. Junto a ese memorial de la catástrofe, tres arcos de madera de treinta metros de altura representaban los tres años de reconstrucción bajo el socialismo.

Amorim encontró profundamente inspirador cada detalle de su visita. La crónica «Congreso en Wroclaw» ocupa cincuenta y ocho páginas de sus archivos, escritas todas en un estado tan cercano al nirvana como se podía permitir un materialista histórico. En sus textos, Amorim elogiaba a los campesinos polacos por su sencilla fe en el progreso del comunismo, y afirmaba con admiración que, en los países del Este, incluso los policías leían novelas. Admiraba los progresos del arte y la ciencia bajo el socialismo, y aseguraba que la guerra era un invento de los hombres de negocios occidentales.

En las «nuevas democracias», todo era mejor, incluso las mujeres, que Amorim suponía liberadas de la esclavitud de la moda:

—Solo diré que no existe una moda determinada, y que las mujeres no discuten acerca de si deben usar la pollera larga o corta.

Lo de las polleras, o faldas, le pareció sumamente importante. Ahora comprendía que, si en los escaparates de París triunfaba la falda larga, se debía a una conspiración capitalista:

—La falda larga tiene un sentido social que muy poca gente advierte. Al alargar las faldas de la mujer se intenta diferenciar las clases sociales, ya que... no puede usarla la empleada, la mujer que trabaja... sin poder evitar que su falda sea molesta en el tranvía o en el ómnibus... El cobayo de experimentación es la mujer, juguete del mercader burgués...

La ausencia de maquillaje femenino también mereció sus elogios. La consideraba un síntoma de progreso, un gran avance respecto de las occidentales, siervas del consumismo de Hollywood:

—La más bella muchacha de Cracovia, por ejemplo, tiene un «estilo» de belleza que la hace más notable en la constitución ósea de la cabeza que en lo efímero del arreglo. Esos golpes de rímel de las vampiresas, esas pestañas falseadas por el instrumento adecuado, nada tienen que ver con el «aire» que baña el nuevo concepto de la belleza femenina.

La invitación a Polonia produjo en Amorim la sensación de pertenecer a una selecta élite de iniciados. Habían asistido el escritor brasileño Jorge Amado, así como Julian Huxley, Frédéric Joliot-Curie, Paul Éluard. Y todos esperaban la llegada de la más alta eminencia de la literatura soviética del momento: Ilya Ehrenburg, el traductor de Neruda, autor de *La caída de París*, exespía en Francia y ex corresponsal de guerra, que había entrado en Berlín con el Ejército Rojo.

Cuando llegó el tren de Ehrenburg, Amorim se sintió tocado por una luz prodigiosa:

—Cuando fui al encuentro de Ehrenburg en la estación ferroviaria de Wroclaw, yo, habitante del régimen burgués, me preparé... A muy pocos se les enteró de tal arribo. Debíamos estar allí no más de veinte personas...

Deslumbrado, el uruguayo actuaba en todo momento como un aprendiz, como un tímido aspirante a hombre nuevo, seguro de que incluso los modales eran mejores en el comunismo:

—De acuerdo con mi condición, quedé un tanto alejado del grupo que se formó en torno de Ehrenburg, como arrastrando un hábito burgués de prudente ceremonia... He ahí una de las sutiles diferencias que nos separan de una sociedad sin clases.

Una vez introducido en el grupo de acólitos del soviético, Amorim quedó hipnotizado con sus historias y anécdotas. En realidad, en ese preciso momento, el Partido

Comunista Soviético consideraba el afrancesamiento de Ehrenburg harto sospechoso. El escritor recibía fuertes presiones para mantenerse en la línea oficial y tenía prohibido viajar fuera de los países socialistas. Además, el partido vigilaba sus escritos obsesivamente. Aun así, al escucharlo, Amorim quedó maravillado. Al uruguayo, hasta la descarada manipulación política de la literatura le parecía admirable. Según recuerda:

—Stalin llamó a Ehrenburg a las dos de la mañana, por teléfono, para decirle que acababa de terminar *La caída de París* y que debía hacer la segunda parte, en esta o aquella forma. Imaginemos a un presidente de cualquier país sudamericano hablando por teléfono al autor de su predilección para comunicarle sus impresiones... Es casi una ilusión. En cambio, para los checos, el gesto de Stalin, si bien resultaba importante, no era sobrenatural. Lo que allí se discutió fue precisamente el punto de vista de Stalin, no su actitud extraordinaria o excepcional.

Amorim era consciente de la censura a los artistas en los regímenes del Este, pero, para él, esa era una forma legítima de superar las concepciones estéticas del pasado. Es más: ansioso por integrarse a la «nueva democracia», incluso la censura le parecía una confirmación de la libertad del artista:

—Las grandes discusiones que sobre materia estética se desarrollaron en la Unión Soviética se hicieron con las obras sobre el tapete. Al músico le marcaron sus errores luego de dejarle representar sus obras.

En algunos pasajes, la experiencia polaca de Amorim se revestía de cierta aura religiosa, incluso mística:

—Nadie puede negar la fuerza que se adquiere en el tratamiento de seres superiores a nosotros en militancia...

Ante hombres y mujeres de tal reciedumbre uno se siente crecer en sus convicciones; se siente como impulsado para una lucha con más espíritu de sacrificio.

Pero sin duda el gran momento del congreso, el que colmó todas sus expectativas, fue la entrada en escena del más cotizado invitado a la reunión: Pablo Picasso.

Picasso tuvo una breve intervención en defensa de Pablo Neruda, que aún seguía sufriendo persecución en Chile, y Amorim recuerda ese momento sin disimular su emoción:

—Cuando habló Picasso, un gran silencio se hizo en el congreso. Los fotógrafos no querían perderse tan bella oportunidad. Las cámaras fotográficas, que imprimieron cientos de metros, no han conquistado una sola sala del mundo capitalista para proyectar esas imágenes, que la historia guardará como ejemplo de lo que puede un artista responsable de su tiempo... Picasso dijo un nombre: Pablo Neruda, y el congreso se puso de pie, como movido por una rara consigna. Por Pablo, perseguido, herido, pero en la entraña de un pueblo perseguido y herido... ¡Pablo Picasso por Pablo Neruda! Y con eso bastaba para que el genial pintor lograse la mayor acogida de la asamblea.

Para Amorim, la presencia del pintor demostraba que el mundo estaba en peligro. Según él, Picasso no viajaba en avión para evitar la vulgaridad de parecer «un poderoso cualquiera». Por eso, que hubiese volado por primera vez para llegar al congreso era una clara demostración de lo grave que era la situación mundial.

Admirado por la calidad humana de Picasso, dispuesto a grandes sacrificios por la paz mundial, el uruguayo desplegó todas sus armas de seducción con el genial pintor. Mientras estuvo en Polonia, frecuentó a conocidos comunes, lo siguió en la gira posterior al evento, y buscó cualquier oportunidad de acercársele y entablar contacto. Pero no quería parecer impertinente, así que se armó de paciencia y esperó una circunstancia propicia para aproximarse.

Al fin encontró la ocasión: una noche, después de pasar el día en el gueto de Varsovia, regresaba a su hotel y se topó con Picasso y con Éluard, que se disponían a cenar en la cafetería. Se acercó a su mesa y, con tétrica solemnidad, le dijo al pintor:

—No vaya acompañado a ver el gueto. Hay que ir solo. Es el espectáculo más espantoso que se puede imaginar. Acabo de esperar la noche entre sus ruinas.

En ese momento, Picasso no le respondió ni una palabra. Pero para Amorim, de inmediato se tendió entre ellos una comunicación que no necesitaba del lenguaje:

—Picasso me miró con esos ojos que tiene, y que nadie podrá jamás pintar ni retratar. Me miró, porque entre las palabras que yo tartamudeaba había algunas que Picasso recogía con pinzas, con tenazas, con anzuelos, que nadie más que Picasso posee... Yo sabía que con Picasso me entendería.

La narración de su aproximación de Picasso es la mejor descripción que ha dejado Amorim de sus habilidades para la vida social. Ahora que tenían contacto visual, era importante no parecer desesperado por su compañía.

Su siguiente encuentro pretendió ser una mezcla de admiración y consideración, aunque debe haber resultado un tanto estrafalario. Ocurrió durante uno de los almuerzos colectivos. Picasso llegó tarde y solo quedaba un lugar libre en la mesa de Amorim. El pintor se acercó con la intención de ocuparlo, pero Amorim se puso en pie de un salto y le dijo:

261

—No, aquí no se sienta usted. Muchas personas querrán comer a su lado, pero yo soy una de las pocas que no quieren tener por compañero a Picasso...

Y luego, ante el estupor de Picasso, se explicó:

—¿Ve usted esa puerta? Por allí pasan los mozos, y al abrirse entra por ella un chiflón tan espantosamente helado que esperamos la pulmonía de un momento a otro... Y está bien que ese viento nos liquide a nosotros, pero no a usted... Búsquese otro lugar.

Según Amorim, Picasso partió a buscar otra silla «dándome las gracias más fraternas que se puedan pretender».

O sea que le dijo «gracias».

El uruguayo tenía una teoría sobre las relaciones sociales del pintor:

—De Picasso o se es amigo entrañable o no se es nada.

Así que, una vez establecido el contacto, decidió que eran amigos entrañables. Y más adelante, cuando Picasso lo tuteó, Amorim asumió sin más:

—El tuteo de Picasso resulta una especie de pasaporte hacia la franca amistad.

La obsesión por Picasso es muy similar a la que Amorim había desarrollado años antes con García Lorca. Y del mismo modo que con la anécdota de la calle Alcalá, cuando una conversación se convirtió en una sentencia de muerte, esta vez la mente del uruguayo creó un vínculo vital, una necesidad mutua, allí donde al parecer no había más que cortesía y buenas maneras. Al menos eso sugiere otra de las sorprendentes historias de su archivo.

De regreso en París, el partido retuvo una semana más a Picasso antes de dejarlo ir a Vallauris, y Amorim volvió a verlo durante un acto político en el Velódromo de Invierno. Más de diez mil personas habían acudido al evento, y

Amorim estaba sentado en las últimas filas de butacas. En el estrado, junto a las máximas figuras del Partido Comunista Francés, se sentaba Picasso.

Confundido entre la multitud, Amorim miraba «una y otra vez» al pintor. Y entonces, Picasso lo saludó. Al menos eso cree Amorim:

—Yo lo observaba y no quería, por supuesto, ni pensaba siquiera, que a tal distancia pudiera él haberme descubierto. Y mucho menos que Picasso notara mi físico desde el estrado... Pero me equivocaba. La ocurrencia de levantar la mano como un niño... el movimiento de mi diestra, como el de un vaguísimo pájaro, en la penumbra de la sala, determinó que Picasso me hiciera idéntica seña, seña de baqueano, seña de hermandad, de estar de acuerdo y de tener ganas de comunicarnos a la distancia... El gesto del artista me resultó una prueba de amistad que yo no esperaba.

Tampoco la esperaba Picasso, que evidentemente, no hizo ningún gesto posterior ni emprendió ningún acercamiento. Pero no hacía falta, porque Amorim tenía muchos recursos y estaba convencido de su «hermandad».

Su amigo común Rafael Alberti le había dado a Amorim un ejemplar de su libro *A la pintura* para que se lo entregase al pintor, un «pasaporte para entrar en casa de Picasso». Con toda intención, Amorim no se lo dio a su destinatario en Polonia. Lo guardó hasta París. Ahora tenía la excusa perfecta para visitar a su admirado artista personalmente.

Una vez en casa de Picasso, al contemplar sus cerámicas, se le ocurrió una idea que estrecharía sus relaciones: le propuso a Picasso grabar una película de su trabajo en dieciséis milímetros y a color. De esa manera, el trabajo del maestro podría llegar a miles de espectadores en todo el mundo sin necesidad de transportarlo físicamente. Según Amorim, Picasso accedió entusiasmado.

Parece cierto que fue la primera vez que las obras de Picasso se enfrentaron a una cámara, y el artista se mostró sumamente interesado en todas las etapas del proceso, que Amorim le explicó con detalle. La filmación tomó tres días, y se realizó en los salones de la Maison de la Pensée Française, que dirigía Aragon.

Lamentablemente, el trabajo salió mal. La cámara estaba cargada con película para exteriores, y la imagen quedó demasiado oscura. Pero Amorim volvió a interpretar que su participación había sido decisiva en la vida de Picasso. En 1956, el director Henri Clouzot haría una película sobre la obra del pintor, y Amorim comentaría, ilusionado:

—Me llena de satisfacción el haber sido yo, llevado secretamente por manos del azar, uno de los precursores del celebrado filme.

En cualquier caso, el uruguayo pagó de su bolsillo el equipo técnico y humano de su malograda película, lo cual hizo ver a Picasso que su nuevo admirador era convenientemente rico.

La única carta que le escribió Picasso a Amorim está fechada el 14 de abril de 1949. En ella, el pintor le pedía a Amorim que organizase una función benéfica de su filme a beneficio de un hospital para refugiados republicanos. La carta había sido escrita a máquina por algún secretario, pero Picasso añadió unas líneas manuscritas al final mandando un abrazo.

Por supuesto, Amorim no le confesó que su película no existía. Simplemente, envió dinero para el hospital de los republicanos. Sin duda se iba acostumbrando a que el aprecio de la gente que admiraba nunca le llegaba gratis.

Es que no sé quién soy

El 3 de agosto de 1950, con Perón en la cúspide de su poder, Enrique Amorim fue expulsado de Argentina.

Y lo peor fue que a nadie le importó.

A lo largo de cuarenta años, Amorim llenó páginas de periódicos con reseñas de sus poemarios, crónicas de sus regresos europeos, declaraciones sobre la situación del mundo y manifiestos políticos. En cambio, su arresto y exilio apenas merecieron un suelto en el periódico comunista *Justicia*, un par de párrafos enfadados bajo un titular tendencioso:

La Gestapo argentina detuvo a E. Amorim

Después de eso, silencio. Los periodistas callaron. Los escritores no se dieron por enterados. A ningún líder de opinión argentino ni uruguayo pareció incomodarle la súbita desaparición de escena de la otrora estrella del *glamour* literario. Nadie publicó la razón de la expulsión, y nadie exigió saberla. Sin duda, la seguridad peronista preveía una deportación sin dificultades.

Ni siquiera el Partido Comunista protestó. Al contrario, los camaradas se apresuraron a llenar el espacio vacío: al año siguiente se celebró el Primer Congreso de Escritores Soviéticos, y el partido, en vez de invitar a Amorim, envió a otro escritor.

No por eso los comunistas dejaron de pedirle dinero: colaboraciones con los camaradas de tal o cual lugar, aportes extraordinarios para asambleas populares, donaciones voluntarias para campañas de propaganda. Amorim comprendió con claridad que solo era el Wall Street del Partido Comunista, una alcancía infinita de la que se esperaban favores gratuitos.

Si la gran historia nacional asistió impertérrita al mutis de Amorim, en su pequeña vida familiar, en cambio, se produjo un terremoto. La prohibición de pisar territorio argentino impedía a Amorim ver a lo que más quería: su hija Liliana. Y, para colmo, en un momento crucial de su relación.

Ya una adolescente a punto de cumplir quince años, Liliana empezaba a entender que sus orígenes estaban, por decirlo con suavidad, poco claros. Las ficciones que Amorim había creado para protegerla se volvían cada vez más difíciles de mantener.

Por esos mismos meses, la pequeña encontró entre las cosas de su padre una tijera que llevaba grabado el apellido Haedo. A Liliana, esa palabra no le decía nada, así que, con la mayor naturalidad, un día llevó la tijera al colegio donde estudiaba, el Euskal Etxea, dirigido por monjas francovascas. No podía imaginar que estaba provocando su primer *shock*.

En algún momento del día, una de las profesoras encontró la tijera tirada por el aula, y se la devolvió. Al hacerlo, quizá con inocencia, quizá con venenosa mala leche, le dijo a la pequeña:

—Toma, esto es de la esposa de tu padre.

Para todo hijo, es suficientemente traumático saber que su padre tiene una amante. Pero lo que descubrió Liliana fue que su padre tenía una esposa.

Su madre, Blanca, se convirtió de la noche a la mañana en la amante, peor aun, en la examante. Si Amorim tenía una esposa, probablemente también tenía otra hija, y con ella pasaba todas las temporadas en que estaba ausente de Buenos Aires. Si Liliana no conocía a esas personas, sin duda era porque había que ocultarla de la familia oficial. En suma, si Amorim tenía una doble vida, su lado oscuro era la propia Liliana.

Según el psicólogo de la familia, ese trauma interrumpió el proceso de maduración de Liliana en los quince años de edad. Durante los años posteriores, segura de que su infancia había sido una mentira pero temerosa de la realidad, Liliana decidió refugiarse en lo que ya conocía. Allá afuera había un mundo tan terrible que nadie se lo había descrito. Por falso que fuese su pequeño universo, era más seguro que cualquier otro, y Liliana decidió aferrarse a él. En ese momento, dejó de crecer.

Ni siquiera así podría escapar por mucho tiempo de la nueva realidad, que la cercaba, la perseguía, le estallaba en la cara. La deportación de Amorim cambiaba dramáticamente el escenario: para ver a su padre, Liliana tendría que viajar hacia Uruguay, al menos en las vacaciones. Y eso significaba inevitablemente penetrar en la órbita de Esther Haedo.

Afortunadamente, el carácter comprensivo y liberal de Esther no se ofuscaba por esas cosas. Ningún acontecimiento la sorprendía ni la irritaba, y menos aun los de su marido, al que ya tenía bien calado. Estaba dispuesta a acoger a la niña con cariño. La pregunta era cómo y cuándo hacerlo.

Para decirle la verdad a Liliana, Amorim y Esther contaron con la colaboración de Blanca. Entre los tres decidieron que lo mejor era cambiarla de escenario y darle un tiempo para que conociese a su madrastra. Con ese objetivo, Amorim y Esther prepararon una atmósfera especial: llevarían a Liliana a Europa. La pasearían por París y Roma. Le enseñarían el gran mundo.

Amorim, de todos modos, llevaba mucho tiempo anhelando el momento de que su hija conociese Europa. Le enviaba postales desde su hotel parisino, el Quai Voltaire, cerca de Les Invalides y con vista al Sena. Y en su última carta antes del viaje de su hija, Amorim se preocupó por todos los detalles de sus visados y sus vuelos, profundamente emocionado ante la posibilidad de encontrarse con ella.

El viaje no solo era el momento de decirle la verdad, sino de presentarle el futuro que la esperaba: una vida de viajes, cultura y refinamiento. Al fin y al cabo, no debía ser tan grave.

Como base de operaciones para el viaje, Amorim alquiló una casa en Niza, cerca de la residencia que tenía Picasso en Vallauris. El escritor adoraba la residencia de Picasso, donde la suave luz del Mediterráneo bañaba las obras del pintor. Admiraba el lugar tanto que se sabía hasta su precio. No dejaba de ser una paradoja que él, el mismo comunista que elogiaba la falta de maquillaje de las mujeres polacas, hablase con reverencia de los caprichos de millonario del pintor:

—Un buen día, Picasso levantó la mano y compró la inmensa casa en que vive en Cannes. «Porque le dio la real gana», sencillamente. Por distracción; porque pasó por allí y sus ojos se detuvieron en la copa de un árbol, en un techo, en el pedazo de mar que se ve desde el jardín. Por eso, simplemente, se hizo dueño de una casa que cuesta treinta millones de francos.

Picasso era parte de la Europa que Amorim quería descubrirle a su hija. Pero otra cuestión era si su hija quería descubrirla. De entrada, Liliana no mostró el menor interés por las casas de moda de las capitales europeas. Y los contactos intelectuales de su padre la dejaban completamente fría. No le interesaba el *glamour* europeo. Sus necesidades eran más básicas; por ejemplo, saber quién era su padre en realidad.

Pero Amorim no estaba en condiciones de explicar eso. Con toda probabilidad, no lo sabía ni siquiera él mismo. Y además estaba Picasso.

Por lo general, el pintor se hallaba lejos de ser el anfitrión ideal. Su humor era impredecible, y su adicción al trabajo lo volvía intratable por temporadas. En consecuencia, a veces recibía a los visitantes con los brazos abiertos, otras veces los echaba de la casa sin miramientos. Quizá si hubiese sido un antipático integral, Amorim se habría dedicado con más interés a su familia. Pero precisamente en ese momento, la vida le sonreía al pintor, se sentía relajado y abierto al mundo, así que le concedió a su admirador una recepción memorable, «la más seria» en su estudio, la que le hizo pensar a Amorim que había entrado en el círculo íntimo del mayor artista de su tiempo.

El día en cuestión, Picasso estaba de buen talante. Recibió a Amorim mientras le cortaban el pelo y, cosa poco común, lo invitó a almorzar. El uruguayo guardó en la memoria cada instante de ese encuentro, que describiría en un estado rayano en el éxtasis:

—Bastaba levantar la cabeza y observar en los muros platos de cerámica de gran valor, para sentirse uno en el ombligo de Francia, en el ombligo de las artes del mundo. Ahí estaba el más grande pintor contemporáneo, el portentoso creador, comiendo su pedazo de carne con ensalada, bebiendo un vino exquisito que cierto bodeguero le había enviado como algo excepcional.

El momento culminante de la visita, el que Amorim recuerda con pasión, se produjo esa tarde, después de almorzar, cuando los dos bajaron a pie al estudio del maestro. Para el uruguayo, la invitación representaba un viaje al santuario de la creación:

—Entramos al atelier de Picasso, a su taller, a la hora en que entra Picasso solo, siempre solo. Nadie le ha visto trabajar, que yo sepa. Se encierra en el taller a las tres de la tarde y suele retirarse, siempre solo, a las diez de la noche. ¿Qué hace allí dentro? Es un misterio. Salvo que esté en el furor de una modelo o de un modelo que le apasione, Picasso regularmente entra al taller como un monje a su ermita.

En el estudio, Picasso lo invitó a ser el primer espectador del nuevo cuadro que había pintado para tratar de complacer al partido. Su obra más clara de denuncia, un lienzo de un metro por dos titulado, como para no dejar dudas, *Masacre en Corea*.

Un año antes se había desencadenado en Extremo Oriente el primer choque frontal de la Guerra Fría. Desde Europa, la guerra entre comunistas y capitalistas por la península de Corea se leía como un aviso de la Tercera Guerra Mundial, un combate que contaría con armas más potentes y destructivas que nunca antes. El partido le había pedido a Picasso una imagen que graficase su punto de vista. Él había pintado un fusilamiento.

Las víctimas de *Masacre en Corea* son un grupo de mujeres acompañadas de sus hijos. Uno de los niños, presa del pavor, llora contra el costado de su madre embarazada.

Otro, un bebé, se abraza al cuello de la suya. La desnudez de estos personajes enfatiza su fragilidad. Del otro lado del lienzo, un grupo de soldados alzan sus fusiles contra las mujeres, esperando la orden de fuego de un oficial con una espada. Las armaduras del pelotón de fusilamiento asemejan las de los soldados romanos, con un punto de robots de ciencia ficción, pero de la cintura para abajo están también desnudos. Así sabemos que son varones. El cuadro opone femineidad contra masculinidad, vulnerabilidad contra agresión, piel contra acero.

A pesar del esfuerzo de Picasso por ser panfletario, el partido volvería a expresar su insatisfacción por el resultado. En los medios de prensa comunistas, las críticas serían amargas, aunque bastante predecibles: las mujeres del cuadro no se veían evidentemente orientales, y los soldados no eran claramente americanos. Además, los comunistas querían un cuadro que invitase a la acción revolucionaria, no que mostrase la pasividad y resignación de la población. Debido a la ambigüedad de su mensaje, el comité central daría orden de evitar menciones al cuadro en las publicaciones del partido. Y tenían razón respecto de su ambigüedad: en 1956, los anticomunistas polacos usarían precisamente esa imagen para expresar su rechazo a la invasión soviética de Hungría.

Sin embargo, aquella tarde de 1951 en la Costa Azul, Enrique Amorim quedó maravillado. Le habló del cuadro a Picasso durante un largo rato, mientras el artista lo escuchaba fumando un cigarrillo tras otro. Nadie había visto el cuadro aún. Amorim, de hecho, estaba convencido de que el pintor le había enseñado el cuadro a él incluso antes que a su compañera y madre de sus hijos, Françoise Gilot. Según sus memorias:

—De pronto se abrió la puerta del taller y entró Françoise, la madre de Claude y Paloma. La exclamación suya al traspasar el umbral de la gran pieza rústica donde estaban colgados o puestos al azar los cuadros que Picasso me enseñaba, me dejó desconcertado: «¡Cuánta cosa nueva...!». ¿Es que para la mujer de Picasso podía ser nuevo tanto trabajo extraordinario de su marido? ¿Era yo el primero, ciertamente, que veía *Masacre en Corea*?

En el cálculo de su propia importancia, Amorim no tenía límites. Percibió una crisis en la pareja, y sintió que se le abría una puerta para remplazar nada menos que a la mujer de Picasso en la intimidad del genio:

—Françoise terminó de enterarse de lo que había hecho Picasso no sé en qué tiempo. Todo era nuevo para ella. Se sentó en la puerta del taller a ver cómo llovía, y en su actitud triste, nostálgica y ajena a lo que en el taller había pasado sentí el anticipo de un drama femenino más en la vida del inmenso Picasso.

Una vez más, Amorim sintió que Picasso lo quería más que a nadie. Estaba tan encantado que Liliana tuvo que viajar a Londres sola con Esther. Amorim no pensaba moverse del lado del maestro.

La única foto que se conserva de Liliana Amorim en su viaje a Europa es de enero de 1951. Una quinceañera Liliana aparece en la escalinata de la casa de Picasso en la Costa Azul. Está sentada en un escalón, rodeada por los famosos búhos de cerámica picassianos. Pero, al parecer, a su padre lo que más le interesaba eran los búhos. Amorim anotó escrupulosamente cada detalle de la visita al estudio de Picasso, pero nunca escribió nada sobre ese momento crucial de su hija, la chica que acababa de descubrir que toda su vida era mentira.

Muchas décadas después, cuando Liliana ya era una anciana, su esposo la notó incómoda, triste, al borde de la depresión, y le preguntó:

—¿Qué te pasa, Liliana?

Liliana tuvo que admitir, sintiendo cercana la muerte:

—Es que no sé quién soy en realidad.

No sabía quién era.

Obnubilado ante el mayor pintor del siglo xx, obsesionado con su atención, el Enrique Amorim de 1951 no había sido capaz de decírselo.

Enemigo íntimo

Amorim debía pensar que París remplazaría a Buenos Aires. Habría sido una reivindicación perfecta: como si te echasen de una mansión pero te recibiesen en un palacio. Podría echarles en cara a los porteños su error, decirles «¿Ya ven? Los perdedores son ustedes». Podría incluso darles una lección a los comunistas rioplatenses, por su abandono y su menosprecio. La fraterna amistad que creía tener con Picasso le habría sido de gran ayuda para ello.

Y como si fuera poco, para consolidar su posición en Francia, por entonces triunfaba en París uno de sus grandes amigos desde los viejos tiempos.

Habíamos dejado a Pablo Neruda en el Chile de 1948, donde se mantuvo en la clandestinidad por casi un año. Cuando al fin consiguió cruzar los Andes, con él cruzó la orden de detención. La policía argentina remprendió su búsqueda, pisándole los talones.

Por suerte para Neruda, su viejo amigo guatemalteco Miguel Ángel Asturias cumplía funciones diplomáticas en Buenos Aires. Asturias acababa de publicar *El señor presidente*, la primera gran novela latinoamericana sobre dictadores, y sin saberlo, había inventado el género emblema de la literatura latinoamericana, que luego desarrollarían los Premios Nobel Gabriel García Márquez o Mario Vargas Llosa. Asturias estaba destinado a ganar el Premio Lenin en 1965, y el Nobel dos años después. Sin embargo, no era comunista. Ni siquiera le interesaba la militancia activa. Si Neruda lo buscó para pedirle ayuda no fue por sus ideales comunes, o por su fervor subversivo, sino por dos cualidades apolíticas: Asturias era gordo y narizón, igual que el chileno.

En un mundo sin televisión, y contando con la baja calidad de las fotos en los documentos de identidad, era posible confundirlos. Así que Neruda le pidió:

—Préstame tu pasaporte. Concédeme el placer de llegar a Europa transformado en Miguel Ángel Asturias.

Y así, transformado en el señor Asturias, el perseguido cruzó el Río de la Plata, tomó un avión en Montevideo y se plantó en París.

En la Ciudad Luz, Neruda podía contar con dos grandes amigos: Pablo Picasso y el poeta surrealista Louis Aragon, con quien había organizado aquel congreso de escritores durante la Guerra Civil Española. Picasso admiraba a Neruda por su compromiso con los exiliados republicanos, y había dedicado su discurso de Wroclaw precisamente a denunciar su persecución y reivindicar su poesía. Aragon, simplemente, le debía la vida. Al estallar la Segunda Guerra Mundial, mientras las hordas de nacionalistas franceses perseguían izquierdistas, Neruda había refugiado a Aragon en la embajada chilena. Ahí, haciendo gala de una admirable sangre fría, Aragon se había dedicado una semana a terminar su novela *Los viajeros de la Imperial*. Después de enviársela a su editor norteamericano, había partido al frente.

Pero para 1949, Aragon ya era mucho más que un poeta: héroe de la Resistencia, factótum cultural del Partido Comunista en Francia, renegado del surrealismo y devoto del realismo socialista, director de publicaciones voceras del partido como *Ce Soir* o *Les Lettres Françaises*, editor de Les Éditeurs Français Réunis, mandamás de la Maison de la Pensée Française, a la que llamaba sin pudor «mi casa», se había convertido en uno de los intelectuales más poderosos, si no el más poderoso de la Francia de la posguerra. Y precisamente en los días en que Neruda llegó a París, Aragon organizaba en la Salle Pleyel el Primer Congreso Mundial de Partidarios de la Paz, el segundo gran acto del Movimiento Internacional por la Paz.

El congreso de París fue un acontecimiento mucho mayor que el de Wroclaw. Toda la ciudad estaba empapelada con afiches del evento, en los que aparecía una paloma, obra de Picasso. Aragon había revuelto personalmente el taller del pintor hasta dar con ese símbolo, que además le permitía defender ante el Partido Comunista que Picasso era un pintor realista, al menos de vez en cuando.

Al ver su paloma repetida por toda la ciudad, Picasso se puso como un niño. Estaba tan ansioso por el congreso que se perdió el nacimiento de su hija, el 19 de abril. Peor aun, mientras Françoise sufría dolores de parto, Picasso se llevó al congreso el coche de la familia, y obligó a su mujer a llamar una ambulancia. En la Salle Pleyel, quinientos asistentes llevaban carteles con la dichosa paloma, y Picasso se puso eufórico. Llamó por teléfono al hospital, preguntó cómo había ido el parto, y cuando le dijeron que tenía una hija, la llamó Paloma.

Un par de días después, justo a tiempo para convertirse en el plato fuerte del congreso, llegó Pablo Neruda.

El chileno era perfecto para los objetivos de propaganda del partido: un poeta —y un gran poeta— nacido en la pobreza y curtido en una guerra europea, elegido senador democráticamente y perseguido por su oposición al gobierno. La historia de Neruda confirmaba la tesis de que, con la excusa de una guerra contra el comunismo, las democracias de los países pobres destituían a políticos electos y encarcelaban a artistas talentosos. Por si fuera poco, hablaba idiomas.

Picasso y Aragon movieron a todos sus contactos —y tenían muchos— para que Neruda fuese aceptado como asilado político por el gobierno francés y pudiese aparecer públicamente en el congreso. El día de la clausura, el perseguido Neruda entró en la sala dando un gran golpe de efecto, y después de una atronadora ovación, cerró el evento con su discurso:

—Queridos amigos, si he llegado con algo de retraso a vuestra reunión, se ha debido a las dificultades que he tenido que vencer para llegar hasta aquí. A todos ustedes les traigo el saludo de gentes de tierras lejanas. La persecución política que he sufrido en mi país me ha permitido apreciar que la solidaridad humana es más grande que todas las barreras, más fértil que todos los valles...

A continuación leyó el poema «Un canto para Bolívar». El auditorio se vino abajo.

Neruda se convirtió en el hombre del momento. Concedía diez entrevistas por día. El gobierno chileno no podía creerlo. La policía de ese país declaró que tenía cercado a Neruda, y que el hombre que se presentaba en París era un impostor. La prensa corrió a preguntarle a Neruda si era un doble. Él respondió:

—No soy Pablo Neruda, sino otro chileno que escribe poesía, lucha por la libertad y se llama también Pablo Neruda.

Aragon acogió al chileno con amor de padre. Lo invitó a un recital en la Maison de la Pensée y leyó personalmente uno de sus poemas. Neruda le había correspondido mencionándolo en tal poema. En sus memorias, le dedicaría un indisimulado despliegue de elogios:

—Aragon —elogiaba el chileno— es una máquina electrónica de la inteligencia, del conocimiento, de la virulencia, de la velocidad elocuente... De algunas horas con Aragon salgo agotado porque este diablo de hombre me ha obligado a pensar.

Antes de fin de año, Neruda estaba en la Unión Soviética, como invitado estelar en las conmemoraciones por los ciento cincuenta años del nacimiento de Pushkin. La Editorial Literaria del Estado preparaba una antología de su trabajo con prólogo de Ehrenburg. En Moscú, el partido lo alojó en el cuarto del Hotel Nacional que había ocupado Lenin. Recibió homenajes públicos. Y fue nombrado miembro del Comité de los Premios Internacionales Stalin, los Nobel del bloque socialista.

El tiempo le daría más: Neruda ganó el Premio Stalin, por recomendación personal del dictador. Conoció a Mao. Recibió un doctorado *Honoris Causa* por Oxford. Fue designado por el crítico Harold Bloom como el mejor poeta occidental del siglo. Y, por supuesto, ganó el Nobel en 1971.

Pero todo empezó con aquel discurso en el Primer Congreso de Partidarios de la Paz. Ese día de abril de 1949, al presentarse de improviso y recitar «Un canto para Bolívar», Neruda logró el gran sueño de todo escritor latinoamericano desde Rubén Darío: conquistar París, la capital del mundo.

En principio, para Amorim esas eran buenas noticias. Conocía a Neruda desde hacía más de quince años. Había compartido con él la militancia y el amor por García Lorca. Había pasado una temporada muy agradable en su casa, y luego había inventado aquella historia de la reunión comunista en Salto. También había escrito aquel artículo sobre los obreros que le pedían «la voz de Pablo», y aplaudido rabiosamente el discurso de Picasso en Wroclaw. Incluso le había dedicado unos versos que rezaban:

Y un asombro de coros proletarios
te señalaron en el viento: ¡Pablo!

Y, sin embargo, a mediados de la década de 1950, su amistad se rompió.

Es extraño que, después de todo lo que vivieron juntos, Amorim no dedicara una línea de sus memorias al poeta chileno. Gente que tenía menos relación con él mereció varias páginas. Pero Neruda ni una mención.

La fundación Neruda de Chile tampoco conserva ninguna correspondencia entre ellos, y aunque Neruda viajaba con frecuencia a Uruguay y llegó a tener una casa en Atlántida, no queda en su historia ninguna constancia de encuentros con Amorim. El nombre del uruguayo no figura en las memorias del poeta, *Confieso que he vivido*, y tampoco en la biografía de Neruda escrita por Volodia Teitelboim.

En la *Galería de escritores y artistas* filmada por Amorim hay, sin embargo, una película de Pablo Neruda. Debe haber sido tomada a comienzos de esa misma década. El chileno lleva corbata, fuma pipa, y se muestra mortalmente aburrido. Con él aparece el escritor cubano Nicolás Guillén, que lo anima constantemente a participar. Lo levanta de una silla y lo lleva a tocar una puerta. Se ríe y busca una imposible complicidad del chileno. Cuando no queda más remedio, Neruda se deja llevar, pero, en general, su imagen es distante, acaso soberbia, y uno pensaría que el hombre detrás de la cámara no le cae nada bien.

Ninguno de los dos explicó nunca por qué había terminado su amistad.

Sin embargo, en sus memorias, Neruda dejó suelto el hilo de una madeja de odio que llevaba directamente a Amorim. El pasaje en cuestión se encuentra precisamente en el apartado que el chileno titula, sin diplomacia alguna, «Enemigos literarios». Al comenzar el capítulo, Neruda anuncia su intención de delatar a quienes han querido hacerle daño:

—Los pequeños rencores se exacerban en América Latina. La envidia llega a ser a veces una profesión... Dudaba de hablar de mis experiencias personales en ese extremo de la envidia. No deseaba aparecer como egocéntrico, como excesivamente preocupado de mí mismo. Pero me han tocado en suerte tan persistentes y pintorescos envidiosos que vale la pena emprender el relato.

Neruda solo menciona a dos de esos envidiosos, y los detesta tanto que evita llamarlos por su nombre. Es consciente del valor histórico de unas memorias y, en algún pasaje de ese mismo libro, se enfada porque algún pillo se haya colado en las autobiografías de otros intelectuales y escritores. Sabe que mencionar el nombre de un ser odiado es robárselo al olvido, es hacerlo existir un poquito más, y lo sabe precisamente gracias a sus enemigos. Según él mismo:

—Es posible que alguna vez me irritaran esas sombras persecutorias. Sin embargo, la verdad es que cumplían involuntariamente un extraño deber propagandístico, tal como si formaran una empresa especializada en hacer sonar mi nombre.

El poeta no quiere concederles ese favor a los dos personajes de los que va a hablar. Se refiere a ellos con nombres falsos, para que sean reconocidos solo por quienes ya los sospechan. Al primero lo llama Perico de Palothes, un sarcasmo para referirse a quien consideraba un don nadie con muchas pretensiones, cuya verdadera identidad era Pablo de Rokha.

Efectivamente, Rokha dedicó dos libros a destilar vitriolo sobre Neruda, al que acusaba de escribir mal y, sobre todo, de fingirse comunista por oportunismo. Según Rokha, Neruda cambiaba sus versos más provocadores para no molestar a sus poderosos amigos de derecha si estaban en el poder. La obsesión de Rokha contra Neruda llegó al extremo de escribir todo un libro de creativos insultos en verso contra él. A continuación, un par de ejemplos:

> Gallipavo senil y cogotero
> de una poesía sucia, de macacos,
> tienes la panza hinchada de dinero.
> ¿Tú revolucionario? La pelota
> del trotskismo te cuelga del hocico,
> enmascarándote. Y Lenin te azota.

Pues bien, Enrique Amorim pensaba lo mismo que el creativo Pablo de Rokha. Lo sabemos por la carta de un amigo suyo, hallada en su archivo:

—Si quieres leer *Neruda y yo* de Pablo de Rokha, te lo envío. Es un libro increíble... Dice muchas cosas que tú decías... e insultos a granel.

Y eso es solo el principio. El segundo enemigo que señala Neruda era un personaje más interesante aún que

Rokha, porque desplegó su odio a nivel internacional. Neruda lo recuerda así:

—Tan insana, e igualmente persistente, ha sido la folletinesca persecución literario-política desatada contra mi persona y mi obra por cierto ambiguo uruguayo de apellido gallego, algo así como Ribero. El tipo publica desde hace varios años, en español y en francés, panfletos en que me descuartiza. Lo sensacional es que sus proezas antinerúdicas no solo desbordan el papel de imprenta que él mismo costea, sino que también se ha financiado costosos viajes encaminados a mi implacable destrucción.

Con menos elegancia, Neruda le escribió en una carta a Mario Vargas Llosa:

—Siempre habrá un uruguayo para joder, en algún lado o en otro.

Aunque puede sonar a Amorim, el susodicho uruguayo es Ricardo Paseyro, un poeta que ofició de chofer y secretario de Neruda a su llegada a París, precisamente cuando el chileno comenzaba a tocar el cielo. En esos días, según Paseyro, Neruda admitió que prostituía su poesía. Dice Paseyro:

—Nunca pude hablar francamente con él de ese viraje extraordinario que había dado tras sus primeros libros, que tanto éxito habían tenido, para terminar convirtiéndose en una especie de aedo del comunismo, sin ningún respeto por la poesía. Además, él hizo un día una confesión que me llegó al alma. Él decía, hablando de la poesía: «La he frecuentado tanto que le he perdido el respeto por completo».

Durante el Congreso de Partidarios de la Paz en la Salle Pleyel, Neruda se alojó en el lujoso Hotel Georges V. Paseyro encontró intolerable esa señal de riqueza, y más intolerable aun a Delia del Carril, la mujer de Neruda, que a fin de cuentas provenía de una acaudala familia argentina. Pero lo que menos soportó fue el gigantesco ego del poeta.

Paseyro también fue testigo de la adulación de Neruda hacia los grandes artistas: Ehrenburg, Aragon y Picasso. Por ejemplo, con Paseyro al volante del coche, Neruda visitó a Picasso para solicitarle una ilustración para la portada de su libro *Canto general*, lo que habría aumentado considerablemente su prestigio. Picasso se negó a hacerla, y el chileno salió consternado del encuentro, algo que a Paseyro le produjo un gran placer:

—El espectáculo de su vanidad mortificada era deleitable, en el auto rumiaba su rabiosa decepción.

Posteriormente, mientras Neruda arreglaba su situación legal en Francia, Paseyro le reprochó que criticase tanto al capitalismo mientras hacía grandes esfuerzos por quedarse a vivir en una sociedad capitalista:

—El más estalinista de los poetas estaba obligado a vivir en la Unión Soviética o en cualquier «democracia popular».

Y con evidente mala fe, Paseyro acusó a Neruda de ser un pésimo poeta y de haber inventado su persecución en Chile con fines propagandísticos:

—Monótona, prosaica, estancada... la poesía nerudiana me interesaba menos que su mito. Inventando un falso peligro, debido a la situación política de su país, viajó a Francia, donde el partido le preparó una estrepitosa publicidad.

Tras abandonar decepcionado el partido, Paseyro aseguró que el poeta chileno vendía su escritura al Partido Comunista, empleando incluso mañas de mercachifle para engordar los textos:

—Neruda seguía al pie de la letra las instrucciones del partido, como todos los demás comunistas a los que pagaban (yo lo he visto, yo lo he constatado) por escribir, pagados por verso. Él mismo me había dicho que había conseguido de la Unión Soviética que cada verso fuese considerado como prosa. Entonces, él cortaba la línea en diez, hacía como si eso fuera un poema y cobraba sus cuarenta rublos en lugar de los catorce que le habrían correspondido...

Como si fuera poco, en su encendido panfleto *La palabra muerta de Pablo Neruda*, Paseyro llama a Neruda «poeta burgués», «egocéntrico», «vulgar», «grosero», «indecente», y lo acusa de atacar a todos los presidentes latinoamericanos antisoviéticos menos a Juan Domingo Perón, porque la editorial de Neruda tenía su sede en Argentina, y una mala reacción del gobierno habría perjudicado el cobro de sus derechos de autor.

Y eso fue solo un ejemplo de su plena dedicación al antinerudismo. Las invectivas de Paseyro se difundieron por todos los medios: radio, prensa, conferencias. Cuando a Neruda le concedieron el *Honoris Causa* en Oxford, Paseyro viajó personalmente hasta allá para tratar de evitarlo. Cuando sonó el nombre de Neruda para el Nobel, Paseyro viajó a Estocolmo y lo acusó públicamente de haber participado en el asesinato de Trotski. Al parecer, al menos una vez consiguió que le negasen el premio.

Pues bien, para sus sabotajes contra Neruda, el implacable Paseyro conspiraba con Enrique Amorim.

La relación entre ambos uruguayos era tan estrecha que el nombre de Paseyro figuraba en los periódicos que anunciaban la reunión ficticia entre Neruda, Prestes y Amorim. Y una abundante correspondencia del archivo de Amorim lleva la firma de ese francotirador de la poesía.

Las cartas de Paseyro a Amorim no eran inocentes, ni se desviaban hacia temas accesorios. Se referían casi por entero a su enemigo común. En una de ellas, Paseyro cuenta la pelea callejera que acaba de sostener con un poeta de izquierdas, seguidor de Neruda. Detalla las bofetadas y las patadas, y concluye amenazante:

—Si alguna vez lo encuentro, te aseguro que el propio elefante chileno recibirá un buen soplamocos.

El panfletario Paseyro, ferviente anticomunista, no se corta en insultar a los camaradas de Amorim, a los que llama «tus mierdas de correligionarios», ni a sus compatriotas en general: «El país entero con tu partido dentro es un perfecto estercolero». Pero a Amorim no parece importarle, porque la comunicación entre ellos continúa hasta la segunda mitad de la década de 1950. Durante ese tiempo, es patente que comparten opiniones sobre Neruda, opiniones que Amorim mantiene en privado por disciplina de partido. Paseyro le recrimina que no sea sincero y le exige que le diga a todo el mundo lo que piensa en realidad:

—Me gustaría que tuvieras de vez en cuando el coraje de dar a conocer tus opiniones sobre las gentes y las cosas de un modo menos anónimo. Tú detestas a Neruda, y sabes como yo que es un crápula. Como no te atreves a decirlo tú, me provocas a que de nuevo lo diga yo, para tu regocijo.

Es tal la hipocresía de Amorim que, cuando Paseyro hace público uno de sus comentarios secretos contra Neruda, aunque no diga en voz alta su nombre, Amorim protesta y le recuerda que sus opiniones deben quedar en el ámbito personal. En respuesta, un impetuoso Paseyro le vuelve a recriminar su actitud:

—No había nada feo en decir, sin nombrarte, que te burlabas so capa de Neruda... Lo feo, lo feazo, consiste en reírte entre casa del chilenito, y no tener el coraje de jugarte la parada.

Más feo aun: Amorim le envía a Paseyro información sobre Neruda, recortes de una agencia de selección de noticias, que lo mantienen informado sobre los movimientos del chileno. Paseyro le pide varias veces que no se haga el tonto y que admita que lo hace para alimentar sus actividades antinerudianas:

—Esas incitaciones —le critica—, esos envíos de recortes son una provocación lateral.

En la campaña para destruir a Neruda, Amorim llegó tan lejos como era posible sin comprometerse. Por ejemplo, le propuso personalmente a Rafael Alberti que apoyara un número contra Neruda de la revista que editaba Paseyro. Alberti se negó horrorizado. En una carta a Amorim le explica:

—Tampoco me agradaría que en *La Licorne* se aceptase ningún trabajito sobre mí como apoyatura para atacar a Pablo (Pablo habrá cometido equivocaciones, será de pronto esto o aquello, pero no ha dado motivos tan graves como para basurearlo a la manera de Paseyro. Es una indignidad. Una mayúscula porquería).

Amorim no insistió. Al contrario. Frente a la mayoría de sus amigos, fingía horrorizarse por el trabajo de demolición de Neruda que él mismo alimentaba en secreto. En el colmo del descaro, en 1956, Amorim le envió a Neruda un ejemplar cariñosamente dedicado de su libro *Todo puede suceder*, que aún se guarda en la Fundación Neruda. Para entonces, sin embargo, su odio por Neruda ya era fulminante.

El archivo de correspondencia que guarda la Biblioteca Nacional de Uruguay nos permite situar el momento en que nació ese odio: a finales de 1953. Y también el motivo: la traición de Neruda.

O al menos lo que Amorim sintió como una traición, una que jamás le perdonaría al chileno.

Porque, apoyándose en Neruda, en Picasso y en sus amigos parisinos, Amorim planeó su empresa más ambiciosa, su proyecto más arriesgado, el que debía perpetuar su recuerdo y el de su querido Federico García Lorca, el desafío a la muerte que, al fin, grabaría su nombre en letras de molde para la historia de la humanidad.

Y Neruda le falló.

El monumento a García Lorca

En abril de 1952, Enrique Amorim desapareció. Sin dar explicaciones. Sin dejar rastro.

Ese mes estaba en Europa. Presentaba algunas de sus traducciones en Europa del Este, donde su obra se publicaba con enormes tirajes. Por lo demás, sus actividades principales eran las habituales: pasear por varios países y visitar artistas. Tenía previsto viajar a Italia y volver desde ahí a Uruguay con un grupo de escritores, entre ellos, Pablo Neruda.

Y de repente, ya no estaba.

A mediados de abril, el brasileño Jorge Amado le escribió a Amorim a su residencia de París, el Hotel du Quai Voltaire, para que viajase a Italia con Nicolás Guillén y cruzasen el océano todos juntos de regreso. Amorim había dejado de responder las cartas. Nadie tenía noticias de él. Ante su extraño silencio, Amado le pedía que confirmase si iría con ellos:

—Pienso salir de Génova en el *Julius Cesar* el 30 de abril... Respóndeme urgentemente si vas o no en el mismo barco como nosotros.

Poco después, Nicolás Guillén, Pablo Neruda y Manuel Ángeles Ortiz le enviaron una carta desesperada y furiosa: le dijeron que llevaban seis semanas esperándolo para ir a Italia «de acuerdo con su carta en que nos pedía demorarnos hasta que usted llegara, ¡coño!».

Otro amigo, Hugo Emilio Pedemonte, esperaba a Amorim en Montevideo, pero tampoco él sabía nada de su paradero. En una carta, le decía:

—No sabes cuánto extraño ese extraño silencio tuyo... Además, esperaba un pronto regreso que no vislumbro. Y te pedía en mi última carta que me dijeses el día y la hora en que llegarías a Carrasco.

Es imposible saber dónde estuvo Amorim durante esos oscuros días de abril de 1952. Después de su muerte, su hija Liliana quemó su pasaporte sin explicar por qué.

Sabemos, eso sí, que Amorim volvió a su país, y que no se detuvo en Montevideo. Siguió de largo hasta Salto, donde mantuvo su obstinado silencio epistolar varios meses más.

Las explicaciones de su desaparición fueron muy confusas. Vagas referencias a una enfermedad se acumulan en la correspondencia de esos meses. Sus corresponsales le preguntan si ya se siente bien, y si lo reanimó la brisa del Atlántico.

Sin embargo, el Amorim que regresó a Salto se mostraba robusto y enérgico. Nada más llegar, convocó al periódico *Salto Actualidad* para contar sus impresiones sobre su viaje por Francia e Italia. Según declaró, gracias a los aviones, tenía por costumbre no tardar más de treinta y seis horas entre el Hotel du Quai Voltaire y Las Nubes. Habló, como siempre, de la situación política y artística de Europa. Y al final de la entrevista hizo una inesperada convocatoria, un aviso de servicio público para los habitantes de la localidad:

—Hagan todo lo posible para que el primer monumento a García Lorca se levante en Salto, antes que en cualquier ciudad del mundo. Actualmente, uno de los grandes éxitos de París es *Bodas de sangre*. Que seamos los salteños capaces de levantar el primer monumento a Federico.

Al parecer, los salteños escucharon sus ruegos, porque, en agosto de ese mismo año, Amorim encargó a una marmolería local que levantase dicho monumento.

¿Por qué desapareció Amorim de repente? ¿Qué hizo durante su ausencia? ¿Y por qué borró su hija las huellas de sus traslados? Y, sobre todo, ¿por qué al regresar tenía tanta prisa en construir el monumento?

No tenemos las respuestas a esas preguntas, pero, a juzgar por los acontecimientos posteriores, podemos atisbar retazos del plan que Amorim había puesto en marcha. Básicamente, pensaba honrar la memoria de Federico, de un modo que no se le había ocurrido a ningún comunista hasta entonces.

Para eso, tenía que asegurarse de que todos los detalles estaban previstos. Era imprescindible consolidar sus contactos en Europa, y, sobre todo, entablar relación con el esquivo Aragon, el que decidía quién era quién en el organigrama de la *intelligentsia* comunista. Le faltaba un viaje, un último desplazamiento para asegurarlo todo antes de proceder. Y ese viaje se saldaría con otro de sus grandes misterios.

Una cena con Chaplin

En junio de 1941, Hitler comenzó la Operación Barbarroja, nombre clave de la invasión de la Unión Soviética: veintinueve divisiones de Panzer y tres millones de soldados avanzaron sobre territorio ruso hasta las puertas de Moscú y Leningrado. El crudo invierno de la estepa logró detenerlos, pero, con la llegada del nuevo año, los alemanes lanzaron una nueva ofensiva por el flanco sur, cortando la península de Crimea y yendo en dirección de las reservas petroleras del Cáucaso. El nazismo estaba en camino de conquistar Europa, y nadie parecía capaz de detenerlo.

El 7 de diciembre de ese año, Japón lanzó un feroz bombardeo contra la base norteamericana de Pearl Harbor. La respuesta fue la entrada de los Estados Unidos en la guerra.

Mientras el ejército norteamericano tomaba posiciones en el Reino Unido, la opinión pública de ese país debatía el plan de apoyar a la Unión Soviética para hacer la pinza a los alemanes. Pero en los Estados Unidos esa posibilidad no tenía buena prensa. Al fin y al cabo, los comunistas eran tan peligrosos para el capitalismo como los nazis. Según algunos, incluso peores. Entre la opinión pública norteamericana ganaba fuerza la idea de dejar que rusos y alemanes se matasen entre ellos y llegar al Este al final, solo para darle el tiro de gracia a quien sobreviviese.

Con cautela, el ala izquierda de la política estadounidense, e incluso algunos militares, empezaron a defender la necesidad de una alianza con los soviéticos, aunque únicamente fuese para frenar a Alemania. Con la venia de Franklin Roosevelt se creó el Comité Americano para el Apoyo Bélico a Rusia, una asociación que organizaba conferencias y debates sobre el tema. Antes de uno de los actos de ese comité en San Francisco, el orador principal sufrió un ataque de laringitis y tuvo que cancelar su aparición. Para remplazarlo, se invitó a una estrella del cine llamada Charles Chaplin.

Chaplin había cosechado uno de sus mayores éxitos con la película *El dictador*, una parodia de Hitler. Además, había sufrido una infancia de pobreza en su Inglaterra natal, que lo volvía sensible a los debates europeos, y particularmente al reclamo de igualdad que defendían los comunistas.

El día del acto, en realidad, Chaplin no tenía idea de qué iba a decir. Y no se sentía cómodo con la perspectiva de hablar en público. Pero un par de copas de champán ayudaron a relajarlo. Y la timidez de los primeros oradores, que se negaban a defender a la Unión Soviética con demasiada contundencia, le dio seguridad en sí mismo. Cuando le tocó la palabra, subió al estrado con una corbata negra y una chaqueta de noche, y comenzó su discurso:

—¡Camaradas! —esta introducción produjo carcajadas en el público, pero también algunos aplausos, y Chaplin, actor al fin, se fue animando—: Supongo que hay muchos rusos aquí esta noche, y quiero decirles que la manera de luchar y de morir de sus compatriotas me hace sentir orgulloso y privilegiado por llamarlos «camaradas». No soy un comunista, soy un ser humano, y creo conocer las reacciones de los seres humanos. Los comunistas no son diferentes que cualquier otro; si pierden un brazo o una pierna, sufren como todos los demás, y mueren como cualquiera de nosotros.

Esa introducción remitía a un famoso texto de Shakespeare sobre los judíos, y por lo tanto, consciente o inconscientemente, equiparaba sutilmente a los anticomunistas con los fascistas. A continuación, ante un auditorio cada vez más entregado, Chaplin pidió dinero para el frente del Este, y reclamó un decidido apoyo militar de Roosevelt a Stalin. El público recibió sus palabras con eufóricos aplausos.

A partir de ese día, se multiplicaron las apariciones públicas de Chaplin en favor de Rusia. Quizá por una genuina afinidad ideológica, o quizá por su fascinación narcisista ante esa nueva forma de dirigirse al público, el director de *Tiempos modernos* se convirtió en un ardiente defensor del segundo frente. En manifestaciones y estaciones de radio se podía oír su voz: «En los campos de batalla rusos morirá o vivirá la democracia», «¿A qué esperamos si la situación en Rusia es desesperada?», y la más comprometedora «El destino de los aliados está en manos del comunismo».

Muchos personajes públicos de diversos ámbitos, como Orson Welles o Fiorello La Guardia, defendían el segundo frente. Pero ninguno con el ardor de Chaplin. Subliminalmente, Chaplin ya no estaba hablando solo de defender la democracia, sino de respetar, ayudar e incluso admirar el comunismo. En el orgulloso país del sueño americano, que un extranjero viniese a defender un sistema rival no estaba bien visto. El FBI empezó a sospechar de Chaplin como agente soviético.

En esa época, el mujeriego Chaplin salía con la actriz Joan Berry, que seguía el patrón habitual de sus conquistas: una joven aspirante a actriz atraída por el éxito del director y ávida de un papel en sus películas que sostenía un tórrido pero breve amorío con él. Ahora bien, a diferencia de sus amantes habituales, Berry tenía una característica peculiar: era esquizofrénica.

Después de una temporada, como de costumbre, Chaplin dio por terminada la relación, y eso produjo una reacción histérica en la actriz. Berry continuó buscándolo y acosándolo. Entró en su casa con una pistola y amenazó con suicidarse. Le rompió las ventanas a pedradas. Y, finalmente, como nada de eso funcionaba, quedó embarazada de otro hombre y denunció a Chaplin por la paternidad.

El asunto no tenía por qué pasar a mayores, pero la publicidad asociada con él podía resultar dañina para Chaplin. Además, durante los prolegómenos del juicio, salió a relucir un detalle muy comprometedor, aunque suene ridículo. Un tecnicismo legal que podía arruinar la vida del director.

Durante un acto en favor del segundo frente en el Carnegie Hall, Chaplin le había pagado a su chica los billetes de tren de ida y vuelta a Nueva York, y la había recibido durante unas horas en su *suite* del Hotel Waldorf-Astoria. Habiéndola llevado a la ciudad con intenciones claramente sexuales, no había reservado una habitación individual para ella. Absurdo como pueda parecer, esto podía convertir a Chaplin legalmente en un proxeneta.

Estaba en vigor la Ley Mann, de 1910, contra la prostitución itinerante, que prohibía el transporte de mujeres con fines meramente sexuales. La pena podía alcanzar diez mil dólares de multa y una condena a diez años de prisión, lo que en el caso de Chaplin abriría el paso a una deportación en calidad de extranjero indeseable. La definición de la ley era tan amplia que incluso una pareja de novios en viaje de fin de semana podía terminar frente a un tribunal, y normalmente nadie se preocupaba demasiado por ella. Pero el gobierno federal encontró la ocasión perfecta para desacreditar a un potencial comunista peligroso, y puso una denuncia.

Los federales sabían que Chaplin sería hallado inocente al final del proceso, pero, en el camino, la noticia habría aparecido en todos los diarios, junto con su foto imprimiendo sus huellas digitales para la ficha policial. Si el director tenía alguna pretensión de ser una figura política pública a partir de entonces, estaba acabado.

Al final, Chaplin fue declarado inocente de todos los cargos. Y Joan Berry terminó encerrada en una institución mental. Pero el daño ya estaba hecho. El cómico al que todos querían se convirtió, de la noche a la mañana, en un pervertido millonario que aprovechaba la locura de las mujeres para explotarlas sexualmente. Y en un comunista, claro. La imagen pública de Chaplin nunca se repondría de ese ataque.

Hay que admitir que el mismo Chaplin no contribuía mucho a mejorar las cosas. En la paranoia bélica previa al macartismo, sus amistades con exiliados europeos como Bertolt Brecht o Thomas Mann resultaban altamente sospechosas. Y, para colmo, su siguiente proyecto fílmico era prácticamente un suicidio.

La película *Monsieur Verdoux* cuenta la historia de un empleado de banco que pierde su empleo durante la Gran Depresión. Con el fin de recaudar algún dinero, decide enamorar ancianas acaudaladas y luego matarlas para quedarse con sus fortunas. De cara al público norteamericano, que añoraba al tierno personaje de Charlot, una comedia tan ácida entrañaba, de por sí, un gran riesgo. Pero en *Monsieur Verdoux*, como si quisiera practicarse el haraquiri, Chaplin combinaba la crítica al sistema capitalista con perversión sexual, es decir, todo aquello de lo que lo acusaba el FBI.

La censura de la Motion Picture Association encontró la película inaceptable de cabo a rabo. Aparte de dos enmiendas a la totalidad, los censores tacharon escenas con prostitutas, chistes sobre un sacerdote católico, líneas de diálogo que sugerían la proximidad de cualquier intercambio sexual y adjetivos como *voluptuoso*. Hubo cartas de ida y vuelta, reuniones, sesiones privadas, y hasta el último minuto parecía que la película estaba condenada a pudrirse en una estantería. Y, sin embargo, para sorpresa del propio Chaplin, al final permitieron su exhibición sin cortes.

En sus memorias, Chaplin especula con la posibilidad de que la hayan dejado pasar con el único fin de precipitar su caída. A fin de cuentas, el único que ignoraba el clima de opinión pública que le esperaba era él mismo.

En la primera conferencia de prensa para promocionar *Monsieur Verdoux*, las preguntas de los periodistas tuvieron poco que ver con las virtudes artísticas de su filme:

—¿Es usted un comunista?

—¿Por qué no ha adquirido la ciudadanía americana?

—¿Es usted amigo de comunistas?

Un advenedizo leyó un manifiesto de la Asociación de Veteranos de Guerra Católicos. Otro le echó en cara que no considerase el sufrimiento de los soldados que habían desembarcado en Francia. Nadie preguntó por la película.

Tampoco fue fácil el estreno. Lejos de las carcajadas que solían acompañar sus películas, el público recibió el filme con tibios aplausos y algunos abucheos. Según Chaplin:

—Odio admitirlo, pero los abucheos me dolieron más que el ataque de la prensa.

La Liga Católica boicoteó las salas donde se exhibía el filme y organizó piquetes en muchas de ellas. Los manifestantes llevaban carteles con leyendas como «Chaplin fuera del país», «Chaplin a Rusia» y «Chaplin, ingrato y simpatizante comunista». Cuatro senadores atacaron a Chaplin desde sus escaños. Las salas empezaron a cancelar las proyecciones de *Monsieur Verdoux*.

Chaplin se sumergió en su siguiente proyecto, *Candilejas*. Pero América no estaba dispuesta a dejarlo descansar. El Comité de Actividades Antiamericanas presionaba a la fiscalía para conseguir la deportación de Chaplin bajo el cargo de «destruir la fibra moral de América».

La oportunidad de los detractores de Chaplin llegaría en 1952. Para presentar su nueva película, el director planeó una gira europea por todo lo alto. El viaje le serviría también para alejarse de la incómoda atmósfera que lo rodeaba en Hollywood. Como residente legal, antes de viajar al extranjero, Chaplin estaba obligado a solicitar un permiso de retorno al país. El Departamento de Inmigración mantuvo en suspenso la concesión del permiso durante tres meses, y luego anunció que le haría una visita, un «formalismo de rigor».

El día de la cita se presentaron en casa del director tres hombres y una mujer, con grabadoras y una máquina de escribir, para someterlo a un interrogatorio casi criminal:

—¿Nunca ha sido usted comunista?

—Nunca —respondió Chaplin—. Jamás he formado parte de una organización política.

—En uno de sus discursos usó la palabra *camaradas*. ¿Qué quiso decir?

—Eso exactamente. Mírelo en el diccionario. Esa palabra no es propiedad exclusiva de los comunistas.

—¿Ha cometido adulterio alguna vez?

—¿Cuál es la definición de *adulterio*?

—Digamos 'fornicación con la esposa de otro hombre'.

—No que yo sepa.

—Si este país fuese invadido, ¿pelearía usted por él?

—Por supuesto. Amo este país. Es mi hogar. He vivido aquí cuarenta años.

—Entonces, ¿por qué sigue la línea del partido?

—Si me explica usted qué línea es esa, podré decirle si la sigo o no.

Finalmente, le permitieron partir. Pero una vez más, la aceptación formaba parte de la maniobra. Chaplin abordó el lujoso crucero *Queen Elizabeth* con destino a Londres el 16 de setiembre de 1952. Al día siguiente, un cable llegó al barco anunciando que los Estados Unidos de América prohibían el regreso del director a su territorio hasta que no se presentase ante alguna oficina de inmigración en el extranjero para responder por cargos de menosprecio a la nación, pertenencia al Partido Comunista e inmoralidad manifiesta.

Este Chaplin paria, difamado y destruido por el mismo país que lo había encumbrado, es el que cruzó su camino con el de Enrique Amorim.

Entre las memorias inéditas de Amorim figura un suculento artículo titulado «Chaplin y Picasso frente a frente», que narra el encuentro entre esos dos artistas. Al comienzo, Amorim anuncia:

—Para evitar los riesgos de una publicidad perjudicial, la entrevista entre Picasso y Chaplin se ha mantenido en secreto... esta es la primera vez que se habla de ella.

Efectivamente, la reunión entre ambos artistas era una bomba política. Los Veteranos de Guerra Católicos ya habían acusado a Chaplin de escribirle una carta a Picasso, lo que, desde su óptica, era evidencia de sus actividades como espía comunista. Y el FBI tenía abierta una investigación sobre el pintor desde diciembre de 1944, cuando se afilió al partido.

El documento «Sujeto Pablo Picasso: alta seguridad C; archivo: 100–337396» incluía información clasificada sobre todos los alias del sospechoso: *Pablo Picasso*, *Pablo Picaso*, *Pable Picasso*, *Pablo Ruiz Picasso* y *Uno Picasso*. El archivo informaba sobre sus encuentros con terceras personas, a las que recomendaba investigar, y explicaba su papel en el Movimiento por la Paz, órgano de fachada del Partido Comunista de la Unión Soviética. También acusaba a Picasso de espionaje. Sobre la base de esta sesuda investigación, los Estados Unidos negaron una visa de entrada al pintor en 1950. Chaplin ya había dado muestras de su talento para meterse en problemas innecesarios. Pero esto era demasiado, incluso para él.

Según Amorim, para guardar el encuentro en el máximo secreto, los comensales acordaron cenar en la *suite* que Chaplin ocupaba en el opulento Ritz de Place Vendôme. Asistieron a la cita Picasso y su pareja, Françoise Gilot, el propio Amorim y su esposa, Esther Haedo.

Los recibió un secretario que les ofreció copas y les hizo firmar el álbum de visitas de Chaplin. Después apareció el director, acompañado por su esposa Oona. Los dos artistas se fundieron en un abrazo de amistad. Pero ni el anfitrión hablaba bien el francés ni Picasso dominaba el inglés, de modo que Esther sacó a relucir su educación políglota y actuó como traductora. Quizá por la falta de un idioma común, o quizá por la atmósfera almibarada y barroca del hotel, al principio de la cena, la comunicación se hizo complicada, densa. Según las memorias de Amorim:

—El encuentro tiene las trazas de transformarse en la anodina entrevista de dos embajadores para arreglar un asunto del que se sabe que está arreglado de antemano por la imposición y la violencia.

Para salvar la noche, Picasso tuvo una idea. Él admiraba el humor físico de Chaplin. Le gustaban los mimos en general. Al afeitarse, para entretener a su hijo, se pintaba como un payaso con la crema. Y cuando contaba dinero, imitaba los gestos de Chaplin en *Monsieur Verdoux*. Así que, cuando la cena parecía a punto de naufragar, se le ocurrió que el lenguaje corporal del *clown* era el único código que les permitiría comunicarse. Cuenta Amorim:

—Picasso exclama: «¡Qué calor hacer aquí...!». Y dirigiéndose a Chaplin, tuteándole, continúa: «¿Me permites?». Y ante el asombro de Oona y Françoise se pone de pie, quítase el saco, lo arroja sobre una silla y vuelve a sentarse. Chaplin no titubea un instante. Se yergue velozmente y se quita la chaqueta con gracia chaplinesca... Desde ese momento la comida cambia en tal forma que habrá que bajar la voz, calmar las risotadas, para no alarmar a las gentes del piso señorial.

Chaplin obsequió a sus invitados con la danza de los panecillos de *La quimera del oro*, y la cena se convirtió en una algarabía de piruetas y monadas.

Después de los postres, Picasso invitó a los asistentes a visitar su taller. Cada pareja abandonó el hotel por una puerta, de incógnito, y todos se reunieron en la Rue de

Grands Augustins, donde la noche continuó en el caos doméstico picassiano, entre libros, piedras de litografías, calaveras de bronce y esculturas de búhos, todo al calor de la chimenea. Picasso entresacaba de su desorden pinturas, suyas, de Renoir, de Rousseau, que el cineasta examinaba con delectación. Al cabo de la noche, Amorim ya llamaba Carlitos a Chaplin.

La velada terminó a las tres de la mañana, cuando las dos estrellas salieron a pasear por la margen izquierda del Sena, entre los puestos de libreros ambulantes y la jefatura de policía. Dice Amorim que los demás optaron por dejarlos solos. Que «el Sena, Picasso y Chaplin se podrán entender». Y cierra su crónica con las siguientes, crípticas palabras:

—Picasso y Chaplin jamás corrieron como niños por los bordes del Sena. Pero si alguno de ustedes puede preguntarle a uno u otro por este episodio, no pierda la oportunidad de develar el misterio.

Ya no podemos preguntarles nada, ni a uno ni al otro. Y en la biografía de Picasso escrita por Pierre Daix, su amigo de esa época, no figura ninguna mención a tal reunión. Pero, con el tiempo, dos de los asistentes a la cena publicarían sus memorias, ambos después de la muerte de Amorim. Y el contraste entre sus versiones y la del comensal uruguayo arroja un resultado absolutamente sorprendente, un enigma más en nuestra historia.

La mujer de Picasso, Françoise Gilot, confirma el relato de Amorim detalle por detalle. La necesidad de traductores. La frialdad de los primeros minutos. La danza de *La quimera del oro*. La visita posterior al estudio. No menciona por su nombre a Amorim ni a Esther, pero señala que hubo «unos amigos» en la cena. En cambio, en su relato aparece un personaje nuevo, al que Amorim ni siquiera menciona: el poeta del partido, Louis Aragon.

Charles Chaplin, en su autobiografía, añade que Aragon no solo estaba presente, sino que fue quien organizó la velada. Según el cineasta, su jefe de publicidad estaba alarmado por la posible mala prensa de un encuentro así, pero admiraba tanto a los invitados que, cuando llegaron, les llevó su libro de autógrafos para que le dejasen un recuerdo. Ese es el cuaderno que Amorim firmó creyendo que era un álbum de visitas.

Chaplin también destaca las dificultades de la comunicación, y rememora que, físicamente, Picasso le pareció un «acróbata» o un «payaso» más que un pintor. De la visita a su estudio, que describe como un «deplorable establo», le llamaron la atención las valiosas pinturas que Picasso guardaba sin cuidado, como si fueran papeles viejos. También refiere haber visto unas cincuenta obras maestras, entre ellas, un hermoso Cézanne.

Pero lo más extraño es que Chaplin menciona otro personaje más, uno que no señala Gilot, y tampoco Amorim: ni más ni menos que el escritor Jean-Paul Sartre, padre de la filosofía existencialista y Premio Nobel de Literatura de 1964.

¿Podría haber olvidado Amorim a Sartre en su relato? ¿Justo Amorim, cuyo mayor placer era contarle al mundo que se codeaba con los mejores artistas? ¿Y podría haberlo olvidado también Françoise Gilot?

Parece poco probable. Conociendo las características de los asistentes a la cena, hay una explicación más plausible: que Sartre nunca estuvo ahí.

De hecho, la descripción de él que hace Chaplin es inverosímil:

—Sartre tenía la cara redonda, y aunque sus rasgos no merecen mayor comentario, poseían una sutil belleza y sensibilidad.

¿Sus rasgos no merecen mayor comentario?

Sartre era bizco. Tenía los labios gruesos y las orejas salidas. Fumaba sin parar, frecuentemente en pipa, y su nariz se inclinaba hacia adelante como el pico de un ave carroñera. Lo último que podría decirse de sus rasgos es que poseían una sutil belleza. Esa es, en todo caso, la descripción de Amorim.

Sospechosamente, quien sí se había fijado bien en la apariencia de Sartre era el uruguayo, que en unos artículos demuestra un conocimiento detallado del aspecto del filósofo, al que describe «de pequeña estatura, más bien nervioso, nada pagado de sí mismo y que se llama Jean-Paul Sartre».

Además, en sus memorias, al hablar de la cena en cuestión, Charles Chaplin añade otro dato significativo sobre su supuesto invitado:

—Sartre apenas revelaba lo que pensaba.

Claro que no lo hacía si era Amorim, porque el uruguayo no hablaba bien ninguno de los dos idiomas de esa mesa.

Aún hoy, los filósofos no son precisamente figuras mediáticas. Pero a comienzos de la década de 1950, con la televisión recién empezando a invadir los hogares del mundo, nadie lo era. ¿Se hizo pasar Amorim por Sartre deliberadamente y a sabiendas de Picasso para complacer a Chaplin? ¿O Chaplin simplemente lo confundió?

Si se trató de un engaño planificado, con toda probabilidad el autor fue el mismo que planeó la cena, llamó a Chaplin y escogió a los invitados: Louis Aragon.

Aragon quería mostrarle a Chaplin que un artista podía ser independiente y comunista a la vez, y Sartre era un excelente ejemplo. Sartre siempre había sido muy crítico con las relaciones entre el Partido Comunista y los artistas, y, como hemos visto, eso le había ganado acusaciones de «hiena» y «chacal» por parte de los soviéticos.

A la vez, si Chaplin temía las consecuencias políticas de un encuentro a solas con Picasso, la presencia de Sartre podía atenuar las sospechas. Así pues, desde todo punto de vista, Sartre era el comensal perfecto.

Y, sin embargo, había un problema difícil de soslayar: Sartre y Aragon se detestaban.

Aunque se los podía ver juntos en público debido a sus compromisos profesionales, Sartre era responsable del mayor bochorno público de Aragon: el caso Nizan. Paul Nizan había sido un decidido antifascista y un idealista, miembro del Partido Comunista Francés y periodista junto a Aragon. En 1939, cuando Stalin pactó cínicamente con Hitler para repartirse la invasión de Polonia, Nizan se sintió engañado. Se desilusionó del comunismo, abandonó el partido y se marchó a luchar contra los nazis. Murió en combate en 1940.

A pesar de su fidelidad a sus principios y de su heroica muerte, el partido no perdonó su dimisión. Sus familiares pidieron que se lo reivindicase después de su muerte. Muy por el contrario, Aragon hizo circular la versión de que Nizan había sido un traidor y un informante de la policía. Sartre, amigo de infancia de Nizan, se indignó. Retó públicamente a Aragon a mostrar pruebas de la traición, pruebas que no existían. Pero admitir la mentira habría destrozado la relación de Aragon con el partido. El poeta nunca respondió a las acusaciones de Sartre, y su silencio pesaría sobre su conciencia y su reputación por el resto de su vida.

Quizá por eso Aragon no quería a Sartre en la reunión secreta. Si hacía falta seducir a Chaplin, siempre podía echar mano de los recursos que había aprendido con sus amigos surrealistas. Al fin y al cabo, en sus viejos tiempos, su grupo poético Dadá jugaba a inventar noticias falsas y colarlas en los periódicos para hacerse publicidad. Alguna vez habían llegado a colar unas falsas declaraciones del príncipe de Mónaco anunciando su incorporación al dadaísmo. Y, por cierto, en otra ocasión habían inventado un discurso falso de... Charles Chaplin.

De los presentes en la cena, Aragon era el único, con excepción de Esther Haedo, que hablaba bien inglés y francés, lo cual le daba capacidad de maniobra en la reunión. Y si había alguien perfecto para asumir el papel de Sartre, o de quien fuera, era Amorim, el hombre que había inventado a las quitanderas y la reunión falsa con Neruda.

Esta es otra de las historias de Amorim que resulta imposible confirmar. Sus detalles se cuelan traviesos entre la verdad y la ficción, entre los testimonios y las leyendas, haciendo imposible saber qué ocurrió, qué quiere hacernos creer que ocurrió, y qué cree él sinceramente que ocurrió.

Por ejemplo, la biografía de Sartre por Annie Cohen-Solal reseña una reunión entre el filósofo, Chaplin y Picasso, pero lo hace de pasada, como parte de una larga lista de reuniones, y está publicada veinte años después de la de Chaplin. Podría haber sido tomada de ahí. Así que es posible que Amorim se haya convertido en Sartre, y figure de incógnito incluso en la misma biografía del filósofo.

En todo caso, mientras ningún dato nuevo resuelva esta encrucijada, Chaplin y Picasso seguirán correteando como dos niños por las orillas del Sena, bajo la atenta mirada de un admirador uruguayo.

Un túmulo para el poeta

Consolidados sus contactos en París, Amorim estaba listo para volver a casa y terminar su gran obra. No solo estaba listo. También estaba obligado. Porque, una vez más, la frenética actividad de Amorim le pasó factura a su salud. A sus dolores reumáticos siguió una infección de amígdalas que lo obligó a volver a Salto y lo mantuvo en cama durante una larga temporada.

Incluso durante esos meses, trabajó febrilmente en su proyecto de monumento a García Lorca.

La naturaleza de dicho monumento constituye una de las aventuras más misteriosas y extrañas de Amorim. Ya hemos visto que, a lo largo de su vida, dejó para la posteridad multitud de pistas engañosas y mensajes confusos. En lo relativo a este episodio, él trató de que creyésemos —y quizá creyó él mismo, y quizá tuvo razones para creer— que lo que estaba haciendo no era un monumento, sino un sepulcro: la última morada de los huesos del poeta.

Hoy, el memorial sigue en su sitio, y es uno de los atractivos turísticos de Salto. Está construido en la llamada Piedra Alta, el punto más elevado y hermoso junto al río Uruguay. Desde el promontorio de roca a espaldas del monumento se divisa Argentina. Y a ambos lados, el río se pierde entre las verdes colinas de la frontera.

La zona del monumento es ya, de hecho, una especie de mausoleo de artistas. Muchas personas se han suicidado desde la Piedra Alta, entre ellas, por lo menos un poeta, Víctor Lima. Y a unos cincuenta metros, Amorim mandó levantar un monumento a Horacio Quiroga.

El monumento al mentor de Amorim se convirtió, como ya detallé, en su tumba. Amorim retiró del cementerio la urna con las cenizas de Quiroga, cenizas que colocó en lo alto de su memorial. Quería que quien viese esa construcción viese también al mismísimo autor de «Anaconda»... o lo que quedaba de él.

Amorim encontraba varios paralelos entre la muerte de Quiroga y la de García Lorca. Consideraba que ambos habían sido traicionados por sus respectivos países. Y se sentía responsable por ellos y por su recuerdo para las generaciones venideras. Además, le hacía ilusión pensar que ambos querían yacer cerca de él. Había repatriado las cenizas de Quiroga por el deseo de viajar a Salto que él mismo le había expresado en el hospital, antes de morir, aunque quizá Quiroga había manifestado esa voluntad solo como una cortesía frente a su amigo. Y lo mismo podía pensarse de Federico. En las fotos firmadas por García Lorca, tanto la que le dedica a Amorim como la dirigida a su esposa, Esther, el encabezamiento reza «Quiero estar en Las Nubes».

Si la voluntad de Quiroga de visitar Salto le había bastado a Amorim para organizar el rocambolesco periplo uruguayo de sus cenizas, la declaración firmada por García Lorca podía tener el mismo valor.

La forma del monumento a García Lorca, de hecho, recuerda a una lápida. Se trata de un sencillo muro sobre el que van grabados, a manera de epitafio, los versos de Antonio Machado en honor a la muerte del poeta granadino:

Labrad amigos
de piedra y sombra en el Alhambra
un túmulo al poeta
sobre una fuente donde llore el agua
y eternamente diga: el crimen fue en Granada
en su Granada.

La selección del poema es bastante obvia, pero su localización no deja de ser sugerente: un túmulo es una tumba. Y esta en particular contaba con un pequeño tubo por donde «lloraba el agua», hoy obstruido.

La inauguración del monumento se realizó al fin en diciembre de 1953. Así como había orquestado años antes el funeral nocturno de Quiroga, Amorim planeó este con todo su sentido escénico de cineasta. Llevó a Salto a la actriz fetiche de Federico, Margarita Xirgú, que pasaba su exilio en Uruguay. Y ahí, frente al monumento, Xirgú y su elenco representaron las escenas más oscuras de *Bodas de sangre*. La ceremonia en definitiva fue un largo rendimiento de honores fúnebres, unas indisimuladas exequias, y resultó tan convincente que los asistentes, en su mayoría pescadores y lavanderas que trabajaban en el río, la entendieron, en efecto, como un entierro. Muchos de ellos se acercaron a darle el pésame a Margarita Xirgú. Algunos de los mayores le decían:

—Sé lo que se siente, señora. Yo también he perdido un hijo.

Pero lo más sospechoso es que, durante la ceremonia, Amorim enterró detrás del monumento una caja.

En las fotos de la inauguración del monumento, se la puede observar con claridad. Mide aproximadamente cuarenta por cincuenta por sesenta centímetros, las proporciones de los osarios, que se usan para guardar los huesos cuando un cuerpo ya se ha desintegrado, cinco o diez años después del deceso. Y es de color blanco, quizá de marmolina, como las que aún descansan en el cementerio de Granada, y en muchos otros. En las fotos, mientras se despliega la ceremonia funeraria, un Amorim consumido por la enfermedad tiene la mirada fija, no en el muro, sino en la caja.

Después del acto, Amorim dedicó unas palabras a la audiencia. Recordó la lucha de España y la suerte de sus dos poetas, García Lorca y Machado. Saludó la presencia de la amiga Xirgú y habló de la relación entre sus dos países. Cuando se acercaba al final de su elocución, pronunció unas palabras que pueden entenderse metafóricamente o no:

—Aquí, en un modesto pliegue del suelo que me tendrá preso para siempre, está Federico... Hasta aquí llegó Margarita, incrédula tal vez de lo que se podía hacer en Salto...

Y concluyó dándole las gracias al pueblo salteño, también de una manera muy peculiar y sospechosa:

—Gracias por lo que intuyes, por lo que adivinas...

Pero no podemos intuir ni adivinar qué hay en el interior de la caja.

Desde el fatídico día de agosto de 1936, el cadáver de García Lorca ha sido buscado por cielo y tierra, y sobre él se ha tejido todo tipo de mitos. La pista más fiable para los investigadores siempre fue la del enterrador Manuel Castilla Blanco, *Manolo el Comunista*, quien declaró a los biógrafos Penón y Gibson que él mismo había enterrado el cuerpo de García Lorca cerca de un paraje de Alfacar conocido como Fuente Grande, en algún punto entre un olivo y un barranquillo.

En setiembre de 2008, el juez Baltasar Garzón se declaró competente para instruir la causa de los desaparecidos durante la Guerra Civil, dando los primeros pasos para la exhumación. Un año después, un técnico equipado con un georadar estimó que la posible fosa de Fuente Grande medía seis por dos metros y noventa centímetros de profundidad, pero que había sido manipulada poco tiempo después del enterramiento, probablemente para retirar su contenido.

En octubre de 2009, un equipo de geofísicos bajo la dirección de la Junta de Andalucía comenzó a buscar restos humanos en el terreno de Alfacar. Dos meses y una larga tormenta mediática después, los especialistas anunciaron que no había restos en ese terreno, ni de Federico ni de nadie, y que en esos lugares nunca se había practicado enterramientos.

Muchas personas creen que Federico fue deliberadamente enterrado en algún lugar secreto. Esta tesis tiene multitud de variantes. Según una de ellas, en cuanto la noticia del crimen trascendió, las autoridades rebeldes ordenaron desenterrar el cadáver y esconderlo en una fosa donde ya había otras treinta víctimas. Según otra, defendida por el periodista granadino Fernando Guijarro, el padre de Federico pagó trescientas mil pesetas para recuperar a su hijo, y volvió a enterrarlo en secreto en su propiedad, la Huerta de San Vicente. Otros especulan con que el mismísimo Franco ordenó el enterramiento del poeta en el Valle de los Caídos.

Las leyendas se suceden, a cada cual más inverosímil. Todo el mundo cree saber qué ocurrió en realidad, y en ocasiones, la ficción se vuelve real. Así ocurrió con la teoría —emanada de una novela de Fernando Marías— de que García Lorca no murió: sobrevivió a su fusilamiento, pero las balas le causaron un irreversible daño cerebral. Hay quienes defienden eso como cierto.

La familia García Lorca se ha negado rotundamente a buscar los restos. Manuel Fernández-Montesinos, ex presidente de la Fundación Federico García Lorca, declaró en su momento que la búsqueda de los restos era una profanación. Su sucesora, Laura García-Lorca, añadiría que para ella no era ningún consuelo saber dónde yacían los restos del poeta. Ante la posibilidad de abrir la fosa de Alfacar, los herederos amenazaron con emprender acciones legales contra los desenterradores.

La negativa de la familia a escular el tema ha despertado sospechas sobre su interés en ocultar el pasado, y reforzado a quienes creen que Federico fue retirado de su sepulcro y colocado en otro sitio. A veces, otros familiares han alimentado esas sospechas. El escultor Eduardo Carretero, casado con una prima del poeta, asegura que a Lorca se le hizo un entierro secreto:

—Después de enterrar a Federico García Lorca, los mismos militares lo volvieron a sacar y lo llevaron a otro sitio. Así que puede que esté debajo de algo ya construido. Y no quiero hablar más de esto.

Para Carretero, encontrar los restos de Federico será imposible.

Inevitablemente, en un país con heridas históricas mal cerradas, Federico García Lorca se ha convertido en el símbolo de las desapariciones de la Guerra Civil. Los familiares que aún buscan los restos de sus padres o abuelos muertos en esos años llevan fotos de él a las manifestaciones en defensa de sus demandas, la última de ellas, la que se organizó para apoyar al juez Baltasar Garzón ante el proceso legal interpuesto en su contra por asociaciones civiles herederas de Falange Española.

Mientras tanto, ajeno a la tormenta, el monumento de Salto ha permanecido intacto durante más de medio siglo. Detrás del muro hay una especie de corral de piedra lleno de tierra, donde fue enterrada la caja. Pero nadie se ha tomado la molestia de mirar qué hay dentro. Las únicas señales de vida a su alrededor son los preservativos usados por algunas parejas que pasan ahí sus noches románticas.

A lo largo de la investigación para este libro, tres fuentes me declararon *off the record* que, durante su desaparición de 1952, Amorim robó el cadáver de García Lorca de Granada, o se lo compró a alguna autoridad corrupta, y lo llevó en secreto hasta Salto para enterrarlo tras el monumento. Pero ninguna de ellas se atreve a decir eso frente a un micrófono o una grabadora. Lo consideran un rumor.

La declaración oficial más atrevida fue la de Griselda Rosano, asistente de Esther Haedo tras la muerte de Amorim. Griselda admitió que Esther actuaba como si el monumento fuese un sepulcro. Así, durante veintitrés años, después de la muerte de Enrique Amorim, su viuda viajó todos los veranos a Salto. Y en cada uno de esos viajes, sin falta, llevó flores a dos lugares: la tumba de su esposo y el promontorio donde se eleva el monumento a Federico García Lorca.

Cada una de esas veces, Griselda le preguntó a su patrona qué guardaba la caja en su interior. La respuesta invariable de Esther fue:

—Mucho pregunta usted, mi hijita.

¿Se trataba de actos simbólicos en memoria de Federico? ¿O Esther creía que ahí descansaban los restos de su amigo? Y, si era así, ¿descansan ahí en realidad o fue

315

una más de las tretas de Amorim? Y si no fue una treta, tampoco era fácil cumplir esa misión en Granada en 1952. Aunque Amorim realmente hubiese robado o comprado un cadáver, nada garantiza que fuese el que buscaba. ¿Descansa Federico ahí en realidad, o la caja contiene los restos de algún otro muerto, o de un animal, o quizá guarde unos recuerdos inocentes (unas fotos, por ejemplo)?

Solo hay una manera de saberlo.

Durante mi visita a Salto, me acerqué al monumento con un pequeño equipo formado por la documentalista Susana Garrido y el abogado Pablo Suárez. Era un día de junio frío pero soleado, y en la orilla del río algunos salteños pescaban con cañas o hacían *jogging*. Detrás del muro seguía intacta la tierra que guardaba la enigmática caja. Sobre el promontorio, oyendo el rumor del río a nuestros pies, sostuvimos el siguiente diálogo:

—¿Qué hacemos? ¿Desenterramos lo que hay ahí dentro y miramos?

—No puede estar muy hondo. La base de piedra es alta. Unos treinta centímetros.

—¿Y qué? ¿Qué hacemos si encontramos huesos?

—Vamos a la policía...

—Ya. ¿Y qué decimos en la comisaría: «Buenos días, traemos el cadáver de García Lorca. Por favor, guárdenlo»?

—Y si lo sacamos, ¿cómo demostraremos que lo sacamos de aquí, que no lo trajimos de otro lugar?

—Podemos sacarlo, verlo y volverlo a guardar.

—Pero entonces quedarán huellas de que manipulamos el terreno. Y si es el cadáver, parecerá que nosotros lo pusimos ahí.

—Por no mencionar que si hay un cadáver, tampoco podemos probar que es el que buscamos.

—¿Qué hacemos?

En la otra orilla, asomaban los edificios de la ciudad argentina de Concordia. El motor de una lancha ronroneó entre las aguas marrones. Un perro se acercó a olfatear el pie del monumento, probablemente con la intención de orinar. Fuera de eso, no se oía nada. Tras un largo silencio, uno de nosotros respondió:

—No hacemos nada. Nos vamos.

La traición de Neruda
(y la de Aragon)

No sabemos qué hay enterrado dentro de ese monumento. Pero sabemos que Amorim le daba la mayor importancia, y que trató de que el mundo supiese de su erección. Y también que en ese empeño, una vez más, sus colegas lo traicionaron.

Los comunistas ignoraron olímpicamente la solemne inauguración. Los exiliados republicanos se negaron a asistir al acto. Los escritores pensaron que Salto quedaba demasiado lejos para ir a ver el estreno de un montón de piedras. El único periódico que cubrió el acto, *El Plata*, se limitó a cuestionar la autoridad de Amorim para conmemorar a Federico García Lorca.

Y lo peor de todo: Pablo Neruda lo plantó.

Amorim le había pedido al chileno que por lo menos enviase unas palabras. Neruda vivía su momento de máxima popularidad, y un discurso suyo, por pequeño que fuese, llamaría más la atención sobre el acto.

Neruda ni siquiera le respondió.

Para presionar al poeta, Amorim pidió la intercesión de Antonio Quintana, un fotógrafo comunista chileno muy amigo de Neruda y colaborador del Movimiento por la Paz. Esperaba que, interpelado por ese canal, Neruda se sintiese obligado a echarle una mano. Pero el poeta siguió sin darse por enterado. Y Amorim se guardó para sí sus

319

sentimientos, sin revelárselos a casi nadie, y mucho menos al partido.

Lo sabemos por una carta que Quintana le escribió tiempo después a Amorim, tratando de salvar su relación con Neruda:

—Te debo hacer una consulta: el consejo del Movimiento por la Paz de Uruguay decidió hacer también su homenaje a Neruda. En la Comisión de Cultura se planteó la posibilidad de que tú hicieras la intervención de fondo, «como figura uruguaya de primer agua»... Se ve que nadie supone que tú pudieras tener reservas para aceptar.

Quintana quería que Amorim pusiese la causa por encima de sus rencillas personales, exactamente al contrario de lo que había hecho Neruda:

—Mi opinión: debieras aceptar. Razones: las tuyas. Se trata de un acto político. Se trata de la paz... Tus razonamientos en torno a la falta de mensaje de Pablo para el monumento a García Lorca debes aplicarlos a ti.

A continuación, y con notable delicadeza, Quintana le expuso a Amorim lo que se decía de él en el partido y los círculos culturales:

—Nunca dudé de tu consecuencia pese a esa apariencia de caprichosidad y dispersión que das y que tanto te perjudica. Solo quienes te conocemos mucho, y por conocerte te queremos y estimamos, sabemos que en ti hay una línea, hay vértebra, hay consecuencia, hay conducta.

Ese párrafo explica por qué Amorim jamás progresaría en la tierra prometida del partido: comunista y millonario, homosexual y casado, escritor de todos los estilos y amigo de todos los grupos, el camaleónico uruguayo, por simpático que fuese, carecía de la cualidad que más apreciaban sus camaradas: la coherencia.

En su círculo íntimo, Amorim continuó reprochándole a Neruda su monumental ego, su megalomanía. Pero no encontró eco. Sus camaradas consideraban que Pablo merecía los honores que se le rendían. De regreso de Chile, precisamente de uno de los múltiples homenajes al poeta, otro militante le explicó a Amorim que era natural que el partido celebrase a su militante más famoso:

—La figura del gran poeta fue el pretexto, pero no hubo endiosamiento ni bacanales... Es tiempo de que pongas buena voluntad en entender bien esto.

No nos constan las reacciones de Neruda ante las críticas de Amorim. Lo más posible es que su sentimiento no haya sido de visceral enemistad, sino la más pura indiferencia. Amorim solía creer, para bien o para mal, que los demás le atribuían una importancia mayor que la real. En todo caso, estaba acabado en América Latina. No podía confiar en nadie, y nadie creía en él. Todos endiosaban a su principal rival.

Siempre le quedaba París. Cuando los latinoamericanos le fallaban, Amorim se hacía la ilusión de que los franceses lo comprenderían mejor. Quería pensar que estaba por encima de sus tercermundistas colegas, y que el mundo cultural francés sí valoraría y comprendería lo que había hecho —fuese lo que fuese exactamente lo que había hecho— por García Lorca.

Desafortunadamente para él, en París tenía un enemigo peor. O un enemigo a secas. Porque la ausencia de Neruda en su homenaje a García Lorca podía deberse al olvido, la indiferencia, incluso la falta de tiempo. En cambio, el poeta surrealista Louis Aragon sí que detestaba a Amorim, y era mucho más poderoso que Neruda. Que hubiese invitado al uruguayo a hacerse pasar por Sartre en aquella cena con

Chaplin no significaba que lo apreciase, sino a lo mejor que lo toleraba, o incluso que lo despreciaba. Significativamente, Amorim borró al francés en su relato de esa noche.

La fuente que atestigua los desplantes de Aragon a Amorim es la más fidedigna: el propio Amorim. El uruguayo le dedica al francés el texto más amargado de sus memorias inéditas, un recuerdo remojado en bilis de cómo Aragon lo echó de una patada del escenario de las letras francesas.

Contemos la historia desde el principio.

El contacto entre Amorim y Aragon lo hizo Rafael Alberti, el poeta español comunista que vivía en el exilio en Uruguay. Amorim le pasaba dinero a Alberti, disfrazado de pagos por sus colaboraciones para la revista *Latitud*. A cambio, cuando Amorim viajó a Wroclaw, le pidió que lo contactase con sus amigos en el comunismo europeo.

Alberti prometió entregarle a su benefactor dos ejemplares autografiados de su libro *A la pintura*, que le servirían como pasaportes a la vida social de la crema y nata del comunismo cultural. Uno de los libros era para Picasso, y llegó, como hemos visto, a su destino. El otro era para Louis Aragon. Alberti firmó los dos, pero al momento de entregarle a Amorim el segundo, se arrepintió y se lo quitó de las manos. Dijo que mejor lo enviaría por correo. Temía que, de otro modo, Aragon reaccionase mal.

—Tú no sabes cómo es él... —se justificó—. Es muy particular.

Alberti consideraba a Aragon un «comunista apasionado, arbitrario, colérico, casi terrible». En efecto, el poeta francés tenía una personalidad avasalladora: alto y elegante, poseía una penetrante mirada azul bajo su cabellera blanca, y era impetuoso hasta el límite de la prepotencia, hiperactivo hasta resultar agotador. Debido a su carácter, Aragon no tenía una relación fácil ni siquiera con Picasso. Según Françoise Gilot:

—Su amistad era mordaz y agresiva, y atravesaba tropiezos, enfados y reconciliaciones. Creo que se atraían y se odiaban a la vez. Sé que Pablo nunca terminó de sentirse cómodo con él.

A pesar de esa leyenda negra, Amorim pensó que conseguiría seducir a Aragon si se encontraban en persona. Al fin y al cabo, lo había hecho con Benavente, García Lorca y tantos otros. Solo necesitaba establecer contacto, y el resto rodaría por sí mismo.

Después del congreso de Wroclaw, como vimos, Amorim siguió a Picasso hasta París. Ahí decidió que, en tanto intelectual comunista, formaba parte de sus obligaciones laborales visitar el diario del partido, *L'Humanité*, donde colaboraba Aragon. Pero ese día, lo único que consiguió del poeta fueron nuevas anécdotas sobre su arrogancia. Un fotógrafo del diario le contó que, en *Ce Soir*, a la hora en que se esperaba la llegada de Aragon, el ascensor se mantenía detenido durante varios minutos para que el poeta no tuviese que perder tiempo esperándolo.

Aragon era un reto, incluso para un hombre con el talento social de Amorim. Ahora bien, al uruguayo no le faltaban recursos. Mientras hacía su película sobre Picasso, le propuso al pintor filmar sus cerámicas en la Maison de la Pensée, feudo de Aragon. Pensaba que el poeta no se le resistiría si lo veía entrar acompañado de su «gran amigo» Picasso. Lamentablemente, el uruguayo no sabía lo suficiente sobre las maneras de su anfitrión: Aragon apareció, en efecto, pero solo para decirle a Amorim que no estaba autorizado a grabar y que se largase de ahí.

Aún después de ese bochorno, Amorim siguió tratando de impresionar al francés. Pensó que, si el cine había servido como anzuelo para Picasso, quizá también mordería él. Además, contaba con la extraordinaria vanidad de Aragon. Cámara en mano, lo invitó a posar para su colección de intelectuales. Según le dijo, su galería fílmica era «sin duda la más interesante que existe en el mundo». Pero un despectivo Aragon rechazó la invitación. Arguyó que no estaba afeitado.

Sordo a las indirectas, Amorim continuó tratando de ingresar a la lista de elegidos de Aragon. Le envió dos textos para su publicación en *Les Lettres Françaises*, que Aragon rechazó sin miramientos.

El amante uruguayo, el seductor de artistas, no podía entender tamaña demostración de desprecio. Estaba demasiado acostumbrado a ser maravilloso. Así que, harto de sus desplantes, terminó por mandarle una carta insultante. Según él mismo:

—En aquella carta lo acusaba yo de prepotente; le decía que era él un zar de las letras, y, lo que era verdad, que nadie podía soportarlo, por su insolente manera de proceder. Hay adulones que hasta el día de hoy hablan de su capacidad de trabajo, lo que nada tiene que ver con su altanería de presuntuoso hombrecito.

Aragon se puso furioso al leer esa carta. Exigió explicaciones, ya no a Amorim, sino a los militantes comunistas uruguayos. Uno de ellos, el periodista Alfredo Gravina, le escribiría a Amorim muy enfadado por el incidente:

—Supongo que tienes cierta manía de desparramar cartas ofendidas y ofensivas en escala nacional e internacional... De Praga a París hice el viaje con Aragon, quien en forma muy sutil me pidió cuentas sobre una carta tuya que calificó de insensata, injuriosa y gratuita... Tuve que darle a entender que tú eras grandecito, y que no me metiera en líos.

En sus memorias, el uruguayo llama a Aragon «petulante persistente», «estúpido», «afectado» y «pobre». Incluso hace un intento patético por demostrar que era más cercano que él a Picasso, corrigiendo un dato de un texto de Aragon sobre el pintor. De ningún otro personaje se expresa Amorim con tanta amargura y despecho.

Para Amorim, en conclusión, Neruda y Aragon no solo lo habían abandonado a él, sino también a García Lorca, cuya memoria era propiedad privada de Amorim. Ambos, en su egoísmo y su pedantería, serían responsables de que nadie supiese lo que él había hecho por el poeta mártir. Y por eso era capaz de insultarlos a los dos en la misma frase. Como muestra recordemos su cita líneas arriba, cuando se refería al poeta francés:

—Hay adulones que hasta el día de hoy hablan de su capacidad de trabajo.

Pues bien, en sus memorias, Neruda dice de Aragon de manera literal:

—Lo que me sorprendió inicialmente en él fue su increíble capacidad de trabajo...

La muerte de Stalin
(y de muchas cosas más)

La última esperanza de Amorim era Picasso. Sin duda, él sabría valorar el monumento a García Lorca, e incluso influir en Aragon para que cambiase de opinión. Amorim aún estaba a tiempo de recuperar la gloria que creía merecer, y de alcanzar su butaca en la primera fila de la historia, junto a Federico.

Pero la historia —tanto la pequeña, la de los malentendidos y los dimes y diretes, como la grande, la de los eventos que cambian el planeta— estaba en contra del escritor uruguayo. Porque precisamente mientras él se afanaba en los preparativos del monumento a Federico García Lorca, Pablo Picasso había alcanzado el punto máximo de su «temporada en el infierno».

La obra picassiana de esos años, en contraste con la de mediados de la década de 1940, refleja la gran crisis que el pintor atravesaba en todos los ámbitos. Para empezar, continuaba, sin éxito, tratando de complacer a un demandante Partido Comunista. Pintó un mural llamado *Guerra y paz* en una capilla abandonada de Vallauris, un esfuerzo por representar temas históricos de manera didáctica en un espacio público, a la manera de los muralistas mexicanos. Pero el partido cada vez lo ignoraba más en beneficio del pintor oficial, André Fougeron. Incluso fue rechazada su propuesta de afiche para el Congreso de la Paz de 1952.

Como si fuera un estudiante mediocre, Picasso tuvo que rehacerla.

Paralelamente, Françoise Gilot fue desapareciendo de sus lienzos y de sus sentimientos. La última pintura en que se la puede reconocer, *La mujer en la ventana*, de 1952, muestra descolorida a la compañera del pintor, mirando hacia el exterior melancólicamente, como mira un preso a través de los barrotes, o como se miran las nubes negras cuando se acercan desde el horizonte.

Solo faltaba el relámpago que desatase la tormenta. Y no tardaría en llegar.

El 6 de marzo de 1953, el diario comunista *L'Humanité* apareció en los quioscos con un crespón negro adornando su portada: Stalin había muerto.

La desaparición del líder significaría un gran cambio en todas las políticas soviéticas, sin excluir la cultural. Nadie sabía qué esperar, pero se avecinaban grandes transformaciones y se cruzaban apuestas. Neruda se apresuró a hacer la suya, ensalzando en el mismo poema tanto a Stalin como a su sucesor, Georgi Malenkov:

> Stalin es el mediodía,
> la madurez del hombre y de los pueblos...
> Enseñó a todos
> a crecer, a crecer...
> Y él allí sencillo como tú y como yo,
> si tú y yo consiguiéramos
> ser sencillos como él...
> ...Su estructura
> de bondadoso pan y de acero inflexible...
> Pero Malenkov ahora continuará su obra...

Pisó en falso. Malenkov apenas duró diez días al frente del Partido Comunista.

El acérrimo enemigo de Neruda, Ricardo Paseyro, ya se relamía previendo el fin de la carrera de su odiado «elefante chileno». Según le escribió a Amorim:

—Neruda hace bien en dar recitalitos y juntar vintenes por ahí, porque ese no volverá a pisar la Unión Soviética.

Por su parte, la misma semana de la muerte del líder, Louis Aragon había asumido la dirección del semanario *Les Lettres Françaises*, junto a Pierre Daix. Al recibir la noticia, ambos decidieron preparar un número especial de la revista, contando con las firmas de las figuras más destacadas del partido. Con ese fin, telegrafiaron a Picasso:

—Preparamos un número de *Les Lettres Françaises* en homenaje a Stalin. *Stop*. No podemos hacerlo sin ti. *Stop*. Envía lo que quieras texto o dibujo antes del martes. Abrazos. Aragon.

Hasta entonces, consciente de los riesgos, Picasso había eludido cualquier posibilidad de retratar al gran camarada. Para su cumpleaños de 1949, se había limitado a dibujar una mano con una copa y escribir «Stalin, a tu salud». En el caso específico de la muerte del líder, un problema añadido era la falta de tiempo. Y otro, quizá el mayor, la falta de modelo:

—¿Cómo voy a hacer un retrato de Stalin? —se preguntó Picasso—. Para empezar, jamás lo he visto y no recuerdo qué aspecto tiene, más allá de que lleva un uniforme con botones grandes, una gorra militar y un bigotazo.

Pero sabía que no podía negarse. Si no por el partido, lo haría por su amigo Aragon.

Buscó una foto del líder y encontró una en la que aparecía muy joven. Realizó varios bosquejos tratando de hacerlo ver como de cuarenta años, hasta quedar convencido por una imagen *naïve*, en la que un Stalin de cara redonda y cejas espesas contemplaba mansamente el horizonte. De no ser por el espeso mostacho, el dibujo habría parecido bastante adolescente.

Según Françoise, el resultado se parecía más a su propio padre que a Stalin, pero, al fin y al cabo, ella tampoco había visto al líder, y no se sentía capaz de juzgar el retrato. Enviaron el dibujo a *Les Lettres Françaises* y se olvidaron del asunto.

Los editores Aragon y Daix aprobaron la imagen, aunque, en realidad, apenas tuvieron tiempo de mirarla antes de cerrar el número. Pensaron ponerle la leyenda «Eterna juventud de Stalin», pero al final optaron por una más neutral: «Stalin por Picasso».

El siguiente número del semanario apareció el 12 de marzo de 1953. Llevaba el retrato picassiano en primera página, flanqueado por un artículo del Premio Nobel de Química Frédéric Joliot-Curie sobre «Stalin, el marxismo y la ciencia», y otro del propio Aragon sobre «Stalin y Francia». La Santísima Trinidad del arte y la cultura comunistas rendía así un homenaje de primera al padre caído. Los editores podían estar orgullosos de su trabajo. O eso creyeron.

Dos días después estalló la condena del partido.

Los militantes estaban indignados. La imagen juvenil del sabio padre al que lloraban les pareció un insulto, peor aun, una caricatura pintada desde un «punto de vista burgués». Los sindicatos marxistas se enfadaron. Los cuadros del partido manifestaron su enojo. Y el día 18, el repudio se hizo oficial: la secretaría del Partido Comunista Francés publicó en *L'Humanité* un comunicado en el que desaprobaba «categóricamente» la aparición de ese dibujo en la revista, y apuntaba sus dardos hacia el editor:

—La secretaría del Partido Comunista Francés lamenta que el camarada Aragon, miembro del comité central y director de *Les Lettres Françaises*... haya permitido esa publicación... La secretaría del Partido Comunista Francés agradece y felicita a los numerosos camaradas que se han apresurado a enviar sus objeciones al comité central. Remitiremos copia de esas cartas a los camaradas Aragon y Picasso. La secretaría del Partido Comunista exige al camarada Aragon la publicación de los pasajes esenciales de esas cartas, que representan un aporte hacia la crítica constructiva.

Eso significaba que *Les Lettres Françaises* publicaría las invectivas contra su propio editor y contra Picasso. Y solo ellas. Si, por el contrario, alguna carta aprobaba el retrato, sería censurada.

El rosario de ataques de los comunistas apareció, efectivamente, en el siguiente número. Los camaradas reprochaban al retrato que no reflejaba el «amor de la clase obrera por el camarada Stalin y por la Unión Soviética», ni era fiel al «rostro de nuestras esperanzas». Un lector le espetó a Picasso que su talento no daba la talla para lidiar con «nuestro héroe». El más destructivo de todos fue el realista socialista Fougeron, el gran competidor de Picasso, que expresaba su «indignación y tristeza» contra el editor Aragon, quien, con la publicación de ese retrato, estimulaba tácitamente las «triquiñuelas estériles del formalismo estético».

Además, Aragon fue forzado a publicar, en su propia revista, una autocrítica en la que admitía haber sucumbido a la tentación del individualismo, deploraba una vez más la muerte de Stalin y animaba a los lectores a continuar enviándole sus críticas constructivas. De todo el texto de su supuesto amigo Aragon, un párrafo le dolió especialmente a Picasso:

—Algunos camaradas me han dicho «evidentemente, has publicado ese dibujo porque no te atreves a rechazarle un dibujo a Picasso...». No me conocen, ni conocen mi relación con ese gran hombre, al que respeto, pero con el que no estoy de acuerdo del todo ni siempre, como él bien sabe. De haber sabido que el retrato sería para tanta gente lo que ha sido, no lo habría publicado.

Picasso se puso furioso. El coeditor de Aragon, Pierre Daix, tuvo que viajar personalmente a Vallauris para apaciguarlo. No era una tarea fácil. En lo personal, Picasso se sentía muy decepcionado. Pero en lo político, su principal queja era la de siempre: no sabía qué demonios quería el partido de él. Ante Daix, declamó un sarcástico lamento:

—Imagina que hubiese dibujado al verdadero Stalin tal y como es, con las arrugas, las ojeras, las verrugas... ¡Un retrato estilo Cranach! ¿Te imaginas lo que me habrían dicho? Ha desfigurado a Stalin, ha envejecido a Stalin... ¿Por qué no Stalin en plan desnudo heroico?... Pero ¿y su virilidad?... Puedes ponerle la polla de la escultura clásica... Demasiado pequeña... Por favor, Stalin es un macho genuino, un toro. Pero si le pones el falo de un toro y Stalin queda demasiado pequeño detrás de esa cosa enorme, chillarán: «¡Lo has convertido en un maniaco sexual!, ¡un sátiro!». Puedes ser un realista total, medirle la cosa y representarla con todas las proporciones adecuadas. Entonces es peor, porque has convertido a Stalin en un tipo ordinario... Después de todo, Stalin debía tener una erección todo el tiempo, como las estatuas griegas. Tú, que sabes del tema, por favor ilumíname: ¿el realismo socialista es pintar a Stalin con erección o sin erección?

La prensa podía imaginarse los sentimientos de Picasso al respecto, y mostró gran interés por publicarla. Los periodistas se aglomeraron en la puerta de su casa de Vallauris para pedir su versión de los hechos.

La polémica sobre el retrato era bastante banal, pero la coyuntura le daba a todo una gran importancia. Se vivía un momento político de máxima tensión, porque, en su último año de vida, Stalin se había asegurado de extender su régimen del terror por todo el bloque comunista. Un grupo de médicos judíos había sido acusado de terrorismo sionista y conspiración para el asesinato de altos cargos soviéticos. Diez altos cargos del Partido Comunista checo habían sido ejecutados y sus cenizas esparcidas por el hielo de una carretera cercana a Praga. La prensa, especialmente la prensa conservadora, quería saber también qué pensaba de ello el idealista Picasso. Por supuesto, querían una respuesta que hiciese saltar por los aires la reputación intelectual del partido. Querían que un Picasso fuera de sí rompiese, de una vez por todas, sus lazos con la tiranía comunista.

Pero Picasso no les dio el gusto. Aunque todo su entorno conocía su indignación, en público se limitó a quitarle hierro al asunto o a guardar silencio. Por grande que fuese la procesión, la llevaría por dentro.

Desde Uruguay, Enrique Amorim estuvo muy atento a lo que ocurría. Era consciente de que podía jugarse su futuro en ello. Le pidió a una amiga residente que le enviase el retrato de la polémica. Ella le contestó en una carta, que aún se guarda en su archivo:

—No puedo enviarte el retrato de Picasso que apareció en *Lettres* porque yo misma no lo he encontrado. Evidentemente, todo el mundo se ha abalanzado sobre la revista... El asunto ya se arregló, Louis hizo su *mea culpa* y todo el mundo convino en que Pablo se ha burlado de todos y que el retrato se parece a Françoise con bigotes.

Los problemas de Picasso no terminarían ahí. El 30 de setiembre de ese año le llegó el tiro de gracia: Françoise Gilot abandonó definitivamente el domicilio conyugal de Vallauris llevándose a sus hijos.

Era la primera mujer que abandonaba a Picasso. Normalmente, las abandonaba él.

Para el gran pintor se imponía un cambio de vida. Era necesario reformularlo todo. Nunca abandonaría el Partido Comunista, pero a partir de ese momento, enfriaría su relación con él, se refugiaría en la compañía de sus amigos más íntimos, y buscaría una nueva dirección para su arte. Todo esto significaba huir de su perfil público y, por supuesto, huir de las relaciones sociales prescindibles, especialmente de aquellas asociadas con los años anteriores.

Nunca volvería a ver a Enrique Amorim.

La expulsión del paraíso

La prensa francesa solo publicó un suelto sobre el monumento a Federico García Lorca, el primero que se le dedicaba en el mundo. Pero Amorim estaba convencido de que merecía más. Su correspondencia está plagada de amargos reclamos por la falta de atención al monumento. Quizá Neruda, Picasso y Aragon estaban decididos a ignorarlo. Pero él era un hombre de recursos, y estaba resuelto a agotarlos.

A mediados de 1954, mal repuesto aún de su enfermedad, se plantó en París y trató de comunicarse con sus contactos. Estaba tramitando un pasaporte y un visado para su hija Liliana, así que su plan era pasar ahí una larga temporada, recomponer su red social, volver a brillar en la Ciudad Luz.

Pero sus planes se truncaron. Y esta vez no fue culpa del partido ni de los intelectuales ni de los republicanos. Esta vez Amorim cargaba encima toda la responsabilidad: llevaba muchas mentiras a cuestas, y todas sus invenciones estaban a punto de volverse en su contra. La Guerra Fría, en particular la Sûreté Nationale, de la policía francesa, había posado sus ojos sobre él.

Amorim describiría su detención en una larga crónica que descansa, como muchas otras, entre sus papeles inéditos. Según su relato, los hechos ocurrieron en un día excepcionalmente frío para ser el mes de julio. Él iba vestido con un abrigo. Su esposa había pasado la mañana pintando bajo los arcos del Pont Royal, y él mataba el tiempo paseando por la Rue de Beaume en espera del almuerzo, cerca del restaurante La Chaumière. Tenía ahí el coche, una camioneta *sport* Peugeot. Mientras se entretenía en el escaparate de una librería, se le acercó un hombre bajo, de complexión robusta, que se identificó como agente de la Sûreté Nationale.

—Sus papeles, señor —le demandó.

Amorim se sorprendió. Su primer reflejo fue preocuparse por Esther:

—Supongo que me dejará advertir a mi mujer... Llegará al restaurante dentro de un momento.

El policía lo tomó del antebrazo violentamente:

—Si hace el más leve ademán de resistencia, lo metemos a la fuerza en el automóvil.

Lo metieron de todos modos. Eran dos policías, y otros dos los esperaban en uno de esos Citröen típicos de la policía francesa. Enfilaron por el Quai Anatole France y bajaron hacia Les Invalides. Atravesaron el Pont Alexandre III y tomaron la dirección de Champs-Élysées, hasta la Rue de Surene. Amorim les comentó:

—Van a darse un buen chasco, porque en el estado de salud en que me encuentro, pueden tener una sorpresa. ¿Acaso me secuestran?

No hubo respuesta. Bajaron del coche, lo cachearon y le quitaron los papeles que llevaba consigo. Tuvieron que ayudarlo a subir al tercer piso, porque el ascensor no funcionaba y él no estaba en condiciones de subir escaleras. Lo sentaron en una silla desvencijada, cerca de una estufa apagada.

Según Amorim, todo en ese lugar mostraba las huellas de su antigua función como cuartel de la Gestapo. Pero lejos de asustarlo, eso lo animó. Le devolvió el sentido de estar llevando a cabo una misión histórica:

—Al situarme accidentalmente en aquel escenario —dice—, sentí fuerzas para seguir combatiendo las lacras de los colaboracionistas.

Después de hacerlo esperar media hora, el primer policía entró en la habitación y le informó:

—Hay una orden de expulsión en su contra.

Y sin más explicaciones, comenzó un extraño acoso:

—Usted sabía que le seguíamos los pasos —dio por seguro el policía.

—¿Seguirme los pasos? ¿Pero ustedes tienen nafta (gasolina) como para gastarla siguiéndome los pasos?

El otro le respondió que lo había delatado su extraña manera de conducir:

—Manejaba usted *d'une façon drôle*... y era porque se sabía vigilado.

En este punto del interrogatorio, Amorim empezó a pasársela realmente bien. Se sentía interesante, y sobre todo se sentía más inteligente que ellos. Pensaba que su capacidad para inventar lo volvía más poderoso que cualquier personaje de la vida real. Según recuerda:

—A pesar de ser ellos policías, nada más que policías, en ciertos aspectos yo los superaba, en mi condición de autor de novelas policiales. Cualquier juego imaginativo de mi parte sería insuperable.

En efecto, Amorim despreciaba intelectualmente a sus captores. Les explicó que circulaba de forma extraña porque tenía sentido estético, del que ellos carecían por ignorantes:

—Cuando un extranjero maneja un coche en Francia, rueda de una manera muy diferente. El paisaje nada les dice a personas como ustedes. Nosotros a cada rato frenamos, ya porque queremos o porque hemos descubierto un pájaro en las ramas de un árbol que se humedece en el Sena, o porque el paisaje sencillamente lo merece... ¡Hay tanta belleza que ustedes ignoran!...

Su actitud burlona y autosuficiente agotó la paciencia de los interrogadores, uno de los cuales pegó un puñetazo en la mesa y le exigió:

—Basta de hacer críticas a la policía francesa en su propio *bureaux*. ¿Entendido? ¿Ha comprendido? Basta, ¿eh?

El detenido reaccionó como si le hubiesen encajado ese puñetazo en la boca. Acostumbrado a tildar de «bárbaros» a sus propios conciudadanos, para él resultaba inconcebible que los policías tuviesen malos modales en el país que había fascinado a Rubén Darío, cerca de la Exposición Universal que había atraído a Quiroga, en la ciudad que él llamaba el «cerebro del mundo». Según él:

—Es allí, en las calles de París, en el soñado sitio... donde recibí el oprobio de verme manoseado, envilecido. Si aquello hubiese pasado en la comisaría de algún pueblo perdido de América Latina, de uno de esos lugares entenebrecidos por el dominio de la ignorancia y el reino de la brutalidad... me habría bastado con el desprecio y el asco... Pero se trata del más alto plano internacional, se trata de la Sûreté francesa...

En realidad, el «más alto plano internacional» sencillamente se había equivocado. La detención de Amorim era una solemne suma de bobadas, aunque, eso sí, bobadas sospechosas.

Años antes se había celebrado en Francia un proceso judicial contra la publicación comunista *Les Lettres Françaises*. El demandante, Víctor Kravchenko, era un disidente soviético fugado a los Estados Unidos. Kravchenko acusa-

338

ba a la revista de difamación y libelo. Moscú no escatimó esfuerzos para desprestigiar a su disidente en el exterior y desanimar a potenciales prófugos del interior. Incluso llevaron como testigo a la ex esposa de Kravchenko, que aseguró que el hombre tenía antecedentes de violencia doméstica e impotencia sexual.

Pues bien, la esposa había viajado a París en el mismo avión que Amorim, en uno de sus viajes al Este. En el aeropuerto de París, por mala suerte, los reporteros habían tomado varias fotos en las que se los veía juntos y la sección de contraespionaje francesa aún las guardaba consigo. Las relaciones entre Amorim y Aragon, por malas que fuesen, no ayudaban a disipar la sospecha de que ellos constituían una red de espionaje.

Para colmo, obraban en su contra indicios comprometedores más recientes. En esos días, un abogado comunista argentino se había quedado en el mismo hotel que Amorim, el Quai Voltaire. Como de costumbre, el camarada le dejó a pagar la cuenta a Amorim.

Las fotos, la factura del hotel, su participación en los eventos del Movimiento por la Paz, su libreta de direcciones llena de connotados comunistas y, por supuesto, sus antecedentes, la falsa reunión de Salto y su expulsión de Argentina, hacían a Amorim parecer más peligroso de lo que era. En realidad se trataba del subversivo más inofensivo de la Guerra Fría. Pero sus propias mentiras lo condenaban. Su suma de disfraces, sus ganas de ser revolucionario, se estaban volviendo reales, por primera vez; y no en su beneficio, sino en su contra.

Durante el interrogatorio, uno de los policías le preguntó qué relaciones mantenía con el «movimiento femenino», algo que a Amorim le hizo mucha gracia:

—¿Con los movimientos de las mujeres? —preguntó con una sonrisa.

—De los asuntos sentimentales vamos a hablar después. Se trata de los movimientos que controla el Partido Comunista y que se denominan «movimientos de mujeres».

—Lo ignoro en absoluto. Nada tengo que ver ni he asistido a ninguna reunión.

Al fin, le preguntaron acerca del Movimiento por la Paz, del que sí tenía información. Y mucha. Los policías quisieron saber sobre sus colegas del congreso en Wroclaw. Y eso fue demasiado para la vanidad de Amorim.

Mordió el anzuelo. Les contó encantado sus relaciones con Jorge Amado, con Pierre Courtade, con una rubia muy elegante que se apellidaba Hulman y «ponía una nota de femineidad en el viaje hacia Polonia». Les pasó la lista completa de sus conocidos. Para darse importancia, llegó a inventar que había viajado en el mismo avión que Picasso entre Polonia y París. A fin de cuentas, nunca había considerado necesario ajustarse a los hechos:

—Un interrogatorio que empieza asegurando que manejaba el automóvil en forma extraña, porque me sabía perseguido o vigilado, no merecía otra cosa que jugar con la verdad.

Los policías asistieron con satisfacción a su ensimismada perorata. Le dejaron contar todo lo que quisiera. Habían conseguido lo que querían.

Cuando Amorim terminó, le informaron de que tenía cuarenta y ocho horas para abandonar Francia. Le dieron a firmar su declaración. Le tomaron fotos para la ficha. Le hicieron un estudio antropológico. Al entregarle sus pertenencias, le dijeron:

—Ahí tiene sus documentos. Como lleva dinero, sírvase contarlo para evitar que pueda decir después que la policía francesa le ha robado.

Un orgulloso Amorim respondió:

—No cuento el dinero que traje, porque si alguno de ustedes ha osado aprovecharse, a nadie diré que he sido robado, porque hay intereses mucho mayores que los de cada uno de ustedes, y son los de Francia. Si me han robado no me quejaré porque primero está la reputación de este país, su buen nombre en el mundo.

Y abandonó la comisaría con la frente en alto.

Como era de esperar, los mismos intelectuales franceses que habían conseguido el estatuto de refugiado político para Neruda mantuvieron la boca cerrada en cuanto a Amorim. El Partido Comunista no se dio por enterado en París. Ni en Moscú. Ni mucho menos en Uruguay.

Francia le concedió tan solo un pequeño desagravio: una empleada de la librería favorita de Amorim conocía al nuevo ministro del Interior, François Mitterrand, que con los años sería el único presidente socialista de la segunda mitad del siglo xx. Gracias a ese oportuno contacto, Mitterrand extendió el permiso de permanencia francés de Amorim durante ocho días, lo suficiente para que pudiese esperar la llegada de su hija Liliana.

Durante la siguiente semana, se difundió la noticia de su expulsión. El diario francés *Le Figaro* le dedicó un suelto en un rincón. *Le Monde* le concedió dos párrafos. Ambos medios reseñaban que la orden de expulsión contra el uruguayo estaba vigente desde 1952, año de su repentina desaparición. Pero, aparentemente, en esa ocasión Amorim no había abandonado el país por canales regulares, así que la orden nunca se le había podido notificar.

Medios de comunicación franceses más afines al comunismo dieron también la noticia: *Libération* atribuía la deportación a la participación del escritor en los Congresos por la Paz, *L'Humanité* puso dramático énfasis en su «grave enfermedad del corazón», pero creía que Amorim era venezolano. El Comité Nacional de Escritores firmó una petición pública contra la expulsión. Entre los firmantes se hallaba Jean-Paul Sartre.

Esa fue la máxima notoriedad que consiguió Amorim en París. Y esa fue también, paradójicamente, su despedida de la ciudad que había soñado y amado, la misma que finalmente lo rechazó y expulsó, como todas las demás ciudades de su vida.

A pesar de todo, aún tendría una oportunidad de intentar llevar su secreto a la intelectualidad francesa. Ahora sí, la última.

En diciembre de ese mismo año se realizó el Segundo Congreso de Escritores Soviéticos en Moscú, en el Patio de las Columnas de los Sindicatos. Quizá para contrarrestar su pasividad ante las desgracias de Amorim, esta vez el Partido Comunista de Uruguay lo invitó a asistir.

Los temas del congreso no eran ninguna novedad. El partido exhortó a los escritores a «estudiar de manera profunda la realidad sobre la base de la asimilación creadora del marxismo-leninismo» y a «elevar el nivel de su maestría artística para satisfacer plenamente las demandas intelectuales del sector soviético». Un periódico uruguayo anticomunista reseñó el encuentro sin mencionar el nombre de Amorim, pero asegurando que el congreso demostraba la «sumisión ideológica del intelectual comunista oriental al soviético».

De todos modos, Amorim había asistido con otro fin. El viaje al crudo invierno moscovita representaba un gran riesgo para su salud, pero la vida no valía la pena si no conseguía ver por última vez al invitado más importante: Louis Aragon. Él sabría valorar el significado de lo que Amorim guardaba en Salto.

Nada más ver al poeta, el uruguayo trató de acercarse a saludarlo. Sin embargo, otro de los invitados se interpuso en su camino. A pesar de los esfuerzos de Amorim, le impidió el paso. Tenía un mensaje para él, precisamente de Aragon. El francés aún no había olvidado la furiosa carta en que Amorim lo insultaba:

—Dice Aragon que no te acerques a él —dijo el intermediario—, porque no va a poder contenerse...

Para Amorim, y para el monumento a García Lorca, la última puerta se cerró en ese momento, con el ruido de una cortina de acero cayendo sobre sus espaldas.

Epílogo salteño

En el Amorim que regresó a Montevideo quedaba poco de aquel animado joven que antaño convocaba a la prensa para hacer públicos sus periplos europeos o sus aventuras galantes. Todo lo contrario: estaba cansado y decepcionado. Había sido expulsado de todas las ciudades, de todos los edenes a los que había querido pertenecer.

Sus libros tampoco pasaban por su mejor momento. Durante años había seguido intentándolo todo: retratos urbanos, historias sociales, novelas policiales, pero nunca había recuperado la celebridad de sus novelas gauchescas.

A lo mejor, esas viejas obras eran las más auténticas, las que lo retrataban de modo más genuino. Al igual que en cierto verso de su odiado Louis Aragon, el espejo no perdonaba a Amorim: la vida lo devolvía a su origen salteño y campestre una y otra vez. En un esfuerzo para volver a ser el de antes, quizá para recuperarse a sí mismo, optó por repetir la fórmula del éxito de *La carreta*, y escribió una novela de gran contenido social, con pinceladas sórdidas y violentas, que tituló con estruendo *La rebelión de los apestados*.

Pero los tiempos estaban cambiando, y los lectores también. El editor de Amorim encontró la historia sencillamente inverosímil, y le escribió para pedirle que la corrigiese:

345

—Para mí —le dijo— es una sorpresa que en el Uruguay aparezca un lugar donde la indignidad, el abandono y, como consecuencia, la degradación humana, lleguen a niveles que muy difícilmente podrían encontrarse en ninguna parte del mundo, incluidos los pueblos orientales, ni aun África misma... Las últimas cincuenta páginas de la novela son simplemente dantescas y el éxodo de los míseros habitantes del poblacho, una marcha apocalíptica.

El editor también le pidió cambiar el título. La novela acabó llamándose, de modo más amable, *Corral abierto*.

A Amorim, el mundo se le iba de las manos. Inmovilizado en Uruguay, solo el servicio postal lo mantenía en contacto con sus antiguos dominios porteños y parisinos. Su correspondencia se multiplicó, y con ella, sus reproches, sus reclamaciones, sus amarguras: al Instituto Cultural Uruguayo-Soviético le criticó que no publicitara una conferencia suya sobre su viaje a Moscú, y a varios críticos literarios, los acusó de ignorar deliberadamente sus libros. Amorim renegaba de un mundo que lo iba dejando atrás. Y esta vez no era paranoia: realmente sus amigos lo iban olvidando, al menos los que no necesitaban su dinero.

A cambio, trató de recrear en Salto cierto mundo cultural en miniatura: organizaba sesiones de cine en el galpón de su casa, una cabaña que él denominaba La Dacha, donde mostraba películas de Chaplin y Buñuel, y los domingos montaba tertulias en las que invitaba té y leía en voz alta las cartas, cada vez menos frecuentes, de sus amistades ilustres. Esther sacaba a relucir su educación inglesa en aquellas ceremonias del té. En verano lo servía en la terraza. En invierno, en el salón, entre cuadros de Figari, grabados de Goya y, por supuesto, la fotografía de Lorca autografiada. A menudo, Amorim abría un mapa de París y señalaba a sus invitados la posición de los monumentos más importantes, la Torre Eiffel o el Grand Palais.

A finales de la década, *La carreta* se reeditó en Francia, con una traducción corregida por un prometedor jovencito llamado Julio Cortázar. Pero, fuera de eso, el interés por su obra literaria continuaba disipándose y vendía poco. En cierto modo, daba igual. El planeta en que ocurría todo eso le resultaba cada vez más ajeno.

Inesperadamente, cuando todo parecía perdido, una rendija de esperanza se le abrió en Argentina. En setiembre de 1955, el ejército argentino proclamó la revuelta en Córdoba y bloqueó Buenos Aires. Los golpistas se hacían llamar la Revolución Libertadora, y recibieron el apoyo de amplios sectores del país. Un Perón ya muy impopular y viudo de Evita amenazó con entregar armas a los trabajadores de sus sindicatos y sacarlos a la calle. Pero la advertencia no iba en serio. En la década de 1930, mientras estaba destacado en Europa, el general había sido testigo de la devastación que la Guerra Civil había sembrado en España. Si algo tenía claro era que no repetiría ese horror. Dejó el poder, y luego el país, sin reclamar un baño de sangre.

Muchos amigos de Amorim celebraron la ocasión en grande. Por ejemplo Jorge Luis Borges, el bibliotecario despedido, que recibió alborozado a los rebeldes, sintiendo que era el fin de la pesadilla peronista:

—Casi toda la población se volcó a las calles —recuerda Borges—, aclamando a la revolución y gritando el nombre de Córdoba, donde se había producido en su mayor parte el combate. Nos entusiasmamos tanto que durante mucho rato no advertimos la lluvia que nos llegaba hasta los huesos. Éramos tan felices que ni siquiera una palabra

347

se pronunció contra el dictador caído. Primero Perón se ocultó y después se le dejó abandonar el país. Nadie sabe con cuánto dinero se fue.

A pesar de su creciente prestigio, Borges la había pasado muy mal con Perón. El régimen había cerrado la Sociedad Argentina de Escritores, que él había presidido. Su madre había sufrido un absurdo arresto domiciliario. Su hermana Norah había pasado un mes presa.

Dadas las circunstancias, aunque la literatura de Borges seguía siendo totalmente apolítica, los lectores encontraban en ella lecturas en clave de sus opiniones sobre el gobierno. Un diario le había rechazado un poema sobre un puñal, porque podía entenderse como una incitación al tiranicidio. Y en sus conferencias sobre el sufismo persa, siempre había un detective apuntándolo todo, esperando sorprender alguna soflama antiperonista.

Quizá por ese malentendido, la Revolución Libertadora de 1955 reconoció el prestigio de Borges. Anuló su nombramiento como inspector de aves y gallinas, y lo designó director, ya no de una pequeña institución municipal, sino de la mismísima Biblioteca Nacional, un gesto reivindicativo que él nunca olvidaría. Borges había pasado en esa biblioteca algunos de los mejores momentos de su vida. Al aceptar el cargo de director ya se estaba quedando ciego, pero era capaz de situar los libros que amaba en sus correspondientes estantes y, en muchos casos, de recitar sus páginas sin necesidad de verlas. La Biblioteca Nacional había sido su sueño siempre, y en adelante sería su vida.

También Enrique Amorim tenía grandes expectativas con el cambio de gobierno. La Revolución Libertadora no era precisamente el tipo de revolución que él defendía, pero al menos podría regresar a Buenos Aires, recuperar sus contactos del mundo editorial, revivir los viejos tiempos.

Casi en simultáneo, el uruguayo recibió otra nueva y fantástica noticia: París volvía a abrirle las puertas. Rafael Alberti, de viaje por Europa, le escribió:

—Una muchacha de la Librairie La Hune me pidió que te dijese que ya podías volver a Francia, que te pusieras en contacto con ella y escribieras, además, al ministro François Mitterrand.

El mundo volvía a estar en orden.

Todo volvía a ser como antes. El *Ventarrón* podía volver a soplar, y a acomodar la realidad a sus exigencias y necesidades. Su ostracismo salteño pasaría a la historia como el reposo del guerrero, un periodo de hibernación seguido de una nueva primavera.

Pero él ya no era el de antes. El tiempo no solo transcurría en el mundo exterior, sino también en su cuerpo. Y ahí mucho más rápido. El *Ventarrón* se estaba quedando sin resuello.

A comienzos de 1956, mientras planeaba un regreso triunfal, Amorim sufrió un devastador ataque cardiaco que lo llevó a las puertas de la muerte. Los médicos le ordenaron reposo total. Nada de excesos. Nada de viajes. Permaneció en el Hospital Italiano hasta abril, y de ahí se trasladó hacia su residencia de Salto, Las Nubes, en busca de tranquilidad.

Borges comentó entonces con sus amigos:

—Amorim está muy grave y se va a morir en cualquier momento. Pobre: está hecho un esqueleto. El médico, cuando salió de la clínica, dijo: «Llévenselo al Salto, para que muera en su tierra».

Y, sin embargo, a Amorim, sus secretos no le permitían morirse.

En su reseña sobre Federico, el único documento íntimo que dejó escrito sobre él, Amorim da a entender que hay cosas de las que no puede hablar, pero sabe que llegarán tiempos mejores para su historia. Su obsesión es que alguien descubra esa historia en el futuro. Quizá el monumento era simplemente un monumento, y Amorim esperaba que le recordase al mundo su relación con el mejor poeta español del siglo xx, y que condujese la mano de los historiadores hacia sus fotos, su película, su reseña. O quizá al revés: pensaba que esos documentos dirigirían la atención de las generaciones futuras hacia lo que está enterrado detrás del muro, en el túmulo del poeta, aquella caja del tamaño de un depósito de huesos. En todo caso, Amorim pasó sus últimos años cerca de esa caja, sabiendo que, de un modo u otro, Federico y él estarían en la muerte tan juntos como no habían estado en vida. Y se empeñó por informar sobre el monumento a las grandes mentes de mediados de siglo xx.

El problema era que ya nadie lo escuchaba. Picasso había dejado de responder a sus cartas. Amorim buscó la mediación de su galerista, Jaime Sabartés, pero solo consiguió una carta de rechazo, una misiva amable pero definitiva. También intentó ponerse en contacto con el fotógrafo Henri Cartier-Bresson, al que envió una fotografía de su propia cosecha. No recibió respuesta. Trató de interesar sobre sus puntos de vista políticos al escritor francés Léon Moussinac, sin éxito. A todos ellos les mencionó su «gran amistad» con personajes como Picasso. Nada de eso funcionó.

Para lo que Amorim necesitaba contar, le haría falta un acercamiento personal.

Ya que no podía viajar personalmente a París, decidió buscar un mensajero, un representante en Europa. Y en su correspondencia de esos años, al fin, les dijo a los candidatos que lo que había en Salto era mucho más que un monumento.

El primer candidato al puesto fue un viejo amigo del Colegio Internacional de Olivos, por entonces diplomático en Viena. Después de años sin encontrarse, Amorim le escribió. La respuesta del amigo mostraba asombro ante sus revelaciones sobre el monumento de Federico García Lorca:

—Debo confesarte que me ha sobrecogido «comprender» (y «siento» que no me equivoco) la tremenda admonición, el «alcance» de ese desusado monumento... Enrique, amigo dilecto, ¿qué has hecho? ¡Enrique, qué grandiosamente bárbaro eres!

Sin embargo, el viejo amigo no llegó demasiado lejos. O no hizo ninguna gestión, o sí pero sin que surtiera efecto. A lo mejor, en realidad no le creyó a Amorim. Una somera investigación le habría mostrado que nadie tomaba muy en serio a su antiguo compañero de pupitre.

Amorim no se rindió, pero comprendió que debía recurrir a alguien más cercano. Le dio dinero a otro amigo, el español Hugo Emilio Pedemonte, para que viajase a Francia con su misión trascendental. Al parecer, Pedemonte tenía fama de fanfarrón, y Amorim temía que lo traicionase o vendiese su secreto. Así que lo instruyó severamente para que no se le ocurriese irse de lengua. Pedemonte le dio todas las garantías:

—¿Cómo puedes imaginar, querido Enrique, que yo me vaya a podrir? ¡Nunca! Sé lo que hay que tener a mano, y seré todo lo mitómano que tú quieras, pero nunca me voy a prostituir ni voy a decepcionar a aquellos que son mis amigos... Federico estará presente en mi viaje, su muerte o su crucifixión. Así con equis, la equis del interrogante. Machado Antonio en mi conciencia. Tu monumento en Salto en mi corazón... Nunca he vendido el rico patrimonio al bajo precio de la necesidad. Ni lo venderé nunca.

Pero Pedemonte tampoco consiguió nada. Ninguna personalidad se dignó a recibirlo en París, y si alguien lo hizo, prestó oídos sordos a su historia.

El último y más extravagante enviado de Amorim fue el joven pintor salteño Aldo Peralta, un adolescente al que «becó» con quinientos dólares mensuales para que viajase por Europa. Peralta hizo algunos encargos para su benefactor, pero sobre todo se dedicó a pasarla en grande: se enroló en un teatro gitano en España, se paseó por Europa Oriental, se acostó con decenas de mujeres y, en sus ratos libres, visitó museos. Los amigos de Amorim le advirtieron que la conducta de su protegido era denigrante y su dedicación al trabajo, nula. Hasta que el propio benefactor tuvo que admitirlo.

El fracaso no era solo culpa de sus embajadores. Mientras los artistas lo olvidaban, sus contactos comunistas estaban desapareciendo de Europa, muchos de ellos con gran escándalo. En 1956, el sucesor de Stalin, Nikita Kruschev, dirigió su informe secreto al Vigésimo Congreso del Partido Comunista de la Unión Soviética, denunciando la vanidad de su predecesor, las torturas que ordenó, el asesinato de miles de comunistas leales, el régimen de miedo, la «deportación de naciones enteras», en suma, «la fabricación de cargos contra comunistas, las falsas acusaciones y los descarados abusos de la legalidad

Enrique Amorim
hacia la década de 1920.

Amorim y los estudiantes del Ateneo
Universitario de Uruguay rodeando
a Jacinto Benavente en 1922. Está
dedicada: «Para Enrique M. Amorim,
recuerdo de su amigo Jacinto
Benavente».

Amorim en una estancia uruguaya, hacia 1933, imagen para la promoción de *La carreta*.

Foto dedicada por García Lorca para Amorim: «Novela en Las Nubes. A mi queridísimo Enrique con un abrazo de su camarada Federico. Montevideo, 1934».

Pablo Neruda y García Lorca junto a otros escritores en la reunión del PEN Club en 1933, cuando pronunciaron su discurso en favor de Rubén Darío. Entre otros aparecen Juan Pablo Echagüe, Maruca Hagenaar, Conrado Nalé Roxlo, Alfonsina Storni, Norah Lange y Enrique Amorim.

En la presentación de *45 días y 30 marineros*, entre otros, Federico García Lorca, Norah Lange, Oliverio Girondo, Enrique Amorim, Conrado Nalé Roxlo y Amado Villar.

García Lorca en la hacienda de Alberto Mondino, imagen tomada por Amorim. Atrás, Juan Carlos Amorim.

García Lorca con Enrique Amorim, Juan Carlos Amorim y Alberto Mondino.

Amorim y García Lorca con Julio José Casal en Montevideo.

Borges vestido de gaucho hacia fines de 1934, imagen tomada por Amorim.

Amorim y Pablo Picasso hacia fines de la década de 1940.

Amorim y Pablo Neruda cuando aún se llevaban bien. Entre ambos, Delia del Carril.

Amorim entre otros intelectuales llevando la urna con las cenizas de Horacio Quiroga a Salto.

Inauguración del monumento a Federico García Lorca en Salto, en 1953. A la derecha, Amorim observa la ceremonia. Un poco más abajo, la misteriosa caja que fue enterrada bajo el monumento.

socialista que tuvieron como consecuencia la muerte de gente inocente».

El golpe de timón de Kruschev no se limitó a reivindicar a los muertos. Complementariamente se fue apagando la obsesión de Moscú en favor del realismo socialista. Y se relajó la presión soviética sobre los Partidos Comunistas occidentales. Con el tiempo, el partido francés y el italiano aceptaron las democracias burguesas de partidos, y se fueron disolviendo en ellas. El mundo que Amorim había conocido se difuminaba a gran velocidad.

En cambio, a su alrededor, en sus pagos junto al río Uruguay, se iba formando un mundo nuevo. Su retiro lo enfrentó a un universo que siempre había estado ahí, pero que Amorim jamás se había dignado a ver, del que ahora no podía escapar: Salto.

En los archivos que Amorim dejó para la posteridad, solo aparecen imágenes de grandes hombres, o de las ciudades que ansiaba conquistar, como Moscú y París. Sin embargo, desparramadas por el suelo de Las Nubes dejó cajas llenas de viejos contactos fotográficos, imágenes abandonadas por él y por la historia. Esas imágenes muestran al Amorim de los últimos años. Está muy delgado. Sus piernas parecen dos lápices. Y debe sufrir hipotermia, porque a menudo se le ve a pleno sol con el abrigo y el gorro de invierno ruso. Pero lo más increíble es que es un hombre casero, doméstico, un Amorim de andar por casa.

Su vida se había vuelto más sencilla y, quién sabe, agradable. Alrededor de él, en las fotos, revolotea una multitud de niños que juega y chilla, se baña en la piscina, manosea las estatuas de mármol y el mascarón de proa. También hay mujeres, pero no glamourosas mujeres de cartel publicitario, sino lo contrario: tías, empleadas domésticas, abuelas. Y algunos hombres, que hacen muecas burlonas ante la cámara.

De vez en cuando, y aunque le costase admitirlo, Amorim se divertía con ellos. En una serie de fotos hace una especie de declamación, como si recitase un poema de amor para una Venus de su jardín, mientras el público familiar ríe y aplaude.

A escala salteña, Amorim mantuvo su preocupación social: en 1955 cedió un terreno de su propiedad para construir una escuela pública. Y después de las terribles inundaciones de esa década, aportó dinero al Ejército de Salvación para el trabajo humanitario. Tras todos esos años en el Partido Comunista, sus últimos gestos de solidaridad los hizo a través de una asociación católica.

Una de las series fotográficas más tiernas de esos años es la de Amorim y su hija Liliana. En ella, padre e hija montan un juego de espejos a ambos lados de una puerta transparente, cambian de posiciones y se toman fotos mutuamente, a través del cristal, confundidos el uno con el otro.

Liliana se había convertido en la mayor preocupación de Amorim. Él seguía queriendo que ella estudiase una carrera. Tenía pensado mandarla a La Sorbona, donde además podría sumarse a su ejército de embajadores europeos. Pero ella era más hija de Blanca que de él. No le interesaba ese mundo de alta cultura y sofisticación. Tenía otros planes. O, más bien, no tenía planes. Se negó a estudiar, y menos en Europa.

Diversas cartas de amigos confirman la gran contrariedad de Amorim respecto de su hija:

—He conocido a Liliana —dice uno—: solo le interesan las confiterías y pasear por la calle Florida. No quiere estudiar.

—Dices refiriéndote a tu preciosa niña que entiendes poco a la juventud de hoy —lo comprende otro.

Y alguien más, en tono más amistoso, le pide que se relaje:

—Hecho un reaccionario como padre, cosa que les pasa a los viejos tenorios cuando se retiran. Si a tu hija, mi sobrina, le gusta su enamorado, ¿la encerrarás en un convento para que no lo vea?... Sea un poco menos feudal en sus relaciones con las ídem de su muchacha.

Las cartas no cambiaron mucho el resentimiento de Amorim, que solía llamar Tarada a Liliana. Aun así, esos años fueron quizá los más cercanos para el padre y la hija, los únicos en que su relación no quedó interrumpida por los viajes o los famosos. Y aunque Amorim podía ser amargo, incluso brutal, algo quedaba en él del viejo dandi juguetón que había sido. Sabía y quería pasársela bien con su hija, que, a pesar de todo, era lo que él más había amado siempre. A veces, cuando ella se aburría, él le proponía:

—Tarada, vamos a comer un helado.

Y salían en su Chrysler dorado a recorrer la ciudad.

En la heladería siempre había grupos de señoras de los viejos tiempos, que aún recordaban el magnetismo del escritor. Al pasar frente a ellas, Amorim tomaba de la mano a su hija, y le decía:

—Vas a ver. Ahora dirán que me he buscando una novia jovencita.

Entonces Liliana lo besaba cariñosamente, entre los rumores y chismorreos de las señoras. Y los dos se echaban a reír.

En su esfuerzo por evitar hacerse adulta y apartarse de su madre, Liliana no tuvo pareja hasta los veinticinco años. Solo se enamoró de un hombre cuando su padre ya se acercaba a los últimos momentos, y con ese hombre se casó y vivió hasta su muerte. La pareja tuvo dos hijas, que le dieron nietos. Así que supongo que Liliana al fin consiguió lo que Amorim, que quiso darle de todo, nunca le pudo ofrecer: una familia normal.

Aparte de Liliana, a Amorim lo agobiaba una preocupación más: la certeza de la muerte, que lo rondaba, que se colaba a hurtadillas en su residencia estilo Le Corbusier. Cada vez que las revistas científicas publicaban algún nuevo avance o un método en experimentación, Amorim les escribía a los médicos reprochándoles que no lo hubiesen intentado aún con él. Sus cartas eran furiosas como las de siempre, pero más inútiles que nunca.

También escribía sus memorias: siempre había escrito sin parar, desde las siete de la mañana hasta la hora de almorzar. Pero ahora que la vida se le escapaba de las manos, se esmeraba por retenerla en una red de palabras. Sabía que su única supervivencia posible estaba en los libros, así que, con la esperanza de que alguien viniese después a recuperar su historia, dejó constancia de todas las personas que había conocido, de sus anécdotas con ellas, de su admiración por los artistas, a los que había adorado desde que era un niño, en el teatro de esa misma ciudad en la que ahora era un anciano.

Genio y figura, Amorim sentía que Uruguay había debido darle más. Creía sufrir el mismo olvido que consideraba que su país infligía a sus grandes escritores. Pero se sentía compensado por su éxito en los países comunistas. En su última entrevista a un medio de comunicación, en abril de 1960, declaró:

—El librero que me dice «sus libros se venden», me hace mucho bien. Jamás pregunto cuántos ejemplares.

Porque me duele tener que enterarlos de que en Praga o en Moscú la cifra alcanza a veinte o cuarenta mil...

Su opinión era injusta, porque, precisamente hoy, Uruguay es el único país que recuerda a Enrique Amorim. En 1973, su extravagante residencia de Las Nubes fue declarada monumento histórico nacional. Y el año 2010, cuando sus herederos tuvieron que vender el inmueble, el Ministerio de Educación y Cultura de Uruguay y la Comisión del Patrimonio Cultural de la Nación tomaron medidas para proteger el «acervo completo de dicho bien y su patrimonio cultural activo». Salto también tiene un museo dedicado a Horacio Quiroga, donde descansa la urna que Amorim mandó diseñar para sus cenizas.

Lamentablemente, Enrique Amorim no llegaría a ver todo eso.

El 28 de julio de 1960, nuestro personaje se apagó mansamente, sin aspavientos ni avisos.

Hasta el último día había escrito cartas a Buenos Aires en las que anunciaba un próximo viaje hacia esa ciudad. Se negaba a apagarse por completo, a disolverse en la bruma del olvido.

Memoria y olvido de Enrique Amorim

La muerte siempre da buena imagen. Al día siguiente de su fallecimiento, la prensa de Uruguay y Argentina se deshizo en elogios sobre Amorim. *Clarín* lo llamó «lúcido testigo del siglo xx», y *El País* de Montevideo consideró que con su muerte «se nos empobrece el mundo».

De manera natural, las elegías más sentidas aparecieron en la prensa salteña y en la comunista. *El Popular* se lamentó:

—La muerte de Enrique Amorim ha golpeado duramente nuestros corazones. Ella priva al país de una de sus glorias literarias. Pero también priva a las filas del pueblo, y en particular a las filas de los comunistas, de un fervoroso combatiente.

La Tribuna Salteña escribió:

—Salteño por los cuatro costados... tuvo en todo momento presente el destino de su solar nativo. Lo amó con pasión encendida y trabajó por su engrandecimiento, especialmente desde el terreno de la cultura.

El día de su entierro, este mismo periódico le dedicó la portada, en la que destacaba la multitud presente y el homenaje especial de los estudiantes. Una delegación del Partido Comunista se presentó en la ceremonia y participó en los discursos. Además, el embajador soviético envió sus condolencias por telegrama.

A diferencia de sus amados escritores, a los que homenajeaba con monumentos, Amorim fue enterrado en el mausoleo familiar del cementerio municipal. Su nicho es solo uno más de otros doce. Ahí, la única placa grande de bronce está dedicada a otro pariente, un tal Leopoldo Amorim.

De más está decir que la memoria de Federico García Lorca no conservó el más mínimo rastro de su amante uruguayo. Peor aun, ninguno de sus viejos amigos escritores fue a despedirlo, ni siquiera Jorge Luis Borges.

En realidad, desde su ingreso en el Partido Comunista, Amorim se había distanciado del primo Georgie. En sus memorias inéditas apenas consta una página sobre su viejo amigo. Y es un texto frío y extraño. Está firmado en 1957, y nada dice sobre sus libros, ni sobre su amistad. Tan solo refiere, con evidente amargura, que Borges, en su calidad de director de la Biblioteca Nacional, se había negado a recibir al embajador de un país de Europa del Este por comunista. Ese fue todo el recuerdo que Amorim se dignó dejar de él.

No podía imaginar que el primo Georgie estaba destinado a convertirse en el escritor argentino más destacado del siglo, porque eso empezó a ocurrir precisamente después de su muerte. En 1961, un jurado compuesto por seis prestigiosas editoriales de diferentes idiomas le concedió el Prix International des Éditeurs junto a Samuel Beckett. A partir de entonces, las universidades comenzaron a invitarlo. El primer viaje fue a la Universidad de Texas, y Borges asistió acompañado de su madre. Era la primera vez que los dos salían de los países del Río de la Plata desde 1924. Después visitaron Harvard, Yale, Columbia, y por supuesto, Europa. El presidente de Italia nombró a Borges Gran

Commendatore. El de Francia, por recomendación del ministro de Cultura, André Malraux, le dio el título de Commandeur de l'Ordre des Arts et des Lettres. Las traducciones de sus libros se multiplicaron como hongos por el orbe.

Su fama no cambió sus posiciones políticas, ni siquiera las que podían perjudicarlo. Cuando Pablo Neruda y Federico García Lorca se convirtieron en símbolos de la izquierda política, Borges se atrincheró en las posiciones conservadoras más radicales. Descartó la democracia como una «superstición». Apoyó abiertamente el golpe militar del general Jorge Rafael Videla, al que consideró un «gobierno de soldados, de caballeros, de gente decente». Y aceptó una medalla del sangriento general Augusto Pinochet. Con ambos generales, responsables en conjunto de unas cuarenta mil desapariciones y asesinatos, Borges compartió mesa en sendas ocasiones.

El entusiasta apoyo a los regímenes represivos sudamericanos terminaría costándole a Borges el Premio Nobel. Por lo menos un integrante del comité de selección, amigo del premiado Pablo Neruda, jamás le perdonaría su actitud.

Sin embargo, nadie duda de que Borges fuese el escritor argentino más importante del siglo xx. Por eso, paradójicamente, ese primo Georgie tímido y tartamudo, que no había salido del país en décadas, que no formaba parte de los cenáculos literarios y que, horror de horrores, era visceralmente anticomunista, fue el único de los amigos de Amorim que ayudó a conservar su memoria.

Las dedicatorias y prólogos que ya he señalado fueron la parte oficial de esa memoria. Pero hay otra: la parte personal, incluida en las conversaciones privadas entre Borges y Bioy Casares, que se publicaron tras la muerte de ambos. En ese libro aparecen algunas de las opiniones más crueles pero también más lúcidas sobre el uruguayo. Por ejemplo, para Borges, la militancia de Amorim tenía una explicación más personal que política:

—Le sirve para consolarse de su fracaso como escritor. Puede pensar que sus libros no tuvieron eco porque él es comunista.

Y es que el primo Georgie no tenía un concepto muy alto sobre la literatura de su amigo:

—Ha escrito muchas novelas y cuentos, poemas pésimos, sonetos... y nada, es como si no hubiera escrito.

A lo mejor tenía razón, porque era capaz de prever el triste destino que le esperaba a su colega:

—El pobre Amorim no tuvo suerte. Era muy cordial, muy amigo de todos, pero no creo que Neruda ni nadie lo recuerde...

En efecto, Enrique Amorim dejó más de cuarenta libros, pero su recuerdo es borroso, y está teñido de condescendencia:

—Sus mejores obras no se encuentran entre las piezas narrativas o poéticas de intención política demasiado obvia y de funcionalidad partidista... —dice un crítico uruguayo, que a continuación enumera sus defectos—: Cierto desaliño de estilo y una devoradora impaciencia que lo empujó a publicar muchos libros aunque estuvieran todavía «crudos».

El más famoso escritor uruguayo del siglo xx, Mario Benedetti, opina sobre Amorim:

—Siempre fue un escritor de extraordinarios fragmentos, de páginas estupendas, de magníficos hallazgos de lenguaje, pero también de grandes pozos estilísticos, de evidentes desaciertos de estructura, de capítulos de relleno.

Más allá de Uruguay, Amorim apenas aparece en los manuales literarios. Aunque el crítico José Miguel Oviedo le dedica en el suyo un par de páginas, en las que señala:

—El gran defecto de Amorim era el de ser desprolijo: escribía demasiado, con prisa y sin rigor, sin medir sus fuerzas narrativas.

En realidad, la gran obra de Amorim fue su propia vida. Era mejor personaje que narrador. Y su principal importancia sería ayudar a conservar la memoria de los personajes que frecuentó. Dejó tras de sí su vasta *Galería de escritores y artistas*, que recogía momentos de su amistad con los grandes talentos del siglo xx: entre sus retratados figuran Pío Baroja con su gorra, y Cunninghame Graham cabalgando por Hyde Park; Rafael Alberti con su perro y Sherwood Anderson con un grupo de amigos. Todos mudos y breves, casuales, instantáneos.

Poéticamente, Amorim comparaba esa película con un tren que había visto una vez en Francia. Durante una ola de frío, el gobierno francés había enviado un tren para trasladar al sur a las golondrinas que no habían podido emigrar a tiempo, y que desfallecían ateridas en la costa. Según él, su película hacía lo mismo:

—El filme salva esos momentos de los artistas, como el tren salva a las golondrinas.

¿Pero quién salvaría los momentos de Amorim?

Su esposa.

Esther Haedo vivió más de noventa años, y dedicó cada minuto de su viudez a conservar la memoria de su marido, a quien nunca dejó de considerar un genio. Financió a las fundaciones en memoria de los escritores que él conoció, y guardó cuidadosamente todas sus cartas y recortes de prensa, detallando los autores y las fechas siempre que le fue posible. También corrigió escrupulosamente los errores sobre la historia de su esposo que iban a apareciendo en diversos libros y medios de prensa. Y se aseguró de que, a su muerte, esos archivos fueran cedidos a la Biblioteca Nacional de Uruguay, donde aún son accesibles. Muchos de ellos llevan notas manuscritas hechas por la fiel pero cada vez más temblorosa mano de Esther.

Además, Esther Haedo siguió intentando dar a conocer el monumento a García Lorca, y para ello volvió a reclutar al frustrado embajador europeo Hugo Emilio Pedemonte. Una carta de Pedemonte desde Sevilla, donde radicaba en 1978, le informa sobre sus gestiones para publicar un artículo al respecto precisamente en la revista literaria de Luis Rosales, el otrora joven poeta falangista que había escondido a Lorca en sus últimos días.

Esther también entregó a la familia de Federico García Lorca todo el material que poseía sobre el poeta granadino. Y mientras la salud se lo permitió, llevó flores todos los años a la tumba de su esposo y al monumento junto al río. Nunca se acercó al de Quiroga, que estaba apenas a unos metros. Solo depositaba su ofrenda en el muro de Federico, frente al poema de Machado, y se detenía ahí a reflexionar unos instantes, quizá a recordar esos viejos años de fiesta en el Buenos Aires de la década de 1930.

Cuando, por su edad, ya necesitaba ayuda para cumplir la ceremonia, la acompañaba su asistenta. Un día, ella le preguntó a Esther por qué el monumento a Federico estaba situado precisamente ahí, junto al río, en la Piedra Alta.

Esther le contestó:

—Porque ese era el lugar favorito de Federico.

ANEXOS

Fuentes

La documentación esencial sobre Enrique Amorim permanece inédita y, en muchos casos, es inaccesible al público. Pero debemos dar cuenta de tres fuentes primarias: toda su correspondencia y los recortes periodísticos que refieren cuarenta años de carrera se guardan en el Archivo Literario de la Biblioteca Nacional de Uruguay (ALBN), en Montevideo. Sus memorias inéditas *Por orden alfabético*, así como muchos otros textos autobiográficos, recortes y objetos personales, obran en poder de los herederos de Amorim en Buenos Aires. Finalmente, la residencia Las Nubes de Salto guarda álbumes fotográficos y documentos, además de las posesiones personales de Amorim. A continuación, detallamos las fuentes secundarias organizadas por capítulos y temas. Los números entre paréntesis corresponden a las páginas de las citas.

Yo siempre estaba (y estaré) en Buenos Aires

El superfamoso. El viaje de Federico a Argentina, así como su retrato general, en la biografía *Vida, pasión y muerte de Federico García Lorca*, de Ian Gibson. Reina Roffé ha investigado ese viaje para su novela *El otro amor de Federico. Lorca en Buenos Aires*, y con ella mantuve también una entrevista personal. La información sobre la estadía montevideana del poeta en *Lorca y Uruguay. Pasajes, homenajes y polémicas*, de Pablo Rocca y Eduardo Roland.

Las citas de Federico, en *Epistolario completo* (753, 774, 770, 776, 772, 773, 786, 782, 784, 791, 788, 789, 797, 798). Las crónicas de su llegada a Buenos Aires, en *Obras completas* (1684-1688). La conversación con el periodista uruguayo aparece en *El Plata*, 12/02/1934. La serie de fotos con la camiseta a rayas se guarda en Las Nubes, residencia salteña de Amorim, y en la casa de su hija en Buenos Aires. La película sobre García Lorca es accesible en la Cinemateca Uruguaya. El telegrama de Amorim para Federico en la Fundación Federico García Lorca. La dedicatoria y la condición de «confidente» de Amorim las señala Gustavo Rubén Giorgi en «Amorim y García Lorca, por una vez más, juntos en la Avenida de Mayo» (Letralia, http://www.letralia.com/235/articulo04.htm). El artículo periodístico citado sobre la amistad entre García Lorca y Amorim fue publicado por el diario *El Popular*, 30/07/1971 (11).

Un niño con inventiva. La base de este capítulo proviene de dos libros: *Enrique Amorim: The passion of an uruguayan*, de K.E.A. Mose (14, 15, 16, 18, 19) y *En torno a Enrique Amorim*, de Brenda V. de López. Las citas en primera persona de Amorim han sido tomadas de varios textos encontrados en su archivo familiar. Sobre sus experiencias con el teatro, *El comediante*. Sobre sus recuerdos del colegio salteño, Conferencia en el Liceo de Salto para el Segundo Centenario de esa ciudad. Sobre el Colegio Internacional de Olivos, «Merengue» de *Por orden alfabético*. La crítica literaria citada va firmada por Juan Torrendell, revista *Atlántida*, 12/04/1921.

El seductor de artistas. La carta del amigo salteño, en *Enrique Amorim: The passion of...* (19). Los recuerdos sobre

Jacinto Benavente y García Lorca, en *Por orden alfabético*. Las citas de Benavente, en ALBN. La relación entre Benavente y García Lorca, en *Vida pasión y muerte...* La declaración de Mora Guarnido, en *Federico García Lorca-Guillermo de Torre: correspondencia y amistad*, de Carlos García, editor (48-49). El artículo de Blanco Aguinaga, en la *Nueva Revista de Filología Hispánica*, v. 13, n.° 1-2, ene-jun, 1959 (130-132). La crítica de Miguel García-Posada, en *Lorca y el mundo gay*, de Ian Gibson (22), igual que el relato del viaje del poeta a Nueva York y su descubrimiento de Walt Whitman. La interpretación gay de la palabra *epente* figura también en ese libro (316 y ss.). Y el debate entre Gibson y la familia está registrado en ese libro y en *La fosa de Lorca. Crónica de un despropósito* (52-57). La carta de Amorim, cuya ortografía está normalizada para esta edición, en la Fundación Federico García Lorca. El rechazo de la editorial Losada al libro de Schonberg recomendado por Amorim lo expresa Guillermo de Torre en carta del 12/03/1957, en ALBN. Las citas y datos sobre Walt Whitman provienen de *Hojas de hierba*. El misterioso amante porteño aparece en *Vida, pasión y muerte...* (556-559), donde se estudian varios candidatos al puesto. La cita de la viuda de Amorim en *Búsqueda*, 30/08/1990 (38 y 39).

Cómo vender cuatro veces el mismo libro. *Historia de la literatura hispanoamericana*, vol. 3, de José Miguel Oviedo, explica el impacto de las vanguardias en América (289-296), la historia de Güiraldes (235-243), la de Amorim (219-221) y la polémica Florida-Boedo (379). *Borges. Una vida*, de Edwin Williamson, ofrece otra versión de la polémica (156-158). Las opiniones de Amorim al respecto, en un artículo sin fechar, en ALBN. La carta sugiriéndole

369

a Amorim que escriba un cuento gaucho es de José Perei-
ra Rodríguez, 13/01/1922, y la cita de *Enrique Amorim:
The passion of...* (24). De la creación de las quitanderas, del
episodio de Falgairolle, y de su comparación con Gorki,
Amorim habla en su conferencia en el liceo de Salto. El
artículo de Martiniano Leguizamón sobre las quitanderas
apareció en *La Nación de los Domingos*, 25/11/1923, y las
reseñas críticas sobre los libros de Amorim, así como sus
reportajes de dandi, la mayoría sin fecha, están guardadas
en ALBN. La entrevista de *Crítica* aparece citada en *Enrique Amorim: The passion of...* (25).

El rival. La base de este capítulo son las memorias de
Pablo Neruda, *Confieso que he vivido* (185, 141-142, 61, 135,
131, 132, 133). La ortografía ha sido normalizada para esta
edición. La foto de grupo es la que aparece en la portada
de *El otro amor de Federico*, cuya autora, Reina Roffé, nos
contó el dato de la relación entre Suero y Evita. La de la
fiesta de Norah Lange se guarda en la Fundación Federico
García Lorca. La correspondencia de Ulyses Petit de Mu-
rat para Amorim, en ALBN, detalla la alocada vida de la
farándula literaria durante 1933, incluso los coqueteos de
Neruda. Él es quien informaba a Amorim sobre los movimientos de García Lorca. La información sobre Rubén
Darío figura en *Prosas profanas y otros poemas*. El dato sobre
las flores que Amorim entregó en la cena del PEN Club se
lo debemos a la Fundación Pablo Neruda. Una foto de esa
noche se guarda en la Fundación Federico García Lorca.

Las dos Norahs. Las fuentes esenciales de este capítulo son *Borges. Una vida* (467, 81, 411, 150, 152, 176, 177) y
Borges. Una biografía literaria, de Emir Rodríguez Mone-

gal. El desprecio de Borges contra García Lorca y Neruda está documentado en *Conversations* (69, 145, 94, 139, 108). Las cartas juveniles de Borges están editadas en *Cartas del fervor* (236, 182,166, 227, 232). El episodio de Mickey Mouse figura en *Vida, pasión y muerte...* (553). El poema de Torre está incluido en *Poesía española de vanguardia (1918-1936)*, de Javier Díez de Revenga, editor. La cita de Borges sobre su hermana, en *El señor Borges*, de Epifanía Úveda de Robledo y Alejandro Vaccaro, igual que los comentarios de la empleada sobre Guillermo de Torre (31, 33). Edwin Williamson defiende la teoría de que la mujer de la torre era Norah Lange. Otro personaje de esos años, Blanca Luz Brum, reclamó el papel para sí misma, pero según *Pablo Neruda: A passion for life*, de Adam Feinstein (108), eso es altamente improbable. La correspondencia de Torre sobre García Lorca y su diatriba contra Borges, en *Federico García Lorca-Guillermo de Torre...* (116 y ss., 100-101). La cita de Borges contra Paz y Neruda, en *Borges*, de Adolfo Bioy Casares (895). La foto de la fiesta de Norah Lange se guarda en la Fundación Federico García Lorca.

La prima Esther. Las fuentes esenciales para la historia de Borges en este capítulo son *Borges. Una vida* y *Borges. Una biografía literaria*. Las declaraciones de Esther Haedo se publicaron en *Búsqueda*, 30/08/1990 (38-39). Sobre el matrimonio de Jorge Larco ha escrito Alejandra Costamagna en «María Luisa Bombal: crónica de la desilusión», *Letras Libres*, mayo de 2002. El de Molinari me lo contó personalmente Reina Roffé. La vida personal de Amorim y Esther Haedo se basa en conversaciones personales con los herederos de Amorim, con César Rodríguez Musmanno, con Pelayo Amorim y con las asistentas de

Esther, Patricia Castañares y Griselda Rosano. Las cartas de Amorim a Esther son ambas de 1942 y se guardan en ALBN. Aparte de García Lorca y Jacinto Benavente, Amorim se escribió cartas muy afectuosas con el escenógrafo y vestuarista Mariano Andreu a partir de 1948, en ALBN. La carta de Ana Luisa está en ALBN. Los puntos suspensivos pertenecen al original.

Madre, cuando yo muera, que se enteren los señores
El regreso del poeta. El retrato de la partida de García Lorca está tomado de *Vida, pasión y muerte...* (529) y de *El otro amor de Federico*. Las citas de sus palabras salen del *Epistolario completo* (800, 795, 817). Su preocupación por España el día de su partida aparece en la página cultural chilena Proyecto Patrimonio (http://www.letras.s5.com/bomball.htm). Los testimonios de Carlos Morla Lynch, en *En España con Federico García Lorca* (386, 390, 391, 425, 427, 447). El detalle del ramo de flores para Neruda, en *Lorca y Alberti: dos poetas en un espejo (1924-1936)*, de Hilario Jiménez (212). La historia de Malva Marina, en *Neruda: la biografía*, de Volodia Teitelboim. Las fiestas de Neruda y sus amigos, en *La arboleda perdida*, de Rafael Alberti (366). La relación entre Lorca y Dalí, en *Lorca y el mundo gay* (146, 147). *La verdad sobre el asesinato de García Lorca*, de Miguel Caballero Pérez y María del Pilar Góngora Ayala (220), afirma la afiliación del poeta a la Sociedad de Amigos de la Unión Soviética. La premonición de Federico la narra *Confieso que he vivido* (143).

¡**Federicooooooo!** Las opiniones sobre Uruguay de Amorim están tomadas de *Enrique Amorim: The passion of...* (52, 42, 46, 51). Las críticas de prensa, en ALBN. La anécdota del fútbol la cuenta *El señor Borges* (92-93). El viaje de Amorim y Borges y sus consecuencias, en *Borges. Una vida* (240-241) y *Borges* (49, 164, 515, 741). El texto de Borges sobre las quitanderas está citado en la contraportada de *La carreta*. La historia de Pablo Suero, en *España levanta el puño* (247-248).

Papá Amorim. Edwin Williamson me dio acceso a los documentos que confirman la presencia de Borges en Salto en 1934, excepto la carta de Ezequiel Martínez Estrada, en ALBN. Las fuentes principales sobre Liliana Amorim son las conversaciones personales con su amiga Marta de Madariaga, y con los herederos de Amorim en Buenos Aires y Madrid, que me mostraron la correspondencia familiar. En Salto conversé con el amigo de Amorim César Rodríguez Musmanno, su sobrino Pelayo y las asistentas de Esther, Patricia Castañares y Griselda Rosano. Otras fuentes prefieren permanecer en el anonimato. En todo caso, la versión final ha surgido del cruce entre sus declaraciones, a menudo contradictorias, y ha sido refrendada con las cartas de Dodo Larco y de Blanca Pastorello, en ALBN.

Paseíllo. Las citas de Morla, en *En España con Federico García Lorca* (538, 539). La anécdota del Circo Price, en *Confieso que he vivido* (141). El sueño de García Lorca, en *Vida, pasión y muerte...* (665, 666). La cita de Miguel Rosales, en *Miedo, olvido y fantasía*, de Agustín Penón (94). La cita de Ruiz Alonso y la conversación entre Rosales y Valdés, en *El hombre que detuvo a García Lorca*, de Ian Gibson (113, 170).

Hechos de guerra. La narración del asesinato de García Lorca surge del cruce entre los libros de Ian Gibson además de *Lorca. El último paseo*, de Gabriel Pozo, y *La verdad sobre el asesinato...* El intercambio de telegramas sobre la muerte de Lorca, en *Vida, pasión y muerte...* (698). Los manifiestos firmados por Amorim y Borges, en *Federico García Lorca-Guillermo de Torre...* (382, 385). Las memorias de Neruda, en *Confieso que he vivido* (144-159) y *Neruda: la biografía*. En este último y en *Pablo Neruda: A passion...* (108) se certifica el desinterés de Neruda por la política antes de la muerte de García Lorca.

El fascista desconocido. La historia de Ruiz Alonso aparece en *Vida, pasión y muerte...* y en *El hombre que detuvo... Lorca y Uruguay* recoge una versión completa de la crónica de Alfredo Mario Ferreiro, cuyo primer avance apareció en el diario *El Pueblo* de Montevideo, año II, n.º 653, 01/02/1934. Las cartas de Ferreiro a Amorim se guardan en ALBN.

El desterrado. Las fuentes principales de este capítulo son *El desterrado. Vida y obra de Horacio Quiroga*, de Emir Rodríguez Monegal (39, 41, 76, 252-253, 268), y la prensa de Montevideo y Salto desde el día de la muerte de Quiroga, especialmente los diarios *La Mañana*, que guarda la Biblioteca Nacional, y la edición de la *Tribuna Salteña* que se exhibe en el Museo Quiroga de esa ciudad. La correspondencia entre Quiroga y Amorim se conserva en ALBN. Las citas de Amorim están tomadas de tres textos hallados entre sus papeles: «Vida y obra del mayor cuentista de América», «Raíces populares en Horacio Quiroga» y «El Horacio Quiroga que yo conocí». Fragmentos de esos textos están publicados en *Horacio Quiroga por uruguayos*, de Leonardo Garet. La pregunta de Quiroga, «¿Cómo puedes vivir en ese lugar de mierda?», nos la contó Griselda Rosano. Y los avatares del monumento a Quiroga, César Rodríguez Musmanno.

La fábrica de sueños. Este capítulo está elaborado a partir de recortes periodísticos en posesión de los herederos de Amorim y en ALBN. Los orígenes se citan cuando el archivo los indica. También hemos empleado la correspondencia con PEN Club, Carlos Olivari y S. Pondal Ríos, Mario Soffici, Tito Davison, Hugo Fregonese, Alfred A. Knopf, Dodd, Mead and Company, Charles Scribner's Sons, *Reader's Digest*, todas en ALBN. Una breve narración de los años de Hollywood se puede encontrar en *Enrique Amorim: The passion of...* (93-95), donde se cita el artículo «El gaucho y el *cowboy*».

Camarada Amorim. La cita de Amorim sobre la ocupación de Francia figura en *Enrique Amorim: The passion of...* (91). La de Perón y la primera de Borges, en *Perón y los alemanes*, de Uki Goñi (29, 11). La segunda de Borges, en *Borges. Una biografía literaria* (351-352). La historia de «El jardín de senderos que se bifurcan» aparece en *Borges. Una vida* (289-305). Las citas de Amorim sobre las novelas antinazis y su historia de conflictos con el Partido Comunista forma parte de *Mis experiencias en la novela social*. Su discurso de afiliación figura en un recorte sin identificar pegado en un cuaderno. La cita sobre el comunismo de García Lorca, en el apartado correspondiente de sus memorias. La crónica de su detención en Argentina, en *De la pequeña historia*. La crítica periodística contra *La victoria* *no viene sola* aparece en el semanario *Marcha*, firmada por Omar Prego Gadea, 24/04/1953. Las cartas de Roberto Giusti y Nicolás Guillén, en ALBN. Mauricio Rosencof certificó en entrevista personal los aportes económicos de Amorim al Partido Comunista.

El encuentro secreto. Los artículos de prensa citados están reunidos en un cuaderno en la casa de Las Nubes. Se citan los orígenes cuando aparecen consignados. La historia de Pablo Neruda ha sido contrastada con *Confieso que he vivido* (202, 203) y *Neruda: la biografía* (200, 275, 277, 285). El artículo de Juan Mínimo está citado en *Enrique Amorim: The passion of...* (226). La carta de Amorim a su esposa, en ALBN. La invitación de Amorim a Neruda consta en carta de Delia del Carril, 14/09/1946, en ALBN. La cita de Amorim contra la persecución de Neruda es del prólogo a *Pablo Neruda acusa*.

Y el espejo no me perdona
La paz es un arma de guerra. Las descripciones personales y citas de Picasso, en *Life with Picasso*, de Françoise Gilot y Carlton Lake (77, 226, 56, 262, 81, 82, 83, 100, 206, 207). El poema de Louis Aragon, en *Aragon*, de Pierre Daix (324-331). Las citas de Pierre Daix, en *Picasso* (374, 378, 410). La historia de la militancia de Picasso, en *Picasso: The communist years*, de Gertje Utley (24, 43, 106, 107). Las traducciones son mías.

Las gracias más fraternas. La cita de Utley figura en *Picasso: The communist...* (9). El relato del congreso según Amorim figura en dos textos hallados entre sus papeles: «Congreso en Wroclaw» y «Picasso». La crisis de pareja de Picasso está detallada en *Life with Picasso* (320) y *Picasso* (457).

Es que no sé quién soy. Las fuentes principales sobre Liliana Amorim son las conversaciones personales con su amiga Marta de Madariaga, y con los herederos de Amorim en Buenos Aires y Madrid, que me mostraron la correspondencia familiar. En Salto conversé con el amigo de Amorim César Rodríguez Musmanno, su sobrino Pelayo Amorim y las asistentas de Esther, Patricia Castañares y Griselda Rosano. La visita a Picasso la narra Amorim en *Por orden alfabético*.

Enemigo íntimo. Neruda cuenta su escape a París y habla de Aragon en *Confieso que he vivido* (215-218, 149). Las citas de Neruda, en *Confieso que he vivido* (326, 328). La carta de Neruda a Vargas Llosa, en *Mario Vargas Llosa, la liberté et la vie*. La revista *Nerudiana*, publicada por la Fundación Neruda, n.º 7, agosto, 2009, está dedicada a sus enemigos literarios: el artículo sobre Pablo de Rokha es de Mario Valdovinos y el de Ricardo Paseyro pertenece a Mélina Cariz. Las citas aparecen en ambos artículos y se pueden consultar en www.fundacionneruda.org. Otras citas son del libro de Paseyro *Poesía, poetas y antipoetas* (141, 142). La carta de Hugo Emilio Pedemonte es del 30/01/1956. La carta de Rafael Alberti, del 29/04/1954. La correspondencia de Ricardo Paseyro se prolonga del año 1951 a 1956. El amigo que le dice que Paseyro «da asco» es Héctor Agostí, 18/02/1951. Todas las cartas en ALBN.

El monumento a García Lorca. Correspondencia: Jorge Amado, 15/04/1952; Manuel Ángeles Ortiz, sin fecha; y Hugo Emilio Pedemonte, 15/04/1952, 04/07/1952 y 30/07/1952, en ALBN. La quema del pasaporte es un dato de Patricia Castañares. El recorte de *Salto Actualidad*, 28/04/1952.

Una cena con Chaplin. La historia de Chaplin aparece en *My autobiography* (402, 403, 441, 443, 450, 464). El archivo Picasso del FBI viene de *Picasso: The communist...* (111). Las imitaciones de Chaplin que hacía Picasso figuran en *Life with Picasso* (239), así como una narración del encuentro entre ellos (326-328). La descripción de Sartre por Amorim, en un artículo de *Justicia* del 16/01/1953. Las aventuras dadaístas de Louis Aragon y el caso Nizan, en *Aragon* (126, 378-384, 449-452). La mención a la reunión, en la biografía *Sartre (1905-1980)*, de Annie Cohen-Solal (584).

Un túmulo para el poeta. Amorim cuenta sus problemas de salud en una carta a un tal José, 27/12/1953. César Rodríguez Musmanno y Mauricio Rosencof recuerdan la historia de la inauguración. La principal fuente para las teorías sobre el cadáver, en *La fosa de Lorca*. Las declaraciones de Eduardo Carretero aparecen en el diario granadino *Ideal*, 30/05/1910 (11).

La traición de Neruda (y la de Aragon). Amorim menciona la crítica del periódico en la carta a José, 27/12/1953. La carta de Antonio Quintana no lleva fecha, y el subrayado es del original. El que vuelve del homenaje a Neruda es G. García Moyano, 28/07/1955. Todas se guardan en ALBN. Las historias de Amorim y Aragon figuran en su texto «Picasso» y en el capítulo de *Por or-*

den alfabético dedicado al poeta francés. La descripción de Aragon por Alberti, en *La arboleda perdida* (122). La carta de Alfredo Gravina es del 02/03/1955, en ALBN. La descripción de Gilot sobre su amistad con Picasso, en *Life with Picasso* (257). El currículum de Aragon y la historia del Congreso de la Salle Pleyel están tomados de *Picasso: The communist...*

La muerte de Stalin (y de muchas cosas más). El poema a Stalin ha sido eliminado de las antologías actuales de Neruda, pero viene citado en *Poesía, poetas y antipoetas* (91). El telegrama por la muerte de Stalin aparece en *Picasso* (462-464), y la reacción del pintor, en *Life with Picasso* (260). La burla de Picasso ante las demandas del Partido Comunista figuran en *Picasso: The communist...* (188). La amiga que le escribe a Amorim sobre el retrato de Picasso es Odette de Lucía, 31/03/1953, en ALBN.

La expulsión del paraíso. La información de este capítulo proviene del texto «Crónica de una detención en Francia», hallado entre los papeles de Amorim, y de un cuaderno de recortes dedicado específicamente a esta historia que se guarda en la residencia de Las Nubes. Los periódicos están identificados cuando se cita el origen en el cuaderno. El último encuentro de Aragon con Amorim lo cuenta este último en un artículo de *Por orden alfabético*.

Epílogo salteño. La cita de Borges, en *Borges. Una biografía literaria* (384). El editor de Amorim es Gonzalo Losada, carta del 07/08/1954. Las otras cartas, todas en ALBN, son de Rafael Alberti, 12/04/1956; Jaime Sabartés, 31/07/1955; Félix María Gallo, 22/10/1956; y Hugo

Emilio Pedemonte, 14/06/1956. Copias de las cartas a Cartier-Bresson y Léon Moussinac se encuentran entre las memorias inéditas *Por orden alfabético*. Sobre Aldo Peralta, conversación con Lacy Duarte y carta de Enrique Thevenet, 1958. Sobre los últimos años de Amorim, comunicaciones personales con Mauricio Rosencof, Lacy Duarte, Pelayo Amorim, Marta de Madariaga, Pelayo Díaz Muguerza y Griselda Rosano. Las fotos mencionadas se encuentran en el archivo del Servicio Oficial de Difusión, Radiotelevisión y Espectáculos (Sodre), en Montevideo. Las cartas sobre Liliana son de Gonzalo Losada, 1956; Arturo O'Conell, 30/12/1956; y Nicolás Guillén, 18/02/1958.

Memoria y olvido de Enrique Amorim. Las citas de Borges figuran en *Borges* (378, 241 y 895). Su historia política, en *Borges. Una vida* (464-468). Los recuerdos póstumos sobre la obra de Amorim, en *La generación crítica*, de Ángel Rama, y en *Historia de la literatura hispanoamericana*. Las cartas de Pedemonte a Esther, en ALBN. Las palabras de Esther me las transmitió Patricia Castañares.

Bibliografía general

Alberti, Rafael. (2002). *La arboleda perdida*. Madrid: Alianza.

Álbum fotográfico de Federico García Lorca. (1996). Granada: Comares & Fundación Federico García Lorca.

Amorim, Enrique. (1920). *Veinte años*. Buenos Aires: Mercatali.

Amorim, Enrique. (1923). *Amorim*. Montevideo: Pegaso.

Amorim, Enrique. (1924). *Las quitanderas*. Buenos Aires: Latina.

Amorim, Enrique. (1925). *Tangarupá*. Buenos Aires: Claridad.

Amorim, Enrique. (1926). *Horizontes y bocacalles*. Buenos Aires: El Inca.

Amorim, Enrique. (1927). *Tráfico. Buenos Aires y sus aspectos*. Buenos Aires: Latina.

Amorim, Enrique. (1928). *La trampa del pajonal*. Buenos Aires: Rosso.

Amorim, Enrique. (1929). *Visitas al cielo*. Buenos Aires: M. Gleizer.

Amorim, Enrique. (1932). *Del 1 al 6*. Montevideo: Uruguaya.

Amorim, Enrique. (1932). *La carreta*. Buenos Aires: Claridad.

Amorim, Enrique. (1934). *El paisano Aguilar*. Buenos Aires: Sociedad Amigos del Libro Rioplatense.

Amorim, Enrique. (1935). *Cinco poemas uruguayos*. Salto: Margall.

Amorim, Enrique. (1936). *Presentación de Buenos Aires*. Buenos Aires: Triángulo.

Amorim, Enrique. (1937). *La plaza de las carretas*. Buenos Aires: Domingo Viau.

Amorim, Enrique. (1938). *Historias de amor*. Santiago de Chile: Ercilla.

Amorim, Enrique. (1938). *La edad despareja*. Buenos Aires: Claridad.

Amorim, Enrique. (1940). *Dos poemas*. Montevideo: Ediciones Populares.

Amorim, Enrique. (1941). *El caballo y su sombra*. Buenos Aires: Club del Libro A.L.A.

Amorim, Enrique. (1942). *Cuaderno salteño*. Montevideo: Uruguaya.

Amorim, Enrique. (1944). *La luna se hizo con agua*. Buenos Aires: Claridad.

Amorim, Enrique. (1945). *El asesino desvelado*. Buenos Aires: Emecé.

Amorim, Enrique. (1946). *Nueve lunas sobre Neuquén*. Buenos Aires: Lautaro.

Amorim, Enrique. (1949). *Primero de mayo*. Montevideo: Adelante.

Amorim, Enrique. (1950). *La segunda sangre, Pausa en la selva, Yo voy más lejos*. Buenos Aires: Conducta.

Amorim, Enrique. (1952). *Feria de farsantes*. Buenos Aires: Futuro.

Amorim, Enrique. (1952). *La victoria no viene sola*. Montevideo: La Bolsa de los Libros.

Amorim, Enrique. (1953). *Después del temporal*. Buenos Aires: Quetzal.

Amorim, Enrique. (1954). *Quiero*. Montevideo: Uruguaya.

Amorim, Enrique. (1954). *Sonetos de amor en octubre*. Buenos Aires: Botella al Mar.

Amorim, Enrique. (1955). *Todo puede suceder*. Montevideo: Vir.

Amorim, Enrique. (1956). *Corral abierto*. Buenos Aires: Losada.

Amorim, Enrique. (1957). *Los montaraces*. Buenos Aires: Goyanarte.

Amorim, Enrique. (1958). *La desembocadura*. Buenos Aires: Losada.

Amorim, Enrique. (1959). *Don Juan 38*. Montevideo: Edición del autor.

Amorim, Enrique. (1960). *Eva Burgos*. Montevideo: Alfa.

Amorim, Enrique. (1960). *Mi patria*. Montevideo: Papel de Poesía.

Amorim, Enrique.. (1960). *Los pájaros y los hombres*. Montevideo: Galería Libertad.

Amorim, Enrique. (1964). *Para decir la verdad*. Montevideo: Aquí Poesía.

Amorim, Enrique. (1967). *Los mejores cuentos*. Montevideo: Arca.

Another world: Dalí, Magritte, Miró and the surrealists. (2010). Edimburgo: National Galleries of Scotland.

Ares Pons, Roberto. (1986). *Uruguay en el siglo XIX*. Montevideo: Nuevo Mundo.

Benvenuto, Luis Carlos. (1967). *Breve historia del Uruguay*. Montevideo: Arca.

Bioy Casares, Adolfo. (2006). *Borges*. Barcelona: Destino.

Boldy, Steven. (2009). *A companion to Jorge Luis Borges*. Suffolk: Boydell & Brewer.

Borges, Jorge Luis. (1997). *Antología poética. 1923-1977*. Madrid: Alianza.

Borges, Jorge Luis. (1998). *Conversations*. Jorge Luis Borges. Mississippi: Jackson.

Borges, Jorge Luis. (1999). *Cartas del fervor*. Barcelona: Galaxia Gutemberg, Círculo de Lectores & Emecé.

Borges, Jorge Luis. (2007). *El Aleph*. Madrid: Alianza.

Borges, Jorge Luis. (2008). *Narraciones*. Madrid: Cátedra.

Borges, Jorge Luis. (2009). *Ficciones*. Madrid: Alianza.

Caballero Pérez, Miguel & Góngora Ayala, María del Pilar. *La verdad sobre el asesinato de García Lorca*. Madrid: Ibersaf.

Caneiro, Xosé Carlos. (2003)*. Jorge Luis Borges*. Madrid: Espasa.

Capítulo oriental. Enrique Amorim. (1968). Montevideo: Centro Editor de América Latina.

Carol, Màrius & Playà, Josep. (2004). *El enigma Dalí*. Barcelona: Plaza & Janés.

Chaplin, Charles. (2003). *My autobiography*. Londres: Penguin.

Cohen-Solal, Annie. (1999). *Sartre (1905-1980)*. París: Gallimard.

Daix, Pierre. (2004). *Aragon*. París: Tallandier.

Daix, Pierre. (2007). *Picasso*. París: Tallandier.

Daix, Pierre. (2009). *Aragon avant Elsa*. París: Tallandier.

Darío, Rubén. (2008). *Prosas profanas y otros poemas*. Madrid: Espasa Calpe.

Díez de Revenga, Francisco Javier (Ed.). (1995). *Poesía española de vanguardia (1918-1936)*. Madrid: Castalia.

Dupont, Pepit. (2007). *La vérité sur Jacqueline et Pablo Picasso*. París: Le Cherche Midi.

Eslava Galán, Juan. (2007). *Una historia de la Guerra Civil que no va a gustar a nadie*. Barcelona: Planeta.

Feinstein, Adam. (2004). *Pablo Neruda: A passion for life*. Londres: Bloomsbury.

García, Carlos (Ed.). (2009). *Federico García Lorca-Guillermo de Torre: correspondencia y amistad*. Madrid: Iberoamericana-Vervuert.

García Lorca, Federico. (1960). *Obras completas*. Madrid: Aguilar.

García Lorca, Federico. (1997). *Epistolario completo* (Andrew A. Anderson & Christopher Maurer, eds.). Madrid: Cátedra.

Garet, Leonardo. (1990). *La pasión creadora de Enrique Amorim*. Montevideo: Editores Asociados.

Garet, Leonardo. (1995). *Horacio Quiroga por uruguayos*. Montevideo: Academia Uruguaya de Letras & Editores Asociados.

Gibson, Ian. (2005). *Lorca y el mundo gay*. Barcelona: Planeta.

Gibson, Ian. (2008). *El hombre que detuvo a García Lorca*. Madrid: Punto de Lectura.

Gibson, Ian. (2008). *Vida, pasión y muerte de Federico García Lorca*. Barcelona: Plaza & Janés.

Gibson, Ian. (2010). *La fosa de Lorca. Crónica de un despropósito*. Jaén: Alcalá.

Gide, André. (2002). *Et nunc manet in te / Corydon*. Madrid: Odisea.

Gilot, Françoise & Lake, Carlton. (2009). *Life with Picasso*. Londres: Virago.

Girondo, Oliverio. (1998). *Antología*. Buenos Aires: Argonauta.

Goñi, Uki. (1998). *Perón y los alemanes*. Buenos Aires: Sudamericana.

Izquierdo, Paula. (2003). *Picasso y las mujeres*. Barcelona: Belacqua.

Jiménez Gómez, Hilario. (2003). *Lorca y Alberti: dos poetas en un espejo*. Madrid: Diputación de Cáceres.

Lefere, Robin. (2005). *Borges, entre autorretrato y automitografía*. Madrid: Gredos.

López, Brenda V. de. (1970). *En torno a Enrique Amorim*. Montevideo: Talleres Gráficos de la Comunidad del Sur.

Mario Vargas Llosa: la liberté et la vie. (2010). París: Gallimard.

Melcher, Ralph; Elvers-Svamberk, Kathrin; Frohnhoff, Julia & Villegas, Sonia (Eds.). (2007). *Pablo Picasso, l'oeuvre des années 50*. Heidelberg: Kehrer.

Molina Fajardo, Eduardo. (1983). *Los últimos días de García Lorca*. Barcelona: Plaza & Janés.

Moran, Dominic. (2009). *Pablo Neruda*. Londres: Reaktion.

Morán, Gregorio. (2007). *Asombro y búsqueda de Rafael Barrett*. Barcelona: Anagrama.

Morla Lynch, Carlos. (2008). *En España con Federico García Lorca*. Salamanca: Renacimiento.

Mose, K.E.A. (1973). *Enrique Amorim: The passion of an uruguayan*. Madrid: Playor.

Müller, Markus (Ed.). (2002). *Pablo Picasso. The time with Françoise Gilot*. Bielefeld: Kerber.

Neruda, Pablo. (1948). *Pablo Neruda acusa* (Prólogo de Enrique Amorim). Serie Temas de Nuestro Tiempo. Montevideo: Pueblos Unidos.

Neruda, Pablo. (2008). *Antología poética*. Madrid: Espasa Calpe.

Neruda, Pablo. (2009). *Confieso que he vivido*. Barcelona: Seix Barral.

Olano, Antonio D. (1987). *Picasso y sus mujeres*. Madrid: El Tercer Nombre.

Oviedo, José Miguel. (2007). *Historia de la literatura hispanoamericana*. Madrid: Alianza.

Paseyro, Ricardo. (2009). *Poesía, poetas y antipoetas*. Madrid: Siruela.

Penón, Agustín. (2009). *Miedo, olvido y fantasía* (Marta Osorio, ed.). Granada: Comares.

Picasso, 1945-1949: l'ère du renouveau. (2009). Antibes: Snoeck.

Pozo, Gabriel. (2009). *Lorca. El último paseo*. Granada: Almed.

Proa. (2009). *Proa en las Letras y en las Artes*, n.° 51.

Quiroga, Horacio. (2008). *Cuentos de amor, de locura y de muerte*. Buenos Aires: Planeta.

Rama, Ángel. (1972). *La generación crítica*. Montevideo: Arca.

Ramírez de Rossiello, Mercedes. (1985). Presentación. *Enrique Amorim: vida y obra*. Montevideo (trabajo inédito).

Rocca, Pablo & Roland, Eduardo. (2010). *Lorca y Uruguay*. Jaén: Alcalá.

Rodríguez Monegal, Emir. (1968). *El desterrado. Vida y obra de Horacio Quiroga*. Buenos Aires: Losada.

Rodríguez Monegal, Emir. (1987). *Borges. Una biografía literaria*. México D.F.: Fondo de Cultura Económica.

Roffé, Reina. (2008). *El otro amor de Federico. Lorca en Buenos Aires*. Buenos Aires: Plaza & Janés.

Sánchez Vidal, Agustín. (2009). *Buñuel, Lorca, Dalí: el enigma sin fin*. Barcelona: Planeta.

Schonberg, Jean-Louis. (1956). *Federico García Lorca. L'homme. L'oeuvre*. París: Plon.

Suero, Pablo. (2009). *España levanta el puño*. Barcelona: Papel de Liar.

Teitelboim, Volodia. (2000). *Neruda: la biografía*. Albacete: Merán.

Utley, Gertje R. (2000). *Picasso: The communist years*. New Haven / Londres: Yale University Press.

Úveda de Robledo, Epifanía & Vaccaro, Alejandro. (2005). *El señor Borges*. Barcelona: Edhasa.

Whitman, Walt. (2007). *Hojas de hierba*. Madrid: Espasa Calpe.

Williamson, Edwin. (2007). *Borges. Una vida*. Barcelona: Seix Barral.

Wilson, Jason. (2006). *Jorge Luis Borges*. Londres: Reaktion.

Índice de nombres

Alberti, Rafael 50, 110, 122, 124, 170, 173, 219, 263, 287, 322, 349, 364

Aleixandre, Vicente 124

Altoaguirre, Manuel 124

Amado, Jorge 258, 289, 340

Amorim, Liliana 146-151, 266-269, 272-273, 290, 335, 341, 354-356

Anderson, Sherwood 363

Ángeles Ortiz, Manuel 289

Apollinaire, Guillaume 95

Aragon, Louis 173, 238-240, 244-246, 250, 264, 276-279, 284, 291, 304-307, 319, 321-325, 327, 329-332, 335, 339, 343, 345

Areta de Amorim, Candelaria 37, 141, 146

Artaud, Antonin 238

Asturias, Miguel Ángel 275-276

Azaña, Manuel 118, 121, 128, 152, 160, 177, 179, 240

Azorín 16

Baroja, Pío 363

Beaton, Cecil 245

Beckett, Samuel 360

Benavente, Jacinto 46-50, 54-55, 110, 193, 323

Benedetti, Mario 362

Bioy Casares, Adolfo 103, 361

Berry, Joan 295-297

Blanco Aguinaga, Carlos 52

Bloom, Harold 279

Blum, Léon 239

Bombal, María Luisa 111, 124

Bolívar, Simón 278-279

Borges, Jorge Luis 7, 24, 83-88, 90-103, 105-109, 135-139, 146, 168-169, 188, 208-210, 347-349, 360-362

Borges, Norah 83, 85-88, 92-94, 107, 348

Botana, Natalio 22, 78, 102

Bravo de Quiroga, María 189-191

Brecht, Bertolt 297

Breton, André 243

Buñuel, Luis 127, 199, 346

Calvo Sotelo, José 155-156

Capa, Robert 245

Carretero, Eduardo 314

Carril, Delia del 120-122, 124, 173, 224, 284

Cartier-Bresson, Henri 350

Casona, Alejandro 193

Castilla Blanco, Manuel 312

Caviglia, Orestes 200

Chagall, Marc 243

Cézanne, Paul 304

Chaplin, Charles 293-308, 322, 346

Christie, Agatha 203

Clouzot, Henri 264

Cohen-Solal, Annie 390

Cordobilla, Angelina 165

Cortázar, Julio 347

Cotapos, Acario 122, 124

Courtade, Pierre 340

Cranach, Lucas 332

Crane, Hart 56

Crevel, René 238

Cunninghame Graham, Robert 135, 363

Daix, Pierre 240, 251, 303, 329-330, 332

Dalí, Salvador 125-128, 238

Darío, Rubén 40-41, 75, 81-82, 183-184, 186, 279, 338

Davison, Tito 202-203

Delbene, Floren 200

Desnos, Robert 244

d'Ors, Eugeni 45

Ehrenburg, Ilya 173-174, 252, 258-259, 279, 284

Éluard, Paul 244-246, 248, 252-253, 258, 261

Ernst, Max 243

Erzia, Stephan 194-195

Falgairolle, Adolphe 69-70

Falla, Manuel 51

Fellini, Federico 78

Fernández-Montesinos García Lorca, Manuel 61, 314

Fernando vii 25

Ferrando, Federico 185

Ferreiro, Alfredo Mario 180-182, 191

Figari, Pedro 69, 346

Fougeron, André 327, 331

Franco, Eva 22

Franco, Francisco 156, 172, 193, 206-207, 212, 240, 252, 313

Fregonese, Hugo 203

Gardel, Carlos 22, 97

García Lorca, Federico 11-13, 15-34, 37, 39, 49-62, 73-81, 83-84, 88, 93-94, 102-103, 105, 110-112, 114, 117-120,

122-131, 133, 135-137, 139-141, 151-153, 156-159, 161-165, 167-169, 176-182, 185, 193, 207, 210-212, 218-219, 224, 256, 262, 279, 288-291, 309-316, 319-321, 323, 325, 327, 335, 342, 346, 350-352, 360-361, 364

García Lorca, Francisco 61

García Lorca, Isabel 61

García-Lorca de los Ríos, Laura 61-62, 314

García Márquez, Gabriel 275

García-Posada, Miguel 52

García Rodríguez, Francisco 157

Garrido, Susana 316

Garzón, Baltasar 313-314

Gibson, Ian 22, 30, 33, 50, 61, 84, 126, 179, 312

Gilot, Françoise 244, 248-250, 252-254, 271-272, 277, 301-304, 323, 328, 330, 334

Girondo, Oliverio 22, 73, 95-103, 105, 110, 124, 135, 188

Giusti, Roberto 215-216

Göering, Hermann 193

González Videla, Gabriel 225-227

Gorki, Máximo 72

Goya, Francisco de 346

Gravina, Alfredo 324

Guijarro, Fernando 313

Guillén, Nicolás 219, 280, 289

Güiraldes, Ricardo 67, 98

Haedo, Esther 33, 105, 107-114, 135, 143, 145, 147, 150, 224, 267-268, 272, 301, 303, 307, 310, 315, 336, 346, 363-364

Haedo, Jacinta 106

Hagenaar, María Antonieta 120, 124

Hearst, William Randolph 22

Hemingway, Ernest 245

Hernández, Miguel 122, 171, 175-176

Herrera y Reissig, Julio 132

Hitler, Adolf 121, 172, 193, 207-208, 222, 293-294, 306

Huidobro, Vicente 75, 174

Huxley, Julian 258

Ibarbourou, Juana de 42, 135

Jacob, Max 244

Jiménez, Juan Ramón 42, 51, 122

Joliot-Curie, Frédéric 258, 330

Kahlo, Frida 223

Kahnweiler, D.H. 244

Knopf, Alfred A. 203

Kravchenko, Víctor 338-339

Kruschev, Nikita 352-353

Lacan, Jacques 248
La Guardia, Fiorello 295
Lamarque, Libertad 200
Lange, Norah 22, 73, 83, 94-95, 98-103, 124, 135, 208
Larco, Jorge 111, 124
Lautréamont, Conde de 205
Leahy, William D. 226
Le Corbusier 131, 356
Lee Miller, Elizabeth 245
Leguizamón, Martiniano 67-69
Lenin 275, 279, 282
Lima, Víctor 310
Lincoln, Abraham 24
López, Brenda V. de 133
Lugones, Leopoldo 64, 67
Lynch, Benito 42, 67, 133

Maar, Dora 246-250
Machado, Antonio 51, 83, 310, 312, 352, 364
Madariaga, Marta de 60
Malenkov, Georgi 328-329
Mallo, Maruja 122
Malraux, André 7, 174, 245, 361
Mann, Thomas 297
Marías, Fernando 313
Maupassant, Guy de 186
Mao, Zedong 279
McCormick, John 203
Membrives, Lola 18-20, 22-23, 25, 28, 30-31, 54, 117, 128, 193

Méndez, Concha 124
Mitterrand, François 341, 349
Molinari, Roberto 111, 124
Mora Guarnido, José 51-52
Morla Lynch, Carlos 119-120, 122, 128, 155-156, 176
Mose, K.E.A. 40, 42
Moussinac, Léon 350
Mussolini, Benito 157, 172, 193, 207

Negrín, Juan 222
Neruda, Pablo 73-82, 101-103, 105, 110, 118-124, 126-127, 129, 141, 155-156, 170-176, 212, 221-232, 255, 258, 260, 275-289, 307, 319-321, 325, 328-329, 335, 341, 361-362
Nijinsky, Vaslav 18
Nizan, Paul 306

O'Neill, Oona 301-302
Oribe, Manuel 106
Orozco, José Clemente 223
Ortega y Gasset, José 51, 97, 169
Oviedo, José Miguel 70, 363

Paseyro, Ricardo 283-287, 329
Pastorello, Blanca 145, 147-148, 150, 267, 354
Paz, Octavio 103
Pedemonte, Hugo Emilio 290,

351-352, 364

Penón, Agustín 178, 312

Peralta, Aldo 352

Perón, Evita 73, 209, 347

Perón, Juan Domingo 38, 207, 209-210, 218, 265, 285, 347-348

Picasso, Claude 272

Picasso, Pablo 212, 237-255, 260-264, 268-272, 275-278, 280, 284, 288, 300-308, 322-325, 327-335, 340, 350

Picasso, Paloma 272, 277

Pinochet, Augusto 361

Prestes, Luis Carlos 221, 229, 255, 285

Primo de Rivera, José Antonio 161-162

Poe, Edgar Allan 24, 64, 86, 186

Pushkin, Alexander 279

Queipo de Llano, Gonzalo 156, 165, 193

Quintana, Antonio 319-320

Quiroga, Horacio 94, 132, 183-196, 198, 310-311, 338, 357, 364

Quiroga, María Elena 189

Renoir, Pierre-Auguste 303

Reyes, Malva Marina 120, 124

Rivera, Diego 223

Rodó, José Enrique 132

Rodríguez Musmanno, César 196

Rodríguez Fosalba, Rodrigo 65

Rodríguez Monegal, Emir 189

Rodríguez Rapún, Rafael 125

Roffé, Reina 17, 24, 30, 33

Rokha, Pablo de 282-283

Roosevelt, Franklin D. 294-295

Rosales, José 158-159, 161-165

Rosales, Luis 124, 158-159, 162-165, 364

Rosales, Miguel 158-159, 162-165

Rosano, Griselda 60, 315

Rosas, Juan Manuel de 106-107, 209

Rousseau, Henri 303

Ruiz Alonso, Ramón 159-164, 167, 177-178

Sabartés, Jaime 350

Salazar, António de Oliveira 172

Sánchez, Florencio 132

Sartre, Jean-Paul 253, 304-307, 321, 342

Schonberg, Jean-Louis 50-53, 58, 152

Shakespeare, William 295

Silva, José Asunción 40

Soffici, Mario 197, 199, 201-202

Stalin, Josep 215, 242, 259, 279,

295, 306, 327-333, 352

Storni, Alfonsina 22, 32-33, 42, 183

Suárez, Isidoro 105-107

Suárez, Pablo 316

Suero, Pablo 20, 73, 140-141

Supervielle, Jules 70, 205

Teitelboim, Volodia 280

Terra, Gabriel 180, 190

Torre, Guillermo de 88, 90-94, 97, 105

Trotski, León 285

Truman, Harry 226

Ugarte, Rafael 124

Utley, Gertje R. 252, 255-256

Valdés Guzmán, Juan 162-165

Valle Inclán, Ramón del 16

Vallejo, César 75, 174

Vargas Llosa, Mario 275, 283

Vaz Ferreira, Carlos 132

Verlaine, Paul 75

Verne, Julio 85

Videla, Jorge Rafael 361

Wagner, Siegfried 18

Welles, Orson 295

Wells, H.G. 85, 168

Whitman, Walt 55-58, 88, 180-182

Williamson, Edwin 84-85, 93, 99

Xirgú, Margarita 11, 128, 193, 311-312

Yeats, William B. 174

Agradecimientos

Este libro no es un proyecto individual. Ha sido posible gracias a muchas personas cuyo aporte debo reconocer y agradecer.

Los herederos de Enrique Amorim, la familia Saporiti, y su sobrino Pelayo contribuyeron con este libro brindándonos documentos y objetos personales, pero, sobre todo, con su memoria y conversación. Su apertura mental y su curiosidad sobre Amorim nos permitieron conocer mejor a un personaje tan enigmático en su vida privada como en la pública.

Las instituciones públicas y privadas para la preservación del patrimonio cultural uruguayo merecen una mención especial. El Archivo Literario de la Biblioteca Nacional, el archivo fílmico del Servicio Oficial de Difusión, Radiotelevisión y Espectáculos (Sodre) y la Cinemateca Uruguaya colaboraron conmigo incluso más allá de sus obligaciones. En el apartado de instituciones, no puedo dejar de agradecer a la Fundación Federico García Lorca y especialmente a la Fundación Pablo Neruda. En el de las personas, el profesor Edwin Williamson y las editoras Annie Morvan y Silvia Sesé me alcanzaron libros y documentos de gran utilidad.

Finalmente, mis compañeros de piso en Uruguay, Tomás, Natalie y Javier —espiritualmente presente— alegraron mi temporada montevideana, igual que Gabriel

Peveroni, Rosalba Oxandabarat y Rafael Courtoisie. Gracias a todos ellos por hacerme sentir como en casa.

Los aciertos de este libro se deben a todas esas personas, y a muchas otras a las que agradeceré personalmente. Sus defectos, en cambio, son de mi exclusiva responsabilidad.

Índice

Yo siempre estaba (y estaré) en Buenos Aires 9
   Introducción 11
   El superfamoso 15
   Un niño con inventiva 35
   El seductor de artistas 45
   Cómo vender cuatro veces el mismo libro 63
   El rival 73
   Las dos Norahs 83
   La prima Esther 105

**Madre, cuando yo muera, que se enteren
los señores** 115
   El regreso del poeta 117
   ¡Federicooooo! 131
   Papá Amorim 143
   El asesino de García Lorca 151
   Paseíllo 155
   Hechos de guerra 167
   El fascista desconocido 177
   El desterrado 183
   La fábrica de sueños 197
   Camarada Amorim 205
   El encuentro secreto 221

Y el espejo no me perdona 235

La paz es un arma de guerra 237

Las gracias más fraternas 255

Es que no sé quién soy 265

Enemigo íntimo 275

El monumento a García Lorca 289

Una cena con Chaplin 293

Un túmulo para el poeta 309

La traición de Neruda (y la de Aragon) 319

La muerte de Stalin (y de muchas cosas más) 327

La expulsión del paraíso 335

Epílogo salteño 345

Memoria y olvido de Enrique Amorim 359

Anexos 365

Fuentes 367

Bibliografía general 381

Índice de nombres 389

Agradecimientos 395

Este libro se terminó de imprimir
en los talleres gráficos de Metrocolor S. A.
Los Gorriones 350, Lima 9 - Perú,
en el mes de agosto de 2012.